10月はたそがれの国

レイ・ブラッドベリ

「わたしはオペラの怪人やドラキュラやコウモリの私生児だったのだ。本宅はアッシャー家であり、おばやおじはポオの末裔《まつえい》だった」（序文より）――ポオの衣《い》鉢《はつ》をつぐ幻想文学の第一人者にしてSFの叙情詩人ブラッドベリ。その幻の第1短編集『闇のカーニヴァル』から15編を選び、新たに4つの新作を加えた珠玉の作品集。その後のSF、ファンタジーを中心とした作品と異なり、ここには怪異と幻想と夢魔の世界が、なまなましく息づいている。ジョゼフ・ムニャイニのカラー口絵1葉と挿絵12葉を収録した。

10月はたそがれの国

レイ・ブラッドベリ
中　村　　融　訳

創元ＳＦ文庫

THE OCTOBER COUNTRY

by

Ray Bradbury

口絵・本文イラスト＝ジョゼフ・ムニャイニ

目次

序文　どうせ死ぬなら、わが声が絶えたあと

さて、この題名はいったいどういう意味だろう？

つまりこういうことだ――二十二か二十三のころから、毎朝早く、わたしに語りかけてくる声がある。わたしはそれを〈朝の声劇場〉と呼んでいて、静かに横になったまま、耳と耳とのあいだの残響室でしゃべらせておく。ある時点、つまり議論が白熱したり、告白に情がこもってきたりして、声がひときわ大きくなったり、レイピアの切っ先なみに鋭くなったりしたときに、わたしは（ゆっくりと）跳《は》ね起きて、そのこだまが絶える前にタイプライターにかじりつく。正午までには、また新たに一編の短編小説か、詩か、劇の一幕か、長編小説の新たな一章が書きあがっているという寸法だ。

はじめからこうだったわけではない。

十二歳でものを書きはじめたとき、わたしはエドガー・ライス・バローズの《ターザン》や、L・フランク・ボームの《魔法使い》や、ジュール・ヴェルヌの《ネモ船長》を愛《め》でて模倣《もほう》するのに忙しかった。朝の声がしゃべったのだとしても、わたしの耳には届かなかった。

そういうわけで、最初の十年に書いたものは、箸《はし》にも棒にもかからないしろものだった。自分にはなれないものになろうと闇雲《やみくも》にがんばった証拠の品として、ファイルに綴《と》じこむ値打ちもないほどだった。模倣がわたしの生き方であり、したがって真《しん》の創造というものは、そのすばらしい頭をもたげられなかった。

いい換えれば、わたしの延髄《えんずい》の陰には〈未知の国〉が隠れていたが、そこへ旅したことはなかったのだ。シェイクスピアの〈未知の国〉は〈死〉そのものだった。わたしの〈未知の国〉は——わが声に導かれて、ようやく地図を描《か》きあげてみると——着想と、概念と、思いつきと、奇想の領域だった。一から十までわたし個人のものであり、バローズやボームやヴェルヌはどこにも見当たらなかった。わたしは彼らを手本とすることをやめねばならなかった。そう、敬愛しつづけるが、ジョン・カーターや、チクタクや、ノーチラス号の狂える船長のように生きようとするのはやめねばならない——それを学んだのである。

ハイスクール時代に突破口のまぎわまで行った。生まれ故郷の不吉な場所を思いだし、「峡谷《きょうこく》」という題名の短編小説を書いたのだ。恐怖と死の予感に満ちた作品だった。まだ若すぎて、自分が最初のオリジナルな物語、自分の神経終末と神経節《せつ》から生まれた清新なものを書いたことがわからなかった。その小説をわきにやり、オズやバルスームへ通じる道へ舞いもどった。つまり、自分自身になるのがさらに五、六年遅れたわけだ。

多少なりとも見どころのあるものが書けるようになったのは、偶然に依拠《いきょ》した純粋な語連想（語を刺激とする連想）のおかげだった。二十二のときに、潜在意識を揺さぶり、はっと目をさまして、解放してくれと懇願《こんがん》させるために、名詞のリストを作りはじめた。その方法がはじめて功を奏したのは、ある暑い昼下がり、携帯式タイプライターをかかえて日向《ひなた》にすわっていたときだった。わたしはこう書いた――「みずうみ」と。すると、七歳の夏の記憶が不意によみがえった。金髪の少女とふたりでせっせと砂のお城を造り、彼女が湖へ駆けこんで、二度ともどらなかった夏の記憶が。死と沈溺《ちんでき》、沈溺と死。なんという神秘！

すぐさま、タイプライターを用いて、その日の記憶を呼び起こしにかかった。午後遅くには「みずうみ」が書きあがって、わたしは涙していた。何年も道を踏み誤った末に、とうとう内側を向き、頭のなかにあるオリジナルといえそうなものをようやく発見して、紙に定着させたとわかったからだ。「みずうみ」は数カ月後〈ウィアード・テールズ〉に掲載された。以来ずっと出版物として世に出ているし、何十回もアンソロジーに採《と》られてきた。

その日から、わたしは脳の右側か左側、ことによると裏側に注意を払いはじめた。お気に入りの名詞を羅列《られつ》すれば、奇妙な観念や不可思議なメタファーの記憶を呼びさませるとわかった。もっとも、なぜそれがお気に入りなのかは見当もつかなかったが。最初のリストの一部はこんなふうにつづく――

夜、屋根裏部屋、峡谷、タンポポ、夜汽車の警笛《けいてき》、テニス・シューズ、地下室、正面ポーチ、回転木馬、夜明けに到来するサーカス。

それから、何カ月か何年かの期間をかけて、それらの言葉をわしづかみにして裏返し、顔のうしろに綴《と》じこんで、新たな夜明けの声がそれらに形をあたえ、呼び起こし、わたしをアンダーウッド（タイプライターの商標）へ駆りたてるのを待った。

　そのうちわかったことがある。自分はSF作家になりたいのだと思いこんでいた十二歳、十六歳、十八歳、二十歳のときも、わたしは――好むと好まざるとにかかわらず――オペラの怪人やドラキュラやコウモリの私生児だったのだ。本宅はアッシャー家であり、おばやおじはポオの末裔《まつえい》だった。つづく数年のうちに、わたしは『10月はたそがれの国』におさめられた作品の大半を書いて、一語半セントか一セントで〈ウィアード・テールズ〉に売った。わたしの書くものは本物の怪奇小説でも幽霊物語でもない、という編集者たちの警告に耳を貸さずに。えー、もっと伝統的な作品を書いてもらえないでしょうか？

　わたしには書けなかったので、「骨」と「群集」を送った。

「骨」をひょっこり見つけたのは、親切なかかりつけ医の診察を受けていたときだ。喉が妙な具合にヒリヒリするんですとこぼすと、医師は「どこも悪くありません。首の、いやそれをいうなら全身の組織や、筋肉や、腱《けん》をわざわざ感じたりはしないでしょう。考えるのなら延髄《メデュラ・オブロンギャタ》にしなさい」といったのだ。

　考えるのなら延髄《メデュラ・オブロンギャタ》にしなさい！　いやはや、ちゃんと発音もできないぞ！　わたしは骨――膝蓋骨《しつがいこつ》、遊走肋骨《ゆうそうろっこつ》、肘《ひじ》など、闇を表《あらわ》す隠れたゴシック風の象徴の数々――を感じながら帰宅し、「骨」を書いた。以来、ずっとそばにある。

　同じころ、わが朝の声が悪夢に変わった。十五のときに目撃した自動車の衝突事故の記憶がよみがえったのだ。その事故では五人が引き裂かれて死亡した。群集がたちまち――と思えたのだが――どこからともなく現れた。その事故が起きたのは、地元の霊園の門のすぐ外だった。もし……だったらと疑問が湧いて、わたしは「群集」を書いた。

数年間、わたしは〈ウィアード・テールズ〉の常連となり、こうした直観的な物語からSFの書き方を――そのジャンルにもどる気を起こしたときにそなえて――学んでいった。もちろん、その成果が『火星年代記』であり、それは五パーセントがSFで、九十五パーセントがファンタジーだ。以来、純血主義者には毛嫌いされてきた。わたしが空気のない火星にあえて大気圏をそなえさせ、わたしの書く変人たちが、あの厄介な空気タンクなしで歩きまわり、呼吸し、生きられるようにしたからだ。

「集会」の起源は、自宅の隣にあった祖父母の家にある。子供のころ、ハロウィーンが来ると、わたしはネヴァ叔母《おば》といっしょに車で田園地帯へ出かけ、トウモロコシの皮とカボチャを持ち帰って、家を飾りなおし、自分は蠟《ろう》のつけ鼻といぼだらけの顎《あご》で魔女に扮《ふん》して屋根裏部屋に隠れ、親戚や隣人を怖がらせようとした。集会に登場する一族の名前は、わたしのおばやおじたちの名前だ。「アイナーおじさん」は、大声で歌う、わが最愛のスウェーデン人おじの名前。この人を愛するあまり、わたしは彼に翼を授け、大空を舞わせたのだ。

最後に、「つぎの番」は、メキシコのグアナファトで地下墓地へ降りるほど愚かだったわが身への報《むく》いとして生まれた。わたしは二列に並んだミイラのあいだを歩いた。男、女、女の手首に針金でつながれた赤ん坊。使用料を払わないので墓から追いたてられ、墓地のホールに押しこめられた者たちが、打ちのめされて、壁ぎわで声もなくわめいていた。いったんその地下墓地にはいったら、脱出は不可能に近いのだ。「つぎの番」のなかに葬《ほうむ》ってやるまで、ミイラたちは追いかけてきた。

こうしてひとたび弁を開き、ジェラード・マンリー・ホプキンズがかつていったこと――「わたしのすることがわたし。そのためにわたしは来た」――を実行すると、物語がつぎつぎと生まれてきた。そのときから、ずっと自分でいようとしている。

『10月はたそがれの国』は、最初『闇のカーニヴァル』の題名で刊行された。表題作は締め切りに間に合わず、収録されずに終わった。それはわたしにまとわりつき、真夜中と葬儀列車を集めてきて、最終的に長編小説『何かが道をやってくる』として一九六二年に刊行された。ずいぶん遠まわりをしたが、ここでこの序文の題名にもどって来る――すなわち、「どうせ死ぬなら、わが声が絶えたあと」。わが声は依然としてしゃべっているし、わたしは依然として耳をすまし、それらの突拍子もない助言にしたがっている。未来のいつかの朝、目をさまして、沈黙が降りていたら、寿命がつきたのだとわかるだろう。運がよければ、人生最後の日も、その声は依然として忙しく、わたしは依然としてしあわせだろう。

レイ・ブラッドベリ
カリフォルニア州ロサンジェルス
一九九六年四月二十四日

10月はたそがれの国

……かの国ではつねに秋が深まりゆく。かの国では丘に霧、川に狭霧《さぎり》が立ちこめる。その地で昼間は疾《と》く消え去り、黄昏《たそがれ》と夕闇は名残《なごり》を惜しみ、真夜中は居すわりつづける。かの国を形作るのは、もっぱら地下室、半地下室、石炭置き場、クローゼット、屋根裏部屋、食料貯蔵庫。すなわち、太陽から顔をそむけたものたちだ。かの国の住民は秋の民《たみ》。頭にあるのは秋の想念ばかり。その民は、夜中に雨のような音をたてて、人けのない歩道を過ぎてゆく……。

こびと

エイミーは静かに空を眺めていた。

今夜もうだるように暑い夏の夜。コンクリートの桟橋《さんばし》はがらんとしていて、赤や白や黄色の電球が、人けのない遊歩道に並んで吊《つる》され、昆虫のように光っている。さまざまな見世物《みせもの》小屋の支配人たちが点々と立っており、溶けかけた蠟《ろう》人形さながら、目は虚空《こくう》をにらみ、黙りこくっている。

一時間前にふたりの客が通っていった。このたったふたりの客は、いまジェットコースターに乗っていて、すさまじい悲鳴をあげていた。いっぽうジェットコースターは、煌々《こうこう》と光る夜のなかへ真っ逆さまに落ちていき、虚無から虚無へとめぐっていた。

エイミーは岸辺をのろのろと歩いていった。使い古した木の投げ輪が、汗ばんだ両手にいくつかくっついていた。彼女は**鏡の迷路**の前にある入場券売り場のうしろで足を止めた。〈迷路〉の外側に波打つ鏡が三枚あり、そこに大きくゆがんだ彼女の姿が映っていた。その向こうの回廊では、千にものぼる彼女自身の疲れた複製が、蜿蜒《えんえん》と先までつづいている。冷《ひ》ややかな鏡に、熱い鏡像がくっきりと映っているのだ。

彼女は入場券売り場のなかへはいり、ラルフ・バンハートの細い首を長いこと見つめていた。彼は火のついていない葉巻《はまき》を、長く不ぞろいな黄ばんだ歯でくわえ、入場券を並べた棚の上でトランプのひとり遊びをしていた。

ジェットコースターがむせび泣き、ふたたびすさまじい雪崩《なだれ》となって落ちてきたとき、彼女はわれに返って口を開いた。

「ジェットコースターに乗るのは、どういう人たちなの？」

ラルフ・バンハートは丸々三十秒は葉巻を噛《か》んでいた。

「死にたいやつらさ。あのジェットコースターってやつは、死ぬにはいちばん手ごろなんだよ」すわったまま、射撃場からかすかに聞こえてくるライフルの銃声に耳をすまし、「この忌々《いまいま》しいカーニヴァル稼業《かぎょう》全体が狂ってるんだ。たとえば、あのこびと。見たことあるだろう？　毎晩十セント払って〈鏡の迷路〉に駆けこむと、はるばる〈ねじれルイ《スクリューイ》の部屋〉までまっしぐらだ。あそこにいるあのチビ助は見ものだよ。いやはや！」

「ええ、知ってるわ」とエイミーが思いだしながらいった。「こびとでいるのって、どんな風だろうといつも思うのよ。あの人を見ると、いつもかわいそうになるの」

「おれならアコーディオンみたいに演奏するね」

「そんなこといわないで！」

「おやおや」ラルフはあいているほうの手で彼女の腿《もも》をポンと叩き、「会ったこともない男のことだと、きみはいつもむきになるな」かぶりをふり、クスクス笑って、「あいつと、あいつの秘密。おれに知られてるとは、夢にも思ってないだろうな。いや、まったく！」

「暑い夜ね」彼女は汗で濡れた指に大きな木の輪をかけて、神経質に引っぱった。

「話をそらすなよ。いまにあいつが来るよ、雨が降ろうが、陽《ひ》が照ろうがな」

エイミーは歩きだそうとした。

ラルフが彼女の肘《ひじ》をつかみ、

「おい！　怒るなよ。きみだってあのこびとを見たいんだろう？　シーッ！」ラルフがふり返った。「噂《うわさ》をすればなんとやらだ！」

毛深くて浅黒いこびとの手が、銀色の十セント硬貨を握って売り場の窓口へにゅっと伸びあがってきた。姿の見えない人は、「一枚！」と、かん高い子供の声で叫んだ。

思わず、エイミーは身を乗りだした。

こびとが彼女を見あげた。黒い瞳、黒い髪の醜《みにく》い男、それもワイン絞《しぼ》り器にかけられて押しつぶされ、絞りあげられ、小さく丸められ、幾重《いくえ》にもたたまれて苦しみぬき、ついには漂白されて、踏みにじられたかたまりとなった男にしか見えない。締まりなくふくれあがった顔、ベッドで横になっても眠るのは体だけで、夜中の二時、三時、四時になってもぱっちりと目を開いて虚空を見つめているにちがいないとわかる顔だ。

ラルフが黄色い入場券を半分にちぎって、

「はい、一枚！」

こびとは、まるで迫り来る嵐に怯《おび》えるかのように、黒い上着の襟《えり》をきっちりと喉にかき寄せ、よたよたとすばやく進んだ。つぎの瞬間、一万に分かれたこびとが、道に迷ってさまよいながら、半狂乱になった黒い甲虫《こうちゅう》さながら、平らな鏡のあいだで身をくねらせ、姿を消した。

「急げ！」

ラルフは鏡の裏にある暗い通路にエイミーを押しこんだ。エイミーは彼に急《せ》かされてトンネルを抜け、のぞき穴のある薄い仕切りのところまで来た。

「こいつが見ものなんだ」彼がクスクス笑った。「さあ――見るといい」

エイミーはためらったが、やがて顔を仕切りに押しつけた。

「あいつが見えるだろう？」とラルフがささやく。

エイミーは心臓がドキンと打つのを感じた。丸一分が過ぎた。

小さな青い部屋のまんなかにこびとが立っていた。目を閉じている。まだ目をあける心がまえができていないのだ。と、パッとまぶたを開き、目の前にある大きな鏡を見つめた。そして鏡に映ったものを見て、口もとをほころばせた。ウインクし、くるっと爪先で一回転し、横向きに立ち、手をふり、お辞儀《じぎ》をし、すこし不器用にダンスを踊った。

すると鏡は、細長い腕、見あげるほど背の高い体でひとつひとつの動作をくり返し、大きくウインクして、大げさにダンスを再現し、大げさなお辞儀で終えたのだ！

「毎晩、同じことをするんだ」とラルフがエイミーの耳もとでささやいた。「なかなかの見世物だろう？」

エイミーは首だけふり返り、無表情な顔で、しばらくラルフを見つめつづけた。彼女はなにもいわなかった。と、まるでそうせずにはいられないかのように、ゆっくりと、ごくゆっくりと首を元にもどして、いまいちど開口部ごしに目をこらした。彼女は息を呑《の》んだ。目に涙がにじむのがわかった。

ラルフが彼女を小突《こづ》いて、ささやいた。

「なあ、あのチビ助、こんどはなにをしてるんだ？」

三十分後、ふたりが入場券売り場のなかで、おたがいの顔を見ずにコーヒーを飲んでいると、こびとが鏡の迷路から出てきた。帽子を脱ぎ、売り場に近づきかけたが、エイミーを目にして、あわてて立ち去った。

「なにかいいたそうだったわね」とエイミーがいった。

「ああ」ラルフが大儀《たいぎ》そうに葉巻を押しつぶした。「それがなにかもわかってる。でも、あいつにはいい出す勇気がないのさ。ある晩、あの蚊《か》の鳴くようなキーキー声でいったんだ、『あの鏡は高いんでしょうね』ってな。で、こっちは鈍《にぶ》いふりをしてやった。ああ、そうだよ、といったのさ。あいつはおれをじっと見て、待っていたけど、こっちがもうなにもいわないんで、家へ帰った。でも、つぎの晩に『あの鏡は五十ドル、いや百ドルはするんでしょうね』って、あいつがいったんだよ。まあ、そんなとこでしょうね、とおれは答えて、トランプのひとり遊びをはじめたのさ」

「ラルフ」

彼はちらっと顔をあげ、

「なんでそんな目でおれを見るんだ？」

「ラルフ」彼女はいった。「余分な鏡を一枚売ってあげればいいじゃない」

「なあ、エイミー、きみの輪投げの商売におれが口出ししたことがあるか？」

「あの鏡はいくらするの？」

「中古品なら三十五ドルで手にはいる」

「だったら、どこで買えるか教えてあげたらいいじゃない」

「エイミー、きみはお利口さんじゃないな」

ラルフが彼女の膝《ひざ》に手を置いた。エイミーは膝をずらした。

「たとえどこへ行けばいいか教えてやっても、あいつが鏡を買うと思うかい？　とんでもない。なぜかって？　あいつは自意識過剰なんだ。もし〈スクリューイ・ルイの部屋〉で、あの鏡の前で踊ってるのをおれに知られたと知ったら、あいつは二度ともどって来ないよ。ほかのみんなと同じように、迷路で迷ったふりをしてるんだ。あの特別な部屋なんか気にしてないふりをしてるのさ。あの部屋を独《ひと》り占めできるように、いつも夜が更《ふ》けて客足が途絶《とだ》えるのを待ってるんだ。商売繁盛の夜に、あいつがどの演《だ》しものを見てるのかは、神のみぞ知るさ。いやいや、あいつはどこへも鏡を買いに行きはしないよ。友だちもいないし、たとえいたって、そういうものを買ってきてくれと頼めるわけがない。自尊心だよ、いやはや、自尊心ってやつだ。おれに話しかけてきた理由はひとつだけ。あいつの知り合いは、実際問題おれひとりだけだからだ。おまけに、あいつをよく見ろよ——ああいう鏡を買う余裕はないさ。貯金したくても、今日日《きょうび》、こびとの働き口がどこにある？　街には失業者があふれてるんだ。あるとしたら、サーカスだけだよ」

「ひどい話ね。悲しくなるわ」エイミーは閑散《かんさん》とした遊歩道に目をこらした。「どこに住んでるのかしら？」

「波止場《はとば》の安下宿だ。ガンジス・アームズ。なんでまた？」

「どうしても知りたいっていうなら教えてあげる、あの人に夢中なのよ」

ラルフは葉巻をくわえたままにやりと笑い、

「エイミー」といった。「その冗談、えらくおかしいよ」

生暖かい夜、暑い朝、灼熱《しゃくねつ》の正午。海はピカピカ光る焼けた金属とガラスでできた板だった。

エイミーが、生ぬるい海に突き出ているカーニヴァルの通りを歩いてきた。見世物小屋はどれも閉まっていた。彼女は日陰から出ないようにして、日焼けした雑誌を五、六冊かかえている。ペンキの剝《は》げたドアをあけ、蒸《む》し暑い暗闇に声をかけた。

「ラルフ？」ヒールで木の床を踏み鳴らしながら、鏡の裏の暗い通路を抜けていく。「ラルフ？」

帆布《キャンヴァス》張りの簡易寝台の上で、だれかがものうげに身じろぎした。

「エイミーか？」

ラルフは上体《じょうたい》を起こし、薄暗い電球を鏡台のソケットにねじこんだ。まぶしそうに彼女に向かって目をすがめる。

「おや、カナリアを丸呑みした猫みたいな顔をしてるな」

「ラルフ、小さい人のことで来たのよ！」

「こびとだよ、エイミー、こびと。小さい人ってのは、小さいなりに体の均斉《きんせい》がとれているんだ。こびとは腺《せん》の異常で……」

「ラルフ！　あの人についてすごくすてきなことが、さっきわかったのよ！」

「かなわねえな」彼は不信の念を表《あらわ》すためにさし出した両手に向かっていった。「この女ときたら！　いわせてもらうが、どこの馬の骨とも知れない醜いチビに――」

「ラルフ！」彼女は目を輝かせて雑誌をさし出した。「あの人、作家なのよ！　考えてみて！」

「考えるにはちょっと暑すぎるよ」彼はまた横になり、口もとをゆがめながら、彼女をしげしげと見た。

「さっき、たまたまガンジス・アームズを通りかかって、管理人のミスター・グリーリーに会ったの。ミスター・ビッグの部屋では、ひと晩じゅうタイプライターが鳴ってるんですって！」

「そいつがあいつの名前か？」ラルフはゲラゲラ笑いだした。

「パルプ雑誌に探偵小説を書いて生計を立てているの。古雑誌売り場であの人の小説をひとつ見つけたわ、ラルフ、で、どんなのだと思う？」

「疲れてるんだよ、エイミー」

「あの小さな人の魂《たましい》は、ものすごく大きいのよ。頭のなかになにもかも、はいっているんだわ！」

「だったら、なんで大手の雑誌に書かないんだ、その理由を訊《き》きたいね」

「怖がってるからよ――自分に能力があるのを知らないのかもしれない。そういうことはあるものよ。自分で自分が信じられないってことは。でも、その気になりさえすれば、世界のどこにだって小説を売れるはずよ」

「じゃあ、なんで金持ちになってないんだ？」

「ふさぎこんでいるせいで、アイデアがなかなか浮かばないからかもしれないわね。浮かぶはずないわ。あんなに小さいのに。あんなに小さくて、ひと間きりの安アパートに住んでいたら、ほかのことなんて考えられないわ」

「おいおい！」ラルフが鼻を鳴らした。「フローレンス・ナイチンゲールのお祖母《ばあ》ちゃんみたいな口ぶりだぞ」

　彼女は雑誌をかかげ、

「あの人の犯罪小説を読んであげるわ。銃やタフガイがいっぱい出てくるけれど、語り手はこびとなの。作者がわかって書いていているなんて、編集者は夢にも思わなかったでしょうね。さあ、お願いだからそんな風に寝てないで、ラルフ！　聞いてよ」

そして彼女は朗読をはじめた。

「わたしはこびとで人殺しだ。このふたつは切っても切れない。片方がもう片方の原因なのだから。

わたしが殺した男は、わたしが二十一歳のとき、通りでわたしを呼び止めては、抱きあげて額《ひたい》にキスし、大げさにあやしたり、子守歌を歌ったりしながら、肉屋のなかへかつぎこんで、秤《はかり》の上に放りだし、こう叫んだものだった。『気をつけろ。あんたの親指くらいの目方《めかた》もないぞ、肉屋さん！』

わたしの人生が殺人へと向かった経緯《いきさつ》がおわかりだろうか？　この愚か者、わたしの肉体と魂を迫害した者のせいなのだ！

子供のころの話をしよう。わたしの両親は小柄《こがら》だった。こびととはいい切れないが、いい切れないだけ。父が相続した財産のおかげで、わたしたちは人形の家に住みつづけられた。白い渦巻で飾られたウェディング・ケーキのような驚くべきものだ――小さな部屋、小さな椅子、ミニチュアの絵画《かいが》、カメオ、内部に昆虫を閉じこめた琥珀《こはく》。なにもかもが小さくて、細《こま》かくて、ちっちゃかった！　巨人たちの世界は遠い彼方《かなた》、おぞましい噂は庭の塀《へい》の向こう側にあった。かわいそうなママとパパ！　両親はわたしに善《よ》かれと思っただけなのだ！　小さく、かけがえのない陶器《とうき》の花壜《かびん》のように、わたしを手元に置いておいた。わたしたちの蟻《あり》の世界、蜂《はち》の巣箱のような部屋、顕微鏡サイズの書庫、甲虫サイズのドアと蛾《が》サイズの窓の国に。いまだからこそ、両親がけたはずれの精神病を患《わずら》っていたとわかる！　ふたりは永遠に生きて、ガラス壜のなかのチョウのように、わたしを飾っておけると夢見ていたにちがいない。だが、まず父が亡くなり、つぎに火事が起こって、小さな家、蜂の巣、さらには内部にあった郵便切手大《だい》の鏡や、塩入れ大のクローゼットをことごとく舐《な》めつくした。ママも世を去ってしまったのだ！　そしてわたしひとりだけが、焼け跡《あと》を見つめ、怪物と巨人の世界へ投げだされ、現実という地滑りに巻きこまれ、すばやく動かされ、ころがされ、崖《がけ》の底へ叩きつけられたのだ！

世間に慣れるのに一年かかった。見世物小屋《サイドショー》の仕事は考えられなかった。世界にわたしの居場所はないように思えた。やがて、ひと月前、さっきいった迫害者がわたしの人生に登場し、疑うことを知らないわたしの頭に縁なし帽《ボンネット》をかぶせて、友人たちに叫んだのだ──『この小さい女をごろうじろ！』と」

エイミーが朗読をやめた。目をきょろきょろさせ、震える手で雑誌をラルフに渡し、

「自分で最後まで読んで。あとは人殺しの話よ。うまく書けてるわ。でも、わかるでしょう？　あの小さい男の人。あの小さい男の人が書いたのよ」

ラルフは雑誌をわきへ放り、ものうげに煙草《たばこ》に火をつけた。

「おれは西部劇《ウエスタン》のほうが好きだ」

「ラルフ、読まなくちゃだめよ。あの人には、たいしたもんだ、このまま書きつづけるんだ、といってくれる人が必要なのよ」

ラルフは首をかしげて、彼女を見つめた。

「で、だれがそうするんだ？　おいおい、おれたちは救世主の右腕ってわけじゃないんだぜ」

「そんなこといわないで！」

「頭を使えよ、このばか！　哀《あわ》れみをかけられてると思わせたら、おしまいなんだ。あいつは金切《かなき》り声をあげて、きみを部屋から追いだすぞ」

エイミーはすわりこみ、そのことをじっくり考え、ひっくり返して、あらゆる角度から検討した。

「わからない。あんたのいうとおりかもしれない。ああ、正直いうと、ただの哀れみじゃないのよ、ラルフ。でも、あの人にはそう見えるかもしれない。よっぽど用心しなくちゃ」

ラルフは彼女の肩を前後に揺すり、指でそっとつねった。

「おいおい、頼むから、あんなやつにかまうなよ。金をかけたって、厄介ごとをしょいこむだけだぞ。エイミー、なにかにこんな夢中になったきみは見たことがない。なあ。きみとおれとで、今日は休みにして、ランチをとったら、車にガソリンを入れて、できるだけ遠くまで海岸をドライヴしようや。泳いで、晩飯を食って、どっかの小さな町で楽しいショーを見物するんだ——カーニヴァルなんかほっといてさ、どうだい？　ご機嫌な一日で、心配ごとなし。おれだって、二ドルくらいなら貯《た》めてあるんだ」

「あの人がちがうと知っているからよ」暗闇の奥に目をやりながらエイミーがいった。「あの人が、あたしたちにはなれないものだからよ——あんたとあたし、この桟橋にいるほかのみんなにはなれないもの。えらくおかしな話じゃない。あの人の体はカーニヴァルのショーにしか向かないようにできてるのに、あの人は陸《おか》にいる。いっぽうあたしたちの体は、カーニヴァルのショーで働かなくてもすむように作られたのに、どういうわけか、ここに、桟橋の上、海の上にいる。岸から百万マイルも離れているように思えるときもあるわ。ねえ、ラルフ、あたしたちには体があるけれど、あの人には脳味噌があって、あたしたちには考えつけないことを考えられるのはどうしてなの？」

「おれの話を聞いてもいなかったのか！」とラルフ。

彼女はすわったまま、頭の上でラルフにしゃべらせているが、その声ははるかに遠い。彼女は目を半閉じにし、両手を膝に置いているが、その手がピクピク引きつっている。

「そのわかったような目つきは気に入らないな」とうとうラルフがいった。

彼女はゆっくりとハンドバッグをあけ、紙幣を小さく丸めたものをとりだし、数えはじめた。

「三十五ドル、四十ドル。いいわ。ビリー・ファインに電話して、例の縦長タイプの鏡を一枚、ガンジス・アームズのミスター・ビゲロー宛てに届けてもらうわ。ええ、そうするのよ！」

「なんだって！」

「あの人にとってどんなにすてきなことか、考えてみなさいよ、ラルフ、自分の部屋に一枚あれば、いつでも好きなときに見られるのよ。電話を使ってもいい？」

「勝手にしろ、つき合いきれねえや」

ラルフはくるりと背を向け、トンネルを歩み去った。ドアがバタンと閉まった。

エイミーはしばらく待ってから、両手を電話にかけ、苦痛に思えるほどゆっくりとダイアルをまわしはじめた。ひとつまわすたびに間《ま》を置き、息をこらえ、目を閉じて、考える。この世界で小さな人でいるのはどういう感じなのか、やがてある日、知らない人から特別な鏡が送られてきたらどう思うかを。鏡が自分の部屋にあれば、部屋にこもって、輝いている自分の大きな姿を鏡に映し、つぎつぎと小説を書くことができるから、必要のないかぎり、外の世界へ出ていかなくてすむだろう。部屋のなかにひとりきりで、そのすばらしい幻影と一体になれるわけだ。そうなったらしあわせだろうか、それとも悲しくなるだろうか？　執筆がはかどるのだろうか、それとも邪魔になるのだろうか？　彼女は首を何度も前後にふった。すくなくとも、鏡が部屋にあれば、だれにも見おろされずにすむ。来る夜も来る夜も、冷えとした午前三時にこっそりと起きだし、ウインクして、踊りまわり、自分自身に笑いかけ、手をふることができるかもしれない。輝く鏡に映ったその姿は、とても背が高く、見あげるように背が高く、どこから見ても立派だろう。

電話の声が、「ビリー・ファインです」といった。

「ああ、ビリー」彼女は叫んだ。

桟橋に夜のとばりが降りた。板の下に横たわる海は暗く、波音が騒々しかった。ラルフはガラス張りの棺《ひつぎ》のなかで冷たい蠟人形のようにすわり、トランプの札《ふだ》を並べていた。目は一点を見つめたきり、口はこわばっている。肘のところでは、煙草の吸い殻《がら》の作るピラミッドが、どんどん大きくなっていった。エイミーが満面の笑みで、手をふりながら赤と青の熱い電球の下を歩いてきたときも、彼はトランプをのろのろと、ひどくのろのろと並べるのをやめなかった。

「ねえ、ラルフ!」彼女がいった。

「恋愛沙汰《ざた》はどうなった?」彼は汚いグラスから氷水を飲みながら尋ねた。「シャルル・ボワイエはどうした、それともケイリー・グラントか?」

「いま新しい帽子を買いにいってきたの」彼女はにっこりした。「ああ、気分がいいわ!　なぜだかわかる?　ビリー・ファインが明日、鏡を送ってくれるの!　あの小さい人がどんな顔をするかわかる?」

「想像するのは、あんまり得意じゃなくてね」

「よくいうわ、あたしがあの人と結婚するとかなんとか考えたくせに」

「したらどうだ。スーツケースに入れてあいつを持ち歩くんだよ。ご主人はどちらに、と訊かれたら、ケースをあけて、はい、こちらに、というだけでいい!　銀のコルネットみたいなもんだ。好きなときにケースから出して、一曲吹いたら、しまいこむ。裏のポーチに小さな砂箱を出しておいてやれよ」

「すごく気分がよかったのに」

「慈善事業ってやつだな」ラルフは彼女を見ずに、口もとをこわばらせた。「慈・善・事・

業。どうやら、おれがあの節穴《ふしあな》ごしにあいつを見て、面白がってたのがきっかけらしいな。だから鏡を送ったんだろう？　きみのような人間は、タンバリンを叩いて走りまわって、おれの人生から楽しみを奪うんだ」

「まあ、もうこんなところへ来て、お酒を飲むこともないわね。これからは、卑《いや》しいところが全然ない人とつき合うから」

ラルフは深呼吸した。

「エイミー、エイミー。あいつを助けられるとでも思ってるのか？　あいつはイカレてるんだ。こんなばかげた真似をしたら、こういってるようなもんだぜ。いいわ、イカレなさい、手伝ってあげるわ、ってな」

「とにかく一生にいちどくらい、人助けになると思うなら、まちがったことをしたっていいじゃない」

「善意の押しつけはよしとけよ、エイミー」

「うるさいわね、黙っててよ！」彼女は叫び、そのあとはなにもいわなかった。

ラルフはしばらく沈黙を破ろうとしなかったが、やがて立ちあがり、指紋のついたグラスをわきに置いた。

「売り場を見ててくれるか？」

「いいわよ。でも、どうして？」

彼女の目に映ったのは、一万に分かれたラルフの冷たく白い鏡像だった。口を真《ま》一文字に引き結び、指をひくひくと動かしながら、左右に鏡のあるガラスの回廊を進んでいく。

彼女は丸一分も売り場にすわっていた。やがて、不意に体が震えだした。売り場のなかで小さな時計が時を刻み、彼女はトランプを一枚ずつめくりながら待った。迷路の内部の遠く離れたところで、ハンマーがなにかをガンガンと打つ音がした。その音がやみ、さらに待つと、やがて一万の鏡像がつぎつぎと折り重なって消えていき、売り場にいる彼女の一万に分かれた鏡像を見ながら、ラルフが大股にもどってきた。傾斜した通路をやってきながら、彼が静かに笑っている声が聞こえた。

「あら、なんでまたそんなに上機嫌なの?」彼女は、なにか怪しいと思いながら尋ねた。

「エイミー」ラルフがそれを気にせずにいった。「喧嘩はよそうや。明日ビリー・ファインが、あの鏡をミスター・ビッグのところへ送るといったな?」

「なにかおかしな真似をするんじゃないでしょうね?」

「おれが?」彼はエイミーを売り場から出して、目を輝かせ、鼻歌を歌いながらトランプのひとり遊びを引き継いだ。「おれじゃない、ああ、ちがうとも、おれじゃないさ」

彼はエイミーを見ずに、トランプをすばやく切りはじめた。彼女はラルフのうしろに立った。彼女の右目がひくひくと動きはじめた。彼女は腕組みし、腕組みを解いた。一分が経過した。聞こえるのは、夜の桟橋の下に打ち寄せる波音、熱気にあえぐラルフの息づかい、トランプを切り混ぜる静かな音だけ。桟橋の上の空は暑く、雲が分厚く垂れこめている。沖合では、稲妻《いなずま》がかすかにひらめきはじめている。

「ラルフ」痺《しび》れを切らして彼女がいった。

「そう力《りき》むなよ、エイミー」

「さっきの海岸をドライヴするって話だけど――」

「明日だ」彼はいった。「来月かもしれん。来年かもしれん。ラルフ・バンハートさまは辛抱強い男なんだ。来年でもかまわないさ、エイミー。ほら」片手をかかげ、「おれは冷静だ」

彼女は沖合の雷鳴が尾を引くように消えるまで待った。

「きみには夢中になってほしくないだけだ。悪いことが起きてほしくないだけなんだ、約束してくれ」

風は、生暖かくなったり冷たくなったりしながら、桟橋を吹きぬけた。風には雨のにおいが交じっていた。時計が時を刻んだ。エイミーはしとどに汗をかきはじめ、トランプの札があちこちに動くのを見まもった。遠くの射撃場で、ピストルの銃声と的《まと》が撃ちぬかれる音がしていた。

とそのとき、彼が現れた。

昆虫を思わせる電球の下、うら寂しい通路をよちよち歩いてくる。その顔は暗く、ゆがんでおり、動くたびに苦労している。彼が桟橋をはるばるやって来るのを、エイミーは見まもった。エイミーは彼にいいたかった。今晩で最後よ、ここへ来て気まずい思いをしなくちゃならないのはこれが最後、あなたは知らないとしても、ラルフに見られるのに耐えなきゃならないのも最後、と。大声で叫び、笑い声をあげ、ラルフの目の前でそういってやりたかった。しかし、なにもいわなかった。

「やあ、今晩は！」ラルフが叫んだ。「今夜は店のおごりだよ！　常連さんへの特別サーヴィスだ！」

こびとはびっくりして顔をあげた。その小さな黒い目が、困惑のあまりあっちこっちへ泳いでいる。口がお礼の言葉を形作り、彼は片手を首に当てて、引きつっている喉に小さな襟《えり》をぴったりと引き寄せ、反対の手で十セント硬貨をひそかに握りしめた。ふり返り、軽く会釈《しゃく》すると、何十、何百もの圧縮された苦しげな顔が、照明を浴びて奇妙な暗い色に焼けて、ガラスの回廊をさまよった。

「ラルフ」エイミーが彼の肘をつかんだ。「どういうこと？」

彼はにやりと笑い、

「慈善事業だよ、エイミー、慈善事業ってやつだ」

「ラルフ」

「シーッ」彼はいった。「耳をすませよ」

ふたりは蒸し暑い売り場のなかで、黙ったまま長いこと待った。

と、はるか遠くで、くぐもった悲鳴があがった。

「ラルフ！」とエイミー。

「聞けよ、聞いているんだ！」

またしても悲鳴があがり、つぎつぎと悲鳴があがった。そしてなにかを叩き壊す音がして、迷路を猛然《もうぜん》と走りぬける音。と、派手にぶつかって鏡から鏡へとはね返り、ヒステリックに金切り声をあげ、涙で顔をくしゃくしゃにしてすすり泣き、口をあけてあえぎながら、ミスター・ビゲローがやってきた。稲妻のひらめく夜気《やき》のなかへよろめき出て、血走った目であたりを見まわすと、嗚咽《おえつ》して、桟橋を走っていく。

「ラルフ、なにがあったの？」

ラルフはすわったまま笑いころげ、腿をピシャピシャと叩いた。

エイミーはその顔を平手打ちし、

「いったいなにをしたの？」

彼はなかなか笑いやまなかった。

「来いよ。見せてやる！」

つぎの瞬間、彼女は迷路のなかにいた。白熱する鏡から鏡へと走っていくと、火のように赤い口紅が、燃えるような銀色の洞窟《どうくつ》に千回も現れ、そこでは自分そっくりの見知らぬヒステリー女が、にやにや笑いながら早足で歩く男を追いかけていた。

「早く来いよ！」彼は叫んだ。そして飛びこんだ先は、ほこりのにおいのする小部屋だった。

「ラルフ！」

ふたりが立っているのは、この一年、こびとが毎晩通《かよ》ってきた小部屋の入り口だった。ふたりが立っているのは、毎晩こびとが正面に映しだされる奇跡的な鏡像を見る前に、目をつむって立つ場所だった。

エイミーは片手を突きだし、のろのろと薄暗い部屋にはいった。

鏡が変わっていた。

この新しい鏡は、ふつうの人々さえ小さく、小さく、小さくした。長身の人々さえ、進むにつれて小さくなり、陰気臭くなり、さらに縮まるのだった。

エイミーはその前に立って考えに考えた。ここに立つと、大きな人間が小さくなるとしたら、ああ、こびとはどうなるのだろう。いっそう小柄なこびと、陰気臭いこびと、びっくり仰天《ぎょうてん》した、孤独なこびとになるのだろうか？

彼女はふり返り、危うく倒れそうになった。ラルフが彼女を見つめていた。

「ラルフ」彼女はいった。「ひどいわ、なんでこんなことを？」

「エイミー、もどって来い！」

彼女は泣きながら、鏡のあいだを走りぬけた。涙でぼやけた目をこらしても、なかなか道は見つからなかったが、なんとか見つけた。立ち止まり、がらんとした桟橋に目をしばたたき、右へ走りだし、ついで左へ、さらに右へと走ってから止まった。ラルフがなにかいいながら追いついてきたが、それは深夜に壁の向こう側であがる声、はるか遠くの外国の声のようだった。

「話しかけないで」と彼女はいった。

だれかが桟橋を走ってきた。射撃場のミスター・ケリーだ。

「おい、たったいま小さい男を見なかったか？　おれのところから、弾丸《たま》のはいったピストルをかっさらって、逃げていきやがった。もうちょっとでつかまえられたんだが！　探すのを手伝ってくれないか？」

　そういうとケリーは大急ぎで行ってしまった。テント小屋にいちいち首を突っこんで探しながら、青と赤と黄色の熱い電球が連なっているほうへと。

　エイミーは前後に体を揺すって、一歩踏みだした。

「エイミー、どこへ行くんだ？」

　彼女はラルフを見た。まるでふたりが行きずりの赤の他人で、角《かど》を曲がったとたん、鉢合《はちあ》わせしたかのように。

「探すのを手伝うのよ」

「きみにできることはないよ」

「とにかく、探してみるわ。ああ、ラルフ、全部あたしのせいよ！　ビリー・ファインに電話なんかするんじゃなかった！　鏡なんか注文して、あんたを怒らせるんじゃなかった。だから、こんなことしたんでしょう！　あたしがミスター・ビッグのところへ行けばよかったのよ、あんな気ちがいじみたものを買うんじゃなくて！　なにがあっても、あの人を見つけるわ」

　涙で頰《ほほ》を濡らした彼女がゆっくりとふり向くと、迷路の正面に立つ鏡が小刻みに揺れていた。ラルフの姿がその一枚に映っていた。彼女はその鏡像から目を離せなかった。ぽかんと口をあけて、冷たい魅力にとらわれて身をわななかせていた。

「エイミー、どうかしたのか？　いったい――」

　彼女がどこを見ているのか悟って、ラルフは体をねじり、なにがどうなっているのか見ようとした。彼も目を見開いた。

　彼はギラギラ光る鏡に向かって顔をしかめた。

　身長二フィートの、ぞっとするほど醜い小男が、古ぼけた麦わら帽子をかぶり、青白い、つぶれたような顔でにらみ返してきた。ラルフは両手をわきに垂らし、自分自身をにらんでいた。

　エイミーはのろのろと歩きだし、やがて早足になり、ついには走りだした。がらんとした桟橋を駆けていくと、生暖かい風が吹き、空から熱い大粒の雨が降ってきて、彼女はずぶ濡れになりながら走りつづけた。

つぎの番

それは絵に描《か》いたような町の広場だった。その清新な構成要素はつぎのとおり——木曜と土曜の夜に男たちがその上に立って音楽を弾《はじ》けさせる、屋外ステージ代わりのキャンディーボックス。渦巻と曲線にいろどられ、目のさめるような緑に塗られた青銅のベンチ。あざやかな青とピンクのタイルを敷いた歩道——青はエナメルを塗ったばかりの女性の目の色、ピンクは女性が隠している驚異の色だ。そして帽子箱そのものの形に刈《か》りこまれた、みごとなフランス風の並木。ホテルの窓から見ると、全体としては清々《すがすが》しく、信じられないほど幻想的で、一八九〇年代のフランスの別荘地を彷彿《ほうふつ》させる。だが、ちがう、ここはメキシコだ！そしてこれは植民地メキシコの名残《なごり》をとどめる小さな町の広場で、立派な州立オペラ・ハウスまである（ただし、いまは入場料二ペソで映画がかかっているが——『怪僧ラスプーチン』、『ビッグ・ハウス』、『キュリー夫人』、『邂逅（めぐりあい）』、『ママはパパが好き』）。

ジョゼフは朝陽《あさひ》で温まったバルコニーへ出て、手すりのわきにひざまずくと、小さな箱形ブローニー（カメラの商標）をかまえた。背後の浴室では水が流れていて、マリーの声が聞こえてきた——

「なにをしてるの？」

彼は「——写真」とつぶやいた。彼女がもういちど訊《き》いた。彼はカチリとシャッターを切

り、立ちあがると、フィルムを巻いて、目をすがめ、

「町の広場の写真を撮《と》った。いやはや、昨夜の男たちのわめきっぷりといったら。二時半まで眠れなかったよ。地元のロータリー・クラブが懇親会を開いているさなかに着いたのかと思った」

「今日の予定は？」

「ミイラを見にいく」

「まあ」と彼女。長い沈黙が降りた。

彼が部屋にもどって、カメラを置き、煙草《たばこ》に火をつけた。

「ひとりで見にいくよ」と彼がいった。「そのほうがよければ」

「いいえ」と、あまり大きくない声で彼女がいった。「いっしょに行くわ。でも、なにもかも忘れられたらいいのに。すごくきれいな小さな町なんだから」

「おい、見ろよ！」目の隅に映った動きをとらえて、彼が叫んだ。急いでバルコニーへ出て、そこに立つ。指にはさんだ煙草は忘れられて、煙を立ち昇らせていた。「早くおいで、マリー！」

「体を拭《ふ》いてるの」

「頼むから、急いで」彼はうっとりした表情で通りを見おろしていた。

背後で動きがあり、つぎの瞬間、石鹸《せっけん》と、水で洗った肉体と、濡れたタオルと、さわやかなオーデコロンのにおいがした。マリーがすぐうしろにいた。

「そこを動かないで」彼女が警告した。「そうすれば、人目《ひとめ》につかずに見られるから。わたし、素《す》っ裸《ぱだか》なのよ、いったいなにごと?」

「あれだよ!」彼が叫んだ。

行列が通りをやってきた。先頭は男で、頭に包みを載せている。あとから来るのは黒いレボーソ(メキシコの女性が頭や肩に巻く長いスカーフ)をまとった女たちで、オレンジの皮を噛《か》みちぎり、石畳《いしだたみ》にペッと吐きだしている。幼い子供たちがそのすぐそばにいて、男たちはその前だ。サトウキビを食べている者もいる。外皮が裂けるまでかじって、大きなかたまりを食いちぎると、汁気《しるけ》たっぷりの果肉が出てくるので、その汁を吸うのだ。総勢で五十人といったところか。

「ジョー」うしろから彼の腕を握りながらマリーがいった。

先頭の男が鶏冠《とさか》のように微妙なバランスを保って頭に載せているのは、ありきたりな包みではなかった。それは銀色のサテン製で、銀色の房《ふさ》飾りと、銀色のバラ飾りで覆われていた。そして男は褐色の手で包みをそっと握っており、反対の手はぶらぶらさせていた。

これは葬列で、小さな包みは棺《ひつぎ》なのだ。

ジョゼフはちらっと妻に目をやった。

彼女は搾《しぼ》りたてのミルクの色をしていた。風呂あがりのピンクは消えていた。心臓が、体内のどこかに隠れている真空へ、その色を吸いこんでしまったのだ。彼女はフランス戸(両開きの格子のガラスドア)にしっかりとつかまり、行進する人々を目で追った。彼らが果物《くだもの》を食べるのを見まもり、小声でしゃべったり、小声で笑ったりするのを聞いた。自分が素っ裸であることを忘れていた。

「幼い女の子か男の子が、もっとしあわせな場所へ行ったんだな」とジョゼフ。

「どこへ連れていくの――彼女を？」

彼女は女性代名詞を選んだ。そのことを変だとは思わなかった。未熟な果物のように包みに入れられた、そのちっぽけな断片と自分とをすでに同一視していたのだ。いまこの瞬間、彼女は窮屈《きゅうくつ》な闇に押しこめられて坂を登らされている。沈黙し、怯《おび》えている桃のなかの石だ。外側の棺に添えられた父親の手の感触。棺の内側はひっそりと静まりかえっている。

「もちろん、墓地だよ。そこへ連れていくんだ」と彼はいった。煙草の煙が、のんきそうな顔の前で遮光器となっていた。

「あの墓地じゃないでしょうね」

「まあ、こういう町に霊園はひとつしかないからね。たいてい埋葬《まいそう》を急ぐんだ。あの小さな女の子は、亡くなってまだほんの二、三時間といったところだろう」

「二、三時間――」

彼女は行列に背を向けた。一糸《いっし》もまとわず、力の抜けた手でタオルを押さえているだけの姿は、なんとも滑稽《こっけい》だ。ベッドのほうへ歩いていき、

「二、三時間前には生きていたのね。それがいまは――」

彼が言葉をつづけた。

「いまは急いで丘の上へ運ばれている。このあたりの気候は死者にやさしくないんだ。暑い

し、防腐保存の習慣もない。早めに片をつけないといけないんだよ」

「でも、あの墓地へ行くんでしょう、あの恐ろしい場所へ」と夢を見ているような声で彼女がいった。

「ああ、ミイラのことか」とジョゼフ。「あれこれ考えないほうがいい」

彼女はベッドに腰を降ろし、膝《ひざ》にかけたタオルを何度も何度も撫《な》でた。その目は、乳房《ちぶさ》の茶色の乳首と同じように、なにも見ていなかった。夫も部屋も目に映っていなかった。もし彼がパチンと指を鳴らしたり、咳をしたりしても、自分は顔をあげさえしないだろう――彼女にはそれがわかった。

「お葬式で果物を食べたり、笑ったりしてるのね」と彼女。

「霊園までは長い道のりだから」

彼女はぶるっと身を震わせた。深く呑《の》みこんだ釣り針から逃れようとする魚の痙攣《けいれん》に似ていた。彼女は仰向《あおむ》けになった。ジョゼフが、お粗末な彫刻を吟味《ぎんみ》するように彼女を見た。どこまでも批判的に、落ち着き払って、冷静に。わたしの体が広がって平らになり、変わってしまったのは、どこまでが彼の手のせいなのだろう、と彼女はぼんやりと思った。彼が造形をはじめたとき、この体はたしかにこうではなかった。それは現在を溜《た》めこんだ過去だ。彫刻家がうっかり水を染みこませた粘土《ねんど》のように、元の形にはもどせない。粘土で形を作るためには、手で温め、その熱で水分を蒸発させるものだ。しかし、ふたりのあいだに、そのすばらしい夏の天気はもうない。長年のうちに集まってしまい、いま彼女の乳房と体をたるませている水分を飛ばす熱はもうないのだ。熱がなくなったら、容器はみずからを破壊する水をあっという間に溜めこむ——それは驚くばかりで心騒がす光景だ。

「気分がよくないの」彼女はいった。仰向けになったまま、考えをめぐらせる。「気分がよくないの」返事がないので、もういちどいった。さらに一、二分して上体《じょうたい》を起こし、「もう一泊するのはやめましょう、ジョー」

「でも、すてきな町じゃないか」

「ええ。でも、なにもかも見てしまったわ」彼女は起きあがった。つぎに来るものはわかっていた。陽気で快活なはげましの言葉。なにもかもが偽《いつわ》りで、うわべだけの希望の言葉。「パックァロへ行くのもいいわね。いますぐ行きましょう。あなたは荷造りしなくていいわ、わたしが全部やるから！　ドン・ポサダに部屋をとれるはずよ。なんでも、そこは美しい小さな町で——」

「ここも」と彼が指摘した。「美しい小さな町だよ」

「ブーゲンビリアが建物にからみついていて——」

「あれが——」彼は窓辺の花を指さした。「——ブーゲンビリアだ」

「——で、釣りをするの。釣りは好きでしょう」彼女は明るい早口でいった。「わたしも釣るわ。ええ、おぼえるわ、おぼえてみせる、むかしからおぼえたかったのよ！　それに、このタラスカン・インディアンの顔立ちはモンゴロイドそのもので、スペイン語もろくに話せないそうよ。そこからパラクティンへ行けばいい。ウルアパンに近いし、飛びきりすてきな漆《うるし》塗りの箱があるんだって。きっと楽しいわ、ジョー、わたしが荷造りする。あなたはのんびりしていて――」

「マリー」

彼女は浴室のドアへ走ったが、ジョゼフはひとことで彼女を止めた。

「なあに？」

「気分がよくないんじゃなかったっけ？」

「よくなかった。よくないわ。でも、いろんなすてきな場所のことを考えたら――」

「この町を十分の一も見ていない」彼は筋道立てて説明をした。「丘の上にモレロス（メキシコの聖職者・革命家。独立闘争の英雄として知られる）の彫像があるから、その写真を撮りたいし、通りの先にフランス風の建築が何軒かある……ぼくらは三百マイルも旅してきて、一日ここにいるだけなのに、あわててよそへ行こうっていうのか。今夜の宿泊代はもう払ってあるし……」

「返金してもらえるわ」

「どうして逃げたがるんだ？」彼は思いやりを率直に表《あらわ》して彼女を見た。「この町が気に入らないのか？」

「いいところだと思う」彼女はいった。血の気《け》のない頬《ほほ》に笑みを浮かべ、「緑がいっぱいで、きれいだわ」

「そうか、それなら」とジョゼフ。「もう一日だ。きっと好きになる。これで決まりだ」

彼女はなにかいいかけた。

「なんだい?」とジョゼフ。

「なんでもないわ」

彼女は浴室のドアを閉めた。その陰で薬箱をガチャガチャとあける。水が大コップに勢いよく注がれた。胃の薬を呑んでいるのだ。

ジョゼフが浴室のドアまで来た。

「マリー、ミイラがいやなんじゃないだろうね?」

「どうかしら」と彼女。

「じゃあ、お葬式のせいか?」

「さあね」

「きみが本当に怖いというなら、いますぐ荷造りする——だからしつこく訊くんだ。わかってるだろ」

彼は返事を待った。

「いいえ、怖くないわ」

「それならいい」と彼はいった。

墓地は日干《ひぼ》し煉瓦《れんが》の分厚い塀《へい》に囲まれていて、四隅《よすみ》では小さな石造りの天使が、石の翼を広げて身を傾けていた。その薄汚れた頭は鳥の糞《ふん》まみれ。手には同じものでできた護符《ごふ》を授《さず》かっていて、顔にはまぎれもなく染みが浮いている。

深さも満ち引きもない川のような暑い陽射《ひざ》しのなめらかな流れに乗って、ジョゼフとマリーは、青い影を斜めうしろに落としながら丘を登った。ふたりは助け合いながら霊園の門へたどり着き、スペイン風に青く塗られた鉄格子の扉を引いて、なかへはいった。

死者の日《エル・ディア・デ・ムエルテ》のお祭りから数日後の朝だった。リボンや、くしゃくしゃになったティッシュや、光沢のあるテープが、墓石《はかいし》や、よく磨《みが》かれた手彫りのキリスト受難像や、大理石の宝石箱に似た墓標に、狂人の髪の毛さながら、からみついたままだった。砂利《じゃり》の塚の上には天使像が置かれ、人の背丈ほど高さのある石のへりには、天使が精緻《せいち》に彫《ほ》りこまれている。夜の営《いとな》みのあと日干しにしたベッドなみに大きくてばかげた墓標もある。そして敷地を囲う四つの塀には、真四角な穴や横長の穴があいており、そのなかに棺がおさめられている。塀のなかの棺には大理石や焼き石膏《せっこう》の銘板《めいばん》がついていて、そこに名前が刻まれていたり、ブリキに描かれた絵がぶらさげてあったりする。棺におさめられた死者の安物の肖像画だ。それぞれの絵に鋲《びょう》でとめてあるのは、死者が生前に愛用していた安物の装身具——銀のお守り、銀の腕輪と脚輪と胴衣《どうい》、銀の犬、銀の杯《さかずき》、銀の教会メダイヨン、赤い縮緬《ちりめん》と青いリボンの切れ端。なかには、天使の腕に抱かれて昇天する死者を油絵風に描いたブリキ板を飾った棺もある。

視線を墓標にもどすと、死者の祭りの名残が目についた。祭りで灯《とも》した蠟燭《ろうそく》のわきでは、獣脂《じゅうし》が石に点々と飛び散っており、萎《しお》れた蘭《らん》の花が、ミルク色の石の上で、ぐしゃぐしゃに押しつぶされた赤い毒蜘蛛《タランチュラ》のように横たわっていた。ぐんにゃりと萎《しぼ》んでいるので、恐ろしく淫《みだ》らに見えるものもあった。サボテンの葉、竹、葦《あし》、野生のアサガオをつなげて環《わ》にした飾りもあった。クチナシとブーゲンビリアの環もあったが、これはカラカラに干《ひ》からびていた。囲い地全体は、熱狂的な踊りが終わってしまい、参加者が立ち去ったあとの舞踏場を思わせた。テーブルはかしぎ、紙吹雪《かみふぶき》と、蠟燭と、リボンと、深い夢があとに残されている。

マリーとジョゼフは、暖かくて静かな囲い地のなか、塀にはさまれた墓石のあいだに立った。はるか向こうの一角《いっかく》に小柄《こがら》な男がいた。高い頬骨《ほおぼね》、スペインの血を表すミルク色の肌《はだ》、分厚い眼鏡《めがね》、黒い上着、灰色の帽子、プレスされていない灰色のズボン、きちんと紐《ひも》を締めた靴。男は墓石のあいだを動きまわり、シャベルで墓を掘っているツナギ姿の別の男にあれこれと指図していた。眼鏡をかけた小男は、左の腋《わき》に三つ折りにした新聞をはさんでいて、両手をポケットに突っこんでいた。

「こんにちは《ブェノス・ディアス》、奥方さまと旦那さま《セニョーラ・イ・セニョール》！」ようやくジョゼフとマリーに気づいた男が、ふたりのもとへやってきた。

「ここがミイラの場所《ラス・モミアス》かな？」とジョゼフが尋ねた。「ここにあるそうだけど」

「はい《シ》、ミイラです」と男。「ここにあります、ありますとも。地下墓地に」

「どうか《ポル・ファボル》」とジョゼフ。「ミイラを見せてもらえませんか？《ヨ・キエロ・ベオ・ラス・モミアス・シ》」

「シ、セニョール」

「わたしのスペイン語はとてもお粗末です《メ・エスパニョール・エス・ムーチョ・エスチュピード》、誠に申しわけない《エス・ムイ・マロ》」とジョゼフが謝った。

「いえいえ、セニョール。たいへんお上手ですよ！　どうぞ、こちらへ」

男が先に立って花で飾られた墓石のあいだを進み、塀の影に近い墓標のところまで来た。それは大きな平たい墓標で、周囲に砂利が敷いてあった。南京錠《なんきんじょう》のついた貧弱な扉がはめこんである。錠をはずすと、木製の扉がガタガタと片側に開いた。丸い穴が現れ、その円形の内部には地中へ延びる螺旋《らせん》階段がおさまっていた。

ジョゼフが動くより先に、妻が最初の段に足を載せた。

「おっと」彼はいった。「ぼくが先に行く」

「いいえ。だいじょうぶよ」

彼女はそういうと、どんどん暗くなる螺旋階段を降りていき、やがて地中に姿を消した。階段は子供の足をおさめるのがやっとだったので、慎重に進んだ。闇が深まり、あとを追ってくる管理人の足音が耳もとで聞こえるだけになり、やがてまた明るくなった。出たところは、のろ（水性白色塗料）を塗った奥行きのあるホールで、地下二十フィートほどに位置しているのだろう。丸天井の高いところに小さなゴシック風の窓がいくつか設けてあり、ぼんやりと陽が射しこんでいた。ホールの奥行きは五十フィートほどで、左手の突き当たりに両開きのドアがある。それには縦長のガラスがはめこんであり、立入禁止の標識がついていた。ホールの右手の突き当たりには、白い棒と白い丸石が積み重なり、小山をなしている。

「モレロス神父のために闘った兵士たちです」と管理人。

三人はその大きな堆積物《たいせきぶつ》のところまで歩いた。それは薪《たきぎ》のように整然と積みあげられた骨で、てっぺんに千個もの干からびた髑髏《しやれこうべ》が載せてあった。

「髑髏や骨なら平気」とマリーがいった。「漠然《ばくぜん》とでも人間らしいところはないから。髑髏や骨は怖くない。虫みたいなものよ。体のなかに骨があるのを知らずに育ったら、子供は骨のことなんて考えもしないんじゃないかしら。それがいまのわたし。この骨から人間らしいところはすっかり剝《は》ぎとられてる。なじみのあるものが残ってないから、ちっとも怖くない。なにかを怖がるには、変わってしまったとわからなきゃいけない。これは変わらない。いつまでたっても骨のまま。変化する部分はなくなっているから、変化を示すものはない。面白い話よね」

ジョゼフはうなずいた。

彼女はいまとても勇敢だった。

「さあ」と彼女はいった。「ミイラを見ましょう」

「こちらです、セニョーラ」と管理人。

彼は骨の山から遠く離れたホールの先までふたりを連れていった。ジョゼフが一ペソ払うと、管理人は禁断のガラス扉を解錠し、大きくあけ放った。ふたりの目の前に現れたのは、さらに奥行きのある、ほの暗いホールで、そのなかに人々が立っていた。

扉の内側では、丸天井の下で長い列を作り、人々が待っていた。左側の壁ぎわに五十五人、右側の壁ぎわに五十五人、突き当たりに五人。

「盛大なお出迎え、ありがとう！」とジョゼフが声をはりあげた。

彼らは塑像《そぞう》の原型にそっくりだった。針金の枠《わく》、粘土でできた仮の腱《けん》と筋肉、薄いラッカーを塗った皮膚。未完成だった、百十五体すべてが。

肌は羊皮紙《ようひし》の色で――まるで乾燥させるためであるかのように――骨から骨へ伸ばされている。体には傷ひとつなく、水分が蒸発しているだけだ。

「気候のせいで」と管理人。「遺体は保存されます。乾燥しきっているので」

「どれくらい前からここにあるんだ?」とジョゼフが尋ねた。

「一年のものもあれば、五年のものもあります、セニョール、十年、七十年のものも」

その光景の怖ろしさには、居たたまれなくなるようなところがあった。まずは右手にいる最初の男。鉤《かぎ》と針金で壁ぎわに直立させてあるが、じっと見るのは遠慮したい。その隣は女だが、女であることが信じられない。つぎが見るもおぞましい男で、そのつぎが、自分が死んで、こんなところにいるのをひどく残念がっている女。

「彼らはここでなにをしてるんだ?」とジョゼフ。

「親戚が墓の使用料を払わなかったんです」

「使用料がかかるのか?」

「シ、セニョール。年に二十ペソ。あるいは、永久的な埋葬を望むのであれば、百七十ペソになります。しかし、ご存じのとおり、この国の人々はたいへん貧しくて、百七十ペソは二年分の稼ぎに当たります。ですから、遺体をここへ運んできて、二十ペソを払い、一年間は地中に安置します。もちろん来る年も来る年も払う気でいるのですが、最初の一年のあと来る年も来る年もロバを買わなければなりませんし、養い口がひとつ、いや、ことによると三つ増えたりします。つまるところ、死人は腹をすかせません。もっとも、死人は鋤《すき》を引けませんが。そうでなくても、新しい妻をめとったり、屋根を修理する必要も出てくる。さて、そうなると、死人を男と同衾《どうきん》させるわけにはいきませんし、死人が雨漏《あまも》りを防いでくれるわけでもありません。そういうわけで、死人は使用料を払ってもらえなくなるんです」

「そのときはどうなるんだ？　ちゃんと聞いてるかい、マリー？」とジョゼフ。

マリーは死体を数えていた。ひとつ、ふたつ、三つ、四つ、五つ、六つ、七つ、八つ。

「えっ、なんですって？」と彼女は静かな声でいった。

「ちゃんと聞いてるのかい？」

「たぶんね。あら、なんですって？　ええ、もちろんよ！　ちゃんと聞いてるわ」

八つ、九つ、十《とお》、十一、十二、十三。

「ええ、そのときは」と小男。「人夫《トラバハンド》を呼びます。最初の一年の終わりに、その男がシャベルで土をどんどん掘り下げます。どれくらい深く掘ると思われますか、セニョール？」

「六フィート。それがふつうの深さだ」

「いえいえ、とんでもない。セニョール、そうじゃないんです。最初の一年のあと、使用料が支払われそうにないとわかると、わたしどもはいちばん貧しい者たちを二フィートの深さに埋めるんです。そのほうが手間がかかりませんからね。もちろん、判断の基準は遺体を持ちこむ家族です。三フィートの深さに埋める場合もあれば、四フィート、ときには五フィート、六フィートの深さに埋める場合もある。家族がどれくらい裕福かによるんです。つまり、一年後にその場所から掘りださないですむかどうかにかかっているわけです。ついでにいうと、セニョール、ある男を六フィートの深さに埋めるのは、絶対に掘りだす必要がないときにかぎられます。六フィートの深さに埋めた遺体を掘りだしたことはまだありません。住民の懐《ふところ》具合は、それくらい正確にわかっているんです」
　二十一、二十二、二十三。マリーの唇《くちびる》が動き、ささやき声が漏れた。
「掘りだした遺体は、この壁ぎわに置かれます。お仲間《コンパニエロス》といっしょにね」

「親戚は、遺体がここにあるのを知っているのか？」

「シ」小柄な男が指さした。「この遺体、よく知っています《ヨ・ベオ》。新しいです。ここにきて一年にしかなりません。彼の母親と父親《マドウレ・イ・パドウレ》は、彼がここにいるのを知っています。でも、お金があるでしょうか？　残念ながら、ありません」

「両親にすれば、さぞおぞましい事態なんだろうね？」

　小男は真剣な口調でいった。

「そうは思わないでしょう」

「いまのを聞いたかい、マリー？」

「えっ、なに？」三十、三十一、三十二、三十三、三十四。「ああ。そうは思わないってことね」

「掘りだされたあと、使用料がまた払われたらどうなるんだ？」とジョゼフが尋ねた。

「そのときは」と管理人。「支払われる年数に応じて、遺体は埋めもどされます」

「恐喝《きょうかつ》みたいだな」とジョゼフ。

小男は両手をポケットに入れたまま肩をすくめた。

「わたしどもにも生活がありますので」

「百七十ペソを一括で払える者はいない、ときみたちは確信している」とジョゼフ。「したがって、この方法なら来る年も来る年も、ひょっとすると三十年かもしれないが、毎年二十ペソが懐にはいってくる。支払いがなければ、お母さん《ママシータ》や幼い子供《ニーニョ》を地下墓地に立たせるぞと脅《おど》すわけだ」

「わたしどもにも生活がありますので」と小男。
五十一、五十二、五十三。
マリーは長い通路のまんなかで、四周《ししゅう》に立っている死者を数えていた。

彼らは絶叫していた。

まるで墓のなかで飛び起きて、萎《しな》びた胸をわしづかみにし、顎《あご》を大きく開いて、舌を突きだし、鼻の穴を広げて、絶叫しているように見えた。

そして、そのまま凍《こお》りついたかのように。

ひとり残らず口をあけていた。永遠につづく絶叫だ。彼らは死者であり、本人たちもそれを知っている。むき出しの繊維という繊維、干からびた臓器という臓器のなかで知っている。

彼女はその絶叫に耳をすましていた。

犬には人間に聞こえない音が聞こえるという。通常の聴覚域よりもはるかに高いデシベル（作者の勘違い。周波数のことだろう）なので、存在していないように思える音が。

通路には絶叫が群れていた。恐怖に開いた唇と、干からびた舌からとめどなく流れ出る絶叫、高すぎて聞こえない絶叫が。

ジョゼフは立っている死体のひとつに歩みよった。

「『あー』といってみろ」と彼はいった。
六十五、六十六、六十七、絶叫のただなかでマリーは数えた。
「ここに興味深いのがあります」と管理人。

それは両腕を頭へふりあげ、口を大きく開いて、歯をむき出している女性だった。長い髪が逆立《さかだ》って、頭の上でちらちら光っている。目は、小さな青白い卵となって頭蓋骨におさまっている。

「ときどき、こういうことが起きます。この女性ですが、強硬症《カタレプシー》なんです。ある日、地面にばったりと倒れますが、本当に死んでいるわけではありません。というのも、体の奥深くで、心臓が小さな太鼓《たいこ》のように打ちつづけているのですが、あまりにも小さい音なので、だれにも聞こえないからです。したがって、彼女は安物《やすもの》の棺に入れられて墓所に埋葬されました……」

「彼女がカタレプシーだということは知られてなかったのか?」

「彼女の姉妹は知っていました。けれども、このときは、とうとう亡くなったと思ったのです。そしてこの暑い町では、葬儀は急を要します」

「〝亡くなった〟数時間後に埋葬されたってことか」

「シ、そういうことです。一年後に彼女の姉妹が、ほかに買うものができたといって、墓地の使用料の支払いを拒《こば》んだりしなければ、こうなっていたとは、つまり彼女が見てのとおりの姿であったことは、けっしてわからなかったでしょう。わたしどもは、とても静かに地面を掘り下げて、棺をとり出し、蓋《ふた》をあけて、わきにやり、なかをのぞくと――」

マリーはまじまじと見た。

この女性は地中で目をさましたのだ。悲鳴をあげ、棺の蓋をかきむしり、こぶしでガンガン叩いた末に窒息死した。大口《おおぐち》をあけた顔の上に両手をふりかざし、目に恐怖をたたえ、髪を逆立てたこの姿勢で。

「セニョール、彼女の手とほかの者たちの手とのちがいに気づかれましたか」と管理人。

「安らかに眠る者たちの指は、小さなバラのようにひっそりと臀部《でんぶ》に添えられています。彼女の指はどうでしょう? ああ、彼女の指ときたら! 飛び跳《は》ねているじゃありませんか、まるで蓋を叩いてあけようとしたかのように!」

「死後硬直ってことはないのか?」

「いえいえ、セニョール。死後硬直では蓋を叩きません。死後硬直ではこんな風に叫びませんし、釘《くぎ》を抜きとろうとして体をねじったり、ひねったりもしません、セニョール。さもなければ、空気を求めて板をこじあけようとしたりも、セニョール。なるほど、シ、ほかの者たちもみんな口をあけていますが、これは腐敗防止の液体を注入されていないから、筋肉が叫ぶ形になっているだけのこと。いっぽう、こちらのお嬢さん《セニョリータ》、彼女の場合は世にも恐ろしい死《ムエルテ・オリブレ》なんです」

　マリーは靴を前後に動かし、あちらこちらに向きながら歩いた。裸の死体。服はとっくのむかしにすり切れてしまっている。太った女性の乳房は、ほこりまみれになったパン生地《きじ》。男性の股間《こかん》は萎れた蘭のようだった。

「ミスターしかめ面《グリメース》とミスター大口開き《ゲイプ》だ」とジョゼフがいった。

　彼は、会話をしているように思える男ふたりにカメラを向けた。とうのむかしに消えてしまった噂話《うわさ》をめぐって、口はなにかをいいかけ、こわばった手はなにかを伝えようとしている。

　ジョゼフはシャッターを切り、フィルムを巻いて、つぎの死体にカメラを向け、シャッターを切り、フィルムを巻いて、つぎの死体まで歩いた。

　八十一、八十二、八十三。垂れた顎、人を嘲《あざけ》る子供のように突きだされた舌、固まった眼《がん》窩《か》のなかで虹彩《こうさい》を褐色に光らせている青白い目。陽射しを浴びて、蠟を塗られたように見える逆立った髪。その一本一本が鵞《が》ペンのように鋭く、唇、頬、まぶた、眉間《みけん》に刺さっている。顎や乳房や股間に生えた産毛《うぶげ》。太鼓の皮や、写本や、パリパリのパン生地のような肉体。女たちは、死に溶かされて、いびつな形になった大きな獣脂のようだ。そのざんばら髪は、作って壊して、作りなおした鳥の巣さながら。顎に並ぶ歯は、それぞれがすばらしい状態で、一本も欠けていない。八十六、八十七、八十八。マリーの目がどんどん進んでいく。通路の先へ先へ、ひょいひょいと。数えながら、どんどん先へ進み、けっして止まらない。もっと先へ！　早く！　九十一、九十二、九十三！　この男は下腹部が開いている。十一歳のときに子供っぽいラヴレターを落とした木のうろにそっくりだ！　肋骨《ろっこつ》の下にぽっかりあいた穴に視線がはいりこんだ。奥をのぞきこむ。その男は体内にエレクター（商標。工事現場の鉄骨やクレーンを模した組み立て玩具）を一式おさめているように見えた。背骨、骨盤。あとは腱、干からびた皮膚、骨、目、鬚《ひげ》の生えた顎、耳、嗅覚《きゆうかく》を失った鼻の穴。そして虫に食われてボロボロになった靭帯《じんたい》は、臍《へそ》のところからプディングでもすくいとれそうだ。九十七、九十八！　名前、住所、日付、ゆかりのもの！

「この女性はお産で亡くなりました！」

死産した子供が、飢《う》えた小さな人形のように、彼女の手首に針金でつながれ、ぶらさがっている。

「こちらは兵士でした。軍服がまだ半分残っていて――」

マリーの視線が、恐ろしいものから恐ろしいものへ、髑髏から髑髏へと行き来し、肋骨から肋骨へと叩いてまわり、麻痺《まひ》して、愛を失い、肉を失った股間を催眠術にかかったようにうっとりと見つめたあと、突き当たりの壁に行きあたった。干からびて女になった男たち、乳房の垂れた豚になった女たち。恐ろしいものを見る視線がはね返り、膨《ふく》れあがった乳房からうわごとをしゃべる口へ、壁から壁へ、壁から壁へ、ゲームで投じられたボールのように、何度も何度もはね返るうちどんどん勢いがつき、信じられないほど恐ろしい歯に捕《とら》えられ、絶叫となって通路の向こう側に吐きだされたあと、鉤爪につかまり、痩《や》せた乳首のあいだにとどまると、目に見えない合唱隊がゲームをつづけろと詠唱《えいしょう》し、視線をさまよわせるゲームが再開して、直立した恐怖のモンタージュを抜けて、死者の行列の端《はし》から端まで何度もはね返り、視線が通路にぶつかったとき、すべての現在から最後の絶叫をひとつ絞《しぼ》りだして、ようやくにして終わりを迎えた！

マリーはふり返り、螺旋階段が陽射しのなかへ延びている、はるか先のほうまで視線を飛ばした。死はなんと才能にあふれているのだろう。手と顔と胴体には、いったいいくつの表情と身振りがあるのだろう。似たものはひとつもないのだ。彼らは遺棄《いき》された巨大蒸気オルガンのむき出しになったパイプのように立っている。切れ目のような口が、異様きわまりない通気孔《こう》になっている。そしていま、狂熱の偉大な手がすべての鍵盤《けんばん》をいっせいに押さえ、長大な蒸気オルガンが、百の喉で絶叫し、終わりのない悲鳴を発している。

カシャリとカメラが鳴り、ジョゼフがフィルムを巻いた。カシャリとカメラが鳴り、ジョゼフがフィルムを巻いた。

モレノ、モレロス、カンティネ、ゴメス、グチエレス、ビラノウスル、ウレタ、リコン、ナバロ、イトゥルビ。ホルへ、フィロメナ、ネナ、マヌエル、ホセ、トマス、ラモナ。この男は歩き、この男は歌い、この男は三人の妻をめとった。そしてこの男の死因はこれで、あの男はあれで、三人目はまた別で、四人目は射殺され、五人目は刺殺され、六人目は病《やまい》に倒れて亡くなった。七人目は深酒《ふかざけ》が命とりになり、八人目は愛に殉《じゅん》じて、九人目は落馬し、十人目は喀血《かっけつ》し、十一人目は心臓が止まり、十二人目は笑いすぎ、十三人目は踊りが得意で、十四人目はいちばんの男前で、十五人目は十人の子供がいて、十六人目はそのうちのひとりで、十七人目もそうだった。十八人目はトマスといって、ギターがうまかった。つぎの三人は畑でトウモロコシを刈って暮らし、それぞれ三人ずつ恋人がいた。二十二人目は恋を知らなかった。二十三人目は、オペラ・ハウスの前の歩道で、小さな木炭焜炉《こんろ》で焼いたトルティーヤを一枚ずつ叩き、形をととのえて売っていた。二十四人目は妻をなぐった。いま彼女は得意げに町を歩き、新しい男たちとよろしくやっているのに、彼のほうは不当な仕打ちに面食らいながら、ここに立っている。二十五人目は川の水をたらふく肺で飲んで、網《あみ》にからまって引きあげられた。二十六人目は偉大な思想家だったが、いまその頭脳は、焼けたスモモのように頭蓋骨のなかで眠っている。

「ひとりずつカラーで撮りたいな。彼なり彼女なりの名前と死因を添えるんだ」とジョゼフがいった。「出版したら、だれもが驚く皮肉たっぷりの本になる。考えれば考えるほど、いいアイデアに思えてくる。ここに立っている連中ひとりひとりの一代記、そのあとに写真だ」

彼はひとりひとりの胸をそっと叩いた。ドアをノックするような、うつろな音が生じた。

マリーは網のように垂れて行く手をふさぐ絶叫を押しのけて進んだ。通路のまんなかを、遅くもなく、かといって速すぎもせずに、同じ歩調を保ったまま、わき目もふらずに螺旋階段へ向かって歩いた。背後でカシャリとカメラが鳴った。

「もっと受け入れる余地があるのかい?」とジョゼフ。

「シ、セニョール。たっぷりとあります」

「つぎの番にはなりたくないね、おたくの順番待ち名簿のつぎの番には」

「ええ、そうですとも、セニョール、つぎの番になりたい者などおりません」

「一体売ってもらうわけにはいかないかな？」

「いえ、とんでもない、セニョール。だめ、だめです。お断りします、セニョール」

「五十ペソ払うよ」

「いえ、いけません、セニョール。お断りします、セニョール」


市場では、〈死者の祭り〉で売れ残ったお菓子の髑髏が、ちゃちな小テーブルに並べられて売られていた。黒いレボーソをまとった女たちが静かにすわって、ときおりひとことだけ言葉を交わしていた。甘い砂糖の髑髏、サッカリンの屍《しかばね》、白いキャンディーの髑髏が女たちのすぐそばにあった。それぞれの髑髏のてっぺんには、金色のキャンディーの飾り文字で名前が記してあった。ホセ、カルメン、ラモン、テナ、ギエルモ、ロサ。値段は安かった。〈死者の祭り〉は終わったのだ。ジョゼフは一ペソ払って、キャンディーの髑髏をふたつ手に入れた。

マリーは狭い通りに立っていた。キャンディーの髑髏と、ジョゼフと、髑髏を袋に入れる黒髪の女たちが見えた。

「本当に買ったの」とマリー。

「いけないかい？」とジョゼフ。

「あんなのを見たすぐあとなのに」

「地下墓地のことかい？」

彼女はうなずいた。

「でも、よくできてる」

「毒がはいっていそう」

「髑髏の形をしてるってだけで？」

「そうじゃないの。砂糖自体が混ぜ物だらけに見えるのよ。どんな人が作ったのか、知れたものじゃないわ。お腹《なか》を壊してるかもしれない」

「ねえ、マリー、メキシコじゃみんなお腹を壊してるんだ」

「ふたつとも食べていいわよ」

「ああ、哀《あわ》れなヨリック（シェイクスピア作『ハムレット』に登場する髑髏）」彼はそういって、袋のなかをのぞきこんだ。

ふたりは高い建物にはさまれた通りを歩いていった。建物には黄色い窓枠とピンクの鉄格子がはまっていて、そこからタマーレ（挽き割りトウモロコシと挽肉を混ぜ、トウガラシなどで味をつけてトウモロコシの皮につつんで蒸したり焼いたりするメキシコ料理）のにおいが流れだし、隠れたタイルの上で噴水がはね散る音や、竹籠のなかで群がってさえずる小鳥の声や、だれかがピアノで弾《ひ》いているショパンが聞こえてきた。

「ここでショパンか」とジョゼフ。「なんと奇妙ですてきなんだ」顔をあげ、「あの橋はいいね。これを持っててくれ」彼はキャンディーの袋を彼女に渡し、自分は二軒の白い建物をつなぐ赤い橋の写真を撮った。赤いセラーペ（メキシコ人の男性が肩かけに用いる幾何学模様のある毛布）を肩にかけた男が、その上を歩いている。「すばらしい」とジョゼフがいった。

マリーはジョゼフを見ながら歩いた。いったん目をそらしてから、視線をもどす。唇が動いたが、言葉は出てこなかった。目がまばたきをくり返し、顎の下の小さな首の筋肉は針金さながら、眉間《みけん》の小さな神経はピクピクと動いている。彼女はキャンディーの袋を右手から左手へ持ち替えた。縁石《えんせき》にあがると、ちょっとのけぞり、バランスをとりもどそうとして両手をふりまわし、なにかいった。そして袋を落とした。

「おいおい」ジョゼフが袋を拾いあげた。「なんてことしてくれたんだ！　このぶきっちょ！」

「足首をくじくところだった」と彼女。「そのほうがよかったのね」

「このふたつは最高の髑髏だったんだ。ふたつとも壊れちまった。故郷《くに》の友人たちへのお土産《みやげ》にしたかったのに」

「ごめんなさい」彼女は気のない声で謝った。

「まったく、えらいことをしてくれたもんだ」顔をしかめて袋のなかをのぞきこみ、「これくらい出来のいいやつはもう見つからないかもしれない。ああ、しょうがない、あきらめるか！」

風が吹きはじめ、通りには彼らふたりがいるだけだった。ジョゼフは袋のなかの壊れた残《ざん》骸《がい》をじっと見つめ、マリーは建物の影に囲まれている。太陽は通りの反対側にあり、周囲には人けがなく、世界ははるか彼方《かなた》で、彼らふたりだけが、どこからも二千マイル離れた偽物《にせもの》の町の通りにいる。町の裏にはなにもなく、周囲には茫漠《ぼうばく》とした砂漠が広がり、タカが上空を旋回しているだけ。一ブロック先の州立オペラ・ハウスのてっぺんでは、黄金のギリシャ彫刻が陽射しを浴びて煌々《こうこう》と輝いている。そしてビヤホールでは蓄音機が大音量で叫んでいる、**ああ《アイ》、マリンバ**……恋心《コラソン》……そしてありとあらゆる異国の言葉が、風に吹き散らされていく。

ジョゼフは袋の口をねじって閉めると、憤然《ふんぜん》とポケットに突っこんだ。

ふたりは二時半のランチに合わせてホテルへもどった。

彼はマリーといっしょにテーブルにつき、ものもいわずにスプーンを動かして、肉団子《アルボンデイガ》のスープを口に運んだ。彼女は二度、壁画について陽気に意見を述べたが、ジョゼフは彼女をじっと見つめて、スープを飲みつづけた。壊れた髑髏の袋は、テーブルの上にあった……。

「セニョーラ……」

スープ皿は褐色の手でさげられた。エンチラダ（挽肉を載せて巻いたトルティーヤ。チリソースをかけて食べる）の大皿が置かれた。

マリーは皿に目をやった。

十六個のエンチラダがあった。

彼女はフォークとナイフでひとつをとり分けようとして、ぴたっと動きを止めた。フォークとナイフを皿の両わきに置いた。まず壁に、ついで夫に、ついで十六個のエンチラダにちらっと視線を走らせる。

十六個。ひとつまたひとつ。くっつき合って、長い列になっている。

彼女は数えた。

ひとつ、ふたつ、三つ、四つ、五つ、六つ。

ジョゼフが自分の皿の上のひとつをとり、食べた。

六つ、七つ、八つ、九つ、十《とお》、十一。

彼女は両手を膝に置いた。
十二、十三、十四、十五、十六。数えおわった。
「お腹がすいてないの」と彼女はいった。

彼はつぎのエンチラダを目の前に置いた。パピルスめいたトウモロコシのトルティーヤで中身を包んでいる。それはほっそりしていた。そして彼が切って、口に入れた多くのうちのひとつであり、彼女は心の口のなかで彼に代わってそれを噛み、目をぎゅっとつむった。

「どうした?」と彼が尋ねた。

「なんでもない」

十三個のエンチラダが残っていた。小さな束《たば》のように、巻物のように。

彼はさらに五つ食べた。

「気分がよくないの」と彼女がいった。

「食べればよくなるよ」

「ならないわ」

彼は食べおえると、袋をあけ、なかば壊れた髑髏のひとつをとり出した。

「ここではやめて」

「どうして?」そして砂糖でできた眼窩を口もとへ運び、かぶりついて、「悪くない」と味わいながらいった。髑髏の別のかけらを口に放りこみ、「まったく悪くない」

彼女は、夫が食べている髑髏に記された名前を見つめた。
マ、リ、ー、とあった。

夫の荷造りを手伝う彼女の手際《てぎわ》は、目をみはるものだった。ニュース映画では、飛び込み台からプールへ飛びだした人が、一瞬後にフィルムを巻きもどされ、空中を逆向きにあがっていき、いまいちど飛び込み台に無事に降り立つところを見せることがある。いま、ジョゼフの目の前で、スーツとドレスが箱やケースへ飛びこんでいき、帽子は鳥のようにすばやく舞って、色あざやかな丸い帽子箱におさまり、靴はネズミのように床を走って、スーツケースに飛びこむようだった。スーツケースがバタンと閉まり、掛け金がカチリと鳴って、鍵《かぎ》がまわされた。

「これでよし!」彼女は叫んだ。「荷造り完了! おお、ジョー、気を変えてくれて、すごくうれしいわ」

彼女はドアに向かって歩きだした。

「おいおい、手伝わせてくれよ」とジョゼフ。

「重くないから」

「でも、きみがスーツケースを運ばなくていい。運ぶまでもない。ボーイを呼ぶよ」

「ばかばかしい」彼女はそういったが、スーツケースの重みに息を切らしていた。

　ボーイがドアの外でケースを受けとった。

「セニョーラ、おまかせください《ポル・ファボル》！」

「忘れものはないかな？」彼は二台のベッドの下を見て、バルコニーへ出ると、広場を見つめ、もどってきて浴室へ行き、薬棚のなかをのぞき、洗面台の上を見た。「ほら」といって出てきて、なにかを彼女に渡し、「腕時計をお忘れだよ」

「あら、そう」彼女は腕時計をはめ、ドアから出た。

「しかしまあ」と彼がいった。「町を出るには、ちょっと遅すぎないかな」

「まだ三時半よ」と彼女。「三時半になったばかり」

「間に合うといいが」と疑わしげに彼がいった。

　彼は部屋を見まわし、外へ出ると、ドアを閉めて施錠《せじょう》し、鍵をジャラジャラ鳴らしながら階下へ降りた。

　彼女はもう外で車に乗りこんでいた。上着をたたんで膝に載せ、手袋をはめた手を上着の上で重ねていた。ジョゼフが出てきて、残りの荷物がトランクへ積みこまれるのを監督し、フロント・ドアまで来ると、窓をコツンと叩いた。彼女はロックを解いて、彼を車内に入れた。

「さあ、行きましょう！」彼女は笑い声をあげて叫んだ。その顔はバラ色で、目はキラキラと輝いていた。彼女は身を乗りだしていた。まるでそうすれば、車がすいすいと坂をくだっていくかのように。「ありがとう、あなた、今夜の宿泊料を払いもどしさせてくれて。今夜はグアダラハラにいるほうが、はるかに楽しくやれるはずよ。ありがとう!」

「どういたしまして」

イグニション・キーをさしこんで、彼はスターターを踏んだ。

なにも起こらなかった。

彼はスターターを踏みなおした。彼女の口が引きつった。

「エンジンを温めないと」彼女はいった。「昨晩は冷えたから」

彼はもういちど試した。なにも起こらない。

マリーの手が膝の上で動きまわった。

彼はあと六回試し、「弱ったな」といって、座席にもたれかかった。あきらめたのだ。

「もう一回試して。つぎはうまくいくわ」と彼女。

「無駄だよ」とジョゼフ。「どこか故障してるんだ」

「ねえ、もういちど試してちょうだい」

彼はもういちど試した。

「うまくいくわ、まちがいない」と彼女。「イグニションはオンになってる?」

「イグニションはオンになってるか」とジョゼフ。「ああ、オンになってる」

「オンになってるようには見えないわ」

「オンになってる」彼はキーをまわして見せた。

「さあ、やってみて」

「ほら」なにも起こらなかったとき、彼がいった。「いったとおりだ」

「ちゃんとやってないからよ。あとすこしでかかりそうだった」と彼女は叫んだ。

「バッテリーがあがっちゃうよ。そうしたら、このあたりのどこでバッテリーが買えるかは、神のみぞ知るだ」

「じゃあ、あがるまでやって。つぎは絶対にかかるから！」

「へえ、そんなに自信があるんなら、きみがやってみろよ」彼は車からすべり出て、運転席に彼女を招いた。「さあ、どうぞ！」

彼女は唇を嚙み、運転席についた。両手を動かして、ささやかなおまじないの儀式を執《と》り行う。手と体の動きで、重力や摩擦《まさつ》をはじめとする自然法則に打ち勝とうというのだ。爪先《つまさき》のあいた靴でスターターを踏む。車はウンともスンともいわなかった。マリーの引き結んだ口もとから小さなチッという音が漏れた。彼女はスターターを思いっきり踏みこんだ。チョークを絞ったり開いたりするたびに、異臭が空中にただよった。

「エンジンに燃料がかぶっちゃったな」と彼がいった。「まあいいさ！　助手席にもどってもらえるかな」

彼は三人のボーイに車を押させた。車は坂をくだりはじめた。ジョゼフが運転席に飛び乗った。車はガタガタとはずみながらスピードを増した。マリーの顔が期待で輝いた。

「これでエンジンがかかるわ！」

だが、かからなかった。車は坂を降りきったところにあるガソリン・スタンドへ音もなくはいっていった。石畳の上で小さくはずみ、タンクのわきで停止する。

彼女は無言ですわっていた。従業員がスタンドから出てきても、ドアに鍵をかけたままで、窓をあけようともしないので、従業員は夫の側へまわりこんで、用向きを訊くはめになった。

修理工が車のエンジンの上から体を起こし、ジョゼフに顔をしかめて見せた。ふたりは声をひそめてスペイン語で話しはじめた。

彼女は窓を降ろして、耳を傾けた。

「なんですって？」と強い口調で訊く。

男ふたりは話しつづけた。

「なんといってるの？」

黒髪の修理工がエンジンに手をふった。ジョゼフはうなずき、会話をつづけた。

「どこが悪いの？」マリーが知りたがった。

ジョゼフが眉をひそめて彼女を見やり、

「ちょっと待ってくれないか。両方の話をいっぺんには聞けないから」

修理工がジョゼフの肘《ひじ》をつかんだ。彼らは多くの言葉を交わした。

「こんどはなんですって？」とマリー。

「彼の話だと——」とジョゼフはいいかけたが、エンジンをのぞけるところまでメキシコ人に連れていかれた。ジョゼフは急《せ》かされるまま身をかがめたので、マリーには姿が見えなくなった。

「いくらかかるの?」彼女は窓の外でかがんでいるふたりの背中に向かって叫んだ。

修理工がジョゼフに話しかけた。

「五十ペソ」とジョゼフ。

「時間はどれくらいかかるの?」と妻が叫ぶ。

ジョゼフは修理工に尋ねた。男が肩をすくめ、ふたりは五分ほど話しあった。

「時間はどれくらいかかるの?」とマリー。

議論はつづいた。

陽が西に傾いた。彼女は、霊園わきに高くそびえる木々の上にかかった太陽に目をやった。影がどんどん迫《せ》りあがっていき、やがて谷間を囲んだので、晴れた空だけが青いまま残った。

「二日、もしかしたら三日」とマリーのほうを向いてジョゼフがいった。

「二日ですって! せめてつぎの町まで行けるくらいの応急修理はできないの? 本格的な修理はそっちですればいい」

ジョゼフは男に訊いた。男が返事をした。

ジョゼフは妻にいった。

「だめだ。全部やらないと動かないそうだ」

「なんでよ、そんなのばかげてる、ばかげてるもいいところだわ。応急修理でいいの、本当は全部やらなくてもいいはずよ、そういってやってよ、ジョー、いってやって、急いで修理しないと――」

男ふたりは彼女の言葉を無視した。またしても熱心に話しこんでいた。

こんどはなにもかもがスローモーションだった。スーツケースの荷ほどきのことだ。彼は自分の分をすませたが、彼女は自分のスーツケースをドアのわきに置いたままだった。

「わたしはなにもいらないわ」とスーツケースの解錠をせずに彼女がいった。

「寝間着《ねまき》がいるよ」

「裸で寝るわ」

「ねえ、あれはぼくのせいじゃない」とジョゼフ。「あのろくでもない車の件は」

「あとで降りていって、あの人たちの仕事ぶりを見張ってちょうだい」と彼女はいった。ベッドのへりに腰かける。そこは新しい部屋だった。元の部屋にもどるのを彼女が拒《こば》んだのだ。それには耐えられない、と彼女はいった。新しい都市の新しい部屋にいると思えるように新しい部屋がほしい、と。だから、この新しい部屋にいる。広場と太鼓箱《ドラム・ボックス》の形に刈りこまれた木々ではなく、路地と下水溝の見えるこの部屋に。「降りていって、仕事を監督してよ、ジョー。そうしないと、何週間もかかるわ！」彼女は夫を見た。「そんなとこに突っ立ってないで、あそこへ行ってちょうだい」

「行ってくる」

「いっしょに行くわ。雑誌を買いたいの」

「こういう町でアメリカの雑誌は見つからないよ」

「探したっていいでしょう?」

「その上、あまりお金がない」と彼はいった。「銀行に電信で送金を頼むはめにはなりたくない。恐ろしく時間がかかるし、そこまでする値打ちはないからね」

「とにかく雑誌は買えるわ」

「一冊か二冊なら」

「ほしいだけ買うわ」とベッドにすわった彼女は興奮気味にいった。

「おいおい、いまだって車のなかに百万冊の雑誌があるじゃないか、〈ポスト〉、〈コリアーズ〉、〈マーキュリー〉、〈アトランティック・マンスリー〉、〈バーナビー〉、〈スーパーマン〉! 記事の半分も読んでないんだろう」

「でも、もう新しくないわ」と彼女。「新しくない。もう見てしまったの。いちど見てしまったら――」

「見るんじゃなくて、読んでみろよ」

ふたりが階下へ降りると、広場は夜になっていた。

「二、三ペソちょうだい」彼女がいうと、ジョゼフは数ペソを渡した。「雑誌を買うとき、スペイン語でなんといえばいいの」

「ほしい《キエロ》、アメリカの出版物《ウナ・プブリカシオン・アメリカーノ》」彼は歩きながらいった。

彼女はたどたどしくそれをくり返し、笑い声をあげた。

「ありがとう」

彼はその足で修理工場へ行き、彼女はいちばん近いドラッグストア《ファルマシア・ボチカ》へ立ち寄った。ラックに並ぶ雑誌は、どれも異質な色に塗られ、異国の名前がついていた。彼女は視線をすばやく動かして題名を読み、カウンターの老人に目をやると、「アメリカの雑誌はあるかしら?」と英語で訊いた。スペイン語を使うのが気恥ずかしかったのだ。

老人はまじまじと彼女を見た。

「英語、話す?《アブラ・イングレス》」と彼女は訊いた。

「いいえ、セニョリータ」

彼女は正しいスペイン語を思いだそうとした。

「キエロ――だめだわ!」彼女は途中でやめた。いい直し、「アメリカーノ――えーと――マッガ・ジー・ナズ?」

「ああ、ありません、セニョリータ!」

彼女の両手が、腰のところで大きく開いてから閉じた。まるで口のように。彼女の口も開いて閉じた。店は彼女の目のなかでヴェールがかかっていた。自分はここにいて、ここには日干し煉瓦の色をした肌を持つ小柄な人々がいる。自分の言葉は彼らに通じないし、理解できる言葉を彼らからもらうこともない。自分に話しかけない人々、赤面して困惑したときでなければ、自分からも話しかけない人々の町に自分はいるのだ。その町は砂漠と時間に囲まれていて、故郷ははるか彼方、別の人生のはるか彼方にある。

彼女は身をひるがえし、逃げだした。

店から店へとまわっても、見つかるのは、血なまぐさい闘牛の場面か、殺人の被害者か、レースの婦人服をまとった聖職者が表紙に描かれた雑誌ばかりだった。しかし、よれよれになった〈ポスト〉三冊がようやく見つかり、彼女は感激のあまり大声で笑って購入すると、かなりのチップをこの小さな店の主人に渡した。

〈ポスト〉を両手で胸にかかえるようにして駆けだすと、彼女は狭い歩道を急ぎ、排水溝をスキップで飛び越え、通りを走って渡り、ラ・ラと歌って、その先の歩道に飛び乗り、また小走りになると、内心で笑みを浮かべ、すばやく進んでいった。雑誌をきつく胸に押しつけ、なかば目を閉じ、炭のように黒い夕べの空気を吸いこんでは、耳もとを水のように過ぎていく風を感じながら。

金色の粒《つぶ》となった星明かりを浴びて、州立オペラ・ハウスのてっぺんに立つギリシャ彫像がきらめいた。ひとりの男が、頭の上に籠を載せて、暗がりをよろよろと歩いていた。籠の中身はパンだった。

その男と、頭に載せた籠を目にしたとたん、彼女はぴたりと動きを止めた。内心の微笑は消えて、両手も雑誌をきつく抱きしめなくなった。籠がいつバランスを失っても支えられるように、片手を軽く添えて歩く男が、通りの先へと小さくなっていくのを目で追った。そのあいだに雑誌は、マリーの指からすべり落ちて、歩道に散らばった。
彼女は雑誌を拾いあげると、ホテルに駆けこみ、つんのめりかけながら階段を昇った。

彼女は部屋のなかですわっていた。雑誌を左右に積みあげ、足もとで環にしてある。言葉の落とし格子でささやかな城を築き、そのなかに引きこもったのだ。周囲には、ほかの日に買いあさり、穴があくほど眺めた雑誌があった。これらの雑誌は外壁であり、その防壁の内側では、膝の上によれよれの〈ポスト〉誌が三冊載っていて、まだ開いてはいないものの、これから開いて、飢えた目で読んで読んで読みまくろうとして両手が小刻みに震えていた。一ページ目を開く。一ページずつ、一行ずつ読んでいこう、と心に決める。一行たりとも読みとばさない。コンマひとつ読み逃すものか。どんな小さな広告も、どんな色も目を皿のようにして見るのだ。そして――彼女は気づいて口もとをほころばせた――足もとの雑誌には、読んでない広告や漫画がまだまだあるのだ。あとで役立つものが多少はあるだろう。
今夜はこの一冊目の〈ポスト〉を読もう。そう、今夜はこの一冊目の興味深い〈ポスト〉を読もう。つぎつぎとページを貪《むさぼ》り、明日の夜は――もし明日の夜があるならば――だが、明日の夜はないかもしれない。エンジンがかかって、排気ガスのにおいがただよい、タイヤが道路をこするまろやかな音がして、風が窓からはいりこみ、彼女の髪をなびかせるかもしれない――だが、仮に、あくまでも仮にだが、明日の夜もここに、この部屋に**いる**のだとしよう。そう、そのときは、〈ポスト〉があと二冊ある。一冊は明日の夜の分、もう一冊はそのつぎの夜の分だ。心の舌で、なんと巧妙に自分にそういい聞かせたことか。彼女は一ページ目をめくった。

二ページ目をめくった。目がその上をどんどん動いていき、知らぬ間に指がつぎのページの下にすべりこんで、いつでもめくれるようにヒラヒラさせた。腕時計が手首でカチコチと時を刻み、時間が経過して、彼女はすわったままページをめくり、ページをめくり、写真のなかの枠にふちどられた人々を食い入るように見つめた。別の世界の別の土地に住む人々。そこではネオンが、深紅《しんく》の縞《しま》で勇敢にも夜を寄せつけずにいて、においは故郷のにおいで、人々はすてきな言葉を交わしているのに、自分はここでページをめくっている。すべての行は斜め下へ行き、ページは手の下で飛んで、扇《おうぎ》になった。彼女は一冊目の〈ポスト〉を放りだし、二冊目をつかむと、三十分でめくり終え、それも放りだすと、三冊目をとりあげ、十五分あまりでそれも放りだし、気がつくと体のなかで、そして口でゼイゼイと息をしていた。

彼女は片手をうなじに当てた。

どこかから、隙間《すきま》風がはいってきていた。

うなじの毛がゆっくりと逆立った。

彼女は、タンポポの襟足《えりあし》に触れるように、青白い手でその毛にさわった。

外の広場では、街灯《がいとう》が風に煽《あお》られて、狂った懐中電灯のように揺れていた（索から吊す方式だと思われる）。紙切れが羊の群れとなって側溝《そっこう》を走った。街灯はあちらかと思えばこちらへと場所を変え、その下で影が鉛筆で輪郭を描き、切りとった。一瞬影が生じ、つぎの瞬間も影があるが、い金属製の留《と》め金《がね》でぶらさげられた街灯が、高いところできしみをあげた。藍《あい》色の冷たい影があるだけ。金属製の留《と》めま影はなく、冷たい光だけ。と思うと光はなく、藍《あい》色の冷たい影があるだけ。

部屋のなかでは彼女の両手がブルブル震えはじめた。彼女の目に震える両手が映った。胴体もブルブル震えはじめた。今夜のために念入りに選んだ、いちばんあでやかなスカートの、目にまぶしいほどあざやかなプリントの下で。彼女はそのスカートをはいて、棺サイズの鏡の前で身をひるがえしたり、跳ねまわったりしたのだ。レーヨン・スカートの下で、胴体は針金と腱と興奮のかたまりだった。歯がカチカチ鳴って、嚙みあい、カチカチ鳴った。上唇が下唇を押しつぶして、口紅をにじませた。

ジョゼフがドアをノックした。

ふたりはベッドの支度《したく》をした。車の修理ははじまったが、時間がかかりそうだ、という知らせを彼は持ち帰ったのだった。明日は監督に行くという。

「でも、ドアをノックしないでね」と鏡の前で服を脱ぎながら彼女がいった。

「じゃあ、鍵をかけずにいてくれよ」

「鍵はかけたいの。でも、ノックはしないで。声をかけて」

「ノックのどこがいけないんだ？」

「変な音がするのよ」

「どういう意味だ、変な音って？」

彼女は答えようとしなかった。鏡に映る自分を見つめていた。一糸《いっし》もまとわず、手をわき腹に当てていた。乳房と臀部と全身があり、それは動いた。その下に床が、周囲に壁と空気が感じられた。手が置かれたら、乳房にはその手がわかるし、触れられたら、下腹部がうつろなこだまを生むことはないだろう。

「後生《ごしょう》だから」とジョゼフ。「そこに突っ立って、自分に見とれないでくれ」彼はベッドにはいっていた。「なにをしてるんだ？　なんでそんな風に両手をあげて、顔にかぶせてるんだ？」

彼は明かりを消した。

マリーは彼と話ができなかった。彼にわかる言葉を知らないし、彼のしゃべる言葉を理解できないからだ。彼女はベッドまで歩き、すべりこんだ。彼は自分のベッドで彼女に背を向けて横になっており、このはるかに遠い月の上の町に住む、褐色に陽焼《ひや》けした人々のひとりのようだった。本物の地球は遠いどこかにあって、そこにたどり着くには恒星間飛行をしなければならないのだ。せめて今夜だけでも彼が彼女と、彼女が彼と話せるなら、夜はどれほどすばらしくなり、呼吸がどれほど楽になり、足首と手首と腋の下の血管がどれほどゆるむことだろう。しかし、会話はないので、夜は一万回のカチコチと、一万回の毛布のねじれとなり、枕は頬の下で白熱する小さな焜炉さながら。部屋の暗黒が蚊帳《かや》となって周囲に垂れているので、寝返りを打つたびにからまってしまう。せめてひとこと、ふたりのあいだにひとことがあれば。しかし、そのひとことはなく、血管は手首で休むことなく、心臓は不安という小さな石炭の上で永遠に風を送るふいごとなり、永遠にその不安を照らして桜色の光に変え、ふたたび脈打ち、三度脈打ち、彼女の内なる目が、怖いもの見たさで内側に成長した光を見つめる。肺は休まないどころか、彼女が溺《おぼ》れた自分に人工呼吸をほどこして、風前の灯《ともし》火《び》である命を絶やさずにいるかのように働いていた。こうしたものすべてが、彼女の輝かしい体の汗で光沢を放ち、彼女は重い書物の白いページのあいだで押しつぶされた、いいにおいのする湿ったもののように、重い毛布のあいだにべったりと貼りついていた。

こうして横たわっているうちに、真夜中の長い時間がやってきて、彼女は子供にもどった。横たわっていると、心臓がときおりヒステリーを起こしたタンバリンとなって拍動し、つぎの瞬間に静かになって、なにもかもが緑樹《りよくじゆ》に射す陽光、水面に映る太陽、子供の金髪を照らす陽射しであった青銅の子供時代の悲しい想念がゆっくりと湧きあがってきた。記憶というメリーゴーラウンドに乗って顔がつぎつぎと流れていく。ある顔が突進してきて、彼女と向かいあい、右へそれていく。別の顔は、左からぐるっとまわりこんできて、失われた会話の断片を早口に漏らして、右へ消えていく。ぐるぐるまわる。ああ、夜はなんと長いことか。明日には車が動くと考えて、彼女は自分を慰《なぐさ》めた。スロットルの音、エンジンの音、車体の下を流れていく道路。彼女はうれしくなって暗闇のなかで笑みを漏らした。でも、車が動かなかったとしたら？ 彼女は焼けて萎《しぼ》んだ紙のように、暗闇のなかでくしゃくしゃになった。彼女の襞《ひだ》と隅のすべてが、彼女の周囲で固まり、腕時計がカチコチと時を刻んだ。カチコチカチコチ、またしてもカチコチと衰《おとろ》えながらつづいていく……。

朝。夫に目をやると、ベッドの上に長々と横たわっていた。彼女の手が、ベッドとベッドにはさまれた冷たい空間でひとりでにぶらぶらした。その手はひと晩じゅう、ベッドとベッドのあいだの、その冷たい虚空《こくう》にぶらさがっていたのだ。いちど彼のほうに手をさしのべたが、その空間はほんのすこしだけ長すぎて、届かなかった。彼女はその手をさっと引っこめた。音もなく手を伸ばした動きを音で悟られなかったことを願いながら。

いま彼は横たわっている。目をそっと閉じて、睫毛《まつげ》はからんだ指のように、やんわりとからみ合っている。呼吸はあまりにも静かなので、肋《あばら》の動きが見えないほどだ。いつもながら、朝のこの時間になると、パジャマは脱げてしまっていた。腰から上の半身は素っ裸だ。それ以外の部分は上掛けに覆われている。頭は枕に載っていて、考え深げな横顔が見えている。顎に無精鬚《ぶしょうひげ》が生えていた。

朝陽が彼女の白目をきわだたせた。部屋のなかで動くものはそれだけで、ゆっくりと動きだしては止まり、向かい側にいる男の体の構造をなぞっていく。

顎と頰の産毛は、一本一本が完璧だった。日よけの小さな穴から射す陽光が顎に当たり、顔の産毛一本一本をオルゴールのシリンダーの櫛《くし》のように目立たせていた。

左右の手首には小さな黒い巻き毛が生えている。一本一本が完璧で、一本一本が分かれていて、きらきら光っている。

頭髪は傷ひとつなく、一本一本が根元まで黒い。耳の形は美しい。唇の裏の歯も傷ひとつない。

「ジョゼフ！」彼女は大声をあげた。

「ジョゼフ」恐怖に駆られて腕をふりまわしながら、もういちど叫んだ。

ボーン！　ボーン！　ボーン！　通りの向こう側で鐘《かね》が雷鳴をとどろかせた。タイル張りの巨大な大聖堂から！

鳩が紙吹雪のような白い渦となって舞いあがった。おびただしい数の雑誌がヒラヒラと窓の前を過ぎるかのようだ！　鳩は広場を旋回し、螺旋を描きながら上昇していった。ボーン！　と鐘が鳴った！　タクシーの警笛《けいてき》が鳴り響いた！　はるか彼方の路地裏でオルゴールが「シエリト・リンド」を奏でていた。

これらすべてが薄れていき、浴室の洗面台で蛇口から水がしたたる音になった。

ジョゼフが目をあけた。

妻がベッドにすわって、彼のほうを見つめていた。

「てっきり――」彼はいった。目をしばたたき、「いや」目を閉じて、かぶりをふり、「ただの鐘だ」ため息。「いま何時だい？」

「わからない。いいえ、わかるわ。八時よ」

「まいったな」彼はつぶやいて、寝返りを打った。「あと三時間は寝られるのに」

「起きなきゃだめよ！」彼女は叫んだ。

「だれも起きてない。修理工場は十時にならないとはじまらない。ここの連中を急かそうったって無理だ。いまはおとなしくしてるしかない」

「でも、あなたは起きなきゃだめよ」

彼は半分寝返りを打った。陽光が上唇の逆立った黒い毛を青銅色に変えた。

「なんで？　いったいぜんたい、なんでぼくが起きなきゃいけないんだ？」

「鬚を剃《そ》らないとだめよ」彼女はいまにも叫びだしそうだった。

彼はうめき声をあげ、

「じゃあ鬚を剃らなくちゃいけないから、ぼくは朝の八時に起きて、石鹸を泡立てないといけないのか」

「そうよ、そうしないといけないの」

「テキサスに着くまで、二度と鬚は剃らない」

「浮浪者みたいな恰好で歩きまわるわけにはいかないでしょ！」

「歩きまわってもいいし、そうするつもりだ。三十何日だか知らないが、毎朝鬚を剃って、ネクタイを締め、ズボンに折り目をつけてきた。いまからは、ズボンなし、ネクタイなし、鬚剃りなし、なにひとつしないぞ」

彼が上掛けを乱暴に耳まで引きあげたので、裸の脚の片方が毛布からはみ出した。

その脚がベッドの縁からぶらさがった。陽射しを浴びて温かみをおびた白色《はくしょく》に見え、黒い産毛の一本一本が――完璧だった。

彼女が目を見開き、焦点を合わせて、しげしげとそれを見た。

彼女は手を口にかぶせて、しっかりと押さえた。

彼は一日じゅうホテルを出入りしていた。鬚を剃らなかった。眼下のタイル敷きの広場を歩いた。その足どりがあまりにもゆっくりなので、彼女は窓から稲妻《いなずま》を投げつけてやりたくなった。彼は立ち止まり、太鼓形に刈りこまれた木の下で、広場の青白いタイルの上で靴をしきりに動かしながら、ホテルの支配人と言葉を交わした。木に止まった鳥に目をやり、州立オペラ・ハウスの彫像が、さわやかな朝の金箔《きんぱく》をまとっているようすを見て、町角《まちかど》に立ち、車の流れを慎重に見きわめた。車の流れなどないのに！　目的ありげにそこに立ち、彼女の・ほうをふり返らずに時間をつぶしていた。どうしてあの人は走らないの。路地を飛び跳ねていき、坂をくだって修理工場へ行き、ドアを叩いて、修理工を脅迫し、ズボンをつかんで吊りあげて、車のエンジンに押しこんでやらないの！　そうはせずに突っ立って、ばかげた交通の流れを見ている。足を引きずった豚、自転車に乗った男、一九二七年型のフォード、三人の半裸の子供たち。行って、行ってよ、行ってちょうだい、と彼女は無言で絶叫し、危うく窓をたたき割りそうになった。

彼は通りをぶらぶらと渡った。角をまわりこんだ。修理工場までの道のりを、ウィンドーの前でいちいち立ち止まり、看板を読み、写真を見て、陶器を手にとった。ひょっとしたらビールを一杯やるつもりかもしれない。そう、そうにちがいない、ビールだ。

彼女は広場を歩き、陽射しを浴びて、もっと多くの雑誌を探した。手の爪を掃除し、磨きあげ、風呂を浴びて、また広場を歩き、ほとんどなにも食べず、部屋にもどって、雑誌を貪り読んだ。

横にはならなかった。恐れていたのだ。横になるたびに半睡状態で夢に落ちこみ、そのなかでは子供時代のすべてが、どうしようもないほど憂鬱《ゆううつ》な姿をさらけだすのだから。むかしの友だち、二十年も会ったこともなければ、頭に浮かんだこともない子供たちが心を満たした。そして、やりたかったのにやらなかったことが思い浮かんだ。カレッジを卒業してからの八年、ライラ・ホルドリッジを訪ねるつもりだった。だが、どういうわけか実現できなかった。自分たちは親友だったのに！　親愛なるライラ！　横になると、あらゆる本、すばらしい新旧の本、買うつもりだったけれど、いまとなっては買いも読みもしそうにない本のことが頭に浮かんだ。自分はどれほど本と、本のにおいを愛していたことか。一千もの古い悲しいことが思い浮かんだ。《オズ》の本を一生持っていたかった。それなのに買ったことがない。買えばいいじゃない。まだ命があるうちに！　ニューヨークへもどったら、真っ先に《オズ》の本を買おう！　そしてすぐにライラを訪ねよう！　そしてバートとジミーとヘレンとルイーズに会って、イリノイへ帰り、子供のころの場所を歩きまわって、そこで見られるものを見よう。もしアメリカへ帰れたとしたら。もし。もし。彼女の心臓が体内で苦しげに打って、止まり、息をひそめて、また打った。もし帰ることがあるならば。

彼女は粗探《あらさが》しをするように心臓の鼓動に耳をすましていた。

ドキン、ドキン、ドキン。一時停止。ドキン、ドキン、ドキン、ドキン。一時停止。

耳を傾けているあいだに止まったとしたら？

ほら！

体内に沈黙が降りた。

「ジョゼフ！」

彼女は跳ね起きた。まるで沈黙した心臓を絞りあげ、また打たせようとするかのように、乳房をわしづかみにする。

それは彼女のなかで開いて閉じ、神経質にガタガタと鼓動した。たてつづけに二十回も！

彼女はベッドに倒れこんだ。心臓がまた止まって、動きださなかったとしたら？　自分はなにを思うのだろう？　どうすればいいのだろう？　自分は怯えて死ぬ、そうなるのだ。まさに冗談。とても滑稽だ。自分の心臓が止まるのを耳にして、怯えて死ぬのは。心臓の鼓動に耳をすまし、打ちつづけるようにしなければならない。故郷へ帰って、ライラに会い、本を買って、もういちどダンスし、セントラル・パークを歩きたい。そして――耳をすますと――ドキン、ドキン、ドキン。一時停止。

ジョゼフはドアをノックした。ジョゼフはドアをノックし、車の修理はできておらず、もう一泊することになり、ジョゼフは鬚を剃らなかったので、短い毛の一本一本が顎で完璧であり、雑誌の店は閉まっていて、もう雑誌はなく、ふたりは夕食をとり、とにかく彼女はすこしだけ食べ、彼は町を散歩するために夕闇のなかへ出ていった。

彼女はいまいちど椅子にすわった。磁石《じしやく》が首をかすめ過ぎたかのように、毛がゆっくりと逆立った。体がひどく弱っていて、椅子から動けなかった。そして彼女には体がなく、あるのは心臓の鼓動だけ、部屋の四つの壁に囲まれた温もりと痛みの大きな脈動だけだった。目は熱く、妊娠していた。ふくらんでピンと張ったまぶたの裏で恐怖という子供を孕《はら》んでいた。

体内の奥深くで、最初の小さな歯車がずり落ちるのを感じた。もう一泊、もう一泊、もう一泊、と彼女は思った。そして今夜は昨夜よりも長いだろう。最初の小さな歯車がずり落ち、振子《ふりこ》が一拍を刻みそこなった。嚙みあっている二番目と三番目の歯車がつづいた。歯車同士は嚙みあっている。小さな歯車はすこしだけ大きな歯車と、すこしだけ大きな歯車はもうすこしだけ大きな歯車と、もうすこしだけ大きな歯車はもっと大きな歯車と、もっと大きな歯車はさらに大きな歯車と、さらに大きな歯車はもっと巨大な歯車と、もっと巨大な歯車はもっともっと巨大な歯車と……。

緋《ひ》色の糸と太さの変わらない赤い神経節がプツンと切れて、小刻みに震えた。赤いリネンの繊維と大きさの変わらない神経がよじれた。彼女の奥深くで小さな歯車がひとつはずれて、バランスの崩《くず》れた機械全体が、とめどなく震動してバラバラになりかけた。

彼女は抗《あらが》わなかった。それが揺れて、自分を脅《おびや》かし、眉間の汗を吹き飛ばして、背骨を揺さぶり、恐ろしいワインを口にあふれさせるままにした。まるで壊れたジャイロが体内であちこちへ傾《かし》ぎ、つまずき、震え、かん高い音をたてるような感じだった。パチンと消された電球から光が去っていくように、彼女の顔から色がぬけ落ちた。電球のクリスタルの頰に、色のない血管と繊維《フィラメント》が浮いて見える……。

ジョゼフが部屋のなかにいた。はいってきていたのだが、その音は彼女に聞こえさえしなかったのだ。彼は部屋のなかにいたが、なんのちがいもなかった。彼がはいってきても、なにも変わらなかった。彼は動きまわり、ベッドにはいる支度をしたが、なにもいわなかった。彼女も無言だったが、煙の充満した向こう側の空間を夫が歩きまわっているうちにベッドに潜りこんだ。いちど彼がしゃべったが、彼女には聞こえなかった。

彼女は時間を計った。五分ごとに腕時計を見た。腕時計は震え、時間は震え、五本の指が十五の動きとなり、五本にもどった。震えは止まらなかった。彼女は水を所望《しょもう》した。ベッドの上で何度も寝返りを打った。外では風が吹き、街灯を揺らして、こぼれた明かりがキラキラ光る斜めの打撃となって建物に当たり、開いた目のように窓をきらめかせたが、光がまた別の方向へ傾くと、その目はさっと閉じた。階下は、ディナーのあと森閑《しんかん》と静まりかえり、ひっそりとしたふたりの部屋まであがってくる音はなかった。彼が水のはいったグラスを彼女に手渡した。

「寒いわ、ジョゼフ」上掛けの襞に深く埋もれて彼女がいった。

「だいじょうぶだよ」

「いいえ、だいじょうぶじゃない。気分がよくないの。怖いわ」

「怖いことなんかないよ」

「アメリカ行きの列車に乗りたいわ」

「レオンには列車が来るけど、ここには来ない」新しい煙草に火をつけながら彼がいった。

「そこまで車で行きましょう」

「このあたりのタクシーで、このあたりの運転手で、自分たちの車をここへ置き去りにしてかい？」

「ええ。行きたいの」

「朝になれば元気になってるよ」

「いいえ、なってない。気分がよくないの」

「車を家まで輸送したら、何百ドルもかかる」

「かまわないわ。銀行に二百ドル預けてある。わたしが払うわ。でも、お願いだから、帰りましょう」

「明日になって陽が射したら、気分がよくなるさ。いまは太陽が沈んでいるから、そうなってるだけだよ」

「ええ、太陽は沈んで、風が吹いているわ」彼女は目を閉じて、ささやき声でいうと、首をまわして、聞き耳を立てた。「ああ、なんて寂しげな風。メキシコはおかしな土地よ。ジャングルと砂漠と寂しい荒野ばかりで、あちこちにこういう小さな町がある。多少は明かりが灯っているけれど、指をパチンと鳴らせば消えてしまう……」

「かなり大きな国だからね」

「ここの人たちは寂しくならないのかしら？」

「こういうのに慣れてるんだ」

「じゃあ、彼らは怖がらないの？」

「そのために宗教がある」

「わたしにも宗教があったらいいのに」

「宗教に帰依《きえ》したとたん、人は考えるのをやめてしまう」と彼がいった。「ひとつのことを信じすぎると、新しい考えの生まれる余地がなくなるんだ」

「今夜」と彼女が蚊《か》の鳴くような声でいった。「わたしがなによりしたいのは、新しい考えの生まれる余地をなくすこと、考えるのをやめること、怖がる暇がなくなるように、ひとつのことをとことんまで信じることよ」

「怖いものなんかないよ」

「もしわたしに宗教があれば」夫の言葉にはとりあわず、彼女はいった。「自分を持ちあげる梃子《てこ》があったでしょう。でも、いま梃子はなくて、自分の持ちあげ方がわからない」

「ああ、後生だから――」彼はぶつぶついって、腰を降ろした。

「むかしは宗教があったわ」と彼女。

「バプティストだ」

「いいえ、それは十二歳のとき。それは卒業したの。わたしがいってるのは――もっとあと、のことよ」

「その話はしてくれなかったね」

「あなたに知っておいてほしかった」

「どんな宗教？　聖具室にいる聖人君子かい？　きみのロザリオに告げたくなるような特別で特別な聖人かい？」

「そうよ」

「それで、きみの祈りに応《こた》えてくれたのか？」

「しばらくのあいだは。最近は、だめね、応えてくれないわ。もう応えてくれない、何年ものあいだ。でも、わたしは祈りつづけてる」

「どの聖人だい？」

「聖ジョゼフよ」

「聖ジョゼフか」彼は上体を起こし、ガラスの水差しからグラスに水を注いだ。部屋のなかで聞こえるのは、水のしたたる寂しい音だけだった。「ぼくの名前だ」

「偶然の一致よ」

ふたりはつかのま目を合わせていた。

彼が視線をそらし、「聖人君子か」といって、水を飲みほした。

しばらくしてから、彼女が「ジョゼフ？」といった。彼は「なんだい？」といい、彼女が「こっちへ来て、わたしの手を握ってもらえない？」といった。「女ってやつは」彼はため息をついた。彼がやってきて、彼女の手を握った。ややあって、彼女は手を引っこめ、毛布の下に隠したので、彼の手は空《から》っぽでとり残された。彼女は目を閉じて、言葉を震わせた。

「気にしないで。思ったほどじゃなかった。心のなかであなたに手を握ってもらうと、本当にすてきなのに」「まいったな」彼はそういうと、浴室へ行った。彼女は明かりを消した。見えるのは、浴室のドアの下から漏れる細い光だけだった。彼女は自分の心臓に耳をすました。それは一分間に百五十回、着実に打っていた。そしてかん高い小さな音を生み出す震えが、あいかわらず彼女の骨髄《こつずい》のなかにあった。あたかも体の骨一本一本のなかにアオバエが閉じこめられていて、一点にとどまり、ブンブンいい、体を揺らし、深く深く深く震動しているかのように。彼女の目が自分自身に向かって裏返り、自分自身の秘密の心臓が胸の側面にぶつかってバラバラになるのを見まもった。

浴室で水が流れた。彼が歯を磨いている音がした。

「ジョゼフ！」

「なんだい」閉じたドアの陰で彼がいった。

「こっちへ来て」

「どうしてほしいんだ？」

「ひとつ約束してほしいの、お願い、ああ、お願いだから」

「なにを約束するんだ？」

「まずドアをあけて」

「なにを約束するんだ？」彼は閉じたドアの陰で語気を強めた。

「約束して」彼女はいって、言葉を途切《とぎ》れさせた。

「約束するって、なにを？」長い間《ま》があって彼がいった。

「約束して」彼女はいったが、先をつづけられなかった。彼女は横たわっていた。彼は無言だった。腕時計と自分の心臓がいっしょに打つのが聞こえた。ホテルの外で街灯がきしみをあげた。

「約束して、もしなにか——起きたら」そういう自分の声が聞こえた。まるで彼女が町をとり巻く丘のひとつにいて、遠くから彼に話しかけているかのように、くぐもって麻痺した声で。「——もしわたしの身になにかが起きても、あの恐ろしい地下墓地に埋葬しないで！」

「ばかなことというなよ」とドアの陰で彼がいった。

「約束してくれる？」彼女は暗闇のなかで目をみはった。

「よりによって、そんなばかなことをいうなんて」

「約束して、お願いだから約束してくれる？」

「朝になれば元気になるよ」

「約束してくれたら眠れるから。あそこにわたしを葬らない、そういってくれさえすれば眠れるのよ。あそこに埋められたくない」

「まったく」と忍耐心のつきた彼がいった。

「お願いだから」

「なんでそんなばかげたことを約束しなきゃいけないんだ？」彼はいった。「明日になれば元気になるよ。それに、もしきみが死んだら、アサガオを髪にさして、ミスターしかめ面《づら》とミスター大口開きのあいだで地下墓地に立つことになって、とてもきれいに見えるだろうな」そして心からの笑い声をあげた。

沈黙。彼女は闇のなかに横たわっていた。

「きみはあそこできれいに見えると思わないか？」ドアの陰で笑いながら彼が訊いた。

彼女は暗い部屋のなかで黙っていた。

「思わないかい？」とジョゼフ。

だれかが下の広場を歩いていた。かすかな足音が遠ざかっていく。

「ええ？」歯を磨きながら彼が尋ねた。

彼女は横になったまま、天井をじっと見あげていた。胸の上下動がどんどん速くなり、空気が鼻の穴から出たりはいったり、出たりはいったりした。小さな血のしずくが、噛みしめた唇から流れ出た。彼女の目はかっと見開かれていて、両手は上掛けをむやみに締めつけていた。

「ええ？」彼がドアの陰でまたいった。

彼女は無言だった。

「まちがいない」彼はひとりごちた。「すごくきれいだろうな」そのつぶやきは、蛇口から流れ出る水の音にまぎれた。彼は口をすすぎ、「まちがいない」といった。

ベッドにいる彼女から返事はなかった。

「女ってのはおかしなもんだ」彼は鏡のなかの自分に向かっていった。

彼女はベッドに横たわっていた。

「まちがいない」と彼はいった。消毒薬でうがいをし、排水管にペッと吐きだす。「朝になれば元気になってるよ」

彼女はひとこともいわなかった。

「車も直るよ」

彼女はなにもいわなかった。

「いつの間にか朝になってる」彼はいま壜《びん》類の蓋を閉め、顔にスキンローションを塗っていた。「それに明日になれば車も直るだろう。どんなに遅くても明後日《あさって》には。もうひと晩ここに泊まってもかまわないだろう？」

彼女は答えなかった。

「かまわないよね？」

返事はない。

浴室のドアの下で明かりがまたたいて消えた。

「マリー？」

彼はドアをあけた。

「眠ってるのか？」

彼女は目を見開いて横たわっていた。胸が上下に動いている。

「眠ってるのか」とジョゼフ。「まあいいや、おやすみ、奥さん」

彼はベッドに潜りこんだ。

「疲れた」

返事はない。

「疲れた」

風が外の明かりを揺らした。部屋は長方形で真っ暗だった。そして彼はベッドのなかで早くもまどろんでいた。

彼女は目をかっと見開いて横たわっていた。手首で腕時計がカチコチと時を刻み、胸が上下に動いていた。


上天気のなか、北回帰線を通過した。自動車は曲がりくねった道路を驀進《ばくしん》し、ジャングルの国をあとにしてアメリカへ向かった。緑なす丘のあいだで轟音《ごうおん》をあげ、あらゆる曲がり角を曲がり、排気煙のか細い筋を残していった。そしてピカピカの自動車のなかにはピンクの健康的な顔をして、パナマ帽をかぶったジョゼフがすわり、運転中、小さなカメラは彼の膝に載っていた。黒い絹《きぬ》の帯が、黄褐色《おうかっしょく》の上着の左上腕に巻かれていた。彼の眼前《がんぜん》で、田園地帯がすべるように過ぎていく。彼は上《うわ》の空で隣の座席に向かってある仕草をして、動きを止めた。おずおずと口もとをほころばせ、いまいちど車のウィンドーのほうを向くと、節《ふし》のない鼻歌を歌い、右手をゆっくりと伸ばして隣の座席をさわろうとしたが……。

そこは空っぽだった。

アンリ・マチスのポーカー・チップの目

はじめて読者の前に登場するとき、ジョージ・ガーヴィーはなんの変哲もない男だ。その男が、のちに白いポーカー・チップの片眼鏡《モノクル》、それもマチスその人が青い目を描《か》いたポーカー・チップのモノクルをかけるようになる。さらにのちには、義足に黄金の鳥籠《とりかご》を仕込んで鳥をさえずらせたり、作りものの左手を、ちらちら光る銅と翡翠《ひすい》で飾るようになるかもしれない。

だが、はじまりの時点では──まずは恐ろしいほど平凡な男をご覧あれ。

「経済欄を読んでるの、あなた?」

夕刻、彼のアパートメントで新聞がガサガサいう。

「天気予報によると、『明日は雨』だそうだよ」

黒い鼻毛が呼吸に合わせて出たりはいったり。静かに、静かに、延々と何時間も。

「そろそろ寝よう」

彼の見た目は、一九〇七年ごろに生産された蠟《ろう》人形のマネキンそっくり。しかも奇術師もうらやむ手際《てぎわ》で、緑のビロードの椅子にすわっていたかと思うと──あら不思議、一瞬にしてかき消えるのだ! こちらがちょっと横を向くと、そんな男の顔など忘れてしまう。ヴァニラ・プディングなみにありふれた顔なのだ。

にもかかわらず、ほんのちょっとした偶然が、この男を史上もっとも奔放《ほんぽう》な前衛《アヴァンギャルド》文学運動の中核に仕立てあげたのだ！

ガーヴィーとその妻は、二十年にわたり、もっぱらふたりだけで暮らしてきた。妻は可憐《かれん》なカーネーションだったが、こういう男に出会ったのが災《わざわ》いして、お客が寄りつかなかったのだ。人々をたちどころにミイラに変える才能がガーヴィーにあろうとは、夫も妻も思っていなかった。オフィスでせわしない一日を過ごしたあと、夜はふたりだけですわって過ごすのに満足している、とふたりとも公言していた。ふたりとも、だれでもやれるような仕事についていた。ときには、自分たちを雇《やと》っている特色のない会社の名前を本人たちさえ思いだせないことがあった。白ペンキに白ペンキを上塗りするようなものだからだ。

前衛運動に参加せよ！　〈地下室の七人組〉に参加せよ！

こうした奇人たちがパリの地下室で繁栄をとげていた。彼らは気《け》だるいジャズに耳を傾け、なんとも移り気な人間関係を半年あまり保《たも》ったあと、騒々しい分裂のときが来てアメリカへ舞いもどり、ミスター・ジョージ・ガーヴィーに出くわした。

「たまげた！」一党の元指導者アレグザンダー・ペープが叫んだ。「とんでもなく退屈な野郎に出会ったぞ。とにかく会ってこい！　昨夜、ビル・ティミンズのアパートメントへ行ったら、一時間ほど留守《るす》にするって書き置きがあったんだ。廊下でこのガーヴィーなる御仁《ごじん》が、よかったらわたしの部屋で待ちませんかといってくれた。そういうわけで、そいつの部屋にすわっていたんだよ、ガーヴィーと、奥方と、このおれが！　信じられん！　あいつは

〈倦怠《アンニュイ》〉のかたまり、われらが物質的社会の申し子だ。人を麻痺《まひ》させる方法を十億通りも心得てやがる！　無感覚を引き起こし、深い眠りに誘いこみ、心臓を停止させる才能をそなえた絶対のロココだ。たいした症例だよ。みんなで訪ねていこう！」

この連中は禿鷹《はげたか》のように群がった！　生命がガーヴィー家のドアまで流れ、生命が彼の居間に居すわった。〈地下室の七人組〉は房《ふさ》飾りつきのソファにとまり、餌食《えじき》にじっと目を注いだ。

ガーヴィーはそわそわした。

「煙草《たばこ》を吸いたい方は――」かすかに笑みを浮かべ、「どうか――遠慮なく――吸ってください」

沈黙。

こういう指示が出されていたのだ――「口を閉じていろ。あの男を困らせろ。あの男がどれほど巨大な平凡か、たしかめる方法はそれしかない。アメリカ文化の絶対零度だ！」

まばたきひとつしない沈黙が三分間つづいたあと、ミスター・ガーヴィーが身を乗りだして、「えー」といった。「どういうご用件でしょう、ミスター……？」

「クラブツリー。詩人です」

ガーヴィーはこの言葉をじっくり考え、

「それで、ご用件は？」

返事はない。

ここで典型的なガーヴィー流の沈黙がはじまった。ここにすわっているのは、世界最大の沈黙製造業者にして配達人だ。注文を受ければ、沈黙を荷造りし、咳払いとささやきの紐《ひも》で結《ゆ》わえて送りだせる。気まずい沈黙、居たたまれない沈黙、おだやかな沈黙、のどかな沈黙、無関心な沈黙、うれしい沈黙、すばらしい沈黙、不安げな沈黙。ガーヴィーはそのただなかにいる。

さて、〈地下室の七人組〉は、この夜の沈黙にあっさりと溺《おぼ》れてしまった。あとで、お湯の出ないアパートメントで、〝手ごろな赤ワイン〟の壜《びん》を囲んで（彼らも掛け値なしの現実に接触せざるを得ない局面にいたることはある）、この沈黙をバラバラに引き裂き、手荒にあつかった。

「あいつがカラーをいじるさまを見たか！　ほー！」

「いやはや。でも、あいつがけっこう〝クール〟なのは認めるしかないな。マグジー・スパニアとビックス・バイダーベックの話題が出ただろう。あいつの表情に気づいたか。おっそろしくクールだったぞ。あんな風に無関心で無感情な顔をしてみたいもんだ」

ベッドにはいる支度《したく》をしながら、このなみはずれた夕べを思い返していたジョージ・ガーヴィーは、状況が手にあまると、つまり聞き慣れない本や音楽が話題にのぼると、自分はパニックにおちいって、体が凍《こお》りつくのだと悟った。

とはいえ、なんとも風変わりな客人たちが、このことを特に気にしたようすはなかった。

じつをいうと、帰りぎわに、彼らはガーヴィーと固く握手し、すばらしいひとときをありがとうと感謝したのだ！

「正真正銘、A級退屈ナンバーワンだ！」と街の反対側でアレグザンダー・ペープが叫んだ。「ひょっとすると、内心ではぼくたちを笑っていたのかもしれないぞ」とマイナー詩人のスミス。目がさめていれば、ペープの意見にかならず異を唱《とな》えるのだ。

「ミニーとトムを呼びにいこう。きっとガーヴィーを気に入るよ。またとない夜だ。何カ月もこの話で持ちきりになるぞ！」

「気がついたか？」とマイナー詩人のスミス。気どって目を閉じ、「バスルームで蛇口をひねったら」芝居がかって間《ま》を置き、「お湯が出た」

だれもが腹立たしげにスミスを見つめた。

ひねってみようとは思わなかったのだ。

繁殖力の旺盛《おうせい》なイースト菌のような党派は成長し、まもなくドアや窓からあふれ出た。

「ガーヴィー夫妻に会ったかい？　なんだって！　棺桶《かんおけ》で寝てろよ！　ガーヴィーはきっとそのリハーサルをしてるんだ。スタニスラフスキーの戯曲でもなければ、あんなに退屈になれるわけがない！」

ここでも雄弁だったのはアレグザンダー・ペープ。ガーヴィーの間延《まの》びした自意識過剰の話しっぷりを、このとき彼が完璧に真似して見せたので、グループ全員はがっくりきた。

「『ユリシーズ』ですか？　ギリシャ人と、船と、ひとつ目の怪物が出てくる本じゃありませんか！　なんですって？」間。「おお」またしても間。「なるほど」すわり直して、「『ユリシーズ』を書いたのはジェイムズ・ジョイスですって？　変だな。誓ってもいいですが、むかし学校で習ったところでは……」

そのみごとな模倣《もほう》ぶりのせいで、だれもがアレグザンダー・ポープに反感をいだいたにもかかわらず、彼がこうつづけると爆笑した――

「テネシー・ウィリアムズですか？　あのヒルビリー調の『ワルツ』を作曲した男のことですか？」

「ぼやぼやしちゃいられない！　ガーヴィーの住所はどこだ？」と、だれもが叫んだ。

「わたしの生活は」とミスター・ガーヴィーが妻にいった。「近ごろなんだか楽しいよ」

「あなたの人徳よ」と妻は答えた。「気がついてるでしょう、みんな、あなたの言葉をひとことも聞きもらすまいとしてるわ」

「あの人たちの集中ぶりは」とミスター・ガーヴィー。「恍惚《こうこつ》の域に達してるね。わたしがどんなにつまらないことをいっても、大爆笑が起きる。変だな。オフィスでジョークを飛ばすと、決まって石壁にぶつかるのに。たとえば、今夜だ。面白いことをいおうなんて気はこれっぽっちもなかった。たぶんわたしのやることなすことの根底には、無意識のうちにウィットが流れているんだろう。まさか、このわたしにそうものがあったとはね。おや、ベルが鳴ったな。いま行きます！」

「朝の四時にベッドから引きずりだしたら、あいつは世にも稀《まれ》な存在になるぞ」とアレグザンダー・ペープ。「疲労困憊《こんぱい》と世紀末道徳を組み合わせたら、こんなに面白いものはないぞ！」

ガーヴィーの寝込みを襲うことをペープが最初に考えついたせいで、だれもが面白くない気分になった。にもかかわらず、この十月下旬の日の真夜中をまわったころ、興味は最高潮に達した。

ミスター・ガーヴィーの潜在意識がひそかに本人に告げるところでは、自分は演劇シーズンの幕あけを告げる者であり、その成功は、他人を倦怠《けんたい》に巻きこむ力を保つことにかかっているという。この状況を楽しみながらも、このレミングみたいな連中が、なぜ自分のプライヴェートな海へ集まってくるのか、ガーヴィーにはさっぱりわからなかった。ひと皮むけば、ガーヴィーは驚くほど才気煥発《かんぱつ》な男だ。しかし、想像力に欠ける両親のせいで、彼らの型にはめられ、慣れない苗床《なえどこ》で才能を押しつぶされたのだった。そこから彼はもっと大がかりなレモン絞《しぼ》り器に放りこまれた。オフィスや、工場や、妻のことだ。その結果が——潜在的な能力を時限爆弾のように自宅の居間に眠らせている男だ。ガーヴィーの抑圧された潜在意識は、前衛芸術家たちが自分のような人間に会ったことがない、あるいはむしろ、何百万という自分のような人間に出会ったものの、これまで研究してみる気にならなかったのだ、ということにうすうす気づいていた。

そういうわけでいまの自分は、秋の有名人の第一号だ。来月の有名人はアレンタウン出身の抽象画家かもしれない。十二フィートの梯子《はしご》に登って、青と灰色二色だけの家庭用塗料をケーキ・デコレーターから絞りだし、殺虫剤のスプレーから噴射させて、ゴム糊《のり》とコーヒーかすを塗りつけたキャンヴァスに絵を描く男だ（賛辞さえあれば成長する！）。あるいは、十五歳で早くも老成した知識をそなえた、シカゴ出身のモビール細工師かもしれない。ミスター・ガーヴィーの明敏な潜在意識は、ますます疑心暗鬼にとらわれた。前衛芸術家たちお気に入りの雑誌、〈中核〉を読むという手痛い過《あやま》ちを犯したときに。

「さて、このダンテに関する記事ですが」とガーヴィーはいった。「魅力的です。とりわけ、煉獄《れんごく》の前山《ぜんざん》と山頂にある地上楽園で伝えられる空間的メタファーを論じた箇所は。第十五歌から第十八歌、いわゆる〝教義論〟に関する部分もみごとです！」

〈地下室の七人組〉はどう反応したか？

啞然《あぜん》としたのだ、ひとり残らず。

悪寒《おかん》の走るのがはっきりとわかった。

ガーヴィーが愉快な大衆の精神を持ち、流行に乗り遅れまいとして静かな絶望に沈む男、つまらない人生を歩む、機械に支配された男でなくなり、『実存主義はそれでも存在するか』や『クラフト・エビングとは？』に関する意見を述べたとたん、彼らは憤然《ふんぜん》として出ていった。ピッコロのような声で開陳《かいちん》される錬金術《れんきん》や象徴主義に関するご託《たく》など、彼らは聞きたくないのだ、とガーヴィーの潜在意識が警告した。彼らはこの自分に、古きよき質素《しっそ》な白パンであり、よくかき混ぜた田舎風《いなか》のバターであってほしいだけなのだ。あとで薄暗いバーで噛《か》みしめながら、すごい値打ちものだと声を大にしていうために！

ガーヴィーはすごすごと退散した。

あくる晩、彼は元の貴重なガーヴィーにもどっていた。デール・カーネギーですか？　すばらしい宗教指導者です！　ハート・シャフナー＆マルクスですか？　ボンド・ストリートの一流商店よりましですよ！　アフター・シェイヴ・クラブのメンバーですか？　わたしのことですよ！　最新の〈ブック・オブ・ザ・マンス〉ですか？　テーブルに載っています！どうしてエリナー・グリンを推薦しないんでしょうね。

〈地下室の七人組〉は怖気《おぞけ》をふるい、狂喜した。みずからに鞭打《むちう》って、ミルトン・バールの番組を視聴した。バールがなにかいうたびに、ガーヴィーは大笑いした。隣人に頼んで、昼間のラジオ・メロドラマをいろいろと録音してもらい、晩にガーヴィーが宗教的畏怖《いふ》をいだいてそのテープを再生するあいだ、〈地下室の七人組〉は、彼の表情と『マ・パーキンス』や『ジョンの別の女房《にょうぼう》』に聞き惚《ほ》れるさまを分析した。

ああ、ガーヴィーは悪賢くなりつつあったのだ。彼の内なる自我がいう――おまえはトップにいる。そのままでいろ！　連中を楽しませろ！　明日はトゥー・ブラック・クロウズのレコードをかけろ！　慎重にふるまえ！　おつぎはボニー・ベイカー……よしよし！　連中は身震いするぞ、おまえが本当に彼女の歌を好きだなんて信じられないからな。ガイ・ロンバードはどうだ？　それでいいんだ！

大衆の心だ、と彼の潜在意識がいった。おまえは群衆の象徴なんだ。連中がやって来るのは、本人たちは嫌っているふりをしている、この想像上の〈大衆人間〉の恐るべき俗悪さを研究するためだ。でも、彼らはそのヘビの穴に魅《み》せられている。

夫の考えを読んで、妻が異を唱えた。

「みんな、あなたを気に入ってるのよ」

「怖いもの見たさのたぐいだよ」とガーヴィー。「連中がなんでわたしなんかに会いに来るのか、寝ずに考えていたんだ！　むかしから自分が嫌いだったし、うんざりしていた。愚かで冴《さ》えない男。独創的な考えなんてものは、頭のなかにひとつもない。いまこれだけはわかった――わたしは仲間づきあいが大好きだ。むかしから社交的になりたかった。でも、その機会がなかった。この何カ月かは舞踏会みたいだったよ！　でも、彼らの興味はつきかけている。永久に仲間づきあいをしたいのに！　どうすればいいんだ？」

彼の潜在意識がショッピング・リストを用意した。

ビール。平凡のきわみ。

プレッツェル。愉快な〝時代遅れ〟。

マザーズに寄れ。マックスフィールド・パリッシュの絵を購入しろ。それもハエの糞《ふん》でしみになり、日に焼けたやつを。今夜はそれについてひとくさりぶつがいい。

十二月にはいるころには、ミスター・ガーヴィーは戦々恐々だった。〈地下室の七人組〉は、ミルトン・バールとガイ・ロンバードにすっかり慣れてしまっていた。じっさい、バールはアメリカ大衆にはもったいないし、ロンバードは時代を二十年も先駆けている、と称賛する立場に鞍替《くらが》えしていたのだ。趣味の悪い人々が彼を好むのは、通俗的な理由にすぎない、と。

ガーヴィーの帝国が震撼《しんかん》した。

ふと気がつくと、彼はまったくの別人となっていた。もはや友人たちと趣味にちがいはなく、必死に彼らを追いかけて、ノラ・ベイズ、一九一七年のニッカーボッカー・カルテット、アル・ジョンスンが歌う「ロビンソン・クルーソーは土曜の夜にフライデーを連れてどこへ行く」、シェップ・フィールズ&ヒズ・リップリング・リズムをつかまえた。マックスフィールド・パリッシュの再発見は、ミスター・ガーヴィーを蚊帳《かや》の外へ追いやった。一夜にして、「ビールは知的な飲みものだよ。低脳どもばかりに飲ませておくのはもったいない」と だれもが同意した。

要するに、友人たちが姿を消したのだ。噂《うわさ》によれば、アレグザンダー・ペープは、冷水《れいすい》しか出ない自分のアパートメントにも——冗談で——お湯が出るようにしようかと考えていたという。この悪意ある流言《りゅうげん》は抑えられたが、そのときにはアレグザンダー・ペープの評判はがた落ちになっていた。

ガーヴィーは移り変わる世人《せじん》の好みをなんとか予想しようとした！　無料でふるまう食べ

ものをふやし、〈狂乱の二〇年代〉への揺りもどしが起きるのを見越して、毛羽《けば》だったニッカーボッカーをはき、妻にはほかのだれよりも早くチューブ・ドレスを着せ、髪を男の子のようなボブ・カットにさせた。

しかし、禿鷹たちはやってきて、食い散らし、逃げていった。TVという恐るべき巨人が世界を闊歩《かっぽ》しているいま、ラジオをふたたび抱きしめるので忙しかったのだ。一九三五年に海賊録音された『ヴィックとセード』や『ペッパー・ヤング一家』の台本書き起こしが、知識人の業界で奪いあいになっていた。

とうとうガーヴィーは、一連の奇跡的な人気挽回《ばんかい》策に救いを求めるしかなくなった。パニックにおちいった彼の内なる自我が考えだし、実行に移したそれに。

最初の事故は、車のドアを勢いよく閉めたことだった。

ミスター・ガーヴィーの小指の先が、すっぱりと切り落とされたのだ！

つづく混乱のさなか、ピョンピョン跳《は》ねまわっていたガーヴィーは、指先を踏んづけてから側溝《そっこう》に蹴りこんでしまった。指先を探しだしたころには、どんな医者も縫《ぬ》いなおそうという気を起こさなくなっていた。

この事故がさいわいしたのだ！　あくる日、とある東洋雑貨店の前を通りかかったガーヴィーは、美しい工芸品に目をとめた。活発で老練《ろうれん》な彼の潜在意識が働いた。下がるいっぽうの自分の人気と、前衛芸術家のあいだでのお粗末な視聴率を考えて、彼が店にはいり、財布を引っぱりだすように仕向けたのである。

「近ごろガーヴィーに会ったかい！」アレグザンダー・ペープが電話口で絶叫した。「そうか、見にいけよ！」

「ありゃあなんだ？」

だれもが目をみはった。

「清朝の高官《マンダリン》の指当てです」ガーヴィーはさりげなく手をふった。「東洋のアンティーク。マンダリンはこれを使って、五インチも伸ばした爪を保護しました」ビールを飲み、黄金の指貫《ゆびぬき》をはめた小指を立てる。「だれだって身体障害者は見たくありません、体の一部が欠けているところなど見たくないのです。わたしの指が失われたのは悲しいことでした。しかし、この黄金の防具をつけているいまのほうがしあわせです」

「こんなにすてきな指をつけている人間は、これまでひとりもいませんでした」と彼の妻がグリーン・サラダを全員にとり分けた。「そしてジョージには、それを使う権利があるんです」

下降線をたどる人気が回復すると、ガーヴィーは愕然《がくぜん》とし、その事実に魅せられた。ああ、芸術！　ああ、人生！　振子《ふりこ》は前後に揺れるものだ。複雑さから単純さへ、ふたたび複雑さへ。夢から現実へ、ふたたび夢へ。賢明な人間なら知識人の世界の近日点を感知し、揺れの激しい新たな軌道にそなえることができる。ガーヴィーの優秀な潜在意識は身をもたげ、すこしずつものを食べはじめ、使わなかった手足を試しながら、歩きまわることさえはじめた。潜在意識に火がついたのだ！

「世界はなんと想像力に欠けているのだろう」長らくおろそかにされてきた別の自我が、彼の舌を使っていった。「もしなにかの拍子《ひょうし》にわたしの脚が切断されても、木の義足などつけないぞ、つけるもんか！　宝石をちりばめた黄金の脚をつけ、その脚の一部を黄金の鳥籠にして、歩いたり、すわって友人たちとおしゃべりしたりしているあいだ、なかのルリツグミが歌うようにするんだ。腕を切り落とされたら、銅と翡翠でできた新しい腕をつける。なかを空洞にして、ドライアイスを入れる一画《いっかく》を設《もう》ける。そして一本の指につきひとつずつ、五つの区画を別に設ける。『一杯やりたい人はいるかな？』とわたしが叫ぶ。シェリー？　ブランディー？　デュボネ？　それからグラスの上でそれぞれの指をそっとひねる。五本の指から、五種類の冷えたリキュールとワインが流れ出る。わたしは黄金の栓《せん》を叩いて閉め、『乾杯』と叫ぶんだ。

でも、それよりなにより、人は目でいやらしいことをしたいと思っている。そんなものはえぐり出せ、と聖書にある。たしか聖書だったはずだが。そういうことが自分の身に起きたら、おぞましいガラスの義眼《ぎがん》は絶対に使わない。海賊の黒い眼帯《がんたい》も願い下げだ。どうするかわかるかい？　ポーカー・チップをフランスにいるきみたちの友人に郵送するんだ、名前はなんだっけ？　マチスだ！　こういう手紙を添えるんだ。『ポーカー・チップと小切手を同封します。どうかこのチップに美しい青い人間の目をお描《か》きください。敬具、G・ガーヴィー』とね！」

さて、ガーヴィーはむかしから自分の体を忌《い》み嫌ってきた。目が青白く、弱々しく、特徴に欠けるとわかったからだ。そういうわけでひと月後（彼の人気がふたたび低迷したとき）、右目が潤《うる》み、ただれ、ついには完全に視力を失ったとわかっても驚かなかった。

ガーヴィーは失意のどん底に落とされた！

しかし、内心では――同じくらい――喜んでいた。

ガーゴイルの陪審《ばいしん》団さながらに笑みを浮かべた〈地下室の七人組〉をわきにはべらせて、彼は五十ドルの小切手を添えてポーカー・チップをフランスへ航空郵便で送った。

一週間後、小切手は現金化されずにもどってきた。

つぎの郵便でポーカー・チップが届いた。

H・マチスはその上に、繊細な睫毛《まつげ》と眉毛にいろどられた、稀に見る美しい青い目を描いていた。H・マチスはこのチップを、緑のビロードを張った宝石箱におさめていた。このたくらみ全体を、彼がガーヴィーと同じくらい愉快に思ったことは一目瞭然《いちもくりょうぜん》だった。

〈ハーパーズ・バザー〉誌が、マチスのポーカー・チップの目をつけているガーヴィーの写真と、もう一枚、マチス本人の写真を掲載した。三ダースのチップで実験を重ねたあと、モノクルに目を描いている写真を！

H・マチスは写真家をライカまで呼び寄せ、後代《こうだい》のために一部始終を記録させるという非凡な良識をそなえていた。彼の言葉が載っていた。「二十七個の目を投げ捨てたあと、ようやく望みどおりの目ができあがった。大急ぎでムッシュー・ガーヴィーのもとへ送るつもりだ！」

六色で描かれたその目は、緑のビロード張りの箱に不穏な感じでおさまっていた。現代美術館がただちに複製を売りだした。〈地下室の七人組〉の友人たちは、青い目の描かれた赤いチップ、赤い目の描かれた白いチップ、白い目の描かれた青いチップを用いてポーカーに興《きょう》じた。

しかし、オリジナルのマチスのモノクルをつけている人間は、ニューヨークにただひとり。それはミスター・ガーヴィーだった。

「わたしはいまでも退屈きわまりない男だ」と彼は妻にいった。「でも、モノクルとマンダリンの指のおかげで、わたしがどれほどひどい野暮天《やぼてん》か、いまではわからないだろう。もしわたしへの関心がまた薄らぐようなことがあれば、腕の一本や脚の一本はいつなくしたってかまわない。本気だよ。わたしは驚くべき正面《ファサード》を築きあげた。元の無骨者《ぶこつもの》は二度と見つからないだろう」

そしてついおとといの午後、彼の妻が述べたように――「主人はもう古いジョージ・ガーヴィーとは別人としか思えません。名前を変えました。ジュリオと呼んでほしいそうです。ときどき夜、主人のほうを見て、『ジョージ』と声をかけるんですが、返事はありません。そこにいるのに、例のマンダリンの指貫を小指にはめ、白と青のマチスのポーカー・チップのモノクルを片眼《かため》にはめて。わたしはたびたび夜中に目をさまして、あの人を見ます。すると、どうなるかわかりますか？　ときどきあのすばらしいマチスのポーカー・チップが、特大のウインクをくれるように思えるんです」

骨

もういちど医者に診《み》てもらうには時間が遅すぎた。ミスター・ハリスは青白い顔をして階段吹き抜けのところで曲がった。階段を昇る途中、金文字で書かれたドクター・バーリーの名前が目にはいった。その下には矢印がある。はいっていったら、ドクター・バーリーはため息をつくだろうか？　なにしろ、今年になって十回目の診察になるのだ。でも、ドクター・バーリーに文句をいわれる筋合いはない。ちゃんと診察料は払っているのだ！

看護師がミスター・ハリスを目にとめて、にっこりした。ちょっと面白がっているようだ。爪先立《つまさきだ》ちで曇りガラスのドアまで行き、ドアをあけると、頭を突っこむ。ハリスは「だれが来たと思います、先生」という彼女の声が聞こえるような気がした。それに「やれやれ、またかい？」という医者の返事が、かすかに聞こえなかっただろうか？　ハリスは不安に駆られて唾《つば》を飲みこんだ。

ハリスがはいっていくと、ドクター・バーリーが鼻を鳴らした。

「また骨が痛むのかね！　いやはや!!」顔をしかめ、眼鏡《めがね》をととのえ、「ねえ、ハリス、きみは医学界に知られている最高の手当を受けているんだ。いわば歯ブラシと抗菌《こうきん》ブラシをかけられているんだよ。きみは神経質すぎるんだ。指を見せてごらん。煙草《たばこ》の吸いすぎだね。息を嗅《か》がせてもらおう。タンパク質のとりすぎ。目を見せてごらん。睡眠不足。処方かね？

睡眠をとり、タンパク質の摂取《せっしゅ》をやめ、禁煙する。十ドルいただきます」

ハリスはふくれっ面《つら》で立っていた。

医師は書類から顔をあげ、

「まだいたのかね？　きみは心気症《しんき》だよ！　さあ、これで十一ドルだ！」

「でも、なぜわたしの骨は痛むんです？」とハリスが訊《き》いた。

ドクター・バーリーは子供に話しかけるような口調で、

「きみは筋肉を痛めたことがある。それがずっと気になるので、いじったり、さすったりしているんじゃないかね？　さわればさわるほど、わずらわしくなる。だから、放っておけば痛みは消えるよ。つまり、痛みの大部分は自分が原因なんだ。そう、そういうことなんだよ。放っておくんだ。塩でも舐《な》めることだね。ここを出たら、何カ月も前から懸案《けんあん》だったフェニックス旅行をするんだ。旅行は体にいいよ！」

その五分後、ミスター・ハリスは角《かど》のドラッグストアで職業別電話帳をめくっていた。バーリーみたいなやぶ医者は、同情するくらいしか能がないのだ！　**骨格専門医**のリストを指でなぞっていくと、ムッシュー・ムニガンという名前が見つかった。ムニガンのあとには医学博士や、学歴を示すほかの肩書きはついていなかったが、その診療所は都合のいいことに近所にあった。三ブロック行って、一ブロック右へ……。

ムッシュー・ムニガンは、診療所と同様に、小さくて陰気《いんき》だった。診療所と同様に、消毒液やヨードチンキや、なにやらのにおいがした。とはいえ、聞き上手で、目をくりくりと動かしながら、熱心に耳を傾けてくれた。そしてハリスに話しかけるときは、ひとことというたびにヒューヒューと口笛を吹くような音をさせた。入れ歯が合ってないにちがいない。

ハリスは悩みを洗いざらいぶちまけた。

ムッシュー・ムニガンはうなずいた。こういう症例は前にも見たことがあります。問題は骨にあります。人は自分の骨を意識しません。ええ、そうです、骨です。骨格です。じつに厄介だ。なにかのバランスがとれていないのです。魂《たましい》と肉体と骨格のあいだにずれが生じているのです。複雑きわまりない症例です、とムッシュー・ムニガンがそっと口笛を吹くようにいった。ハリスはうっとりと耳を傾けた。やっと、わたしの病気を理解してくれる医者がいたぞ！　心理的なものです、とムッシュー・ムニガンがいった。薄汚れた壁まですばやく移動し、貼ってあったレントゲン写真のうち六枚を剝《は》ぎとる。写っているのは、太古の海に浮かんでいそうなもの。いやはや！　骸骨《がいこつ》だ、驚いた！　長い骨、短い骨、大きな骨、小さな骨の光り輝く肖像《しょうぞう》写真。ミスター・ハリスもご自分の立場、ご自分の問題に気づかれるはずです！　ムッシュー・ムニガンがほの明るい星雲のような肉を叩き、さすり、ささやき、引っかいた。その星雲のなかには頭蓋、脊髄《せきずい》、骨盤《こつばん》、石灰、カルシウム、骨髄がぼんやりと浮かんでいる。ここです、そこです、これです、あれです、それ以外です！　見てください！

ハリスは身震いした。レントゲン写真と骨格図が、ダリやフューゼリの描く怪物たちが棲《す》まう土地から、蛍光《けいこう》を発する緑の風を吹かせているのだ。

ムッシュー・ムニガンがヒューヒューと口笛を吹くようにいった。ハリスさんはお望みでしょうか——骨の処置を？

「ことしだいによります」とハリス。

なるほど、ハリスさんがその気にならないかぎり、わたしはハリスさんを助けられません。心理的に、人は助けを必要としなければならないのです。さもなければ、医者は無用の長物《ちょうぶつ》です。しかし（肩をすくめて）〝試しにやって〟みましょう。

ハリスは手術台の上に口をあけて横たわった。明かりが消され、ブラインドが降ろされた。ムッシュー・ムニガンは患者に近づいた。

なにかがハリスの舌に触れた。

顎《あご》の骨が無理やり引っぱられた。骨がきしみ、パキパキと鳴る。薄暗い壁に貼られた骨格図の一枚が、小刻みに震え、ジャンプするかと思えた。ハリスは激しい震えに襲われた。われ知らず、口をパチンと閉じる。

ムッシュー・ムニガンが叫んだ。危うく鼻を噛《か》みちぎられるところでした！　くわばら、くわばら！　まだ時期尚早《しょうそう》のようです。ムッシュー・ムニガンは期待を裏切られた顔でブラインドをあげた。ミスター・ハリスが協力する気になったとき、心の底から助けを必要とし、わたしを信頼して力を借りようとしたとき、そのときならなにか手を打てるかもしれません。ムッシュー・ムニガンは小さな手をさし出した。ところで、お代はたったの二ドルです。ミスター・ハリスはこう考えはじめるにちがいありません。ここに骨格図があるから、持ち帰って、研究しようか。そうすれば、自分の体のことがよくわかるようになる。いやというほどわかるようになるにちがいない。自分の体は自分で守らなければ。骨格というのは奇妙で不恰好なものだな。ムッシュー・ムニガンの目がきらりと光った。では、ごきげんよう、ミスター・ハリス。ところで、棒パンはいかがですか？　ムッシュー・ムニガンは、長くて堅い塩味のきいた棒パンが何本もさしてある壺《つぼ》をハリスにさし出し、自分でも一本とると、こういった。いつも棒パンをかじっているんですよ——あー——施術《せじゅつ》中は。では、ごきげんよう、ミスター・ハリス！　ミスター・ハリスは家に帰った。

あくる日曜日、ミスター・ハリスは体じゅうに新しいうずきや痛みを無数に発見した。午前中は、新たな興味を持って、ムッシュー・ムニガンにもらった解剖学的に正確な小さな骨格図を、穴のあくほど見つめて過ごした。

妻のクラリスが、昼食の席で彼をぎょっとさせた。そのすらりとした指の関節をひとつずつポキポキ鳴らしたのだ。しまいにハリスは両手で耳をふさいで、「やめてくれ！」と叫んだ。

そのあとは自分の部屋に閉じこもった。クラリスはほかに三人のご婦人と居間でブリッジをしながら談笑した。いっぽう閉じこもっているハリスは、好奇心をつのらせて、自分の手足をいじったり、重さを計ったりした。一時間後、不意に立ちあがると、大声をあげた——

「クラリス！」

彼女はどの部屋へも踊るような身のこなしではいっていく。体が柔軟で自由自在に動くので、絨毯《じゅうたん》の毛羽《けば》に足が触れるか触れないかでいられるのだ。彼女は友人たちに断りを入れて、ほがらかな顔で夫に会いにきた。その夫は遠いほうの隅でまた腰を降ろした。見れば、解剖図にじっと目をこらしている。

「まだ気に病《や》んでいるの、あなた？　やめてちょうだい」彼女は夫の膝《ひざ》の上にすわった。

妻の美しさも、いまは骨格図を夢中で見ている夫の気をそらすにはいたらなかった。夫は彼女の軽い体を巧みに動かし、疑わしげに膝のお皿にさわった。透《す》き通るように青く、輝くような肌の下で、それが動くように思われた。

「これはそういうことをするものなのかな？」息を吸いこみながら、ハリスが訊いた。

「なにがなにをするものなの？」妻は笑い声をあげた。「あたしの膝のお皿のこと？」

「そんな風に膝のまわりをぐるっと動くものなんだろうか？」

彼女は試してみた。

「あら、ぐるっとまわるわ」と驚きの声。

「きみの膝がちゃんと動いて、わたしもうれしいよ」夫はため息をついた。「心配になっていたんだ」

「なにが心配なの？」

夫は自分の肋骨《ろっこつ》を軽く叩き、

「ぼくの肋骨は下までつづいていない。ここ、で途切《とぎ》れてるんだ。しかも、宙ぶらりんになっている、けしからんやつまである始末だ！」

自分の小ぶりな乳房《ちぶさ》のふくらみの下に、クラリスは手を当てがった。

「当たり前じゃない、ばかね、だれだって肋骨は、あるところで途切れているもの。そのおかしな短い骨は、遊走《ゆうそう》肋骨というのよ」

「あんまり遊走してほしくないね」その冗談は、気楽なものとはほど遠かった。いま、なによりも、彼はひとりきりになりたかった。さらなる発見が、ますます新奇な考古学上の発掘物が、震える手の届くところにあるのだ。それを笑われたくはない。

「呼びたててすまなかったね」

「いつでもどうぞ」彼女は小さな鼻をそっと夫の鼻にこすりつけた。

「ちょっと待ってくれ！　ほら、ここだ……」夫は自分の鼻と妻の鼻に指でさわった。「わかったかい？　鼻骨《びこつ》はここまでしか延びていない。そこから先は、たくさんの軟骨《なんこつ》組織が詰まっているんだ！」

クラリスは鼻にしわを寄せた。

「当たり前よ！」そして踊るように部屋から出ていった。

いまやひとりきりとなったハリスは、顔のへこみやくぼみから汗が噴きだし、細い潮《しお》となって頬《ほほ》を流れ落ちるのを感じた。唇《くちびる》を舐め、目を閉じる。さて……こんどは……つぎの問題はなんだ……？　そうだ、脊髄だ。ここだ。彼はじっくりとそれを調べた。オフィスで多くのボタンを押し、秘書やメッセンジャーを呼びつけるのと同じように。しかし、いま、こうして脊柱《せきちゅう》を押してみると、応《こた》えるのは不安と恐怖で、心のなかの無数のドアから飛びだしてきて、彼の前に立ち、震えあがらせるのだ！　背骨が恐ろしいものに感じられた――なじみのないものに感じられた。まるで食べ残しの魚のもろい破片、冷たい磁器《じき》の皿の上に散らばっている骨のように。彼は小さな丸い節々《ふしぶし》をつかんだ。

「なんてことだ！　なんてことだ！」

歯がカタカタ鳴りはじめた。なんてこった！　彼は思った。これだけの歳月《さいげつ》、なんで気づかなかったんだ？　これだけの歳月――**骸骨**を――体のなかに入れて動きまわっていたなんて！　よくもまあ当然だと思っていられるものだ。よくもまあ自分の体や存在に疑いをいだかずにいられたものだ。

骸骨。関節でつながった、雪のように白い堅いもの。不浄《ふじよう》で、乾燥していて、もろく、目が落ちくぼんだ髑髏《どくろ》の顔をしていて、指が震えるもの。打ち捨てられ、クモの巣の張ったクローゼットのなかで首に鎖《くさり》を巻かれ、ぶらぶらと揺れながらカタカタと鳴っているもの。サイコロのように砂漠に散らばっているのを見つけられるものだ！

彼は立ちあがった。もうすわっていられなかったからだ。いま自分の内側には――下腹部をつかみ、頭をつかむ――自分の頭の内側には――頭蓋骨がある。電気クラゲのような脳味噌をおさめている、あの丸みを帯びた甲殻《こうかく》が。双《そう》銃身の散弾銃に撃ちぬかれたかのように、正面に穴がふたつあいている、あのひび割れだらけの骨が！　その骨でできた岩屋と洞窟《どうくつ》こそ、肉体、嗅覚《きゆうかく》、視覚、聴覚、思考の防壁であり、置き場所なのだ！　頭脳を包みこみ、もろい窓を通して外界を眺めることを許された頭蓋骨が！

ブリッジの集《つど》いに乱入し、テーブルをひっくり返したかった。ニワトリ小屋を襲うキツネのように、トランプをあたりにまき散らせば、ニワトリの羽毛《うもう》が濛々《もうもう》と舞いあがるように見えるだろう！　彼は体が震えるほどの激しい力をふるって、かろうじて思いとどまった。おいおい、落ち着けって。これは啓示《けいじ》だ。その値打ちを受け入れて、理解し、味わうんだ。**たかが骸骨じゃないか！**　潜在意識が叫んだ。耐えられない。それは不作法だ、恐ろしい、身の毛がよだつ。骸骨とは恐怖だ。古城でオークの梁《はり》からぶらさがり、風に吹かれて振子《ふりこ》のようにぶらぶらと揺れながら、カチン、カタンと音をたて……。

「あなた、みなさんに顔を見せてあげて」妻のよく通る甘い声が、はるか彼方《かなた》から呼びかけてきた。

ミスター・ハリスは突っ立っていた。自分は**骸骨**のおかげで立っていられるのだ。この内部の異物、この侵入者、この恐ろしいものが腕と脚と頭を支えているのだ！　いるはずのないだれかが、すぐうしろにいるような感じだった。一歩踏みだすたびに、自分がこの〈他者〉にどれほど依存しているかを思い知らされた。

「ああ、すぐ行くよ」

彼は弱々しく声をあげた。自分にはこういい聞かせる。どうした、元気を出せ！　明日は仕事にもどらなくちゃいけない。金曜にはフェニックスへ行かなければならないんだぞ。長いドライヴだ。何百マイルと走るのだ。その旅にそなえて体調をととのえておかねばならない。さもなければ、ミスター・クレルドンは、おまえの陶器《とうき》ビジネスに投資してはくれないぞ。さあ、しゃんとしろ！

　ややあってハリスはご婦人方に囲まれ、紹介を受けていた。ミセス・ウィザーズ、ミセス・アップルマット、ミス・カーシー。その三人とも内部に骸骨をおさめているのだ。しかし、平然とそれを受けとめていた。なぜなら、自然はむき出しの鎖骨《さこつ》や頸骨《けいこつ》や大腿骨《だいたいこつ》を、乳房や太腿《ふともも》やふくらはぎで、結《ゆ》い髪や描《か》いた眉や蜂《はち》に刺されたような唇で注意深く覆っているからだ。それでも――神よ！　ミスター・ハリスは内心で叫んだ――しゃべったり、食べたりするときに、骸骨の一部が姿をのぞかせる――つまり、歯だ！　それは考えたことがなかった。

「失礼します」

　彼はあえぎ声でいった。部屋から飛びだすのが、かろうじて間に合った。庭の欄干《らんかん》にかぶさったペチュニアのあいだに昼食を吐きもどしてしまったのだ。

　その夜、妻が着替えるあいだ、ハリスはベッドに腰かけて、足と手の爪を念入りに切っていた。これもまた、彼の骸骨が憤然《ふんぜん》とはみ出してきているところなのだ。この理論の一部をつぶやいたにちがいない。というのも、ふと気がつくと、ネグリジェ姿の妻がベッドの上におり、彼の首に腕をからませながら、あくびまじりに、「あら、爪は骨じゃないわよ。皮が固くなっただけなのよ！」といったからだ。

　彼ははさみを放りだした。

「たしかかい？　そうだといいが。気分がよくなったよ」妻の曲線を感嘆の目で眺め、「みんながそんな風な体つきだといいのに」

「あなた、ひどい心気症なのね！」彼女は夫をしっかりと抱きしめ、「ねえ。どうしちゃったの？　ママにいいなさい」

「体のなかのなにかのせいだ」彼はいった。「なにか——食べたもののせいだよ」


明くる日の午前と午後を通じて、ミスター・ハリスは繁華街のオフィスで、体じゅうのさまざまな骨の大きさ、形、構造を不愉快な思いで調べた。午前十時には、肘《ひじ》をちょっとさわらせてくれとミスター・スミスに頼んだ。ミスター・スミスは応じてくれたが、けげんそうに顔をしかめた。昼食のあと、肩甲骨《けんこうこつ》にさわらせてくれとミス・ローレルに頼むと、彼女はすぐさま背中を彼に押しつけ、子猫のようにゴロゴロと喉を鳴らし、目を閉じた。

「ミス・ローレル！」彼はぴしゃりといった。「やめたまえ！」

ひとりきりになると、彼は自分のノイローゼについて思い悩んだ。戦争は終わったばかり、仕事のプレッシャー、不安定な将来があいまって、神経に支障が出ているのだろう。会社を辞《や》めて、自分で事業を興《おこ》したい。陶器と彫刻には人なみ以上の才能があるのだ。できるだけ早くアリゾナへ向かい、ミスター・クレルドンに資金を借りて、窯《かま》を築き、店をかまえる。それが心配の種《たね》なのだ。それが自分の症例なのだ。しかし、さいわいにも、自分を心から理解し、熱心に力を貸してくれそうなムッシュー・ムニガンとつき合いができた。とはいえ、切羽《せっぱ》つまるまでは、ムッシュー・ムニガンのもとへも、ドクター・バーリーのもとへももどらずに、自力でノイローゼに打ち勝つのだ。そのうち違和感は消えるだろう。彼は虚空《こくう》をじっと見つめていた。

違和感は消えなかった。ますます大きくなった。

火曜日と水曜日には、表皮や毛髪をはじめとする付属物が混乱をきわめているのに対し、皮膚で覆われた内部の骨格は、すべすべとして、清潔で、効率よく組織化された構造物であることが、気になって仕方がなくなった。口もとをへの字に結び、憂鬱《ゆううつ》に打ちひしがれていると、ある一定の光のもとでは、肉の裏側でにやにや笑っている頭蓋骨が見えるような気がするときもあった。

やめてくれ！　彼は叫んだ。よすんだ！　肺が！　やめるんだ！

彼は発作的にあえいだ。まるで肋骨が息を押しだしたかのように。

脳が――締めつけるのをやめろ！

と、すさまじい頭痛が脳を焼き、目の前が消し炭《ずみ》のように黒くなった。

わたしの内側にいるやつ、頼むからやめてくれ！　心臓に近づくな！

青白いクモがうずくまり、餌食《えじき》をもてあそぶように、扇形《おうぎ》に開閉する肋骨の動きで心臓が圧迫された。

ある晩、クラリスが赤十字の会合で外出しているあいだ、彼は汗みずくになってベッドの上で仰向《あおむ》けになっていた。気を落ち着かせようとしたが、自分の汚い外部と、内側におさまったこの美しく、ひややかで、清潔なカルシウムのものとのあいだの葛藤《かっとう》をますます意識するばかりだった。
顔の肌――脂《あぶら》ぎっていて、心配でしわが寄っていないだろうか？
《染みひとつない、純白で完璧な頭蓋骨を見よ》
鼻――大きすぎはしないか？
《それなら、あの怪物じみた鼻軟骨《び》がいびつな鼻を形成しはじめる前の、ちんまりした頭蓋骨の鼻を見るがいい》
胴体――ぽっちゃりしていないか？
《それなら、骸骨を考えてみろ。すらりとしていて、洗練されていて、線と輪郭に無駄がない。精妙な彫刻のほどこされた東洋の象牙《ぞうげ》！　白いカマキリのように完璧で、ほっそりしている！》
目――飛びだし気味で、凡庸《ぼんよう》で、鈍《にぶ》そうに見えないか？
《ここは百歩譲《ゆず》って、頭蓋骨の眼窩《がんか》に気づいてほしい。あまりにも深く、丸みを帯び、厳粛《げんしゅく》で、静謐《せいひつ》な池。永遠の全知。深みに目をこらしても、その暗い理解の底にはけっして触れられない。すべての皮肉、すべての生命、森羅万象《しんらばんしょう》がそのくぼんだ暗闇のなかにひそんでいる》
くらべてみろ。くらべてみろ。くらべてみろ。

彼は何時間も怒り狂った。いっぽう、つねにか弱く、生真面目《きまじめ》な哲学者である骸骨は、ひとこともいわずに内部でひっそりとぶらさがり、さなぎのなかの繊細な昆虫のように宙吊りになって、ひたすら機をうかがっていた。

ハリスはのろのろと上体《じょうたい》を起こした。

「ちょっと待て。待ってくれ！」彼は声をはりあげた。「おまえも無力なんだ。おまえだって囚《とら》われの身だ。わたしはおまえを思いどおりに動かせる！　おまえにはどうしようもない！　おまえの手根骨《しゅこんこつ》や中手骨《ちゅうしゅこつ》や指趾骨《ししこつ》を動かせとわたしがいえば——すーっと——動くんだ、わたしがだれかに手をふって合図をするように！」笑い声をあげ、「腓骨《ひこつ》と大腿骨を動かせと命令すれば、おいっちにい、三、四、おいっちにい、三、四——わたしたちはその辺を歩きまわるんだ。そうだ、そうなんだ！」

ハリスはにやりとした。

「闘いは五分五分《ごぶごぶ》だ。半々なんだ。そして勝負がつくまで闘うんだ、わたしたちふたりは！　けっきょく、ものを考える部分はわたしだ。そうだ、そうだった！　おまえなんかなくたって、まだ考えることはできるんだ！」

たちまち、虎の顎門《あぎと》がパッと閉まり、彼の頭脳をまっぷたつに嚙みちぎった。ハリスは絶叫した。頭蓋骨がぎりぎりと締めあげてきて、彼は悪夢を見せられた。それから、彼が悲鳴をあげているうちに、ゆっくりと寄り添ってきて、悪夢をひとつずつ食べ、やがて最後の悪夢がなくなり、光が消えた……。

その週末、彼は健康上の理由からフェニックス行きを延期した。一セント体重計に乗ってみたところ、赤い矢印がゆっくりとすべって指したのは――一六五。

彼はうめき声を漏らした。おいおい、何年も体重は一七五ポンドだったんだぞ！　十ポンドも減らしたわけがない！　ハエの糞《ふん》が点々とついた鏡で頬をしげしげと見る。冷たく、根源的な恐怖がこみあげてきて、全身に奇妙な震えが走った。きさま、きさまのせいだな！　きさまのたくらみなんぞお見通しだぞ！

彼は骨張《ほねば》った顔に向かってこぶしをふった。とりわけ上顎骨《じょうがくこつ》と下《か》顎骨《がくこつ》、頭蓋骨と頸椎骨《けいついこつ》に注意を向けながら。

「こんちくしょう！　わたしを飢《う》えさせて、目方《めかた》を減らせると思ってるな？　肉を剝ぎとり、骨と皮しか残らないようにできると思ってるな。わたしを弱らせて、支配しようと思ってるな。ちくしょう、そうはいくか！」

彼はカフェテリアへ逃げこんだ。七面鳥《しちめんちょう》、スタッフィング、ポテトクリーム、四種類の野菜、三種類のデザート。そのどれも食べられなかった。胃がむかむかしたのだ。無理やり食べようとすると、歯が痛みはじめた。歯が悪いのか？　彼は腹立たしげに思った。全部の歯がガチガチ鳴って、グレーヴィー・ソースのなかに落ちたって食べてやるぞ。

頭がかっかと燃え、締めつけられた胸を息がガクガクと出入りし、歯は痛みで怒り狂った。

しかし、ひとつささやかな勝利をあげた。ミルクを飲みかけたとき、思いとどまって、ノウゼンハレンの花壜《かびん》に注いだのだ。カルシウムはやらないぞ、きさま、カルシウムはやるもんか。カルシウムなり、ほかの骨を強化するミネラルなりは金輪際《こんりんざい》口にしないぞ。わたしは自分たちの両方ではなく、片方のためだけに食べるんだよ、坊や。

「百五十ポンド」翌週、彼は妻にいった。「だいぶ変わったのがわかるだろう?」

「すっきりしたわ」とクラリス。「あなた、身長のわりに太り気味だったのよ」夫の顎を撫《な》で、「この顔が好きよ。ずっとよくなったわ。いまは線がはっきりして、力強くなってるわ」

「それはぼくの線じゃない。あいつの線だ、ちくしょうめ! ぼくよりもあいつのほうが好きだっていいたいのか?」

「あいつですって?『あいつ』ってだれ?」

クラリスの向こう側、居間の鏡のなかで、憎悪と絶望に満ちた肉の渋面《じゅうめん》の裏で、頭蓋骨がにやりと笑いかけた。

頭に血を昇らせた彼は、麦芽《ばくが》錠剤を口に放りこんだ。ほかの食べものを呑《の》みこめないとき、体重をふやす方法のひとつだ。クラリスが麦芽錠剤に気づいた。

「でも、あなた、あたしのために体重をもどさなくてもいいのよ、本当に」

ああ、黙れ! 彼はそういいたかった。

彼女は夫を膝枕して、「あなた」といった。「最近のあなたを見てきたわ。あなたはひどく――体調を崩《くず》してる。なにもいわないけれど、まるで――なにかにとり憑《つ》かれてるみたい。

夜中にベッドでしきりに寝返りを打つわ。精神科医に診てもらったほうがいいかもしれない。でも、お医者さまがいいそうなことは、あたしにも全部いえそう。あなたがふと漏らしたヒントからまとめてみたの。あなたとあなたの骸骨は一心同体。『万民《ばんみん》のための自由と正義をそなえた、分割すべからざるひとつの国家』（アメリカ合衆国への忠誠の誓いのもじり）というやつよ。団結すれば立っていられるし、分裂すれば倒れてしまう。もしあなたたちふたりが、この先も長年連れ添った夫婦のように仲良くやっていけないのなら、またドクター・バーリーに会いにいって。でも、まずはリラックスしてちょうだい。あなたは悪循環におちいっている。心配すればするほど、骨が目立つようになり、ますます心配になるのよ。けっきょく、だれがこの喧嘩《けんか》をはじめたの？——あなた、それとも消化管の裏にひそんでいるとあなたがいいはる、その匿名の存在？」

　彼は目を閉じた。

「ぼくだよ。たぶんぼくだ。つづけてくれ、クラリス、話しつづけてくれ」

「もうお休みなさい」彼女はもの静かにいった。「休んで、忘れるのよ」

　ミスター・ハリスは半日のあいだ上機嫌だったが、やがて気分がめいりはじめた。想像力のせいにするのはけっこうだが、なんと、この骸骨は反撃に出ているのだ。

　その日の遅く、ハリスはムッシュー・ムニガンの診療所へ向かった。住所を見つけるまで三十分も歩いたが、建物の外側にあるガラス板に、古びて剝げかけた金文字で「M・ムニガン」と名前が記されているのが見えた。そのとたん、苦痛のあまり骨が繋留索《けいりゅうさく》を引きちぎって飛びだすかと思えた。目がくらみ、彼はよろよろと立ち去った。また目をあけたときには角を曲がっていた。ムッシュー・ムニガンの診療所は見えなくなっていた。

苦痛がおさまった。

ムッシュー・ムニガンこそ自分を助けてくれる男だ。その名前を見ただけで、これほどすさまじい反応が起きるのなら、ムッシュー・ムニガンこそ頼みの綱《つな》にちがいない。

だが、今日はやめだ。その診療所に引き返そうとするたびに、猛烈な痛みが襲ってきたのだ。脂汗を流しながら、あきらめて、ふらふらとカクテルバーへ寄るしかなかった。

ほの暗いラウンジを横切りながら、ハリスはふと疑問に思った。なにもかもがムッシュー・ムニガンのせいではないだろうか、と。けっきょく、特別な注意を骸骨に向けるきっかけを作り、その心理的な衝撃をもたらしたのはムニガンなのだ！　ムッシュー・ムニガンがなにか不埒《ふらち》な目的のために自分を使っているということはないだろうか？　しかし、どんな目的で？　彼を疑うのはばかげている。ただの小柄《こがら》な医者じゃないか。役に立とうとしているのだ。ムニガンと棒パンのはいった壺。ばかばかしい。ムッシュー・ムニガンはだいじょうぶ、だいじょうぶだ……。

カクテル・ラウンジのなかの光景が、彼に希望をいだかせた。バターボールのように丸々と太った大男が、バー・カウンターでビールをガブ飲みしていたのだ。ここに成功をおさめた男がいる。ハリスは近寄って、その男の肩を叩き、どうやって骨を閉じこめたのかと訊きたくなる気持ちを抑えた。そう、太った男の骸骨は肉の山に封じこまれている。こちらには脂肪の枕があり、あちらには弾力のある脂肪が盛りあがっている。顎の下には丸い脂肪のシャンデリアがいくつか。哀《あわ》れな骸骨は負けたのだ。あの脂肪層と闘ったのでは勝ち目がない。かつては闘おうとしたのかもしれない――だが、いまはちがう。圧倒されて、太った男を支える骨は、名残《なごり》さえとどめていない。

羨《うらや》ましさを隠しきれず、遠洋定期船の舳先《へさき》を横切るように、ハリスは太った男に近づいた。飲みものを注文し、口をつけてから、思いきって太った男に話しかける――

「内分泌腺《ないぶんぴつせん》のせいですか?」

「おれに話しかけてるのかい?」と太った男。

「それとも、特別な食事療法ですか?」とハリス。「失礼は承知ですが、ご覧のとおり、わたしは痩《や》せるいっぽうです。すこしも目方がふえないんです。あなたのような胃があればいいのに。あなたもなにかが怖かったから、胃を大きくされたんでしょう?」

「あんた」太った男が大声でいった。「酔ってるね。でも――酔っ払いは好きだ」お代わりを注文し、「教えてやるから、耳の穴をかっぽじって聞きな」と太った男。「ガキのころから二十年かけて、一層また一層と、おれはこれを造りあげた」地球儀のような太鼓腹《たいこだ》をかかえ、聞く者に美食の地理学を教授する。「終夜興行《こうぎょう》のサーカスとはちがうんだ。演しものがくり広げられるテントは、夜明け前には張られない。おれは純血種の犬や猫や、そのほかいろんな動物みたいに内臓を養《やしな》ってきた。おれの胃袋は太ったピンクのペルシャ猫だ。眠ってばかりいるが、ある一定の間隔で目をさまし、喉を鳴らしたり、ニャーニャー鳴いたり、うなったり、チョコレートをくれと叫んだりする。たっぷりと食わせてやれば、こっちのいうことを聞くようになる。それにね、おれの内臓は世にも稀《まれ》な純血のインド産ニシキヘビで、つるつるしていて、とぐろを巻いていて、つやつやと赤くて健康そのものなんだ。こいつを最高の状態に保《たも》っておくために、おれはできるだけのことをする。なにかを怖がっていたんじゃないかって？　もしかしたら、そうかもしれん」

これを聞いて、だれもがお代わりを注文した。

「体重をふやすって？」太った男はその言葉を舌で味わった。「こうすりゃいいのさ――女《にょう》房《ぼう》と口喧嘩する。親類の十三人と口喧嘩する。モグラ塚のうしろから山ほどのトラブルを流せるやつらと。それに取引相手の一団を加える。いちばんの狙いは、あんたの金を最後の一セントまで巻きあげるって連中だ。そうすれば、首尾よく肥満への道に乗ったことになる。どうしてかって？　じきに自分でも知らないうちに、自分自身とそいつらとのあいだに脂肪の壁を築きはじめるからさ。表皮の緩衝器《かんしょう》、細胞の壁をね。地上でただひとつの楽しみは食べることだって、すぐにわかるようになる。でも、それには他人にわずらわされないといけない。世間には心配ごとの足りない人間が多すぎるんだよ。だから、自分にいちゃもんをつけて、体重を減らすんだ。できるだけろくでもない人間と会うようにするんだよ。そうすれば、じきに古きよき脂肪がつきはじめるさ！」

そう助言すると、太った男は千鳥足《ちどりあし》で、息をゼイゼイいわせながら、暗い夜の潮のなかへ飛びこんでいった。

「いいまわしがちょっとちがうが、ドクター・バーリーのいったことと趣旨は同じだ」とハリスは考えこんでいった。「いまこそ例のフェニックス旅行に出るときかもしれん——」

ロサンジェルスからフェニックスへの旅は、暑熱《しょねつ》にさいなまれる旅だった。煮えたぎるような炎天下にモハーヴェ砂漠を横断するのだ。交通量は乏《とぼ》しく、延々と走っても、ほかの車は前にもうしろにも一台もいないということがよくあった。ハリスはステアリングにかけた指をぴくつかせた。フェニックスのクレルドンが、事業をはじめるのに必要な資金を貸してくれるにしろくれないにしろ、いったん逃げだして、問題と距離を置くのはやはりいいことだ。

車は砂漠の熱風の流れに乗って走った。ミスター・Hの内側にもうひとりのミスター・Hがすわっていた。ふたりともだらだらと汗をかいているのかもしれない。ふたりともみじめな思いをしているのかもしれない。

あるカーヴにさしかかると、内側のミスター・Hがいきなり外側の肉を締めつけ、外側のミスター・Hを前のめりにさせて、熱いステアリング・ホイールに押しつけた。

車は道路からそれて灼熱《しゃくねつ》の砂漠に飛びこみ、ひっくり返った。

夜のとばりが降り、風が出てきた。夜空は寂しく、静かだった。通りかかった数台の車は、視界がきかないので、さっさと行ってしまった。ミスター・ハリスは意識を失ったまま横たわっていたが、ようやく深夜になって砂漠から吹いてくる風の音が聞こえ、小さな砂の針がチクチクと頰を刺すのを感じ、目をあけた。

夜が明けるころには、目に砂がはいって痛むなか、あてどなく堂々めぐりをしていた。錯乱しているうちに道路からはずれてしまったのだ。真昼には、ある灌木《かんぼく》の貧弱な木陰《こかげ》で大の字になった。陽射《ひざ》しが鋭い剣《つるぎ》の刃《は》で襲いかかり、彼を切り裂いた——骨まで。一羽の禿鷹《はげたか》が上空を旋回していた。

ハリスの干《ひ》からびた唇に細い隙間《すきま》ができた。

「そういうことか」赤い目をぎらつかせ、頰に無精髭《ぶしょうひげ》を生《は》やした彼はささやいた。「なんとかしてわたしを歩かせ、飢えと渇きに苦しませ、殺すつもりなんだな」砂ぼこりの乾いたいがを呑みこむ。「太陽にわたしの肉を料理させれば、おまえは顔を出せる。禿鷹がわたしを食いちぎれば、おまえはにやにや笑って横たわることになる。勝利の笑みを浮かべてな。漂白された木琴《もっきん》みたいにまき散らされて、おかしな音楽の好きな禿鷹がそれを演奏するんだ。おまえはそれを気に入るだろう。自由というやつを」

彼は直射日光を浴びながら、ゆらゆらと揺れる風景のなかを歩きつづけた。つまずき、ばったりと倒れて、パクパクと火を貪《むさぼ》りながら横たわる。空気は青いアルコールの炎で、ぐるぐると弧を描いて飛びつづける禿鷹たちは、あぶられ、湯気をあげ、キラキラと光った。フェニックス。道路。車。水。安全。

「おーい！」

だれかが青いアルコールの炎に包まれた遠くのほうから呼んだ。

ミスター・ハリスは上体を起こした。

「おーい！」

その呼び声はくり返された。ジャリジャリとすばやく砂を踏む足音。

心の底から安堵の叫び声をあげて、ハリスは立ちあがったが、またくずおれただけだった。

バッジのついた制服を着ただれかが抱きとめてくれた。


車は延々と牽引《けんいん》され、修理され、フェニックスに到着し、気がつくとハリスは、商談などばかげたパントマイムだという不健全な精神状態にあった。融資を受けて、資金を手にしたときでさえ、意味がなかった。鞘《さや》におさまった硬い白刃《ほくじん》のように自分の内部にいる〈もの〉が、事業を、食事を汚染し、クラリスへの愛に色をつけ、自動車への不信を植《う》えつけた。ともあれ、この〈もの〉はいまの場所にとどめておかなければならない。砂漠での事故で命を落としかけたのだ。きわどいところで《ニア・ザ・ボーン》、と人は口もとを皮肉っぽくゆがめていうかもしれない。ミスター・クレルドンに融資の礼を述べる自分の声が、ハリスの耳にぼんやりと届いた。それから彼は車首《しゃしゅ》をめぐらし、長い距離を引き返しはじめた。こんどはサンディエゴまで横断するのだ。そうすれば、エル・セントロとボーモントとのあいだに広がる砂漠を通らずにすむ。彼は沿岸の道を北上した。あの砂漠は信用ならない。だが——用心しろ！　磯波《いそなみ》が轟《ごう》音《おん》をあげ、ラグーナの外側の海岸でシューシュー音をたてている。砂や魚や甲殻類が、禿鷹なみのすばやさで彼の骨をきれいにするだろう。波打ち際《ぎわ》でのカーヴではスピードを落とせ。ちくしょう、わたしは病気なんだ！

どこへ行く？　クラリスか？　バーリーか？　ムニガンか？　骨の専門家。ムニガン。そういうことか？

「お帰りなさい」クラリスが彼にキスをした。情熱的なキスの陰で、彼は歯と顎の硬さにたじろいだ。

「ただいま」彼は震えながら、手首で唇をゆっくりとぬぐった。

「痩せたわね。ああ、あなた、お仕事は――？」

「うまくいった。たぶん。ああ、うまくいったよ」

クラリスはもういちど夫にキスをした。ふたりは陽気なふりをして、ゆっくりと夕食をとった。クラリスは笑い声をあげ、夫をはげました。ハリスは電話ばかり見ていた。何度か迷ったようすで受話器をとりあげたが、すぐに降ろした。

上着と帽子で身支度《みじたく》した妻がやってきた。

「ねえ、悪いけれど、出かけないといけないの」夫の頬をつねり、「さあ、元気出して！　赤十字の会合だから、三時間でもどるわ。横になって、お昼寝でもしていて。どうしても行かないといけないの」

クラリスが出ていくと、ハリスはそわそわと電話のダイアルをまわした。

「ムッシュー・ムニガンですか？」

受話器を置いたあと、信じられないほどの吐き気が体内で爆発した。骨がありとあらゆる痛みに襲われたのだ。熱い痛み、冷たい痛み、考えたこともなければ、いちばんひどい悪夢のなかでも経験したことのない痛みだ。見つかるかぎりのアスピリンを呑みくだし、その攻撃を食い止めようとした。しかし、一時間後にようやくベルが鳴ったときには、身動きができなかった。息も絶え絶えに横たわり、頬に涙を伝わせていた。

「はいって！　頼むから、はいってください！」

ムッシュー・ムニガンがはいってきた。さいわいドアに鍵《かぎ》をかけていなかったのだ。

ああ、しかし、ミスター・ハリスのひどいざまといったら。小柄で浅黒いムッシュー・ムニガンは居間の中央で棒立ちになった。ハリスはうなずいた。苦痛が全身を走りぬけ、大きな鉄のハンマーと鉤《かぎ》でなぐりかかった。ハリスの浮きだした骨を見たとたん、ムッシュー・ムニガンの目がぎらりと光った。ああ、ミスター・ハリス、心理的に助けを求める準備がとのったのですね。そうではありませんか？　ハリスは弱々しくもういちどうなずき、すすり泣いた。ムッシュー・ムニガンは、あいかわらずヒューヒューと口笛を吹くような声でしゃべった。彼の舌と口笛の音はどこか妙だった。そんなことはどうでもいい。チラチラ光る目を通して見ているハリスには、ムッシュー・ムニガンがどんどん縮んで、小さくなるように思えた。もちろん、目の錯覚だ。ハリスは涙ながらにフェニックス旅行の件を語った。ムッシュー・ムニガンは同情してくれた。この骸骨が――裏切り者なんです！　永久に固定してやりましょう！

「ムッシュー・ムニガン」ハリスはいまにも消え入りそうなため息をついた。「前は――気づきませんでした。あなたの舌。丸くて、管《くだ》みたいですね。空洞なんですか？　目がどうかしているのかな。さて、どうすればいいんですか？」

ムッシュー・ムニガンが楽しそうにヒューヒュー音をたてながら近寄ってきた。ミスター・ハリス、楽な姿勢で椅子にすわって、口をあけてもらえませんか？　明かりが消された。ムッシュー・ムニガンは、ハリスがあけた顎の奥をのぞきこんだ。もっと広くあけてもらえますか？　最初の診察では、ミスター・ハリスを助けることは非常にむずかしかった。体と骨の両方が抵抗したからです。いまは、とにかく、肉体が協力してくれています。たとえ骨格が抗議しても。暗闇のなかで、ムッシュー・ムニガンの声がどんどん小さくなっていく。ヒューヒューいう音がかん高くなる。さあ。体の力を抜いてください、ミスター・ハリス。**いまだ！**

ハリスは四方から激しく顎を圧迫されるのを感じた。スプーンを使ったかのように舌が押し下げられ、喉が詰まる。彼は必死にあえいだ。ヒューヒューいう音。息ができない。なにかが身をくねらせ、頬を螺旋《らせん》状にくり抜くと、顎を破裂させた。温水洗浄のように、なにかが副鼻腔《ふくびくう》に注ぎこまれ、耳に轟音がとどろいた。

「あううう！」ハリスは喉を詰まらせながら絶叫した。甲皮《こうひ》の割れた頭が砕け、だらりと垂れさがる。苦悶《くもん》が火となって肺を走りぬけた。

ハリスはほんの一瞬、また息ができた。涙のにじむ目がパッと見開かれる。彼は叫んだ。拾って束《たば》ねた棒のような肋骨が、体のなかでゆるんでいる。痛い！　彼は床に倒れ、熱い息をゼイゼイと吐きだした。

視覚を失った眼球のなかで光がちらつく。彼は手足が投げだされるのを感じた。涙を流している目を通して、居間が見えた。

部屋はもぬけの殻《から》だった。

「ムッシュー・ムニガン？　いったいどこにいるんです、ムッシュー・ムニガン？　助けにきてください！」

ムッシュー・ムニガンは消えていた。

「助けてくれ！」

そのとき聞こえた。

体の底にある亀裂の奥深く、かすかな信じがたい音がする。強く叩いたり、ねじったりする小さな音。削《けず》ったり、摺《す》りつぶしたり、鼻をすり寄せるような小さな音――ちょうど赤い血に染まった薄闇のなかで、腹をすかせたちっぽけなネズミが、水没した木であっても不思議はないが、そうではないものを熱心に、器用にかじっているように……！

クラリスは頭を高くもたげ、歩道を歩きながら、セント・ジェームズ・プレースにあるわが家へまっすぐ向かっていた。赤十字のことを考えながら角を曲がったとたん、ヨードチンキのにおいをただよわせた浅黒い小柄な男と鉢合《はちあ》わせしそうになった。

すれちがいざま、ある事実に気づかなかったら、クラリスは気にもとめなかっただろう。男が上着から白くて長い、なんとなく見憶《おぼ》えのあるものをとり出し、ペパーミント棒のようにかじりはじめたのだ。端《はし》を食いきると、男はなみはずれて長い舌を白い糖菓《とうか》のなかにさし入れて、中身を吸いだし、満足げな音をたてた。彼女が家まで歩道を歩き、ドアノブをまわして、なかにはいったとき、男はあいかわらず糖菓をガリガリとかじっていた。

「あなた？」彼女は笑顔であたりに呼びかけた。「あなた、どこにいるの？」ドアを閉じ、廊下を歩いて居間へはいる。「あなた……」

彼女は二十秒ほど床を見つめた。理解しようとしたのだ。

悲鳴をあげた。

外のスズカケの木陰では、先ほどの小男が白く長い棒のところどころに穴をあけていた。それから、そっとため息をつくように、唇をすぼめ、その即席の楽器で哀調を帯びた曲を吹きはじめた。居間に立っているクラリスの、かん高くおぞましい歌声を伴奏にして。

幼い少女だったころ、クラリスは砂浜を走っていて、クラゲを踏んづけ、悲鳴をあげたことが何度もある。だから、居間でゼラチンの皮膚をした無傷のクラゲを見つけても、それほど怖がりはしなかったはずだ。あとずさればいいのだから。

そのときだった。クラゲに名前を呼ばれたのは……。

壜《びん》

眠ったような小さな町のはずれ、見世物小屋《サイドショー》のテントのなか、壜《びん》におさまった見世物《みせもの》のひとつがそれだった。アルコール漿液《しょうえき》のなかに浮かんでいる青白いもののひとつが、永遠に夢を見ながら旋回している。まぶたを剝《は》がれた死んだ目が、あなたを見つめているのに、なにも見えていない。夜も遅くなって騒音も絶え、コオロギがすだき、じめじめした沼地でカエルがむせび泣くばかり。大きな壜の中身のひとつは、あなたの胃袋を飛び跳《は》ねさせる。ちょうど実験室の水槽のなかに保存されている腕を見たときのように。

チャーリーは長いことそれを見つめていた。甲に毛の生えた大きな無骨な手で、物見高い人々を締めだすためのロープを長いこと握っていた。十セントを支払ったのだから、こうして見ていてもかまわないのだ。

夜も更《ふ》けつつあった。メリーゴーラウンドは活気を失い、気《け》だるげにチリンチリンと鈴を鳴らしている。テント裏の作業員たちは、煙草《たばこ》をふかしたり、ポーカーに興《きょう》じて悪態《あくたい》をついたりしている。照明が消され、カーニヴァルに夏の薄闇が降りた。人々は連れだって、あるいは列をなして家路《いえじ》を急いでいた。どこかで、ラジオがひときわ大きくなったかと思うと、ぷつんと切れて、広々としたルイジアナの空に星々が音もなく輝くだけとなった。

チャーリーの世界には、漿液の宇宙に封印された、その青白いものしかなかった。チャーリーの口は締まりなく開いて、ピンクの歯茎《はぐき》と歯をのぞかせていた。その目にはとまどいと、称賛と、いぶかしげな色が浮かんでいた。

背後の暗がりにだれかが寄ってきた。長身瘦軀《そうく》のチャーリーと並ぶと、いかにも小柄《こがら》だ。

「おや」電球のギラギラした光のなかにはいってきた影がいった。「まだいたのかい、兄さん」

「ああ」と眠っている人のようにチャーリーの好奇心を敏感に察知した。

カーニヴァルの団長は、チャーリーの好奇心を敏感に察知した。壜のなかの古なじみを顎《あご》で示し、

「みんなあれが好きなんだ。人それぞれの理由で、ってことだが」

チャーリーは長い顎をさすり、

「あんた――その――あれを売ろうと思ったことは？」

カーニヴァルの団長は目をみはり、すぐに閉じた。鼻を鳴らし、

「ないね。あれはお客を呼んでくれる。みんな、ああいうのを見たがるんだ。ホントだよ」

チャーリーはがっかりした声で、「そうか」といった。

「まあ、そうはいっても」と団長は考えなおし、「金を出すっていうんなら、ひょっとして――」

「いくらだい？」

「金を出すっていうんなら――」団長は指を数えながら値踏みした。チャーリーから目を離

さずに、指を一本ずつ折っていく。「もし三ドルか四ドル、いや、ひょっとして七ドルか八ドル――」

チャーリーは、指が折られるたびに期待の表情を浮かべてうなずいた。これを見て、団長は額《がく》を吊りあげた。「――ひょっとして十ドルか十五ドルなら――」

チャーリーの顔色が曇った。カーニヴァルの団長は譲歩《じょうほ》して、

「まあ、十二ドルも出すっていうなら――」チャーリーが破顔《はがん》した。「あの壜の中身を売ってやらんこともない」と団長が締めくくった。

「おかしな話だが」とチャーリー。「ズボンのポケットにちょうど十二ドルはいってるんだ。ずっと考えてたんだよ、ああいうのを持ちけえって、テーブルの上の棚に置いたら、ワイルダーズ・ホロウの連中の見る目も変わるんじゃねえかなって。そうなったら、みんな尊敬の目でおれを見るぞ、まちげえねえ」

「なるほど、さて、折り入って話が――」とカーニヴァルの団長。

売買が成立し、チャーリーの荷馬車の後部座席に壜はおさまった。その壜を目にして、馬は蹄《ひづめ》をかき、哀《あわ》れっぽい声でいなないた。

カーニヴァルの団長が、ほっとしたような表情でちらっと顔をあげ、

「とにかく、あのしろものが目にはいるたびにうんざりしてたんだ。礼はいらないよ。近ごろ、あれについていろいろ考えてたんだ、おかしなことを――おっと、口をすべらせちまったな。あばよ、兄さん！」

チャーリーの荷馬車が動きだした。青い裸《はだか》電球が、死にかけた星々のように退《しりぞ》いていき、ルイジアナの田園地帯の広々とした夜景が、荷馬車と馬のまわりに開けていった。チャーリーと、灰色の蹄をカツカツと鳴らす馬と、コオロギだけが存在した。

そして高い座席の裏におさまった壜。

それはチャプチャプと前後に揺れた。パシャパシャと前後に揺れた。そして冷たい灰色のものは、眠たげにガラスにへばりつき、ひたすら外を見ていたが、その目はなにも、なにひとつ映していなかった。

チャーリーは背もたれに寄りかかり、壜の蓋《ふた》を撫《な》でた。手をもどすと、奇妙な液体のにおいがした。その手は変化し、冷たくなり、震えていて、興奮していた。こいつはすごいぞ！と彼はひとりごちた。こいつはすごいぞ！

チャプ、チャプ、チャプ……。

ホロウでは、草の緑と血の赤の色をした多くのランタンが、雑貨屋の店先に集まってすわりこみ、低い声で言葉を交わしたり、唾《つば》を吐いたりしている男たちに、ほこりっぽい光を投げていた。

チャーリーの荷馬車のきしむ音は知っていたので、荷馬車がガタガタと止まっても、暗褐《あんかつ》色《しょく》の髪を生やした頭をめぐらす者はいなかった。彼らの葉巻《はまき》はツチボタルで、彼らの声は夏の夜につぶやくカエルだった。

チャーリーは勢いこんで身を乗りだした。

「やあ、クレム！　やあ、ミルト！」

「よお、チャーリー。よお、チャーリー」

彼らはぼそぼそいった。政治談義がつづいた。チャーリーがそれに割ってはいり――

「いいものを手に入れたぞ。みんなが見たがるようなもんだぞ！」

トム・カーモディーの目が、ランタンの光を浴びて、雑貨屋のポーチで緑にきらめいた。トム・カーモディーは、いついかなる時もポーチの暗がりにいるようにチャーリーには思えた。さもなければ、暗がりになった木の下か、部屋のなかだったら、いちばん奥のほうにいて、暗闇からこちらに目を光らせているように。その顔にどんな表情が浮かんでいるのかはけっしてわからない。その目はいつもこちらを笑いものにしている。そしてこちらを見るたびに、ちがった笑い方をするのだ。

「おれたちの見たがるものなんて、持ってこれるわけないさ」

チャーリーはこぶしを固め、それに目をやり、

「壜にはいってる」と言葉をつづけた。「見た目は脳味噌だか、酢漬けのクラゲみてえだ。そうでなけりゃ――まあ、自分の目で見にきな！」

だれかが葉巻をちぎってピンクの灰を落とし、ぶらぶらと見にいった。チャーリーは勿体《もったい》ぶって壜の蓋をあけた。すると、ちらちらするランタンの光のもとで、男の顔色が変わった。

「おいおい、こいつはいったいぜんたい――」

それが、その夜に起きた最初の雪解けだった。ほかの者たちが大儀《たいぎ》そうに立ちあがり、上《じょう》体《たい》を倒した。重力に引っ張られて、ひとりでに歩きだす。なにもしなくても、片方の靴がもう片方の靴の前に出るのだ。そうしないと、顔から前のめりに倒れてしまう。彼らは壜とその中身を遠巻きにした。するとチャーリーが、生まれてはじめて駆け引きの才を発揮して、ガラス壜の蓋をぴしゃりと閉めた。

「もっと見たいなら、おれの家《うち》へ寄ってくんな！　そこで見せてやるよ」と気前よく宣言する。

トム・カーモディーが、ポーチの定位置から唾を吐き、

「ふん！」

「もういっぺん見せてくんな！」とメドノウじいさんが叫んだ。「そいつはタコか？」

チャーリーは手綱《たづな》を上下にふった。馬がよろよろと歩きだす。

「家へ寄ってくんな！　歓迎するぜ！」

「おまえさんの女房《にょうぼう》がなんというかな？」

「おととい来いっていわれるんじゃねえか！」

しかし、チャーリーと荷馬車は丘を越えて行ってしまった。男たちはひとり残らず突っ立って、舌を噛《か》みながら、闇に包まれた道路を見つめていた。トム・カーモディーが、ポーチでそっと悪態《あくたい》をついた……。

チャーリーは掘っ立て小屋の踏み段をあがり、居間の玉座《ぎょくざ》まで壜を運んだ。これからは、このあばら屋が宮殿になるのだ。なにしろ〝皇帝〟が――そう、〝皇帝〟とはいい得て妙だ！――おわすのだから、と思いをめぐらしながら。冷たく、白く、専用のプールにひっそりと浮かんでいるものを祭りあげ、いまにも壊れそうなテーブルの上の棚に置くとしよう。

壜が、沼の畔《ほとり》に建つこの小屋に垂れこめた冷たい霧をみるみる焼き払った。

「なにを持ってきたの？」

セディのか細いソプラノが聞こえて、彼は畏怖《いふ》からさめた。彼女は寝室のドアのところに立って、こちらをにらんでいた。瘦《や》せた体に色あせた青いギンガムの服をまとい、暗褐色の髪をひっつめて、赤い耳のうしろで結んでいる。その目はギンガムと同様に色あせていた。

「ねえ」彼女は重ねていった。「それはなに？」

「なんに見える、セディ？」

彼女は細い足を一歩踏みだした。尻がゆっくりと、怠惰《たいだ》に揺れた。彼女は壜を一心に見つめ、唇《くちびる》をまくりあげて、猫を思わせる乳白色《にゅうはくしょく》の歯をのぞかせた。

死んだ青白いものが、漿液のなかに浮かんでいた。

セディはくすんだ青色の目をチャーリーにさっと向けてから、壜にもどし、もういちどチャーリーに、もういちど壜にもどしてから、くるりと身をひるがえした。

「そいつは――そいつは――あんたにそっくりよ、チャーリー！」と彼女は叫んだ。

寝室のドアがバタンと閉まった。

その残響は、壜の中身の落ち着きをかき乱さなかった。しかし、チャーリーはそこに立って、妻を追いかけたい気持ちでいた。心臓が狂ったように打っている。だいぶあとになって、鼓動がゆっくりになると、彼は壜のなかのものに話しかけた。

「おれは来る年も来る年も川ぞいの湿地《しっち》を耕して稼《かせ》いでる。あいつはその金をひっつかんで、里帰りするから、九週間もぶっ通しで留守《るす》ってことになる。あいつに手綱をつけられない。あいつと、雑貨屋に集まる連中、みんなしておれを笑いやがる。あいつに手綱をつける方法がわからないから、どうしようもねえ！ ちくしょう。でも、やってやるからな！」

達観したような壜の中身は、なんの助言もくれなかった。

「チャーリー？」

だれかが前庭のドアのところに立っていた。

チャーリーはぎくりとしてふり返り、ついで笑みくずれた。

雑貨屋にたむろしていた男たちだったのだ。

「あー——チャーリー——その——ちょいとあれを見せてもらえないかな——あの——壜のなかにはいってるもんを——」

暖かい七月が過ぎて、八月となった。

数年ぶりにチャーリーは、日照りのあとの高く伸びたトウモロコシなみにしあわせだった。

ブーツが背の高い草をかき分けてくる、男たちが溝に唾を吐いてからポーチに足をかける、重い体が板をきしませる、また別の肩がドア・フレームにもたれかかって家がうめく――その音を耳にする夕べはじつに愉快だった。そして毛むくじゃらの手首で口をぬぐってから、また別の声がいうのだ――

「入れてもらえるかな?」と。

わざとさりげなく、チャーリーは訪問客を招き入れた。全員がすわれるだけの椅子か石鹸《せっけん》箱か、すくなくともカーペットがあった。そして大いなる夜のなか、コオロギが脚をすり合わせて夏の歌を奏《かな》でたり、カエルが甲状腺《こうじょうせん》を腫《は》らしたご婦人のように喉を膨《ふく》らませて叫んだりするころには、川ぞいの湿地じゅうから来た人々で、部屋は立錐《りっすい》の余地もなくなるのだった。

最初のうちは、だれもなにもいわない。そういう晩の最初の三十分は――人々がやってきて腰を落ち着けるときだが――注意深く煙草を巻くことに費《つい》やされる。茶色い紙にタバコの葉をきちんと置いて、押さえ、トントンと叩き、押さえ、トントンと叩く。そうしながら自分の考えと不安と驚きを押さえ、トントンと叩き、巻いているのだ。おかげで考える時間ができる。紙巻き煙草をいじって、煙をふかせるようにするあいだ、彼らの目の裏で脳味噌が回転しているのがわかった。

それは不作法な教会の集《つど》いのようだった。すわったり、うずくまったり、漆喰《しっくい》壁にもたれかかったり。そのひとりひとりが、敬虔《けいけん》な畏怖に打たれた顔で、棚の上の壜に目をこらしているのだ。

いきなり目をこらしたりはしない。そう、ゆっくりと、さりげなく、まるで部屋をぐるっと見まわしていたら――ただの骨董品《こっとうひん》に目がとまり、たまたま意識にはいったようなふりをするのだ。

やがて――もちろん、まったくの偶然で――さまよう視線の焦点が、いつも同じ場所で結ばれるようになる。しばらくすると、信じがたい針山に刺された針のように、部屋じゅうの目がそれに釘《くぎ》づけになっている。音といったら、だれかがコーンパイプを吸う音だけ。そうでなければ、外のポーチを走りまわる裸足《はだし》の子供たちの足音。ひょっとすると女の声がするかもしれない。「あんたたち、あっちへ行って！　さあ、行って！」するとやわらかで速い水の流れのようなクスクス笑いがして、裸足の子供たちはウシガエルを脅《おど》かしに駆け去っていくだろう。

当然ながら、チャーリーは揺り椅子にすわって正面に陣取っている。痩せた尻の下に格子縞《じま》の枕を敷き、ゆっくりと椅子を揺らしながら、壜を所持しているおかげで手に入れた名声と尊敬の念を満喫《まんきつ》しているのだ。

セディはといえば、部屋の奥のほうで女衆《おんなしゅう》と固まっている姿が見られるだろう。灰色ずくめで、黙りこくっている、夫のつき合いで来た女たちと。

セディは、嫉妬のあまり、いまにも叫びだしそうに見えた。しかし、なにもいわずに、自分の居間へずかずかとはいりこんできて、チャーリーの足もとにすわりこみ、この聖杯めいたものを見つめている男たちを眺めているだけだった。唇を固く引き結び、だれにもあいさつの言葉をかけなかった。

沈黙がしかるべき長さでつづいたあと、だれかが――クリック・ロードから来たメドノウじいさんだろうか――体内のどこかにある深い洞穴《ほらあな》から痰《たん》を切って、身を乗りだし、目をしばたたいて、唇を濡らすかもしれない。胼胝《たこ》のできた指には奇妙な震えが走るだろう。これが合図となって、だれもが来《きた》るべきおしゃべりにそなえて身がまえる。耳をそばだてる。人々は、雨のあとの温かなぬかるみに浸《ひた》っている雌豚《めすぶた》のように身を落ち着けた。

じいさんは、長いこと壜を見つめて、トカゲの舌で唇を舐《な》めてから、ゆったりと椅子にもたれて、いつもどおり、か細い老人のかん高いテノールでいった――

「ありゃあいったいなんだろうな？　男なのか、女なのか、それともただの古いものでしかないのか。ときどき夜中に目をさまして、トウモロコシの布団の上で寝返りを打って、長い闇夜に、あそこに鎮座《ちんざ》しとるあの壜について考える。動物の金玉《きんたま》みたいに青白くて、のんびりとアルコールのなかに浮かんどる、あれについて考えるんだ。ときどきばあさんを起こして、ふたりして考える……」

しゃべっているあいだ、じいさんはパントマイムを演じるように震える指を動かした。太い親指があっちへ行ったりこっちへ行ったり、爪《つめ》の厚いほかの指がくねくねと動く――そのようすから目を離せる者はいなかった。

「ふたりして横になったまま考えるんだ。そうすると身震いが出る。木が汗をかくほど暑い夜かもしれん。暑すぎて蚊《か》も飛べんのかもしれん。それなのに、わしらは身震いして、寝返りを打って、眠ろうとする……」

じいさんは黙りこんだ。まるでこれだけ話せばたくさんだ、あとはほかの声にまかせよう、驚異と畏怖と奇妙さについて語らせようというかのように。

ウィロウ沼《サンプ》から来たジューク・マーマーが、掌《てのひら》の汗を膝《ひざ》小僧でぬぐうと、静かな声でいった——

「おれが洟《はな》垂れ小僧だったころの話なんだ。家《うち》で飼ってた猫は、年がら年じゅう子供を産んだ。あろうことか、子供を孕《はら》んでるってのに、飛びまわったり、垣根を飛び越えたりして——」ジュークの話しぶりは、善意にあふれた信心深い者が語るように静かだった。「そんでもって、子猫はよそへやったんだけど、この話に出てくる子猫たちがポンポン生まれてきたときには、もう歩いていけるところにいるだれもが、家《うち》の猫を一匹か二匹もらってた。そういうわけで、おっかあが二ガロン入りのでっけえガラス壜を裏のポーチへ出して、水をてっぺんまで注いだ。で、おっかあがいった、『ジューク、その子猫たちを水に漬けておしまい!』ってな。よく憶《おぼ》えてるが、おれはそこに突っ立ってた。子猫どもはニャーニャー鳴いて、目も見えないのに走りまわってた。ちっちゃくて、頼りなくて、おかしな恰好だった——ちょうど目があきはじめてたとこだった。おれはおっかあを見て、『いやだよ、おっかあ! おっかあがやりなよ!』っていった。でも、おっかあは真っ青になって、やるしかないんだし、手がすいてるのはおまえだけだっていうんだ。それから肉汁《にくじる》をかき混ぜたり、ニワトリの下ごしらえをしたりに行っちまった。おれは——一匹を拾いあげた——子猫を。そいつを抱きかかえた。温かかったよ。そいつがニャーニャー鳴いて、おれは逃げだしたくなった。二度と帰ってこないつもりだった」

いまジュークはうなずき、目を若々しく輝かせた。過去をのぞいて、それを新たにし、言葉で形をととのえ、舌でなめらかにしているのだ。

「おれはその子猫を水のなかに落とした。子猫は目を閉じて、口をあけた。空気を吸おうとしたんだ。小さな白い牙《きば》がのぞいて、ピンクの舌が飛びだした。そのようすは、忘れようたって忘れられねえ。そんでもって泡がブクブク出て、水面まで一列になったんだ！　全部が終わったあと、その子猫がプカプカ浮いてたのを、いまでも憶えてる。ゆっくりとまわっていて、なにも心配ないって顔で、おれを見てたよ。おれのしたことを責めてたわけじゃない。でも、おれのことを好いてもいなかった。あああ……」

みんなの心臓がすばやく跳《は》ねた。みんなの視線がジュークから棚の上の壜にさっと移った。目が伏せられ、恐る恐るまた上を向いた。

間《ま》。

ヘロン沼《スワンプ》から来た黒人のジャードゥーが、肌の黒い奇術師よろしく、顔のなかで象牙色《ぞうげ》の目玉をぐるっとまわした。浅黒い指の付け根の関節を曲げて節《ふし》にする——生きたバッタそっくりだ。

「あれがなにか知ってなさるかね？　ええ、知ってなさるかね。教《おせ》えてあげましょう。あれは命の元なんですだ、まちげえねえ。神さまに誓って、ホントだよ！」

木を思わせるリズムで体を揺らしているジャードゥーは、本人にしか見えず、聞こえず、感じられもしない沼地の風に吹かれていた。彼の目玉がもういちどぐるっとまわった。まるで体から切り離されて、さまよい出すかのように。彼の声は針となって黒い糸で模様をかがった。ひとりひとりの耳たぶをつまんで、ひとつの秘密の意匠《いしょう》に縫《ぬ》いあげていく——

「ミディーバンブー沼《サンプ》で仰向《あおむ》けになってたそいつから、ありとあらゆるもんが這《は》いだしてきたんでさ。手を突きだして、足を突きだして、舌を突きだして、角《つの》を生やしたんでさあ。ちょっとばかしアメーバみたいだったんでしょうね。それから喉をパンパンに膨らませて、いまにも破裂しそうなカエルみたいになったんでさあ！　いやはや！」指の付け根の関節を鳴らし、「それから膨れた関節ができて——**人間になった**んでさあ！　ありゃあ命の元なんでさあ！　あいつはミディーバンブー・ママで、わしらみんなが一万年前にあそこから出てきたんでさあ！　嘘じゃねえだよ！」

「一万年前！」とカーネーションばあさんが小声でいった。

「そいつは古いもんなんですだ！　見てごらんなせえ！　もうなにも心配してねえ。心配しなくてええとわかってんだ。フライパンんなかのポーク・チョップみてえに浮かんでらっしゃる。目があって、ものは見えるけど、まばたきはしねえから、やきもきしてるようには見えねえ。見えるもんですか！　そいつはよくわかっていらっしゃる。わしらがそいつから出てきて、そいつへ帰るってことをわかっていらっしゃるんでさあ」

「そいつの目は何色だい？」

「灰色だよ」

「ちがう、緑だ！」

「髪は何色だい？　茶色かな？」

「黒だ！」

「赤だ！」

「いいや、灰色だ！」

こうして議論が紛糾《ふんきゅう》すると、チャーリーがおもむろに意見を述べることになる。同じことをいう夜もあれば、そうでない夜もある。それは重要ではない。夏の盛りに毎晩同じことをいっても、ちがった風に聞こえるものだ。コオロギのせいで変わる。カエルのせいで変わる。壜のなかのもののせいで変わる。チャーリーはいった――

「ひとりの年寄りが、いや、若造かもしれんが、とにかく沼地へ行って、踏み分け道や雨でえぐれた溝を何年もうろついてるうちに、あのじめじめしたところで迷子になったとしようや。夜はびしょ濡れの谷間にいるんだから、肌は生《なま》っ白《ちろ》くなるし、体は冷えるし、しわしわに萎《しな》びちまう。お天道《てんと》さまから離れてるんだから、萎《しぼ》んで萎んで、しまいにゃ泥の穴に首まで浸《つ》かって、そうさな――浮きかすになっちまう――ちょうど沼の水のなかで眠りこけてるウジ虫みたいなもんに。おいおい――おれたちにわかるかぎりじゃ、こいつはおれたちの知り合いかもしれんぞ！　いっぺんくらいは言葉を交わしたことのあるやつだ。おれたちにわかるかぎりじゃ――」

暗がりになった奥のほうにいる女衆のあいだでシューという声が漏れた。ひとりの女が目を黒光りさせて立ちあがり、言葉を探した。名前はミセス・トリッデン。そしてつぶやくようにいった――

「毎年、大勢の子供たちが素《す》っ裸《ぱだか》で沼へ駆けてくよ。走りまわって、帰ってこない。あたしはいつも気が気じゃなかった。そうしたら――家《うち》の小さな男の子、フォーリーが案《あん》の定《じょう》いなくなった。あんたたちに――あんたたちに**わかるもんか**!!!」

さらわれた息が鼻の穴を通り、引き締められた。引きつった硬い筋肉に曲げられて口角《こうかく》が下がった。セロリの茎《くき》のような首に載った頭がいっせいにめぐらされ、目が彼女の恐怖と希望を読みとった。まっすぐな指をこわばらせて、背中を壁に押しつけている、針金《はりがね》のようにピンと張ったミセス・トリッデンの体のなかにそれはあった。

「あたしの坊や」彼女はささやき声でいった。言葉を一気に吐きだし、「あたしの坊や。あたしのフォーリー。フォーリー！　フォーリー、フォーリー！　フォーリー、あんたなの？　フォーリー、教えてよ、あれはあんたなの！」

だれもが息をこらえ、首をまわして壜を見た。

壜の中身はなにもいわなかった。見えない白い目で集まった者たちを見つめるだけだった。そして骨張《ほねば》った体の奥深くで、ひそかな不安の汁が春の雪解け水のように流れだし、彼らの落ち着きぶりや信念や謙虚なところをかじって食べ、溶かして奔流《ほんりゅう》に変えたのだ！　だれかが絶叫した。

「動いたぞ！」

「いや、いや、動かなかった。目の迷いにすぎん！」

「神さまに誓って！」とジュークが叫んだ。「見えたんでさあ、死んだ子猫みたいにのろのろと動くのが！」

「黙ってろ。あれはずっとむかしから死んでるんだ。ひょっとしたら、おまえが生まれる前からな！」

「しるしを見せてくれたんだよ」とミセス・トリッデンが絶叫した。「あれはあたしのフォーリーだよ！　あたしの坊やがあそこにいるんだ！　三つだったんだよ！　あたしの坊やは沼のなかへ迷いこんじまったんだ！」

彼女がわっと泣きくずれた。

「さあ、ミセス・トリッデン。落ち着いてちょうだい、体を揺するのはやめて。あんたの子供はもういないんだ。さあさあ」

女衆のひとりが彼女を抱きしめたので、すすり泣きが尾を引くように消えて、引きつった息づかいと、チョウのはばたきのような唇のすばやい動きとなり、息が怖々《こわごわ》と唇を撫でていった。

あたりがまた静かになると、肩までの白髪《はくはつ》に萎《しお》れたピンクの花をさしたカーネーションばあさんが、口にくわえたパイプを吸って、とりとめなく話しだした。首をふるたびに、光を浴びた髪が躍った――

「いろんな話が出たもんだ。でも、わからずじまいになりそうだね、そいつの正体は。わからないんだとしたら、知りたくないってことだろうね。ショーで手品師が見せる手品のタネみたいなもんだ。仕掛けがあるってわかっちまえば、びっくり箱の中身はもう面白くない。十日目の夜が来るたびにここへ集まって、おしゃべりの花を咲かせようじゃないか。話の種《たね》はいつだってあるんだ。あのしろものの正体がわかっちまえば、しゃべることがなくなっちまう。そいつは理《り》の当然ってやつさ！」

「まったく、たわごとばかりだ！」と雄牛《おうし》のような声がとどろいた。「ありゃあなんでもないんだ！」

トム・カーモディーだ。

トム・カーモディーは、いつもどおり暗がりに立っていた。外のポーチにいて、目だけが屋内《おくない》をのぞきこんでいるのだが、その唇がどことなく人を嘲《あざけ》るような笑い声を発した。その笑い声は、スズメバチの毒針のようにチャーリーに刺さった。セディの差し金だ。セディはチャーリーの新しい生活をだいなしにしようとしているのだ、あの女は！

「あの壜の中身は」とカーモディーがざらつく声で言葉をつづけた。「海の入江《シー・コーブ》でとれた古いクラゲでしかない。腐って、鼻が曲がりそうなほど臭くて、犬っころの餌《えさ》にしかならんやつだ！」

「あんた、妬《や》いてるんじゃないだろうね、カーモディーのとっつあん？」とチャーリーがゆっくりと訊《き》いた。

「まさか！」カーモディーが鼻を鳴らし、「阿呆《あほう》どもが、なんでもねえものについてあれこれいうのを見にきただけさ。家のなかに足を踏み入れもしなければ、話に加わりもしなかっただろう。いますぐ家《うち》へ帰るさ。だれかいっしょに来たいやつはいるか？」

いっしょに帰ろうという者はいなかった。まるでこれが大がかりなジョークであるかのように、彼はもういちど笑い声をあげた。なんと大勢の人々が、ここまで夢中になれるのか。セディは部屋の隅に引っこんで、爪で掌をかきむしっていた。その口がひくひくと動くのがチャーリーの目に映った。彼は寒気《さむけ》をおぼえ、ものがいえなかった。

いまだに笑い声をあげながら、カーモディーがヒールの高いブーツを鳴らしてポーチを降りた。コオロギの鳴き声が彼を連れ去った。

カーネーションばあさんが、パイプを歯茎で嚙んで、

「話が荒れる前にあたしがいってたように、棚の上のあのしろものが、なんでありとあらゆるものであっちゃいけないのさ。いろんなものなんだよ。ありとあらゆる生きたもの――死んだもの――よくわからないけど。雨とお天道さまと泥とクラゲをいっしょくたに混ぜあわせるんだ。草とヘビと子供と霧と、枯《か》れた籐《とう》の茂みのなかの昼と夜の全部を。なんでひとつのものでなきゃいけないのさ？　たくさんのものかもしれないよ」

話はさらに一時間ほど静かにつづき、セディが夜の闇のなかへ抜けだして、トム・カーモディーのあとを追ったので、チャーリーは汗をかきはじめた。なにかたくらんでいるのだ、あのふたりは。なにか計画を練《ね》っているのだ。チャーリーは夜が更けるまで生ぬるい汗をかきつづけた……。

夜遅くに会合がお開きとなり、チャーリーは複雑な思いをいだいてベッドにはいった。会合はうまくいった。だが、セディとトムはどうだろう？

深夜になって、ある星の一団が空を降りてきて、午前零時をまわったと告げたころ、彼女の振子《ふりこ》のような尻が背の高い草をかき分ける音が聞こえた。ヒールがカツカツとポーチを踏み、家にはいって、寝室にはいった。

彼女は音もなくベッドに身を横たえ、猫を思わせる目でチャーリーを見つめた。見えるわけではないが、見つめられているのが感じられた。

「チャーリー？」

彼は待った。

それから「起きてるよ」といった。

こんどは彼女が待った。

「チャーリー？」

「なんだ？」

「わたしがどこにいたのか、わからないでしょう。どこにいたのか、わかるはずないわね」

夜闇《よやみ》のなか、抑揚《よくよう》のない話しぶりには、かすかに愚弄《ぐろう》するような調子があった。

彼は待った。

彼女もふたたび待った。とはいえ、長いことは待てずに、言葉をつづけた――

「ケープ・シティのカーニヴァルにいたのよ。トム・カーモディーに車で連れてってもらったの。わたしたち——カーニヴァルの団長と話したのよ、チャーリー、話したの、ホントに話したのよ！」そしてクスクスとひとり笑いをひそかに漏らした。

チャーリーは氷なみに冷たくなった。肘《ひじ》を突いて上体を起こす。

彼女は「あんたの壜の中身がわかったのよ、チャーリー——」と思わせぶりにいった。

チャーリーは両手で耳をふさいで体を倒した。

「聞きたくない！」

「そう、でも、聞いてもらわないと、チャーリー。面白いジョークなのよ。ええ、傑作ってやつよ、チャーリー」彼女はシュッと息を漏らした。

「あっちへ行け」

「あらまあ！　だめよ、だめですよ、チャーリー。だって、ほら、チャーリー——あなた。わたしが話すまではだめ！」

「やめろ！」

「話くらいさせてよ！　カーニヴァルの団長と話したら、団長は——笑い死にしそうになったわ。その壜と中身を、どこかの——田舎者《いなかもの》に——十二ドルで売ったっていうのよ。せいぜい二ドルの値打ちしかないのに！」

暗闇のなかで笑い声が彼女の口から飛びだした。おぞましい笑い声が。

彼女はすぐに笑うのをやめた。

「ただのガラクタなのよ、チャーリー！　ゴムと、紙張子《パピエマシェ》と、絹《きぬ》と、木綿《もめん》と、ホウ酸！　それだけなのよ！　なかに金属の枠がはいってる！　それだけなのよ、チャーリー、それだけ！」彼女は金切《かなき》り声でいった。

「ちがう、ちがう！」

彼はさっと上体を起こし、太い指でシーツをはねのけて怒鳴った。

「聞きたくない！　聞きたくない！」何度も何度も吠えたてた。

「まがいものだってことを、みんなに聞いてもらわなくちゃ！　きっと大笑いするわ！　肺がふいごみたいになっちゃうでしょうね！」

チャーリーは彼女の手首をつかんだ。

「みんなにいったりしないよな」

「わたしを嘘つきにしたいの、チャーリー？」

彼はセディを突き放した。

「なんでほっといてくれないんだ？　この性悪女《しょうわるおんな》！　おれのやることなすことにケチをつけやがる。あの壜を持ちけえったとき、おれはおまえの鼻を明かしてやったんだ。おまえはそいつをだいなしにするまで、夜もおちおち眠れなかった！」

彼女は笑い声をあげ、「じゃあ、だれにもいわない」といった。

彼は妻をまじまじと見た。

「おまえはこのおれの楽しみをぶち壊した。大事なのはそれだけだ。ほかの連中に話そうが話すまいが関係ない。このおれは知っちまった。だから、もう二度と楽しめない。おまえと、あのトム・カーモディー。あいつの笑い声を止めてやりたいぜ。あいつは何年もおれを笑いものにしてきたんだ！　いいさ、ほかの連中に話しにいけよ、いますぐ——好きなだけ楽しめよ——！」

彼は怒りに駆られて大股に歩き、壜をつかんだので、なかの液体がバシャバシャとはねた。そして壜を床に投げつけようとしたが、震えながら思いとどまり、いまにも壊れそうなテーブルの上にそっと置いた。かがみこんで、すすり泣く。これを失ったら、世界の終わりだ。そしてセディも失いかけている。月が過ぎるたびに彼女は踊りながら遠ざかっていき、おれをせせら笑い、からかってきた。あまりにも長い年月、あの女の尻を振子に見立てて、生活の時間を計ってきた。だが、ほかの男たち、たとえばトム・カーモディーが、いまは同じように時間を計っているのだ。

セディは夫が壜を叩き割るのを待っていた。彼はそうせずに壜を撫でさすり、しだいに落ち着きをとりもどした。このひと月の長くすてきな夕べのことを考える。友人が集まって、部屋を動きまわりながら語りあった豊かな夕べ。とにかく、あれはご機嫌だった。ほかになにもなかったとしても。

彼はゆっくりとセディのほうを向いた。彼女は自分にとって永久に失われていた。

「セディ、おまえはカーニヴァルになんか行かなかった」

「いいえ、行ったわ」

「おまえは嘘をついてる」と静かな声でチャーリー。

「いいえ、ついてないわ！」

「この——この壜の中身はたいしたもんでなけりゃならないんだ。おまえのいうガラクタ以外のなにかだ。なにかがはいってるって大勢が信じてる。セディ。そいつばっかりは変えられねえ。カーニヴァルの団長と話したっていうんなら、そいつは嘘をついたんだ」チャーリーは深呼吸してからいった。「こっちへ来い、セディ」

「なにがしたいの？」と拗《す》ねたように彼女が尋ねた。

「こっちへ来い」

彼はセディに向かって一歩踏みだした。

「おいで」

「近寄らないでよ、チャーリー」

「見せてえもんがあるだけだよ、セディ」その声はやわらかく、小さく、執拗だった。「おいで、にゃんこ。おいで、にゃんこ、にゃんこ、にゃんこ——**おいで、にゃんこ！**」

およそ一週間後のまた別の夜。メドノウじいさんとカーネーションばあさんがやってきて、若いジュークとミセス・トリッデンと有色人種のジャードゥーがつづいた。そのあとほかの者たちがやってきた。老いも若きも、にこにこしてるのも、苦虫《にがむし》を嚙みつぶしたような顔をしてるのも、ひとりひとりが彼なり彼女なりの考えと、希望と、恐れと、驚きを心に秘め、椅子をきしませて腰かけた。おのおのは祭壇に目をやらずに、小声でこんばんはとチャーリーに声をかけた。

彼らはほかの常連が集まるのを待った。その目の輝きから、それぞれが壜のなかに別のものを見ているのがわかった。命と、命のあとの青白い命と、死のなかにある命と、命のなかにある死。それぞれが、古いけれど新しい、なじみのある自分なりの物語、自分なりの手がかり、自分なりの台詞《せりふ》を胸に秘めて。

チャーリーはひとり離れてすわっていた。

「やあ、チャーリー」だれかが人けのない寝室をのぞきこみ、「あんたの女房はまた親戚を訪ねて留守にしてるのかい?」

「ああ、テネシーへすっ飛んでったよ。二週間もすりゃあけえってくる。なにかあるたびにすっ飛んでいきやがる。知ってるだろう、セディを」

「いつも飛びまわってるもんな、あの女は」

低い声のおしゃべりがつづき、すこし落ち着いてきたかと思うと、いきなり暗いポーチを歩く音がして、ギラギラ光る目で人々をにらみつけた——トム・カーモディーが。

トム・カーモディーがドアの外に立ち、膝をガクガク震わせ、両腕をわきに垂らして揺らしながら、部屋をのぞきこんでいた。トム・カーモディーは、なかへはいろうとしなかった。トム・カーモディーは口をあけていたが、ほほえんではいなかった。唇は濡れていて、口もとはゆるんでいたが、ほほえんではいなかった。その顔は白亜《はくあ》のように青白かった。まるで長患《ながわずら》いをしていたかのように。

メドノウじいさんが壜に目をやり、咳払いして、

「おや、こんなにはっきり見えたのははじめてだ。あいつの目は青いぞ」

「前から青かったよ」とカーネーションばあさん。

「いいや」と、じいさんがかん高い声でいった。「いいや、そうじゃない。この前来たときは茶色だった」上目遣《うわめづか》いにまばたきして、「それにもうひとつ――茶色い髪が生えとる。前は茶色い髪なんかなかったぞ！」

「いえいえ、ありましたよ」とミセス・トリッデンがため息を漏らすように。

「いいや、なかった！」

「いいえ、ありました！」

トム・カーモディーは、夏の夜闇のなかでブルブル震えながら、壜をじっと見つめていた。チャーリーはちらっと壜を見あげて、無造作に煙草を巻いた。心安らかで、自分の人生と思考に迷いがなかった。トム・カーモディーひとりが、これまで見えなかったものを壜について見てとった。だれもが見たいものを見ているのだ。あらゆる思考が土砂《どしゃ》降りの雨となって走っている――

「あたしの坊や。あたしの小さな坊や」とミセス・トリッデンが考える。

「脳味噌だ！」とメドノウじいさんが考える。

有色人種は指をくねくねさせ、

「ミディバンブー・ママだ！」

漁師は唇をすぼめて、

「クラゲだ！」

「にゃんこ！　おいで、にゃんこ、にゃんこ、にゃんこ！」とジュークの目のなかで溺《おぼ》れた思考が爪を立てる。「にゃんこ！」

「なにもかもはいっているのさ！」とカーネーションばあさんの萎びた思考が金切り声をあげる。「夜も、沼も、死も、青白いものも、海から来た濡れたものも！」

沈黙。そして、じいさんが小声でいった。

「ありゃあいったいなんだろう。男なのか——女なのか——それともただの古いものでしかないのか」

チャーリーは満足げにちらっと顔をあげ、煙草をトントンと叩くと、口に当てて形をととのえた。それから戸口のトム・カーモディーに目をやった。二度と笑顔を見せることのない男を。

「まあ、わからずじまいだろう。そうさ、わからずじまいで終わるんだ」チャーリーはゆっくりとかぶりをふり、客人たちのあいだに腰を降ろして、ひたすら目をこらした。

眠ったような小さな町のはずれ、サイドショーのテントのなか、壜におさまった見世物のひとつがそれだった。アルコール漿液のなかに浮かんでいる青白いもののひとつが、永遠に夢を見ながら旋回している。まぶたを剝がれた死んだ目が、あなたを見つめているのに、なにも見えていない……。

みずうみ

波がぼくを世界から、空の鳥たちから、浜辺の子供たちから、渚《なぎさ》の母さんから切り離した。一瞬、緑の静寂が降りた。と、つぎの瞬間、波がぼくを空へ、砂浜へ、歓声をあげる子供たちのもとへ返してくれた。湖《みずうみ》からあがると、世界がぼくを待っていた。ぼくが出ていってから、ほとんど動かなかった世界が。

ぼくは浜辺を駆けあがった。

ママがふかふかのタオルで体を拭《ふ》いてくれた。

「そこに立って、乾かしなさい」

ぼくはそこに立って、両腕の水滴が陽光に連れ去られるのを見まもった。代わって鳥肌《とりはだ》が現れた。

「あら、風が出てきたわ」とママがいった。「セーターを着なさい」

「待ってよ、鳥肌を見てるから」と、ぼく。

「ハロルド」とママがいった。

ぼくはセーターを着て、浜辺に寄せては崩《くず》れる波を見まもった。崩れはするが、ぶざまではない。緑の波がわざと崩れるようすは、なんとも優雅だった。さしもの酔っ払いも、この波ほど優雅に崩れ落ちるのは無理だろう。

九月だった。わけもなく悲しみがこみあげてくる夏の最後の日々。浜辺はあまりにも長く、寂しくて、人影はわずか六つほど。子供たちがボール遊びをやめた。風のせいで、ヒューヒューうなるその音のせいで、彼らもまた、なぜか物悲しくなったのだろう。子供たちはすわりこみ、果てしなくつづく渚に忍び寄る秋を感じていた。

ホットドッグ屋台は一軒残らず金色の板を打ちつけられ、長く楽しかった夏につきものだった辛子《からし》と、タマネギと、肉のにおいをすべて封じこめていた。まるで夏を閉じこめた棺《ひつぎ》が並んでいるようだった。一軒また一軒と店がシャッターを降ろし、南京錠《なんきんじょう》をかけると、風がやってきて、砂に触れ、七月と八月につけられた百万の足跡をひとつ残らず吹き飛ばした。そうしていま、九月にはいり、波打ち際《ぎわ》にはぼくのテニス・シューズのゴム底の跡《あと》と、ドナルドとデラウスのアーノルド兄弟の足跡しかない。

砂が舞いあがって、歩道にカーテンをかけた。メリーゴーラウンドは帆布《キャンヴァス》に隠されており、すべての馬は真鍮《しんちゅう》のポールに乗って空中で凍《こお》りつきながらも、歯をむき出して、早駆けをつづけている。音楽を奏《かな》でているのは、キャンヴァスを吹きぬける風ばかり。

ぼくはそこに立っていた。ほかのみんなは学校にいた。ぼくはちがった。明日になれば、大陸横断鉄道に乗って西へ向かっているだろう。ママとぼくは、遊びおさめにすこしのあいだだけ浜辺へやってきたのだった。

その寂しさには、ひとりきりで逃げだしたくなるようなところがあった。

「ママ、浜辺のずっと先まで走っていきたい」と、ぼくはいった。

「いいわよ。でも、すぐにもどってきて。それと、波打ち際には近づかないで」

ぼくは走った。体の下で砂がくるくるまわり、風がぼくを持ちあげた。ご存じだろう――走りながら両腕を広げると、風のおかげで、指から膜《まく》が生《は》えるような気がするのは。まるで翼だ。すわっているママが遠ざかっていった。まもなくママはただの茶色い点になり、ぼくはひとりきりになった。

ひとりきりになるのは、十二歳の子供にとって目新しい経験だ。子供はまわりにおとながいることに慣れきっている。ひとりきりになれるとしたら、心のなかでだけ。あまりにも多くの人々がじっさいにまわりにいて、ああしろこうしろと指図するものだから、自分自身の世界でひとりきりになるには――たとえ頭のなかだけだとしても――浜辺をずっと先まで走っていかなければならないのだ。

だからいま、ぼくは本当にひとりきりだった。

波打ち際まで行き、ひんやりした水が下腹部まで来るようにする。これまではいつも人がひしめいていたので、あえて見ないようにしていた。この場所まで来て、水中を探しまわり、ある人の名前を呼ばないようにしていた。でも、いまなら――

水は奇術師に似ている。人の体を真っぷたつにする。まるで体がふたつに切られ、その片方、下半身のほうが砂糖のように溶けてなくなるようだ。ひんやりした水。そして優美きわまりない波が、ときおりよろけて崩れ落ち、レースの装飾曲線を描きだす。

ぼくは彼女の名前を呼んだ。十回あまりも呼んだ。

「タリー！　タリー！　おーい、タリー！」

幼いころは、呼びかければ返事がある、と本気で思うものだ。頭に浮かぶことは、なんでも現実になる気がするものだ。そして、ときには、そうまちがっていないこともある。

ぼくはタリーのことを思った。この五月に、金髪のお下《ピッグテイル》げをなびかせて水中へ泳ぎ出たタリーのことを。彼女は笑いながら出ていき、その小さな十二歳の肩に陽射《ひざ》しを浴びていた。水が急に静かになり、監視員が水中に飛びこみ、タリーの母親が悲鳴をあげ、タリーは二度と帰らなかった……。

監視員は彼女を説得して、水から出てこさせようとした。でも、彼女は出てこなかった。監視員は、骨太の指に水草《みずくさ》の切れ端《はし》だけを握ってもどってきた。タリーはいなくなった。もう学校でぼくと向かいあってすわることも、夏の夜に煉瓦《れんが》敷きの通りでソフトボールを追いかけることもない。彼女は遠くまで行きすぎて、湖に帰してもらえないのだ。

そして寂しい秋となったいま、空が広く、湖も広く、浜辺はあまりにも長くなったいま、ぼくは最後にもういちど、ひとりきりでやってきたのだった。

ぼくは彼女の名前を何度も呼んだ。タリー、おーい、タリー！

風がふわっと耳をかすめていった。貝殻の口をかすめて、ささやかせるときと同じように。水が迫《せ》りあがってきて、ぼくの胸を抱きしめたかと思うと、膝《ひざ》のあたりで上下左右に動いて、踵《かかと》の下の砂を吸いこんでいった。

「タリー！　帰っておいで、タリー！」

ぼくはたったの十二歳だった。でも、どれほど彼女を愛していたのかはわかっている。それは肉体と道徳が意味を持ちはじめる前の恋だった。恋といっても、風と海と砂が永遠に添い寝しているのと変わらない。それを形作るのは、浜辺でいっしょに過ごした温かな長い日日と、学校で眠気を誘う授業を受けたおだやかな日々。彼女の教科書を家まで運んでやった、過去の長い秋の日々だった。

タリー！

最後にもういちど彼女の名前を呼んだ。ぶるっと身震いが出た。顔に水を感じたが、どうして水がついたのかはわからなかった。波しぶきはその高さまで来なかったのだ。

ふり向いて、砂浜へ引き返し、そこに三十分ほど立っていた。タリーを思いだすよすががひとつでも、ひとかけらでも、ほんのひと目でも見えないかと思って。それから、ひざまずいて、砂のお城を造った。タリーとぼくがしばしばたくさん造ったように、きれいに形をととのえて。だが、今回は半分しか造らなかった。それから立ちあがった。

「タリー、聞こえてるなら、ここへ来て、残りを造ってくれ」

ぼくははるか彼方《かなた》の小さな点――ママに向かって歩きだした。水が寄せてきて、砂のお城を何重にもとり巻き、根元から崩して、すこしずつ元の平らな砂浜へもどしていった。

ぼくは無言で渚を歩いていった。

はるか彼方でメリーゴーラウンドがかすかに鈴の音《ね》をひびかせていた。だが、それは風の音にすぎなかった。

あくる日、ぼくは汽車に乗って、その地を去った。

汽車には貧弱《ひんじゃく》な記憶力しかない。すぐにすべてを背後に押しやる。イリノイのトウモロコシ畑を、子供のころの川を、橋を、湖を、峡谷《きょうこく》を、別荘を、痛みと喜びを忘れる。それらは背後に広がって、地平線の彼方へ消えていく。

ぼくは骨を伸ばし、肉を貼りつけ、幼い心を年長者の心と取り替え、もう合わなくなった服を投げ捨て、初等中学校《グラマー・スクール》からハイスクール、カレッジへと進んだ。それからサクラメントである若い女性と出会った。しばらくつき合い、結婚した。二十二歳になるころには、東部の記憶はすっかり薄れていた。

マーガレットの思いつきで、先送りにしてきた新婚旅行はそちらへ行くことになった。記憶と同じように、汽車は双方向に働く。遠いむかしに置き去りにしたものを、つぎからつぎへと連れもどしてくれる。

人口一万のレイク・ブラフが、空の向こうに現れた。新品の服をまとったマーガレットは、目がさめるほど美しかった。彼女がぼくを見ているうちに、ぼくはむかしの暮らしへ連れもどされていく――ぼくはそう感じていた。列車がブラフ駅にすべりこみ、ぼくらの荷物が降ろされるあいだ、彼女はぼくの腕を握っていた。

数多《あまた》の歳月と、歳月が人々の顔と体に残したもの。ふたりで町を歩いても、知った顔には出会わなかった。だが、こだまのように面影《おもかげ》をとどめた顔はあった。峡谷の細道をたどったときのこだまのように。グラマー・スクールが休みのとき、金属の鎖《くさり》で吊られたブランコを漕《こ》いだり、シーソーを揺らしたりして小さな笑い声をあげた顔。だが、ぼくは話しかけなかった。歩いて、見て、それらの記憶すべてを体内に溜《た》めこんだ。ちょうど秋の焚火《たきび》のために積み重ねられた落ち葉のように。

ぼくらの滞在は二週間におよび、あらゆる場所をふたりで再訪した。しあわせな日々だった。ぼくはマーガレットが愛《いと》しくてたまらないと思った。とにかく、そう思ったのだ。渚を歩いたのは、滞在も終わりに近づいた日のことだった。遠いむかしのあの日ほど遅い時期ではなかったが、人けがなくなる最初のしるしが、浜辺に現れつつあった。人影はまばらになっており、ホットドッグ屋台の何軒かは、シャッターが降ろされて、釘《くぎ》づけされていた。そして風はいつもどおり、ぼくらのために歌う機会を待っていた。

ママがむかしよくそうしていたように、砂浜にすわっている姿が見えるようだった。ひとりきりになりたいという、あの気持ちにふたたび襲われた。しかし、この気持ちをマーガレットに打ち明けることはできなかった。彼女を抱きしめて、待つだけだった。

日暮れが近くなった。子供たちの大半は家へ帰ってしまい、数人の男女が居残って、風の吹くなか、日光浴をしているだけだった。

監視人のボートが岸へ引きあげられた。監視人が両腕になにかをかかえて、ゆっくりと降りてきた。

ぼくはぴたりと動きを止めた。息が止まり、小さくなった気がした。たったの十二歳で、とても小さく、とるに足りない存在で、怖がっている気がした。風が吠えた。マーガレットは見えなかった。見えるのは浜辺だけ。監視人が両手に灰色の袋をかかえてボートからゆっくり降りてくる。袋はたいして重そうではない。そして彼の顔は土気色《つちけいろ》で、しわが刻まれている。

「ここにいてくれ、マーガレット」と、ぼくはいった。なぜそういったのかはわからない。

「でも、どうして?」

「とにかくここにいてくれ――」

ぼくは、監視人が立っているところまで、ゆっくりと砂浜を歩いていった。監視人がこちらを見た。

「なんです、それは?」と、ぼくは訊《き》いた。

監視人は長いことぼくを見つめていた。言葉が出てこないようだった。灰色の袋を砂浜に置いた。すると水がささやきながらその周囲に打ちよせ、引いていった。

「なんです、それは?」ぼくは重ねて訊いた。

「変わったものだ」と静かな声で監視人。

ぼくはつぎの言葉を待った。

「変わったものだ」と彼がつぶやくようにいった。「こんな変わったものは見たことがない。この娘《こ》はずっと前に死んだんだ」

ぼくは彼の言葉をくり返した。

彼がうなずいた。

「十年ってとこだろう。今年、ここで溺《おぼ》れた子供はいない。一九三三年から十二人の子供がここで溺れてきたが、数時間もたたないうちに、その全員を見つけた。いや、例外がひとりいたな。この遺体だよ、十年も水中にあったにちがいない。見て——気持ちのいいものじゃない」

ぼくは、彼の両腕に抱かれた灰色の袋に目をこらした。

「あけてください」と、ぼく。なぜそういったのかはわからない。風の音が大きくなった。

彼は袋を不器用にいじっていた。

「早く、あけてください」ぼくは叫んだ。

「あけないほうがいい」と彼がいった。それから、ぼくの顔に浮かんでいるにちがいない表情を見てとったのだろう。「とても幼い女の子で——」

彼はすこしだけ袋をあけた。それで充分だった。

浜辺に人けはなかった。空と風と水と、寂しくやって来る秋だけがあった。ぼくは彼女を見おろした。

ぼくはなにかをくり返しいった。ある名前を。監視人がぼくを見た。

「どこで見つけたんです？」と、ぼくは尋ねた。

「浜辺のあっちのほう、浅瀬で。この娘には長い長い時間だったんだろうな」

ぼくはかぶりをふった。

「そう、そのとおり。ちくしょう、そのとおりなんだ」

ぼくは思った——人は成長するものだ。ぼくは成長した。でも、彼女は変わらなかった。小さいまま。幼いままだ。死は成長も変化も許さない。彼女はいまだに黄金《こがね》色の髪を生やしている。永遠に幼いままだろう。そしてぼくは永遠に彼女を愛するだろう、ああ、神よ、永遠に彼女を愛するだろう。

監視員が袋の紐《ひも》を締めなおした。

そのすこしあと、ぼくはひとりきりで浜辺を歩いた。足を止め、なにかを見おろす。ここは監視員が彼女を見つけた場所だ、とぼくはひとりごちた。

波打ち際に半分だけできた砂のお城があった。タリーとぼくがむかしよく造ったのとよく似たお城が。彼女が半分、ぼくが半分。

ぼくはそれを見つめた。砂のお城のかたわらに膝をつくと、湖からあがってきた小さな足跡が見えた。それは湖へ引き返し、二度ともどらなかった。

そのとき——わかったのだ。

「ぼくが手伝って完成させるよ」と、ぼくはいった。

ぼくはそうした。じっくりと時間をかけて残りを築き、それから立ちあがって、きびすを返すと歩み去った。それが波に打たれて崩れるのを見なくてすむように。万物《ばんぶつ》は崩れるものだから。

ぼくは浜辺を歩いてもどった。マーガレットという名の見知らぬ女性が、ほほえみながらぼくを待っているところへ……。

使者

また秋が来たのだ、とマーティンにはわかった。風と、霜《しも》と、木の下で発酵酒《サイダー》に変わるリンゴのにおいを運んで、犬が家へ駆けこんできたからだ。時計のゼンマイのような黒い毛をした犬は、アキノキリン草、遅咲きアスターの花粉、ドングリの殻《から》、リスの毛、飛び去ったコマドリの羽毛《うもう》、伐採《ばっさい》されたばかりの立木《たちき》のおが屑《くず》、真っ赤になったオークの木からふり落とされた石炭のような葉をつけて帰ってきた。犬が跳《と》んだ。もろいシダ、ブラックベリーの蔓《つる》、ホウレン草の驟雨《しゅうう》がベッドに降りかかり、そこで寝ているマーティンは歓声をあげた。まちがいない、絶対にまちがいない、この途方もないけだものは十月なのだ！

「おいで、こっちへおいで！」

すると犬は身を落ち着け、この季節に特有のかがり火と、繊細な焦《こ》げ色をありったけ使ってマーティンの体を温め、遠いところから旅してきた、おだやかだったり濃厚だったりするにおい、湿っていたり乾いていたりするにおいで部屋を満たした。春には、ライラック、アヤメ、刈《か》られたばかりの芝草《しばくさ》のにおいをさせる。夏には、顔じゅうアイスクリームだらけにして、爆竹《ばくちく》、ローマ花火、回転花火のツンとくるにおいを放ちながら、こんがりと陽《ひ》に焼かれて帰ってくる。でも、秋には！　秋には！

「ワン公、外はどんなようすだい？」

　すると犬はそこに寝そべったまま、いつものように話してくれた。マーティンはそこに寝そべったまま、病気のせいで白く脱色されてベッドに伏せる前の日々と同じように秋を見つけた。ここにいるのは彼の仲立ち、一頭立ての軽馬車、敏捷《びんしょう》に動く自分の一部であり、かけ声とともに送りだすのだ。走れ、もどってこい、ぐるっとまわってにおいを嗅《か》げ、世界の時間と織地《おりじ》を集めて届けにこい、町で、野原で、小川のそばで、川岸で、湖畔《こはん》で、地下室で、屋根裏部屋で、クローゼットや石炭入れのなかで。一日に百回以上も、彼には贈り物が届けられる。ヒマワリの種《たね》、道にまく炭殻《すみがら》、トウワタ、トチノキ、焦げ臭いカボチャの香り。宇宙という織機《しょつき》を犬は杼《ひ》となって往復する。絵柄《えがら》は毛皮に隠れている。手を伸ばせば、そこにあるのは……。

「で、今朝はどこへ行ったんだ？」

　しかし、どこへ行ったかは聞かなくてもわかった。秋がパリパリのシリアルとなって横たわる丘を駆けおりたのだ。そこでは子供たちが火葬用の薪《たきぎ》のなか、積もってガサガサ鳴る落ち葉のなかに埋もれて横たわり、注意深い死者となって、風のように通り過ぎる犬と世界を見張っている。マーティンは震える指で分厚い毛皮を探り、長旅の模様を読んだ。刈り株だらけの畑を抜け、キラキラ光る谷あいの小川を越え、大理石模様となって広がる墓地を通り、森へ駆けこんだのだ。香辛料《こうしんりょう》と稀少な薫香《くんこう》のすばらしい季節に、マーティンはいま自分の使者を通して走りまわり、帰ってきたのだ！

　寝室のドアが開いた。

「その犬がまた困ったことをしてくれたわ」

ママがフルーツ・サラダ、ココア、トーストの載った盆を持ってはいってきた。その青い瞳《ひとみ》は怒りで燃えていた。

「ママ……」

「年がら年じゅうあたりを掘りかえして。今朝はミス・ターキンズのお庭に穴を掘ったわ。ミス・ターキンズはカンカン。その犬がお庭に掘った穴は、今週それで四つめだから」

「なにか探してるのかもしれない」

「ばかおっしゃい、好奇心が強すぎるだけよ。いい子にしないと、閉じこめてしまうわよ」

マーティンは、赤の他人を見るような目で母親を見た。

「ああ、そんなことしないで！　なにもわからなくなっちゃう。犬に教えてもらわなかったら、外のようすがわからなくなっちゃう」

ママの声がすこし和《やわ》らいだ。

「その犬はそんなことをするの——あなたに外のようすを教えるの？」

「こいつが出ていって、ひとめぐりして帰ってきたら、ぼくが知らないことなんてない。こいつに訊《き》けば、なんだって教えてくれるんだ！」

ふたりとも犬を見つめた。そしてキルトの上に散らばった腐葉土《ふようど》の乾いたかたまりと種子を。

「じゃあ、掘ってはいけない場所を掘るのをやめたら、好きなだけ走ってかまわないわ」とママ。

「おいで、ワン公、こっちへおいで！」
そしてマーティンはブリキのメモを犬の首輪に留《と》めた――
ぼくの飼い主はマーティン・スミス――十歳――病気で伏せっています――来訪者歓迎。
犬が吠《ほ》えた。ママが階下のドアをあけて、犬を出してやった。

マーティンは耳をすましていた。

しとしとと降っている秋雨《あきさめ》のなか、走っている犬の音が遠い彼方《かなた》に聞こえた。吠え声と鑑札《かんさつ》がチャリチャリ鳴る音が遠のいていき、高まり、また遠のいていくのは、犬が路地を近道し、芝生を越え、ミスター・ホロウェイを連れてくるからだ。彼が自宅の作業場で修理する、繊細な雪片《せっぺん》を詰めたような懐中《かいちゅう》時計の、油をさした金属のにおいとともに。それとも、食料雑貨商のミスター・ジェイコブズを連れてくるのかもしれない。彼の服にはレタス、セロリ、トマトのにおいがたっぷりと染みこんでいる。ひそかに混じっているのは、激辛《デヴィルド》ハムの缶詰に打印された赤い悪魔のブリキのにおい。ミスター・ジェイコブズと、彼にまとわりつく目に見えないピンクの肉の悪魔たちは、しばしば下の庭から手をふってくれる。それともミスター・ジャクスン、ミスター・ギレスピー、ミセス・ホームズを連れてくるのだろうか。友だちや知り合いに会ったが最後、犬は彼らを追いつめ、泣き落とし、やきもきさせ、ついには昼食なり、お茶とビスケットなりのために家まで導いてくる。

いま、耳をすましているマーティンには、犬が下まで来たのがわかった。小雨《こさめ》のなか、そのうしろで足音が動いている。階下のベルが鳴り、ママがドアをあけると、明るい声が低く交わされる。マーティンは顔を輝かせて前のめりになった。階段の踏み板がきしむ。若い女性の声が静かに笑う。もちろん、ミス・ヘイト、彼の学校の先生だ！

寝室のドアがさっと開いた。

マーティンには仲間ができた。

朝、昼、晩、夜明け、夕暮れ、太陽、月が犬とともにめぐり、その犬は芝土《しばつち》と空気の温度、大地と樹木の色、霧と雨の密度を忠実に報告した。だが——なにより大事なことだが——くり返し連れてきてくれたのだ——ミス・ヘイトを。

土曜、日曜、月曜に彼女はオレンジの糖衣《とうい》をまぶしたカップケーキをマーティンに焼いてきてくれ、恐竜や穴居人《けっきょじん》の本を図書館から借りてきてくれた。火曜、水曜、木曜にドミノで惜敗《せきはい》し、チェッカーで勝利を逃がし、もうじきチェスでも歯が立たなくなる、と叫んだ。金曜、土曜、日曜にふたりはしゃべりづめにしゃべった。彼女はとても若く、朗《ほが》らかで、目鼻立ちがととのっており、髪はやわらかく、窓の外の季節のような茶色に輝いており、歩きぶりはすっきりしていて、すばやく、肌寒い午後に聞こえる心臓の鼓動は温かかった。それにもまして、彼女は暗号の秘密に通じていて、犬を読んで解釈できた。犬の毛皮に隠れた象徴を探りだし、奇跡を生みだす指でむしりとることができた。目を閉じて、ジプシーの声で静かに笑いながら、手に握った宝物から世界の行く末を占《うらな》った。

そして月曜の午後、ミス・ヘイトは亡くなった。

マーティンはベッドの上でのろのろと半身を起こした。

「亡くなった？」と、ささやき声でいう。

亡くなったの、と母親がいった。そう、死んでしまったの。町から一マイル離れたところで交通事故にあって。亡くなったの、そう、死んでしまったの。死というものはマーティンにとって冷たいという意味であり、ひっそりしていて、白くて、冬が早く来すぎたという意味だった。死んだ、ひっそりしていて、冷たくて、白い。その思いが堂々めぐりし、吹きすさび、ささやき声に落ち着いた。

マーティンは考えながら犬を抱きしめ、壁のほうを向いた。秋色の髪をした女性。とてもやさしくて、人をからかったりしない笑い声と、人のいうことを聞き漏らすまいとして口もとを見つめる目をした女性。秋の女性の伴侶、世界について犬がいわずにいることを話してくれる人。灰色の午後の静かな中心で打つ鼓動。その鼓動が遠のいていき……。

「ママ？ お墓のなかではなにをするの、ママ、地面の下では？ 寝そべっただけ？」

「寝そべっている、よ」

「寝そべってるの？ それしかしないの？ あんまり楽しそうじゃないね」

「だめよ、そんなことといっては、楽しいとか楽しくないとかじゃないの」

「寝そべってるのに飽きたら、たまには飛び起きて、走りまわればいいのに。神さまもばかだよね――」

「マーティン！」

「だってさ、いくらなんでもひどいよ、永遠にじっと寝そべってろっていうなんて。そんなの無理。できっこないよ！　いっぺんやってみたんだ。犬にも何度かやらせてみた。こいつにいうんだ、『死んだ犬になれ！』って。しばらく死んだふりをするけど、すぐに飽きちゃって、尻尾《しっぽ》をふったり、片目をあけて、ぼくを見たりするんだ、もううんざりって顔でね。賭けてもいいけど、そのお墓の人たちも、ときどき同《おん》じことをするよ、なっ、ワン公」

犬が吠えた。

「そういう話をするなら、じっとしていなさい！」とママ。

マーティンは虚空《こくう》を見つめた。

「でも、お墓の人たちはそうしてるんだよ」と彼はいった。


秋が木々を赤く燃やして丸裸にし、犬はさらに遠くへと走りまわった。小川を渡り、ふだんどおり墓地をうろつき、夕暮れに帰ってきては、角《かど》を曲がるたびに激しく吠えたて、窓を震わせた。

十月も末のころ、犬のふるまいが変わった。まるで風向きが変わり、見知らぬ国から吹いてくるかのように。ぶるぶる震えながら、下のポーチに立つのだ。クンクン鳴き、町の彼方のがらんとした土地をひたと見据える。マーティンに訪問客を連れてこない。まるで紐《ひも》でつながれているかのように、毎日、何時間も震えながら立っていて、やがてだれかに呼ばれたかのように、まっしぐらに飛びだしていく。毎晩遅くなってから、だれも連れずに帰ってくる。毎晩、マーティンは枕にますます深く身を沈めた。

「まあ、みんな忙しいのよ」とママがいった。「犬がさげている鑑札に気づく暇がないのね。それとも、訪ねるつもりだったけど、忘れちゃったのか」

しかし、それではすまなかった。犬の目に熱に浮かされたような輝きが現れ、秘密の夢でも見るのか、犬が深夜にクンクン鳴くようになったのだ。暗闇のなか、ベッドの下で身震いした。ときどき明け方近くまで立ちつくし、マーティンを見つめていた。まるで自分が重大な秘密であり、尻尾を激しくふるか、その場でぐるぐる走りまわる――けっして横にならず、くるくるまわりつづける――以外に、その秘密を明かす方法を知らないかのように。

十月の三十日、犬は駆けだして、とうとう帰らなかった。夕食のあと、マーティンの両親が何度も呼んだときでさえ。夜が更《ふ》け、街路と歩道ががらんとし、家のまわりに冷たい風が吹いても、犬は影も形もなかった。

真夜中をとうに過ぎたころ、マーティンは横になって、冷たく透《す》き通ったガラス窓の向こうにある世界を眺めていた。いまは秋さえなくなっていた。それをとってきてくれる犬がいないからだ。冬もないだろう。だれが掌《てのひら》で溶かすための雪を持ってきてくれる？　パパか、ママか？　まさか、そんなことあるわけない。あのふたりは、特別な秘密とルールを、独特の音とパントマイムをそなえたゲームができない。もう季節はない。もう時間はない。仲介者、使者は無慈悲な文明の雑踏《ざっとう》に呑《の》まれてしまった。毒を盛られたか、盗まれたか、車に轢《ひ》かれたか、どこかの排水溝に放置されたか……。

マーティンはすすり泣きながら、顔を枕に埋めた。世界はガラスの下にある手で触れられない絵だった。世界は死んでいた。

マーティンはベッドの上で寝返りを打った。三日のうちに、先日のハロウィーンで使ったカボチャがゴミ缶のなかで腐り、紙張子《パピエマシェ》の髑髏《どくろ》と魔女がかがり火にくべられ、幽霊は棚に積まれて、ほかのリネンとともに来年までしまわれた。

マーティンにとって、ハロウィーンはこんな晩にすぎなかった——ブリキの笛が冷たい秋の星空のもとで吹き鳴らされ、子供たちが火打ち石なみに堅い歩道をゴブリンの葉のように吹かれていき、頭に似せたキャベツをポーチに投げつけ、凍《い》てついた窓に石鹸《せっけん》で名前や、よく似た魔法の象徴を書きつける。すべては遠く、不可解で、悪夢めいていた。ちょうど何マイルも離れて見るので、音も意味もない人形芝居のように。

十一月の三日間、マーティンは天井を交互によぎる光と影を見つめていた。火の仮装行列《ページェント》は永遠に終わりを告げた。秋は冷えた灰に埋もれていた。マーティンは白い大理石を重ねたベッドにますます深く沈みこみ、じっと動かず、いつもいつも耳をすましていた……。

金曜の晩、両親が彼にお休みのキスをして、家から静けさに包まれた大聖堂のような天気のもとへ歩み出ると、映画館へ向かった。お隣のミス・ターキンズが階下の居間に残っていたが、マーティンが眠くなったと声をかけると、編み物を持って出ていった。

しじまのなか、マーティンは横になり、晴れわたった月明かりの空を移動する星の群れを目で追いながら、犬といっしょに町を駆けめぐった夜を思いだしていた。犬は彼の前になり、うしろになり、周囲を跳ねまわり、緑のビロードに覆われた谷間を行き、満月で乳白色《にゅうはくしょく》となった眠気《ねむけ》を誘う小川の水を舌ですくって飲み、霊園の墓石を飛び越えながら、大理石に刻まれた名前をささやいた。進め、すばやく進め。動くものといったら星々の小刻みな瞬《また》きしかない、刈られたばかりの牧草地を抜け、影がわきへのくのではなく、何マイルにもわたって歩道に群がる街路へと。走れ、さあ走れ！　追いかけろ、追いかけられろ、肌を刺す煙に、霧に、風に、心の亡霊に、記憶の戦慄に。家へ、安全で、健《すこ》やかで、ぬくぬくと暖かく、眠たげな……。

九時。

時鐘《じしょう》。階下の階段吹きぬけで置き時計がまどろんでいる。時鐘。

犬よ、帰ってこい、世界を連れて走ってこい。犬よ、霜のついたアザミを運んでこい、さもなければ風だけを運んでこい。犬よ、いったいどこにいるんだ？　ああ、耳をすませ、いま呼ぶから。

マーティンは息をこらえた。

どこか遠くで――音がした。

マーティンは身震いしながら上体《じょうたい》を起こした。

と、またしても――音。

あまりにも小さな音だ、ちょうど鋭い針先《はりさき》が何マイル、何十マイルも離れた空をかすったような。

夢に出てくるようなこだま――犬の吠え声の。

野原と農場を、未舗装の道路とウサギの道を渡る犬の音。走りに走り、蒸気が噴きだすように吠えて、夜に亀裂《きれつ》を走らせる。ぐるぐるまわる犬の音が来ては去り、高まっては衰《おとろ》え、開いて閉じて、前進し後退する。まるでその犬が、空想上の長い鎖《くさり》でだれかにつながれているかのように。まるで犬が走っていて、栗《くり》の木の下、腐葉土の影、タールの影に包まれたり、月明かりを浴びたりして歩いているだれかが口笛を吹き、犬がぐるっとまわって、ふたたび家へ向かって駆けだしたかのように。

犬だ！　マーティンは思った。ああ、犬よ、帰ってこい！　聞け、ああ、聞くんだ、いったいどこにいたんだ？　さっさと来い、ワン公、ぐずぐずするな！

五分、十分、十五分。近い、すぐ近くだ、吠え声、走る音。マーティンは叫び、ベッドから足を突きだし、窓に寄りかかった。犬よ！　聞け、ワン公！　犬よ！　犬よ！　彼は何度もそういった。犬よ！　犬よ！　いけない犬だ、こんなに長く留守《るす》にするなんて！　悪い犬だ、良い犬だ、帰ってこい、ワン公、急げ、持ち帰れるものを運んできてくれ！

さあ、近いぞ、近い、通りの先だ、吠えている。その音で下見板《したみいた》を張った家の正面をノックし、月明かりを浴びた屋根の鉄製風見鶏《かざみどり》をくるりとまわし、吠え声をたてつづけに放ち――犬だ！　いまは階下のドアのところ……。

マーティンは身震いした。

走っていくべきか——犬を入れてやるべきか、それともママとパパを待つべきか？　待つだって？　おいおい、待つだって？　でも、犬がまた逃げたらどうする？　だめだ、降りていって、ドアをさっとあけ、歓声をあげて、犬をつかんだら、一気に階段を駆けあがり、笑いながら、泣きながら、ぎゅっと抱きしめて、その……。

犬が吠えるのをやめた。

おい！　マーティンは窓に飛びつき、危うくガラスを割るところだった。

静寂。まるでだれかが犬にシーッといったかのように、シーッ、シーッと。

丸一分が過ぎた。マーティンはこぶしを握った。

階下で、かすかなクーンという鳴き声。

とそのとき、ゆっくりと、玄関ドアが開いた。親切なだれかが、犬のためにドアをあけてやったのだ。そうに決まってる！　犬はミスター・ジェイコブズか、ミスター・ギレスピーか、ミス・ターキンズを連れてきたのだ。あるいは……。

階下のドアが閉まった。

犬がクンクン鳴きながら、階段を駆けあがり、ベッドに飛び乗った。

「ワン公、ワン公、いったいどこにいたんだ、いったいなにをしてたんだ！　ワン公、ワン公！」

そして彼は泣きじゃくりながら、犬を強く、長々と抱きしめた。犬だ、犬だ。笑い声をあげて叫んだ。犬だ！　しかし、つぎの瞬間、泣き笑いをピタリとやめた。

身を引き離す。犬を抱いて、目を見開いて見つめる。

犬の放つにおいがちがっていた。

それは嗅ぎ慣れない土のにおいだった。夜のなかの夜のにおい、影のなかで深く掘り下げた土のにおいだった。そして犬は下顎《したあご》のあたりを、とうのむかしに隠され、腐ったもののわきに置いたのだ。悪臭を放つ土くれが、犬の鼻面《はなづら》や前肢《まえあし》からポロポロとはがれ落ちた。犬は深く掘ったのだ。たしかに、とても深く掘ったのだ。そうじゃないのか？　そうだろう？そうに決まってる！

これは犬からのどんなメッセージなのだろう？　こういうメッセージにどういう意味があるのだろう？　悪臭——熟《う》れた、怖いような墓場の土。

この犬は悪い犬だった。掘ってはいけないところを掘った。この犬は良い犬だった。いつも友だちを作った。この犬は人間が大好きだった。この犬は彼らを家へ連れてきた。

そしていま、暗いホールの階段を、一定の間隔で足音があがってくる。足を交互に引きずりながら、苦しげに、のろのろと、のろのろと、のろのろと。

犬が身震いした。奇妙な夜の土が、雨となってベッドに降りかかった。

犬が向きを変えた。

寝室のドアがそっと開いた。

マーティンには仲間ができた。

熱気のうちで

UN
POST

ふたりは炎天下《えんてんか》に長いこと立ちつくし、自分たちの旧式な鉄道懐中時計のぎらつく文字盤に目をこらしていた。そのあいだふたりの足もとで影がゆらゆらとかたむき、通気穴のあいた夏用の帽子の下で汗が噴きだしつづけた。ふたりが帽子を脱いで、しわの刻まれた、ピンクに染まる眉間《みけん》をぬぐったとき、その髪は白く、びしょ濡れになっていた。ちょうど何年も陽《ひ》に当たらなかったもののように。靴が焼きたてのパンになった気がする、と男たちの片方がこぼし、生暖かいため息をつくと、こういい添えた——

「この住所でいいんだな？」

ふたり目の男——名前はフォックス——がうなずいた。まるですばやく動いたら、その摩《ま》擦《さつ》だけで体に火がつくかのように。

「三日間、一日も欠かさずにあの女を見てきた。そのうち姿を現すよ。まだ生きていたらの話だがね。自分の目で見るまで待ってくれ、ショー。いやはや！ たいしたものなんだから」

「因果な商売だ」とショー。「人に知られたら、のぞき魔か、ばかな老いぼれだと思われる。まったく、ここに立っていると、人目《ひとめ》が気になって仕方がない」

フォックスがステッキにもたれかかり、

「話をするのはまかせてくれ——おい！ お出ましだぞ！」声をひそめて、「出てきたら、じっくり見てくれよ」

下宿屋の玄関ドアがバタンと閉まった。ずんぐりした体つきの女が、十三段あるポーチの階段のてっぺんに立ち、怒りに燃える目をキョロキョロと動かして視線をさまよわせた。ぽっちゃりした手をハンドバッグに突っこみ、くしゃくしゃになったドル札を何枚かつかみ出すと、乱暴に階段を駆けおりて、通りを猛然《もうぜん》と歩きはじめる。その背後、下宿屋の上階の窓から頭がいくつものぞいた。ドアが叩き閉められる音に呼びだされたのだろう。

「行くぞ」フォックスがささやいた。「まずは肉屋だ」


女はドアをさっと開いて、肉屋へ飛びこんだ。老人ふたりの目に、口紅をべったり塗った口がちらっと映った。いつもすがめられていて、猜疑心《さいぎしん》を露《あら》わにしている目の上で、彼女の眉毛は口髭《くちひげ》のようだった。肉屋の店先にいるふたりの耳に、早くもなかでわめいている女の声が届いた。

「肉のいいところがほしいの。隠してあるのを見せてよ。どうせ持ち帰って食べる分があるんでしょう！」

肉屋は血の指紋がついたエプロンをまとって、無言で立っていた。その手は空《から》っぽだった。ふたりの老人は女のあとから店内にはいり、挽きたてのサーロインのピンクのかたまりに見とれているふりをした。

「そのラムチョップは傷《いた》んでるみたいね！」と女が叫んだ。「脳味噌はいくらするの？」

肉屋は感情のこもらない声でぼそぼそと答えた。

「じゃあ、レバーを量《はか》ってよ！」と女。「親指は秤《はかり》から離しておいてね！」

肉屋はのろのろと目方《めかた》を量った。

「さっさとやって！」と嚙《か》みつくように女。

肉屋はいま、カウンターの下の見えないところに両手をやっていた。

「見ろよ」とフォックスがささやいた。

ショーはすこしだけ背中を反《そ》らして、カウンターの下をのぞいた。

肉屋の血にまみれた手の片方、さっきまで空っぽだったそれが、銀色に光る肉切り包丁を握っていた。ぎゅっと握りしめ、力をゆるめ、ぎゅっと握りしめ、力をゆるめる。白い陶器《とうき》のカウンターの上で、肉屋の青い目は危険なほど平穏だった。いっぽう女はその目と、その打ち解けないピンクの顔に向かってわめきたてた。

「これで信じるだろう？」とフォックスがささやいた。「彼女には本当にわれわれの助けが必要なんだ」

ふたりはサイコロ・ステーキ用の赤い生肉を長いこと見つめていた。よく見ると、小さなへこみや傷跡《きずあと》だらけだ。きっと鋼鉄の鎚《つち》で何十回も叩かれたのだろう。

ふたりの老人が適当な距離を置いてついていくと、わめき散らす声は、食料雑貨店と十セント・ストアでもつづいた。

「ミセス死にたがりだ」とフォックスが静かな声でいった。「二歳の子供が戦場へ駆けだすのを見ているようだ。いまに地雷を踏むぞ。ドッカーン！　なにしろこの気温で、湿度が高すぎると来てる。だれもがイライラして、汗だくで、怒りっぽくなってる。そこへこのすてきなご婦人がやってきて、泣き言をいったり、金切《かなき》り声をあげたりするんだ。そのうち、この世とおさらばだよ。さあ、ショー、仕事をはじめないか？」

「つまり、あの女に近寄れっていうのか？」ショーは自分のいったことに呆然《ぼうぜん》とした。「おい、本当にそんな真似をするんじゃないよな。趣味のたぐいだと思ってた。人やら、癖《くせ》やら、習慣やら。面白かったよ。でも、じっさいに厄介ごとに首を突っこむとなると——。やるなら、もっとましなことがあるだろう？」

「あるだろうか？」とフォックスが通りの先のほうを顎《あご》で示すと、女が車列の前へ駆けだして、急停車させたところだった。ブレーキがすさまじいきしみをあげ、警笛《けいてき》が鳴り、罵声《ばせい》が浴びせられた。「われわれはキリスト教徒だろう？　あの女が無意識のうちに自分をライオンの餌《えさ》にするのを放っておくのか？　それとも宗旨《しゅうし》替えさせるのか？」

「宗旨替えというと？」

「人を愛し、平穏に暮らし、長生きするようにしてやるんだ。彼女を見ろ。もう生きていたくないんだよ。わざと人を怒らせてる。いつかそのうち、だれかがハンマーかストリキニーネで望みをかなえてやるだろう。あわやということになったのは、ここしばらくのうちで三度目だ。溺《おぼ》れているとき、人はなりふりかまわなくなって、他人にしがみつき、大声をあげるものだ。昼飯をすませたら、手を貸してやろうじゃないか。さもないと、われらが犠牲者は、殺してくれる者を見つけるまで走りつづけることになる」

ショーは陽射しに追いたてられて、沸騰《ふっとう》するような白い歩道へ出た。一瞬、通りが垂直にかたむいて断崖《だんがい》絶壁となり、女が炎天へ落ちていくように思えた。とうとう彼は首をふって、「あんたのいうとおりだ」といった。「あの女のせいで寝覚めの悪い思いはしたくない」


午後のなかばには、太陽が下宿屋の正面からペンキを焼きはがし、空気を漂白して、側溝《そっこう》の水を蒸発させた。そのとき、干《ひ》からびて、へなへなになった老人たちは、ある家のなかの廊下に立っていた。パン工場を思わせる空気が、灼熱《しゃくねつ》の奔流《ほんりゅう》となって表《おもて》から裏へ流れているところだ。しゃべろうとすると、蒸《む》し風呂のなかで息も絶え絶えになった男たちのように、ぼそぼそとしゃべるしかなかった。

玄関ドアが開いた。薄切りにしたパンを運ぶ少年をフォックスが呼び止めた。

「坊や、出かけるとき、ドアをバタンと閉める女の人を探しているんだがね」

「ああ、あの人のこと?」少年が階段を駆けあがり、ふり向いて声をはりあげた。「ミセス・シュライク（モズという意味がある）だよ!」

フォックスはショーの腕をつかんだ。

「ほらほら！　どんぴしゃりだ！」

「家《うち》へ帰りたいよ」とショー。

「ほら、それだ!」と信じられないといいたげなフォックスが、籐《とう》製のステッキでロビーの部屋番号表示をトントンと叩き、「ミスター&ミセス・アルフレッド・シュライク、三階三三一号室! 亭主は港湾労働者で、乱暴者の大男。帰ってくるときは汚れまみれだ。日曜に出かけるのを見たんだが、女のほうはペチャクチャしゃべって、男のほうはひとことも口をきかず、女のほうを見もしなかった。よし、行くぞ、ショー」

「無駄だよ」とショー。「彼女みたいな人間は、本人が望まないかぎり助けられない。それが精神衛生の第一法則だ。あんたはそれを知ってるし、わたしも知ってる。彼女の前に立ちふさがったら、踏みつぶされるのがオチだ。ばかな真似はよせ」

「でも、だれが彼女の——そして彼女のような人々の代弁をするんだ? 亭主か? 友だちか? 食料雑貨商か、肉屋か? 彼女のお通夜《つや》で歌うような連中じゃないか! 精神科医に診《み》てもらえって、そいつらがいうだろうか? 本人はそれを知っているだろうか? 答えはノーだ。それなら、だれが知っている? われわれだよ。だとすれば、そんな大事な情報を犠牲者に伝えないわけにはいかないだろう?」

ショーはぐっしょり濡れた帽子を脱ぎ、浮かない顔でそのなかをじっとのぞきこんだ。

「ずいぶんむかしの話だが、生物学の授業で教師が生徒に質問した。外科用のメスでカエルの神経組織を無傷でとり出せると思うかって。触覚《しょっかく》みたいな繊細な構造物をそっくりそのまま、小さなピンクの棘《とげ》や、半分しか見えない神経節《せつ》をつけたまま摘出《てきしゅつ》できると思うかって。もちろん、できやしない。神経組織はカエルの体と一体化してるから、緑の手袋から手を抜くようには引っこぬけないんだ。そんなことをしたら、カエルは死んでしまう。さて、ミセス・シュライクも同じだ。ひねくれた神経節を手術する方法はない。癇癪《かんしゃく》は、あのゾウのように小さな目、狂気をはらんだ目の硝子《ガラス》液のなかにある。あの女の口から唾《つば》を永久にとりのぞこうとするようなものだ。残念きわまりない。だが、われわれはすでに深入りしすぎているような気がする」

「それはそうだが」とフォックスはうなずきながらも、辛抱強く熱心にいった。「せめて警告してやりたいんだ。あの女の潜在意識に小さな種《たね》を蒔《ま》く。『あなたは殺人の被害者だ、犯行現場を探している犠牲者なんだ』と、いってやるんだ。あの女の頭に小さな種をひとつ植《う》えつけて、それが芽《め》を出し、花を咲かせるのを期待したいんだよ。あってないような希望だけど、手遅れになる前に、あの女が勇気をかき集めて、精神科医にかからないともかぎらない！」

「こう暑くちゃ話もできん」

「それもまた行動する理由だ！　殺人というものは、華氏《かし》九十二度（摂氏三十三度三分）のときにいちばん起きるんだ。百度を超えると、暑すぎて動けない。九十度以下だと、涼しいから生きていける。だが、九十二度ちょうどのところにイライラの頂点がある。体じゅうがむずがゆくて、髪は汗まみれで、茹《ゆ》でた豚肉みたいだ。脳味噌は、赤熱《せきねつ》した迷路を走りまわるネズミになる。つまらないこと、つまり言葉や、目つきや、音や、髪の毛が落ちたといったことで――衝動殺人が起きる。衝動殺人、あんたにとっても相当に恐ろしい言葉だろう。あのロビーの温度計を見てごらん、八十九度だ。九十度に向かってじりじり昇っていくところで、九十一度に向かいたくてうずうずしている。一時間後か二時間後には汗みずくで九十二度に向かっているだろう。さあ、これが最初の階段だ。踊り場ごとに休めばいい。昇るぞ！」

老人ふたりは三階の暗闇のなかを移動した。

「部屋の番号を調べるな」とフォックス。「どの部屋が彼女のところか、見当をつけるんだ」

最後のドアの向こう側で、ラジオが爆発した。古いペンキが震えて剝《は》がれ、足もとのすり切れたカーペットにパラパラ落ちた。男たちの目の前でドア全体が激しく震え、溝のなかでガタガタ動いた。

ふたりは顔を見合わせ、いかめしい表情でうなずいた。

別の音が斧《おの》のように羽目板《はめいた》を切り裂いた。女の声だ。電話で街の反対側にいるだれかに怒鳴っている。

「電話なんかいらないな。窓をあけて、わめくだけでいい」

フォックスはドアをノックした。

ラジオが歌のあとの部分をがなりたて、雄牛《おうし》のような声がとどろいた。フォックスはもういちどノックし、ノブをまわしてみた。恐ろしいことに、ドアがその手からもぎとられ、内側へさっと開いた。ふたりは、幕が早くあがりすぎてステージで棒立ちになった俳優のように突っ立つはめになった。

「おいおい、よしてくれ！」とショーが叫んだ。

ふたりは音の洪水に呑《の》みこまれた。ダムの放水路に立って、水門のレバーを引いているみたいだった。老人たちはひるんで、本能的に手をあげた。音が強烈な陽射しそのもので、目が焼かれそうになったかのように。

女（たしかにミセス・シュライクだ！）が壁掛け式電話の前に立ち、信じがたいくらいの早口で唾を飛ばしていた。大きな白い歯をひとつ残らず見せて、一方的にまくしたてている。鼻の穴はふくらみ、濡れた額《ひたい》の血管は盛りあがって脈打っている。空《あ》いているほうの手はひとりでに結んだり開いたりしている。目をぎゅっとつむったまま、彼女は怒鳴った――

「あのろくでもない義理の息子にいってやって、会うつもりはないってね。あいつは怠《なま》け者よ！」

女がいきなり目を見開いた。音が聞こえたとか、姿が見えたとかいうのではなく、なにか動物的な本能が闖入者《ちんにゅうしゃ》の存在を感じとったのだろう。彼女は電話に向かってわめきつづけるいっぽう、冷えきった鋼鉄のような眼差しで訪問者たちを射抜いた。さらに丸一分わめきつづけてから、受話器を叩きつけ、息継ぎせずにいった――

「なにか用？」

ふたりの男は身を守ろうとして体を寄せあった。ふたりの 唇《くちびる》 が動いた。

「なにかいってよ！」と女が叫んだ。

「よろしかったら」とフォックスがいった。「ラジオの音量を下げてもらえますか？」

唇の動きで「ラジオ」という言葉がわかったらしい。女は陽焼けした顔でふたりをにらみつけたまま、そちらを見もしないでラジオを叩いた。年がら年じゅう泣いている子供を叩くので、それが生活習慣になってしまった者のように。ラジオが静まった。

「買うものなんかないよ！」

彼女はよれよれになった安煙草《やすたばこ》の包みを骨つき肉のように引き裂き、紅を塗りたくった口に一本くわえると、火をつけ、貪《むさぼ》るように煙を吸いこんで、狭い鼻の穴から吹きだした。やがて彼女は、濛々《もうもう》と煙の立ちこめた部屋のなかで、老人たちに対峙《たいじ》する灼熱《しゃくねつ》のドラゴンとなった。

「仕事があるのよ。さっさと用件をいって！」

ふたりの視線の先には、大量に水揚《みずあ》げされた色あざやかな魚のようにリノリウムの床に散らばっている雑誌、壊れた揺り椅子のそばの洗っていないコーヒーカップ、親指の跡《あと》がべったりとついている横転したランプ、染みの浮いた窓ガラス、流しに積みあがった皿、ポタポタと水滴がしたたりつづける蛇口、天井の隅に死人の皮膚のようにぶらさがっているクモの巣があった。そして窓を降ろした状態で、あまりにも長く、あまりにも多く営《いとな》まれてきた生活のむっと鼻をつくにおいが、そのすべてにかぶさっていた。

壁の温度計が目にはいった。

気温——華氏九十度。

ふたりは半分ぎょっとした顔で視線を交わした。

「わたしはフォックスといいます。こちらはミスター・ショー。ふたりとも引退した保険の勧誘員で、いまでもときおり保険を売って、退職金の足しにしています。とはいえ、たいていの時間は気楽に過ごしていて――」

「あたしに保険を売りつけようっていうんだね！」彼女は首をもたげ、煙草の煙を通してふたりをにらんだ。

「この件にお金は関係ないんです」

「話をつづけて」と彼女。

「さて、どう切りだせばいいのやら。すわってもかまいませんか？」フォックスは部屋を見まわし、安心して腰を降ろせるものはひとつもないと判断した。「いえ、なんでもありません」彼女がまた怒鳴りはじめそうなのを見てとって、あわてて言葉をつづける。「わたしどもは、引退するまで四十年にわたって人々を見てきました。幼稚園から霊園の門まで、といってもいいでしょう。その間《かん》に、いくつかの意見を定式化しました。昨年、公園にすわって話しているうちに、二と二を足し合わせたのです。大勢の人々が、これほど若くして死ななくてもよいと悟ったのです。正しい調査をすれば、新形式の顧客情報が、保険会社によって副次的に提供されてもいいのではないかと……」

「あたしは病気じゃないよ」

「いいえ、病気なのです！」とミスター・フォックスが叫び、つぎの瞬間、狼狽《ろうばい》して二本の指を口に突っこんだ。

「大きなお世話だ！」と彼女が叫んだ。

フォックスは単刀直入にいった。

「論点をはっきりさせてください。心理学的にいえば、人は毎日死にます。人の一部は疲弊《ひへい》します。そして、その一部が人間全体を殺そうとするのです。たとえば――」あたりを見まわし、最初の証拠をつかんで、ほっと胸を撫《な》でおろし、「あれです！ 浴室の電球、ほつれた電線で浴槽の真上にぶらさがっています。いつかあなたが足をすべらせ、あれをつかんだら――一巻の終わりです！」

ミセス・アルバート（前述のアルフレッドとは矛盾するが、そのままとする）・J・シュライクは目をすがめて浴室の電球を見た。

「それで？」

「人間というものは」

ミスター・フォックスが話題に熱中するいっぽう、ミスター・ショーはそわそわしはじめた。顔を赤くしたかと思うと真っ青にして、ドアのほうへじりじりと移動する。

「人間というものは、車と同じように、ブレーキの点検をしなければなりません。感情のブレーキです、おわかりですね？ ライト、バッテリー、人生へのとり組み方と反応も点検が必要です」

ミセス・シュライクは鼻を鳴らし、

「二分たったよ、時間切れだ。なにひとつまともなことをいわないんだから」

ミスター・フォックスは目をしばたたいた。最初は彼女に向かって、ついでほこりまみれの窓ガラスを通して容赦なく照りつけてくる太陽に向かって。その顔のやわらかなしわのなかを汗が流れていた。偶然、壁の温度計が目にはいった。

「九十一度だ」と彼はいった。

「なにに見とれてるの、おじさん?」とミセス・シュライクが尋ねる。

「失礼しました」彼は部屋の反対側にある小さなガラスの筒をうっとりと見つめていた。そのなかで赤熱した水銀の線が、じりじりとあがっていく。「ときとして――ときとして、だれしも人生の転機に誤りを犯します。結婚相手の選択。向いていない仕事。貧困。病気。偏頭痛。栄養失調。ちょっと気に障《さわ》る程度のことでも、塵《ちり》も積もればなんとやら。自分でも知らないうちに、相手も場所もおかまいなしに、八つ当たりしているのです」

まるで彼が外国語をしゃべっているかのように、ミセス・シュライクは彼の口もとを見つめていた。顔をしかめ、目をすがめ、首をかたむける。ぽっちゃりした手では煙草が煙を立たせていた。

「われわれは大声をあげて走りまわり、敵を作ります」フォックスはごくりと唾を飲み、彼女から目線《めせん》をそらした。「人々を怒らせ、こちらが――弱って――病気になり――命さえ落とすところを見たがるようにさせるんです。すると人々はわれわれを打ち、なぐり倒し、撃ち殺したくなります。もっとも、すべては無意識のなせる業《わざ》です。おわかりですか?」

ちくしょう、ここは暑いな、と彼は思った。せめて窓がひとつでもあいていれば。ひとつだけでいい。ひとつだけでも窓があいていれば。

ミセス・シュライクは目を見開いていた。あたかも彼のいい分をひとつ残らず認めるかのように。

「たんに事故を起こしやすいではすまない人々がいます。つまり、なにかの罪を犯したために、みずからを肉体的に罰したがっている者たちです。といっても、たいていはとうに忘れたと思っている些細《ささい》な不道徳行為なのです。しかし、潜在意識は彼らを危険な状況に追いこみます。交通規則を破らせたり――」彼は口ごもった。顎《あご》から汗がしたたり落ちる。「浴槽の上のほつれた電線を無視させたりするのです――彼らは潜在的な犠牲者です。それは彼らの顔にはっきりと印されています。いうなれば――刺青《いれずみ》のように、外皮ではなく内側に隠れているのです。殺人者がこうした事故を起こしやすい者、死を求める人間とすれちがうと、その目に見えないしるしを見てとって、本能的にきびすを返し、いちばん近い路地裏まであとをつけるはずです。運がよければ、潜在的な犠牲者の道は、五十年ものあいだ潜在的な人殺しの道と交わらないかもしれません。それから――ある午後――運命の出会い！　こうした人々、これら死を誘発する者たちは、すれちがった見ず知らずの者たちの神経を逆《さか》なでします。だれもが胸に住まわせている殺人者をかするのです」

ミセス・シュライクが、汚れた灰皿のなかで煙草をひどくゆっくりと押しつぶした。

フォックスは震える右手から左手へステッキを持ちかえた。

「そういうわけで、助けが必要な人々を見つけようと決めたのが、一年前のことでした。自分に助けがいるということさえ知らない人々、精神科医に診てもらおうなどとは夢にも思わない人々がつねにいます。まず予行演習だ、とわたしはいいました。ショーはつねに反対しました。趣味や、無害で些細なことをのぞけば、わたしどものあいだで意見の一致を見ることはないのです。あなたにいわせれば、わたしは愚か者でしょう。じつは、一年の予行演習を終えたばかりです。適切な距離を保《たも》ってふたりの男を観察し、彼らの環境因子、仕事、結婚を調べました。余計なお世話だ、とおっしゃいますか？　しかし、いずれの場合も、男たちは悲惨な結末を迎えました。ひとりは酒場で殺され、もうひとりは窓から飛びおりたのです。観察していた女性は、路面電車に轢《ひ》かれました。偶然の一致だろうって？　では、誤って毒を飲んだ老人の場合はどうでしょう？　ある晩、浴室の明かりをつけなかったのです。なにが心にあって、明かりをつけようとしなかったのでしょう？　どうして暗闇のなかで動き、暗闇のなかで薬を飲んで、翌日、死ぬのはご免だと抗議しながら、病院で息を引きとるはめになったのでしょう？　証拠、証拠ならいくらでもあります。二十を超える事例が。そのうち優に半分が、その短いあいだに棺《ひつぎ》におさまりました。もう予行演習はいりません。行動を起こし、データを予防に使うときなのです。人々に働きかけ、葬儀屋が裏口からこっそりはいって来る前に、友人を作らせるときなのです」

まるで大きなペーパーウェイトでいきなり頭に一発くらったかのように、ミセス・シュライクは突っ立っていた。と、口紅のにじんだ唇だけを動かして、

「それでここへ来たの？」

「まあ、その——」

「あたしを見張っていたの？」

「わたしどもはただ——」

「あたしをつけていたの？」

「あなたのためを思って——」

「出て行け！」彼女はいった。

「あなたを助けることが——」

「出て行け！」彼女はいった。

「せめて話を聞いてもらえば——」

「だから、こうなるといったのに」とショーがささやき、両目を閉じた。

「薄汚いじじいども、出て行け！」彼女は叫んだ。

「お金はかからないんです」

「放りだすよ、放りだしてやる！」彼女はこぶしを握り、歯をきしり合わせてから、金切り声でいった。その顔は狂気の色を帯びていた。「何さまのつもりだい、薄汚いじじいども、わざわざやってきて、こそこそスパイするなんて、この老いぼれども！」

彼女は怒鳴り、ミスター・フォックスの頭から麦わら帽子をつかみとった。彼が悲鳴をあげた。彼女は帽子から裏地をむしりとり、

「出てけ、出てけ、出てけ！」と罵声を発した。帽子を床に投げつけ、まんなかあたりを踵《かかと》

で踏みつぶした。帽子を蹴り飛ばし、「出てけ、出てけ！」

「でも、あなたにはわたしどもの助けがいるんです！」

フォックスは意気阻喪《そそう》して帽子を見つめた。いっぽう彼女は聞くに耐えない言葉でフォックスをののしり、その悪態《あくたい》は大きな松明《たいまつ》のように空中を飛んだ。この女性はあらゆる言語に通じており、あらゆる単語に通じていた。それを火とアルコールと煙といっしょに吐きだした。

「自分を何さまだと思ってるの？　神さまかい？　神さまと聖霊かい、人を見くだして、のぞきまわり、詮索《せんさく》するのかい、このよぼよぼじじい、腹黒い老いぼれども！　あんたたちは、あんたたちは――」

彼女はふたりにつぎつぎと名前をつけていった。ふたりはそれを聞いてショックを受け、ドアのほうへあとずさりした。彼女は息も継がずに下品な名前をつぎからつぎへと奉《たてまつ》った。と、言葉を切り、息をあえがせ、ぶるっと震えると、空気を大きく吸いこんで胸を波打たせ、前にもまして下品な名前をさらに百あまりも羅列しはじめた。

「いい加減にしなさい！」と身をこわばらせながらフォックス。

ショーのほうはドアの外にいて、いっしょに来てくれとパートナーに泣きついていた。やるだけやったんだ、予想どおりだった、自分たちは愚か者だ、この女のいうことはいちいちもっともだ、ああ、穴があったらはいりたいよ！

「ガミガミばばあ！」と女が叫んだ。

「言葉遣《づか》いに気をつけてもらえればありがたいんですが」

「ガミガミばばあ、ガミガミばばあ！」

どういうわけか、本当に下品な名前のどれよりもこれが堪《こた》えた。

フォックスは口をパクパクさせながら、体をぐらつかせた。

「ばばあ！」彼女は叫んだ。「ばばあ、ばばあ、ばばあ！」

彼は黄色い炎に包まれたジャングルにいた。部屋は猛火に呑みこまれており、炎が彼につかみかかってきた。家具はぐるぐる動きまわっているように思え、閉めきった窓から陽光が射しこんで、ほこりに火をつけると、そのほこりが怒れる火花となってカーペットから跳《は》ねあがった。そのとき、どこからともなく現れた一匹のハエが、ブンブンうなりながら狂ったように螺旋《らせん》を描いた。彼女の口は——凶暴な赤い動物だ——生まれてからずっと喉のすぐ裏に溜《た》めこんできた悪口雑言《あっこうぞうごん》を残らず吐き散らしていて、彼女の向こう側、陽焼けした茶色い壁紙の上で温度計が九十二度を示していた。見直したが、やはり九十二度だった。女はあいかわらず、大きなカーヴを描く線路をきしるような音をたててまわりこんでいく列車の車輪のように絶叫していた。爪が黒板をかきむしり、鋼鉄が大理石をこするような音だ。

「ガミガミばばあ！　ガミガミばばあ！　ガミガミばばあ！」

フォックスはステッキを握りしめ、その腕を高々《たかだか》とふりあげて、打ちおろした。

「よせ！」と出口でショーが叫んだ。

しかし、女はよろけて、横ざまに倒れ、支離滅裂なことをわめきながら、爪で床を引っかいていた。フォックスは、自分でも信じられないという表情を浮かべ、彼女を見おろした。自分をとり囲む、大きいが目に見えない灼熱の水晶の壁を通して、自分の腕と、手首と、手と、指を順番に見ていく。ステッキにも目をやった。まるでそれが、部屋のまんなかにどこからともなく現れた、目には映るものの、どうにも信じがたい感嘆符であるかのように。口はあけたままで、ほこりが余燼《よじん》となって音もなく落ちてくる。胃袋に通じる小さなドアが大きく開いたかのように、顔から血の気《け》が引くのを感じた。

「わたしは――」

彼女が泡を吹いた。

あがきまわる彼女のあらゆる部分が、別々の動物のようだった。両腕、両脚、両手、頭、それぞれが野生動物の切断された一部で、元の体にもどろうとするが、もどる方法がさっぱりわからないといった感じだ。口はあいかわらず、言葉とはほど遠い言葉と音で胸のむかつきをほとばしらせていた。それは長い長いあいだ、彼女のなかにあったのだ。フォックスは茫然《ぼうぜん》自失の状態で彼女を見つめた。今日まで、彼女はあちこちでその毒を吐きだしてきた。それがいまは、彼のせいで一生分の毒があふれ出し、彼はいまここで溺れる危険にさらされている。だれかに上着を引っぱられるのを感じた。ドアの敷居が左右を過ぎていくのが見えた。目に見えない恐ろしいスズメバチに刺されたような手からステッキが落ち、はるか遠くで細い骨のようにカラカラと鳴った。と、つぎの瞬間には部屋の外にいて、焼け焦《こ》げた壁のあいだを機械的に歩いて、燃え盛る下宿屋を抜けていった。彼女の声がギロチンのように階段を落ちてきた。

「出てけ！　出てけ！　出て失《う》せろ！」

口をあけた井戸のなかの暗闇へ落ちていく者のむせび泣きのように薄れていく。

階段を降りきると、街路に通じるドアが近くにあった。フォックスはここで身をひねって相棒の手をふりほどき、目を濡らして、うめき声をあげることしかできずに、長いこと壁に寄りかかっていた。そのあいだ、なくしたステッキを見つけようとして両手が宙をさまよい、頭を伝って、びしょ濡れのまぶたにさわり、びっくりして、あわてて離れた。ふたりは階段のいちばん下の段に、十分ほど無言ですわっていた。震えがちに息をするたびに、正気を肺のなかへ吸いこみながら。とうとうミスター・フォックスがミスター・ショーを見た。相棒は丸々十分ほど、驚きと恐怖に打たれた目で彼を見つめていたのだった。

「わたしのしたことを見たかね？　ああ、ああ、きわどかった。あと一歩だ。あと一歩だった」フォックスはかぶりをふった。「わたしは愚か者だ。あの哀《あわ》れで気の毒な女。あの女のいうとおりだ」

「いまさらどうしようもない」

「ようやくわかった。身をもって知るしかなかったんだ」

「ほら、顔を拭《ふ》けよ。そのほうがいい」

「彼女はミスター・シュライクにわれわれのことを話すだろうか？」

「いや、話さないだろ」

「それなら、いっそのこと――」

「彼と話してみるか？」

ふたりはこのことをじっくり考え、首をふった。溶鉱炉の熱風に通じる玄関ドアをあけると、ふたりのあいだに大股に割りこんできた大男に突き飛ばされそうになった。

「どこ見てやがる！」男は叫んだ。

ふたりはふり返って、その男が猛火のような暗闇のなか、いちどに一歩ずつ、ドスドスと下宿屋の奥へ進んでいくのを目で追った。マストドンの肋《あばら》と、たてがみを伸ばし放題にしたライオンの頭を持つ生き物。大きな牛肉のような腕は恐ろしく毛深く、痛々しいほど陽焼けしている。男に肩で押しのけられたとき、ちらっと見えた顔は汗まみれで、火ぶくれした豚肉さながら。赤い目の下に塩水のしずくがつき、顎からポタポタとしたたっている。大きな汗染みが腋《わき》の下にあり、Tシャツを腰まで黒ずませている。

ふたりは下宿屋のドアをそっと閉めた。

「あの男だ」とミスター・フォックスがいった。「いまのが亭主だ」

ふたりは下宿屋と向かい合った小さな商店のなかにいた。時刻は五時半。太陽が西にかたむき、まばらな街路樹の下や路地裏に落ちた影は、暑い夏ブドウ《サマー・グレープ》（北米東部原産のブドウ。果粒が小さく黒色）の色をしていた。

「なんだったんだ、亭主の尻ポケットからぶらさがっていたものは？」

「港湾労働者が使う手鉤《てかぎ》だよ。鋼鉄製で、鋭いし、見るからに重そうだ。そのむかし、腕を切断した男が代わりにつけてた鉤爪と似てるな」

ミスター・フォックスはなにもいわなかった。

「いま何度だ？」と一分後にミスター・フォックスが尋ねた。まるで疲労困憊《こんぱい》のあまり、首をまわして温度計を見ることもできないかのように。

「この店の温度計はまだ九十二度を指してるな。九十二度ぴったりを」

フォックスは梱包《こんぽう》用の箱にすわり、できるだけ指を動かさずにオレンジ・ソーダの壜《びん》を握ろうとした。

「頭を冷やそう」と彼はいった。「そう、こんなときこそオレンジ・ソーダが必要なんだ」

ふたりは溶鉱炉のなかにすわり、下宿屋のある特別な窓を長いこと見あげて、ひたすら待ちつづけた……。

小さな暗殺者

いつのころからかわからないが、自分は殺されるという考えが頭から離れなかった。このひと月というもの、些細《ささい》な徴候《ちょうこう》、かすかな疑惑があったのだ。いってみれば、彼女のなかに海の潮《しお》のように深いところがあって、波ひとつなく凪《な》いだ熱帯の海原《うなばら》を見て、水浴びをしたくなり、潮の流れに身をゆだねたちょうどそのとき、海面のすぐ下に怪物を——目立たない、膨《ふく》れあがった体で、たくさんの腕と鋭いひれをそなえ、悪意をたぎらせ、狙われたら逃《のが》れられない怪物を——見つけたようなものだった。

ヒステリーの発作でも起こったのか、周囲の部屋は浮かんでいるようだった。鋭利な器具が宙にとどまり、人の声がして、殺菌した白いマスクをつけた人々が立ち働いている。あたしの名前は、と彼女は思った。なんだったかしら?

アリス・ライバー。その名前が浮かんできた。デイヴィッド・ライバーの妻。しかし、安心感は生まれなかった。このもの静かな、声をひそめて話す白衣の人々に囲まれていても、彼女はひとりぼっちであり、激しい痛みと吐き気と死への恐れが、彼女の内に巣くっていたのだ。

あたしはこの人たちの目の前で殺されかけている。お医者さんたちも、看護師さんたちも、あたしの身にひそかに起きたことを知らないのだ。デイヴィッドも知らない。知っているのはこのあたしと——殺人者、小さな人殺し、小さな暗殺者だけ。

あたしは死にかけているけれど、いまこの人たちにいうわけにはいかない。笑われて、錯《さく》乱《らん》しているのだといわれるのがオチだろう。この人たちが人殺しを目にしても、そいつを抱きあげるだけで、あたしを殺した犯人だとは夢にも思わないだろう。でも、あたしはここで、神さまと人間の前で死にかけていて、話を信じてもらえそうにない。だれもがあたしを疑い、気休めをいってなぐさめ、なにも知らずにあたしを埋葬《まいそう》し、あたしの死を悼《いた》んで、あたしを殺した者の命を救うのだ。

デイヴィッドはどこかしら？　待合室でひっきりなしに煙草《たばこ》をふかし、のろのろと動く時計がのんびりと時を刻む音に耳をすましているのだろうか？

体じゅうからいっせいに汗が噴きだし、それといっしょに苦悶《くもん》の叫びがほとばしった。いま。いまよ！　殺せるものなら殺してごらん、と彼女は絶叫した。やってごらん、やってごらん。でも、あたしは死なない！　死ぬものか！

ぽっかりと空洞が生じた。真空。突如として痛みが退《ひ》いた。精根つきはて、周囲に薄闇が垂れこめる。終わったのだ。ああ、神さま！　彼女はすとんと落下し、黒い虚無にぶつかった。それはつぎの虚無に席をゆずり、またつぎの虚無、さらにつぎの虚無へと……。

足音。静かな足音が近づいてくる。

はるか彼方《かなた》で声がした。

「眠っておられます。起こさないでください」

ツイードの服のにおい、パイプの香り、ある銘柄《めいがら》のシェーヴィング・ローションの残り香《が》。デイヴィッドがかたわらに立っているのだ。そして彼の向こう側にドクター・ジェファーズの消毒薬のにおい。

彼女は目をあけなかった。「起きてるわ」と静かにいった。自分が死んでいないのは意外だった。口をきけたのでほっとした。

「アリス」と、だれかがいった。それは閉じた目の向こう側にいるデイヴィッドで、彼女の疲れた両手を握っていた。

人殺しに会いたいの、デイヴィッド？　見せてくれと頼むあなたの声が聞こえるわ。だったら、そいつを見せてあげるしかないじゃない。

デイヴィッドは彼女のかたわらに立っていた。彼女は目をあけた。部屋がくっきりと焦点を結ぶ。弱った手を動かして、彼女はベッドカヴァーをどかした。

人殺しが、小さな赤ら顔と青い瞳《ひとみ》でおだやかにデイヴィッド・ライバーを見あげた。その目は深く、キラキラと光っていた。

「よし！」デイヴィッド・ライバーが満面の笑みで叫んだ。「すばらしい男の子だ！」

退院の日、妻と新生児を迎えに来たデイヴィッド・ライバーをドクター・ジェファーズが待っていた。彼はオフィスでライバーに椅子を勧《すす》め、葉巻《はまき》を渡し、自分も葉巻に火をつけると、デスクのへりに腰を降ろし、険《けわ》しい顔で長いこと紫煙《しえん》をくゆらせていた。やがて咳払いし、デイヴィッド・ライバーをまっすぐ見つめると、「奥さんが子供を嫌っているんだ、デイヴ」といった。

「なんですって!」

「彼女にはつらいことつづきだった。これからの一年、たっぷりの愛情が必要なんだよ。あのときはくわしい話をしなかったが、分娩《ぶんべん》室で奥さんはヒステリーを起こしたんだ。妙なことを口走った——それをここでくり返すつもりはない。いえるのは、奥さんは子供に異質なものを感じているということだけだ。まあ、ひとつかふたつ質問をすれば解決できる問題にすぎないかもしれないがね」彼はまたすこし葉巻をふかしてからいった。「この子は『待望の』子供なのかね、デイヴ?」

「どうしてそんなことを訊《き》くんです?」

「大事なことなんだ」

「ええ。そうです、『待望の』子供ですよ。ふたりで計画しました。アリスはとてもしあわせでした、一年前、この子が——」

「ふーむ——それだとますます厄介だ。子供が予定外にできたのなら、女性が母親になりたがらないという単純なケースになるからね。それがアリスには当てはまらないわけだ」ドクター・ジェファーズは口から葉巻を離し、手で顎《あご》をこすった。「そうすると、ほかに原因があるにちがいない。ひょっとしたら、幼年期に埋もれたなにかが、いまになって表《おもて》に出てきたのかもしれん。そうでなければ、アリスのように異常なほどの苦痛を味わい、死にかけた母親にありがちな一時的な疑いと不信にすぎないのかもしれん。もしそうなら、治るのにさほど時間はかからないはずだ。もっとも、きみに話しておくべきだと思ったんだ、デイヴ。そうすれば、奥さんが――そうだな――子供は死産ならよかったのにとかなんとか口走っても、我慢しやすくなるはずだからね。困ったことがあれば、家族三人でオフィスに寄ってくれたまえ。むかしなじみに会えれば、いつだってうれしいものじゃないかね？　さあ、葉巻をもう一本やりたまえ――あー――赤ちゃんのために」

うららかな春の午後。車は快音をひびかせて幅広い並木道を走った。青空、花々、暖かな風。デイヴィッドはしゃべりつづけ、葉巻に火をつけ、さらにしゃべった。アリスは低声《こごえ》でそっけなく答えたが、車が進むにつれ、すこしだけリラックスしてきた。しかし、赤ん坊をしっかりと抱くことも、やさしく抱きしめることも、母親らしく抱きかかえることもなく、デイヴィッドの心は奇妙にうずきつづけた。陶器《とうき》の人形でも運んでいるようなのだ。

「ところで」とうとう彼は笑みを浮かべていった。「名前はどうしよう？」

アリス・ライバーは、わきを流れすぎる緑樹《りょくじゅ》を見ていた。

「まだ決めなくてもいいでしょう。特別な名前を思いつくまで待ちたいの。この子の顔に煙を吹きつけないで」彼女の口調は変わらなかった。最後の言葉には母親らしい叱責《しっせき》も、関心も、いらだちもこもっていなかった。ただ口にしただけだった。

心を乱された夫は、窓から葉巻を捨て、「悪かった」といった。

赤ん坊は母親の腕に抱かれていた。太陽と木の影がその顔を変化させた。青い瞳は、新鮮な青い春の花のように開いていた。そのちっぽけなピンクの柔軟《じゆうなん》な口から、湿った音が漏れていた。

アリスが赤ん坊にさっと視線を走らせた。その体に震えが走ったのを夫は感じた。

「寒いのかい?」夫が尋ねた。

「寒気《さむけ》がするの。窓を閉めたほうがいいわ、デイヴィッド」

ただの寒気ではなかった。夫はゆっくりと窓を巻きあげた。


夕食時。

デイヴィッドは子供部屋から赤ん坊を連れてきて、買ったばかりの小児用食事椅子にすわらせた。枕をたくさん使って体を支えてやったが、見るからに危なっかしい角度だった。

アリスは自分のナイフとフォークの動きを見ていた。

「その子の大きさじゃ椅子は無理よ」

「とにかく、この子がいてくれて楽しいんだよ」上機嫌のデイヴィッドがいった。「なにもかも楽しいんだ。会社でもそうさ。注文が鼻先まで積みあがってる。その気になれば、今年はあと一万五千は稼《かせ》げるだろう。ねえ、ジュニアを見てくれよ。よだれで顎がべとべとだ!」

彼は手を伸ばし、ナプキンで赤ん坊の口を拭《ふ》いた。横目で見ると、アリスがこちらを見てもいないことがわかった。彼はよだれを拭き終えた。

「たいして面白くもないんだろうね」食事にもどって彼はいった。「でも、母親っていうものは、自分の子供にすこしは関心をいだくものじゃないのか！」

アリスがぐいっと顎をあげた。

「そんないい方はしないで！　この子の前ではやめて！　どうしてもというのなら、あとにして」

「あとにしてだって？」彼は叫んだ。「この子の前だろうが、うしろだろうが、なんのちがいがある？」彼は不意に落ち着きをとりもどし、唾《つば》を飲みこんで、いいすぎたことを後悔した。「いいよ。もうやめよう。事情はわかるよ」

夕食のあと、彼女は夫に赤ん坊を二階へ連れていかせた。そうしろといったわけではない。自然とそうなったのだ。

夫が降りてくると、妻はラジオのわきに立っていた。音楽が鳴っていたが、聞こえている風ではなかった。目を閉じたその姿は、疑問にとらわれ、自問している者のそれだった。夫がもどってきたとき、彼女ははっとわれに返った。

気がつくと、彼女はすばやく夫に体をすり寄せていた。以前と同じように。彼女の唇《くちびる》が夫の唇を見つけ、離そうとしなかった。彼は呆然《ぼうぜん》とした。赤ん坊が二階へ連れていかれ、部屋からいなくなったので、妻はまた呼吸をはじめ、生きかえったのだ。解放されたのだ。彼女は早口に、とめどなくささやいていた。

「ありがとう、ありがとう、あなた。変わらずにいてくれて。頼りになるわ、すごく頼りになるわ！」

夫は笑いださずにはいられなかった。

「親父《おやじ》にいわれたんだ、『息子よ、自分の家族をちゃんと養《やしな》え！』ってね」

彼女は艶《つや》やかな黒髪を大儀《たいぎ》そうに夫の首にあずけた。

「あなたはそれをやりすぎたのよ。ときどき思うんだけど、結婚したときのままだったらどんなにいいことか。責任がなくて、自分たちがいるだけ。もちろん——赤ん坊はいない」

彼女は夫の手をぎゅっと握った。その顔は不気味なほど白かった。

「ああ、デイヴ、むかしはあなたとあたしだけだった。おたがいを守っていた。いまは赤ん坊を守っているけど、赤ん坊のほうは守ってくれない。わかる？　病院で伏せっていたとき、いろいろと考える時間があったの。この世は悪いことだらけで——」

「そうかな？」

「ええ。そうよ。でも、法律が守ってくれる。法律がなければ、愛が保護してくれる。あたしがあなたを愛しているから、あなたはあたしに傷つけられずにすんでいる。あたしからすれば、あなたはだれよりも無防備だけど、愛のおかげで保護されているわけ。あたしがあなたを怖く思わないのは、あなたのいらだちや、残酷な本能や、憎しみや、未熟さを愛がやわらげてくれるから。でも——赤ん坊はどうなの？　幼《おさな》すぎて愛も知らない、愛の法則も知らない。教えるまでは、なにひとつ知らないのよ。そのあいだ、あたしたちはあれに対して無防備なんだわ」

「赤ん坊に対して無防備って?」夫は妻を押しやり、そっと笑い声をあげた。

「赤ん坊に正しいことと正しくないことの区別がつくかしら?」

「いいや。でも、そのうち学ぶだろう」

「でも、赤ん坊は生まれたばかりで、道徳とも良心とも無縁なのよ」彼女はいったん言葉を切った。夫から腕を離し、すばやくふり向いて、「いまの音。なんだったの?」

ライバーはぐるっと部屋を見まわした。

「なにも聞こえなかったけど――」

妻は書斎のドアをじっと見つめ、「あそこよ」と、ゆっくりといった。

ライバーは部屋を横切り、ドアをあけると、書斎の明かりをつけて消した。

「なにもなかったよ」妻のもとへもどり、「きみは疲れているんだ。ベッドへ連れていくよ――いますぐ」

いっしょに明かりを消して、ふたりは口をきかずに、静まりかえった玄関ホールの階段をゆっくりと昇った。階段を昇りきったところで妻が謝った。

「わけのわからないことをいってしまって。許してちょうだい。へとへとに疲れているのよ」

夫は理解を示し、そうだね、といった。

妻は子供部屋のドアのわきで、心を決めかねて立ち止まった。それから真鍮《しんちゅう》のノブを急にひねって、なかへはいった。夫が見ていると、妻はひどく用心深くベビーベッドに近づき、見おろして、まるで顔をなぐられたかのように体をこわばらせた。

「デイヴィッド！」

ライバーは進み出て、ベビーベッドのそばまで行った。赤ん坊の顔がまっ赤になり、汗まみれになっていた。その小さなピンクの口が開いては閉じ、開いては閉じていた。その目は青く燃えていた。その手が空中を跳《は》ねまわった。

「おやおや」とライバーがいった。「泣いているだけだよ」

「泣いていたの？」アリス・ライバーはベビーベッドの手すりをつかんで体を支えた。「聞こえなかったわ」

「ドアが閉まっていたからね」

「だからこんなに荒い息をしているの？　だから顔が赤いの？」

「もちろんだ。かわいそうなやつ。暗闇のなか、ひとりぼっちで泣いていたなんて。また泣きだすといけないから、今夜はぼくらの部屋で寝かせよう」

「甘やかしたら、この子がだめになるわ」

ライバーは妻の視線を背中に感じながら、ベビーベッドを自分たちの部屋まで押していった。彼は無言で服を脱ぎ、ベッドの端《はし》に腰かけた。と、いきなり顔をあげ、小声で悪態《あくたい》をつくと、指をパチンと鳴らして、

「しまった！　いい忘れていたけど、金曜にシカゴへ出張なんだ」

「まあ、デイヴィッド」その声が部屋のなかで消えた。

「二カ月も先延ばしにしてきたんだ。こんどこそ行かないと、まずいことになる」

「ひとりになるなんて怖いわ」

「金曜までに新しい家政婦さんが来るよ。彼女が一日じゅういてくれる。ぼくは留守《るす》にするけど、ほんの二、三日のことだ」

「心配だわ。なにが心配なのかわからないけど。話したところで、信じてもらえそうもないし。きっと、頭がおかしくなりかけているんだわ」

彼はもうベッドにはいっていた。妻が部屋を暗くした。彼女がベッドをまわりこみ、上掛けをめくって、すべりこむ音がする。妻の温かな女のにおいが、すぐ隣でした。彼はいった。

「二、三日待ってほしいのなら、なんとかして――」

「いいえ」妻は心もとなげに答えた。「行ってちょうだい。大事な用事なんでしょう。あなたに話したことをずっと考えていただけ。法律と愛と保護の話よ。愛があるから、あなたはあたしから守られている。でも、赤ん坊は――」息を吸いこみ、「あなたをあの子から守ってくれるものはなにかしら、デイヴィッド?」

答える暇もなかった。乳飲《ちの》み子についてそんな話をするのが、どれほどばかげているかを教え諭《さと》す暇もなかった。妻がベッドに横たわったまま、唐突に明かりをつけたのだ。

「見て」と指さす。

赤ん坊はベビーベッドのなかでぱっちりと目を開き、深く、鋭い青い目でまっすぐ彼を見つめていた。

明かりがまた消えた。妻は震えながら夫に身を寄せた。

「おかしいと思われるわね、自分で産んだものを怖がるなんて」彼女のささやき声が小さくなり、口調が激しく、早くなった。「あの子はあたしを殺そうとしたの！　あそこに横たわって、あたしたちの話に耳をすまし、あなたが出かけている隙《すき》に、またあたしを殺す機会をうかがっているのよ！　まちがいないわ！」彼女の口からすすり泣きが漏れた。

「お願いだから」夫は彼女をなだめながら、「泣きやんでくれ、泣きやんでくれよ。お願いだから」といいつづけた。

彼女は暗闇のなかで長いこと泣いていた。夜も更《ふ》けたころ落ち着きをとりもどし、震える体を夫に寄せた。呼吸が静かに、温かく、規則的になり、疲れきった体をピクピクと引きつらせて、彼女は眠りについた。

彼もうとうとした。

そしてまぶたがだるそうに閉じて、彼が深い海へ、さらに深い海へと沈みこむ寸前、部屋のなかで起きて意識を保っている者がたてる、聞き慣れない小さな音が聞こえた。

小さく、湿った、ピンクの柔軟な唇のたてる音。

赤ん坊だ。

とそのとき——眠りが訪れた。

朝が来ると、陽《ひ》がさんさんと輝いていた。アリスは笑みを浮かべた。

デイヴィッド・ライバーはベビーベッドの上で腕時計をだらりと垂らし、

「ほら、見えまちゅか？　ピカピカ光るものですよ。きれいなものですよ。ほら。ほら。ピカピカ光るものですよ。きれいなものですよ」

アリスはにっこりした。出かけてちょうだい、シカゴへ飛んで、あたしならだいじょうぶ、心配はいらないわ、と夫に告げた。赤ちゃんの世話をするわ。ええ、もちろん、世話をするわ、心配しないで。

飛行機は東へ向かった。見渡すかぎりの空、たくさんの陽射しと雲があり、シカゴが地平線上に姿を現した。デイヴィッドは注文を出し、計画を練《ね》り、接待を受け、電話をかけ、会議で討論する多忙な身となった。しかし、毎日アリスと赤ん坊に手紙を書き、電報を打った。

家を留守にして六日目の晩、長距離電話がかかってきた。ロサンジェルスからだった。

「アリスかい？」

「いや、デイヴ。ジェファーズだ」

「先生！」

「気をしっかり保《も》つんだよ。アリスが病気なんだ。つぎの飛行機で帰ったほうがいい。肺炎だ。できるかぎりの手当はする。せめて出産の直後でなければよかったのに。彼女には体力が必要なんだ」

ライバーは受話器を架台にガチャンと置いた。立ちあがったが、体の下に足がなく、手も胴体もなかった。ホテルの部屋がかすんで、バラバラに崩《くず》れた。

「アリス」彼はそういうと、やみくもにドアへ向かった。

プロペラがぐるぐるまわり、回転が遅くなって止まった。時間と空間が背後へ押しやられた。デイヴィッドは手の下でドアノブがまわるのを感じた。足の下で床が現実となり、周囲で寝室の壁が流れ、遅い午後の陽射しを浴びて立っているドクター・ジェファーズが窓辺からこちらを向き、いっぽうアリスはベッドに横たわって待っていた。冬に降った雪で作りあげた彫像のようだった。気がつくと、ドクター・ジェファーズがしゃべっていた。途切れなく、やさしい声でしゃべっており、その音が電灯の光を通って上下した。やわらかなざわめき、白いつぶやき声。

「きみの奥さんはいい母親すぎるんだ、デイヴ。自分のことよりも赤ん坊の心配をして……」

アリスの青白い顔のどこかで、不意に収縮が起こり、収縮が起きたとわかる前に元にもどった。ついで、口もとをほころばせながら、彼女がゆっくりとしゃべりはじめた。母親のするべきあれこれについてしゃべる口調で、人形の家の世界と、その世界のミニチュアの生活に関心をいだく母親が分刻みの報告をこと細かにするときの口調で語った。しかし、彼女は話を終えられなかった。バネはきつく巻かれており、その声には怒りと、恐れと、かすかな嫌悪がにじむようになった。それを聞いてもドクター・ジェファーズの表情は変わらなかったが、デイヴィッドの心臓はこのおしゃべりとリズムを合わせるようになり、そのリズムはとめどなく速まった――

「赤ん坊が眠ろうとしなかったの。病気だと思ったわ。ベビーベッドにただ横たわって、目をあけっぱなしにしてるの。で、夜が更けると泣くのよ。けたたましい声で泣くの。夜通し泣きつづけるのよ。静かにさせられなくて、あたしも休めなかった」

ドクター・ジェファーズがゆっくり、ゆっくりとうなずいた。

「疲労が重なって肺炎になったんだよ。でも、いまはサルファ剤をたっぷりあたえたから、峠《とうげ》は越えた」

デイヴィッドは気分が悪くなった。

「赤ん坊は、赤ん坊の具合はどうなんです？」

「ピンピンしてるよ。健康そのものだ！」

「ありがとう、先生」

医者は歩み去り、一階へ降りると、玄関ドアをそっとあけて帰って行った。

「デイヴィッド！」

妻が怯《おび》えた声でささやき、彼はふり向いた。

「また赤ん坊のせいだったの」彼女は夫の手を握った。「自分に嘘をついて、思いちがいだといおうとしたけど、あたしが退院したてで弱っているのを赤ん坊は知っていて、だから毎晩、朝まで泣き通しで、泣いてないときは、静かすぎるくらい静かだったの。もし明かりをつけたら、あの子があたしをじっと見あげているのがわかったでしょうね」

デイヴィッドは、体が握りこぶしのように固まるのを感じた。赤ん坊を目にし、赤ん坊を感じた夜を思いだす。暗闇のなかで目をさましていた。赤ん坊が眠っているはずの真夜中に目をさましていた。目をさまして、音もなく横たわっていたのだ。泣くのではなく、ベビーベッドから見張っているかのように。彼はその考えをわきに押しやった。頭がどうかしている。

アリスが言葉をつづけた。

「赤ん坊を殺そうとしたの。ええ、殺そうとしたのよ。あなたが出張して一日しかたっていなかったとき、あの子の部屋へ行って、首に手をかけたの。長いことそこに立ったまま考えていた。怖かった。それからあの子の顔に上掛けをかぶせて、うつぶせにして、ぐっと押してから、そのままにして、部屋から走り出たのよ」

彼は妻の話をやめさせようとした。

「いいえ、最後まで話をさせて」壁を見ながら、かすれ声で妻がいった。「あの子の部屋から出たとき思ったわ、なんだ、簡単じゃないかって。窒息して死ぬ赤ん坊は毎日出ているわ。だれにもわかりっこない。でも、あの子が死んでいるのをたしかめにもどったら、デイヴィッド、生きていたのよ！　ええ、生きていたの、仰向《あおむ》けになって、生きていて、にこにこしながら息をしていたのよ。そのあとは二度とあの子に触れられなかった。置き去りにして、もどらなかった。ミルクもやらなければ、目を向けることもせず、なにひとつしなかった。もしかしたら家政婦さんが面倒を見てくれたのかもしれない。わからないけど。わかっているのは、あの子の泣き声で眠れなかったことだけ。で、夜通し考えて、部屋から部屋へと歩きまわって、いまは病気ってわけ」話は終わりかけていた。「赤ん坊はあそこに横たわって、あたしの殺し方を考えてる。簡単な方法を。だって、あたしがあの子のことを知りすぎてるって知ってるから。あの子に愛情なんか持てないわ。あたしたちのあいだに保護の関係はないのよ。これから先もないわ」

話が終わった。彼女は体を丸め、とうとう眠りに落ちた。デイヴィッド・ライバーは長いこと彼女を見おろしていた。身動きひとつできなかった。体のなかで血が凍《こお》っていたのだ。どこかで細胞がうごめくこともなかった。ひとつとしてなかった。

あくる朝、やるべきことはひとつだけだった。彼はそれをした。ドクター・ジェファーズのオフィスにはいっていき、洗いざらいぶちまけて、ジェファーズの辛抱強い返事に耳を傾けたのだ。

「こういう問題にはじっくり時間をかけよう。母親が自分の子供を憎むのは、ときにはきわめて自然なことだ。その現象に名前もついている――愛憎併存《アンビヴァレンス》だ。愛していながら憎む能力のことだよ。恋人はしばしば憎みあっている。子供は母親をうとましく思い――」

ライバーが口をはさんだ。

「ぼくは母親を憎んだことなどありませんよ」

「当然ながら、自分では認めないだろう。愛する者を憎んでいると認めるのを愉快に思う人はいないからね」

「そうすると、アリスは赤ん坊を憎んでいるんですね」

「強迫観念にとらわれているといったほうがいい。ごくありきたりなアンビヴァレンスより一歩先へ進んでしまっているんだ。子供は帝王切開で生まれて、アリスは危うく命を落とすところだった。彼女は自分が死にかけたことや、肺炎にかかったことを子供のせいにしている。自分の苦しみを投影し、手っ取り早く責められる対象を責めているわけだ。みんながすることだよ。椅子につまずけば、不器用な自分にではなく、椅子に当たりちらす。ゴルフのストロークを打ちそこなえば、芝《しば》かクラブ、さもなければボールのメーカーをののしる。事業に失敗すれば、神か天気か運のせいにする。わたしにいえるのは、前にもいったことだけだ。彼女を愛したまえ。世界でいちばん効《き》く薬だよ。なにごとにつけ愛情を示し、彼女に安心感をあたえるんだ。機会を見つけて、子供がどれほど無害で罪のないものかを示してやるんだ。赤ん坊には危険を冒してまで育てる価値がある――アリスにそう感じさせるんだ。しばらくすれば、彼女も落ち着いて、死にかけたことを忘れ、子供を愛しはじめるだろう。来月になっても改善しなければ、相談してくれ。優秀な精神科医を紹介するよ。さあ、元気を出して、そんな顔をするのはやめるんだ」

夏が来ると、ものごとは落ち着き、順調になったように思えた。デイヴィッドは仕事に打ちこみ、オフィスの些事《さじ》に没頭したが、妻のためにたっぷりと時間を割《さ》くことも忘れなかった。妻のほうは長い散歩をして体力を回復し、ときおりバドミントンの軽いゲームをするようになった。いきなり泣きだすことは、もうめったになかった。不安を追い払ったかと思われた。

とはいえ、ある真夜中にこんなことがあった。暖かい夏の突風が家のまわりを吹き荒れ、おびただしい数のタンバリンのように木々を揺らした。アリスは目をさまし、ガタガタ震えながら、夫の腕のなかにすべりこんだ。夫は彼女をなぐさめ、どうかしたのかと訊いた。

彼女は「この部屋になにかがいて、あたしたちを見張ってるのよ」と答えた。

夫は明かりをつけた。

「また夢を見たんだよ。でも、きみはよくなっている。長いこと平穏無事で来た」

夫がまた明かりを消すと同時に、彼女はため息をつき、たちまち眠りについた。夫は妻のことを、なんとかわいい生きものなのだろうと思いながら、三十分ほど抱きしめていた。

寝室のドアが数インチ開く音がした。

ドアのところにはだれもいなかった。ドアがひとりでに開くはずがない。風はやんでいるのだ。

彼は待った。暗闇のなかで、一時間も息を殺して横になっているように思えた。

やがて、はるか彼方で、宇宙空間の広大な漆黒《しっこく》の深淵《しんえん》で小型の流星が断末魔のむせび泣きを漏らすかのように、赤ん坊が子供部屋で泣きはじめた。

星々と暗闇と、腕のなかの妻の寝息と、またしても木の間《こま》を吹きはじめた風のただなかで、それは小さく、寂しげな音だった。

ライバーはゆっくりと百まで数えた。泣き声はつづいた。

彼はアリスの腕を慎重にふりほどき、ベッドからすべり出ると、スリッパをはき、ローブをはおって、静かに部屋から出た。

一階へ降りよう、と彼は思った。ミルクを温め、持ってあがり――

暗黒が足もとから抜け落ちた。足がすべり、体が前にのめった。やわらかいものを踏んですべったのだ。前のめりになって虚空《こくう》へ。

彼は両手を突きだし、必死に手すりをつかんだ。体の落下が止まった。転落を免《まぬか》れたのだ。彼は悪態をついた。

足をすべらせる原因となった〝やわらかいもの〟が、ガタンガタンと二、三段落ちていった。頭がガンガン鳴った。喉の付け根で心臓が早鐘《はやがね》のように打ち、痛みが全身に走った。家じゅうにものをまき散らすなんて、不注意で困るな。彼は、階段をまっさかさまにころげ落ちそうになった原因である物体を慎重に指で探った。

その手が愕然《がくぜん》として凍りついた。息を呑《の》む。心臓が一拍《いっぱく》か二拍止まった。探りあてたものはおもちゃだった。大きくて、不恰好なパッチワーク人形で、彼が冗談のつもりで買ったものだ――

いいかい、赤ん坊のために。

あくる日、アリスが出勤する夫を車で送った。

繁華街の途中で速度をゆるめ、縁石《えんせき》に寄せて車を止める。それからすわったまま体をまわし、夫を見つめた。

「夏休みには出かけたいわ。いますぐ決められることじゃないでしょうけど、あなたがだめなら、あたしひとりで行かせて。赤ん坊の世話をしてくれる人は、きっと見つかるわ。とにかく、あたしはどうしても逃げなきゃいけないの。そのうちこの——この感情を追い払えると思っていた。でも、追い払えなかった。あの子と同じ部屋にいるのは耐えられない。あの子もあたしを憎んでいるみたいな目で見あげるのよ。あれには指一本触れられない。あたしにわかるのは、なにかが起きる前に逃げだしたいってことだけ」

夫は助手席から降りて車をまわりこむと、妻に席を移るよう身ぶりで伝え、車に乗りこんだ。

「優秀な精神科医に診《み》てもらうしかないようだね。休暇をとるほうがいいと医者がいうなら、よし、そうしよう。でも、この話はここまでだ。ぼくの胃袋は四六時中ねじれっぱなしだよ」彼は車を出した。「あとはぼくが運転する」

彼女はうつむいた。涙をこらえようとしているのだ。夫のオフィスがある建物に着くと、顔をあげた。

「わかったわ。予約をとって。あなたのいうだれとでも話をするわ、デイヴィッド」

夫は彼女に口づけした。

「やっとわかってくれたね。ちゃんと運転して帰れるかい？」

「もちろんよ、ばかね」

「じゃあ、夕食のときに。気をつけて」

「いつも気をつけてるでしょう。バイ」

夫は縁石に立って、走り去る車を見送った。彼女の黒光りする長い髪が、風になびいていた。一分後、彼は二階でジェファーズに電話をかけ、信頼の置ける神経精神病学者との面会を手配した。

その日の仕事はすんなりとはいかなかった。頭に霧がかかったようで、その霧のなかでアリスが迷子になり、彼の名前を呼ぶところが目に浮かびつづけた。怯えきった彼女の気持ちが伝わってきた。あの子供にはどこか不自然なところがある、とたしかに納得させられた。

彼は気が乗らないまま長文の手紙を口述《こうじゅつ》した。階下で出荷状況を確認した。助手たちに何度も同じことを訊いた。その日の終わりには疲れ果て、頭がズキズキしたので、家に帰れるのがうれしくてたまらなかった。

エレヴェーターで降りる途中、ふと思った。おもちゃの件をアリスに話したらどうなるだろう――昨夜、階段で足をすべらせる原因になった、あのパッチワーク人形のことを話したら？　ああ、そんなことをしたら、彼女の病状はぶり返すだろう。だめだ、彼女には絶対に話さない。けっきょく、事故は事故なのだ。

タクシーで帰宅するあいだ、陽の光は空に残っていた。家の前で運転手に料金を払い、夕映《ば》えと木々を眺めながら、セメントの私道をゆっくりと歩いた。白いコロニアル様式の前面は不自然に静まりかえり、人けがないように見えた。とそのとき、今日が木曜だと思いだして不安がおさまった。時間決めで雇っている家政婦は、終日休みなのだ。

彼は大きく深呼吸した。家の裏手で鳥が歌っていた。一ブロック離れた大通りで車が行き交《か》っている。彼はドアの鍵《かぎ》をひねった。ノブが指の下ですんなりと、音もなくまわった。ドアが開いた。なかにはいると、ブリーフケースといっしょに帽子を椅子の上に置き、上着を脱ぎはじめる。そのとき、ひょいと顔をあげた。

玄関ホールの天井に近い窓から、夕陽が階段吹き抜けへ射しこんでいた。夕陽が落ちたところでは、パッチワーク人形があざやかな色を帯びていた。その人形は、階段を降りきったところで手足を広げていた。

しかし、彼はそのおもちゃに目もくれなかった。

見ることしかできなかった。身動きできず、もういちどアリスを見ることしか。

アリスは階段を降りきったところに横たわっていた。瘦《や》せた体をグロテスクにねじり、壊れて、血の気《け》を失って。ちょうど、くしゃくしゃになって、もうだれも遊ぼうとしない人形のように。

アリスは死んでいた。

家はひっそりとしたままだった。彼の心臓の鼓動を別にすれば。

彼女は死んでいた。

彼は妻の頭を抱きかかえ、彼女の指にさわった。彼女の体を抱きしめた。しかし、彼女は生きかえらなかった。生きかえろうとさえしなかった。彼は妻の名を大声で、何度も口に出した。そしてもういちど抱きかかえることで、彼女が失った温もりを多少なりともとりもどそうとした。しかし、うまくいかなかった。

　彼は立ちあがった。電話をかけたにちがいない。憶《おぼ》えてはいなかったが。ふと気がつくと二階にいた。子供部屋のドアをあけ、なかにはいると、ぼんやりとベビーベッドを見つめる。胃のあたりがムカムカした。はっきりと見ることができなかった。

　赤ん坊の目は閉じていたが、顔は赤く、汗で湿《しめ》っていた。まるで激しく泣きつづけていたかのように。

「死んだよ」ライバーは赤ん坊にいった。「彼女が死んだ」

　それから低い静かな声でとめどなく笑いはじめ、やがてドクター・ジェファーズが夜の闇から歩み出て、何度も彼の顔を平手《ひらて》打ちした。

「しっかりしろ！　気をたしかに持て！」

「彼女は階段をころげ落ちたんです、先生。パッチワーク人形につまずいて、倒れたんですよ。おとついの晩（作者の勘ちがい。正しくは昨夜）、ぼくも危うく足をすべらせるところでした。そうしたらこんどは――」

　医師が彼を揺さぶった。

「先生、先生、先生」デイヴィッドが放心したようにいった。「おかしいじゃありませんか。おかしな話ですよ。ぼくは――ようやく赤ん坊の名前を思いつきました」

医師はなにもいわなかった。

ライバーは震える手で頭をかかえ、その言葉を口にした。

「つぎの日曜にあの子の命名式をとり行います。なんて名前にするかわかりますか？　ルシファーと名づけるんです」


夜の十一時。大勢の見知らぬ人々が家を出入りし、永遠の炎を持ち去った――アリスを。

デイヴィッド・ライバーは書斎で医師と向かいあってすわっていた。

「アリスは狂っていませんでした」言葉を選ぶようにして彼はいった。「赤ん坊を恐れる理由がちゃんとあったんです」

ジェファーズが息を吐きだして、

「奥さんの二の舞になってはいかん！　彼女は自分の病気を子供のせいにした。こんどはきみが奥さんの死を子供のせいにする。いいかい、彼女はおもちゃにつまずいたんだ。子供のせいにしてはいかん」

「ルシファーのことですか？」

「そんな呼び名はやめたまえ！」

ライバーはかぶりをふった。

「アリスは夜中に物音を聞いたんです、玄関ホールで動く音を。なにがその音をたてたか知りたいですか、先生？　赤ん坊がたてたんですよ。生後四カ月で、暗闇のなかを動きまわり、ぼくらの話に耳を傾けていたんです。ひとことひとことに耳を傾けていたんですよ！」椅子の側面をつかみ、「明かりをつけたとしても、赤ん坊はとても小さいんです。家具やドアの陰に隠れたり、壁に張りついたりできます――目の届かない下のほうにね」

「そんな話はやめてもらいたいね！」とジェファーズ。

「頭にあることをいわせてください。さもないと、気が変になってしまいます。ぼくがシカゴへ行ったとき、あれはアリスを眠らせずにおき、疲れて肺炎にかかるようにしませんでしたか？　赤ん坊がですよ！　で、アリスが死ななかったので、ぼくを殺そうとしました。単純な方法でした。階段におもちゃを置きっ放しにして、夜中に泣くんです、父親がミルクをとりに一階へ降りようとして、つまずくまで。単純な罠《わな》ですが、効果覿面《てきめん》です。ぼくは罠にはまりませんでした。でも、アリスは殺されたんです」

デイヴィッド・ライバーは長い間を置き、煙草に火をつけた。

「気づくべきだったんです。真夜中に明かりをつけたら、赤ん坊がぱっちり目を開いていることがたびたびありました。たいていの赤ん坊は四六時中眠っています。こいつはそうじゃありませんでした。ずっと目をさましていたんです、考えをめぐらせながら」

「赤ん坊は考えたりしない」

「じゃあ、なんだか知らないけど、あいつの脳でできることをしながら起きていたんです。赤ん坊の頭のなかが、いったいどうしたらわかります？　あいつにはアリスを憎む理由がいくらでもありました。彼女はあいつの正体をうすうす勘《かん》づいていました――たしかに、ふつうの子供じゃない。なにか――ちがったものだ、と。赤ん坊についてなにを知っています、先生？　そう、一般的にいって、わかっていません。もちろん、生まれるときに赤ん坊が母親を殺す手口はご存じでしょう。なぜでしょうか？　ひょっとして、こんな騒々しい世界へ無理やり出されるのを恨《うら》んでいるからじゃないですか？」

ライバーは大儀そうに医師のほうへ身を乗りだした。

「すべてがつながるんです。数百万人のうち二、三人の赤ん坊は、生まれてすぐに動いたり、見たり、聞いたり、考えたりできるとしましょう。ちょうど多くの動物や昆虫のように。昆虫は生まれつき自分で自分を養っていけます。たいていの哺乳類や鳥類は二、三週間でそうなります。でも、人間の子供は、しゃべったり、弱々しい脚でよちよち歩きすることを憶えるのに何年もかかります。

でも、十億人にひとりの子供が――変わっているとしましょう。生まれつき完全に意識を持ち、本能的に考えることができるとしましょう。赤ん坊がなにをしたがるにしろ、完璧な目くらましになりませんか？　そいつは平凡で、弱々しく、泣くばかりで、なにも知らないふりができます。ほんのわずかなエネルギーを消費するだけで、暗い家じゅうを這《は》いまわり、聞き耳を立てられます。階段のいちばん上に障害物を置くなんてのは朝飯前。夜通し泣いて、母親を疲れさせ、肺炎にさせるなんてのは朝飯前。生まれるとき、母親のすぐそばにいるので、器用な手を使って腹膜炎《ふくまくえん》を起こさせるのも朝飯前なんです！」

「よしたまえ！」ジェファーズが立ちあがった。「そんなことをいってはいかん、胸が悪くなる！」

「ぼくがいいたいのは、胸が悪くなるようなことなんです。いったい何人の母親が、子供を産むときに命を落としたんでしょう？　いったい何人の母親が、命とりになりかねない奇妙な小さい怪物に授乳してきたんでしょう？　奇妙な、赤い小さな生きものが、血まみれの闇のなかで頭脳を働かせているのに、ぼくらには想像もつかないんです。原始的な小さな頭脳には種族的な記憶や、憎しみや、むき出しの残酷さがぎっしり詰まっていて、考えることといったら自己保存だけ。そしてこの場合、自己保存は、恐ろしいものを産んでしまったと悟った母親を排除することから成っていました。ねえ、先生、赤ん坊より身勝手なものがこの世にありますか？　ありません！」

ジェファーズは顔をしかめ、処置なしといいたげに首をふった。

ライバーが煙草を落として、

「あの子に大きな体力があるといってるわけじゃありません。ふつうよりすこしだけ、ほんの二、三カ月早く這いまわれるだけでいいんです。四六時中耳をすましていられるだけで。深夜に泣けるだけで。それだけでいいんです、それだけで足りるんです」

ジェファーズはその話を一笑《いっしょう》に付そうとした。

「それなら、殺人と呼びたまえ。しかし、殺人には動機がなければならない。子供にどんな動機があるんだね？」

ライバーはその答えを用意していた。

「生まれる前の子供よりも平和で、夢見るような満足を味わい、安らかで、くつろぎ、腹が減ることもなく、心地よく、わずらわされないものがあるでしょうか？　ありません。そいつは滋養《じよう》と静寂という驚異のなかに浮かび、時間というものを知らずにまどろんでいます。やがて、不意にその寝台をあきらめろと迫られ、立ち退《の》きを強制されて、騒々しくて、だれもかまってくれない、身勝手な世界へ押しだされます。そこでは独力で移動し、狩りをして、その狩りで食料を手に入れ、かつては当然の権利だったのに、いまや消えてしまった愛を探し求め、内なる静寂と永遠につづくまどろみの代わりに、混乱に直面するしかなくなるんです！　そして子供はそれを恨みに思うんです！　冷気を恨み、だだっ広い空間を恨み、慣れ親しんだものから不意に引き離される事態を恨みます。そして頭脳のちっぽけな繊維のなかで、子供が知っているのは身勝手さと、魔法が乱暴に破られたことから生《しょう》じた憎しみだけです。この幻滅を引き起こしたのはだれか、魔法を乱暴に打ち破ったのはだれか？　母親です。したがって、新生児には、不合理な心の底から憎む相手ができるわけです。母親がそいつを放りだし、拒絶したのです。そして父親も五十歩百歩です。あいつも殺せ！　あいつにもあいつなりの責任があるんだ、というわけです」

ジェファーズが口をはさんだ。

「きみのいうとおりだとしたら、世界じゅうの女性が、自分の赤ん坊を恐れるべきもの、疑ってかかるものとして見ているはずだろう」

「とんでもない。子供には完璧なアリバイがありませんか？　千年も受け入れられてきた医学的な信念に守られているんです。当然のごとく、無力で、なんの責任もないとみなされますから。じつは、子供は生まれつき憎悪のかたまりなんです。そして事態は改善するどころか悪化します。最初のうち赤ん坊は、かなりの注目を集め、世話をされます。でも、時がたつにつれ、事態が変わります。生まれたてのころは、赤ん坊が泣いたり、くしゃみをするだけで両親はおろおろし、騒音をたてれば飛びあがります――それだけの力があるわけです。しかし、歳月がたつにつれ、そのささやかな力さえ急速に失われて、永久に消えて二度ともどらないのを赤ん坊は感じとります。ありったけの力を握っていればいいじゃないか。有利なうちに有利な力をふるえばいいじゃないか。あとになれば、憎しみを表《あらわ》しても手遅れだ。攻撃するならいまだ、というわけです」

ライバーの声はひどく静かで、ひどく低かった。

「ぼくのかわいい男の子は、夜中にベビーベッドに横たわり、赤い顔を汗まみれにして、息を切らしています。泣いているからでしょうか？　いいえ。ベビーベッドからのろのろと這いおりて、暗い廊下を遠くまで這っていったからです。ぼくのかわいい男の子。あいつを殺してやりたい」

医師は水のはいったグラスと錠剤をライバーに手渡した。

「きみはだれも殺さない。二十四時間眠るんだ。眠れば考えも変わる。これを呑みたまえ」

ライバーは錠剤を呑みくだし、泣きながら、二階の寝室へ連れていかれた。ベッドに押しこまれるのを感じる。医師は、ライバーが深い眠りにつくまで待ち、それから家を出た。

ライバーはひとりぼっちでゆらゆらと降りていった。

物音が聞こえた。

「なんだ――なんだ、いまのは？」彼は弱々しく問いかけた。

なにかが廊下で動いた。

デイヴィッド・ライバーは眠った。


あくる朝、まだひどく早いうちに、ドクター・ジェファーズの車がその家までやってきた。うららかな朝で、ライバーを田舎《いなか》で休ませるため連れにきたのだった。ライバーはまだ二階で眠っているだろう。すくなくとも十五時間は眠りこけるだけの鎮静剤をあたえたのだから。

ドアベルを鳴らす。返事はない。おそらく召使いたちも起きていないのだろう（作者の勘ちがい。通いの家政婦がいるだけ）。ジェファーズは玄関のドアを押してみて、あいているのに気づき、なかへはいった。手近の椅子の上に診察鞄《かばん》を置く。

階段を昇りきったところで、なにか白いものが視界から消えた。なにかがわずかに動いたのだ。危うく見逃すところだった。

家じゅうにガスのにおいがたちこめていた。

ジェファーズは二階へ駆けあがり、ライバーの寝室へ飛びこんだ。

ライバーはベッドの上にぴくりともせずに横たわっており、部屋にはガスが充満していた。

ドア付近の壁の根元にある栓《せん》があけっぱなしになり、そこからシューシューとガスが吹きだしているのだ。ジェファーズは栓をひねって閉めると、全部の窓をあけ放して、ライバーのところへ駆けもどった。

その体は冷たかった。死後数時間がたっていた。

激しく咳きこみながら、医師は目に涙をにじませ、急いで部屋を出た。ライバーが自分でガス栓をあけたのではない。そんなことはできたはずがない。鎮静剤で意識を失っていたのだから、正午まで目をさまさなかっただろう。自殺ではない。それとも、ほんのわずかでもその可能性があるのだろうか？

ジェファーズは五分ほど廊下に立っていた。それから子供部屋のドアまで歩いた。ドアは閉まっていた。ドアをあける。なかにはいり、ベビーベッドまで歩く。

ベビーベッドは空《から》だった。

彼は三十秒ほど、ベビーベッドのわきでふらふらしていた。それから、だれにともなくいった。

「子供部屋のドアが風で閉まったんだな。それで、おまえは安全なベビーベッドへもどれなかった。ドアが風で閉まることには、計算にはいってなかったのだろう。たかがドアが閉まったくらいで、最高の計画もぶち壊しだ。おまえは家のどこかに隠れていて、自分でないもののふりをしているんだろうが、きっと見つけてやる」医師はめまいを起こしたように見えた。片手を頭にやり、青白い顔でほほえむ。「いまのわたしの口ぶりは、アリスやデイヴィッドにそっくりだ。でも、危険は冒せない。確信はないが、危険を冒すわけにはいかない」

彼は階下へ降り、椅子の上の診察鞄をあけると、なにかをとりだし、両手で握った。

なにかが廊下の先でコソリと音をたてた。非常に小さく、非常に静かなものが。ジェファーズはさっとふり向いた。

おまえをこの世に連れだすために、わたしは手術をしなければならなかった、と彼は思った。こんどはこの世から消す手術をするはめに……。

彼はゆっくりと、たしかな足どりで六歩ほど廊下を進んだ。手をあげて陽射しにかざす。

「見てご覧、赤ちゃん！　ピカピカ光るものですよ——きれいなものですよ！」

手術用のメス。

群集

ミスター・スポールナーは両手で顔を覆った。

空間を移動する感覚があった。耳をつんざく悲鳴、車が塀《へい》に激突し、横転すると、塀を突きぬけ、おもちゃのようにひっくり返り、彼を放りだす。と——静寂。

群集が走ってきた。横たわっている彼の耳に、走っている音がかすかに届いた。多数の足音を聞き分ければ、ひとりひとりの年齢や体格までわかりそうだ。夏草《なつくさ》を踏みしめ、線の引かれた舗装路や、アスファルトの街路を走ってきて、散らばった煉瓦《れんが》のあいだを縫《ぬ》ってくる。彼の車が夜空に向かって宙ぶらりんめいた恰好になり、依然として遠心力で意味もなく車輪をぐるぐるまわしているところまで。

群集がどこから来るのかはわからなかった。必死に意識を保《たも》とうとしていると、つぎの瞬間、群集の顔が彼をとり巻いた。お辞儀《じぎ》をしている木々の大きな光り輝く葉のように、彼の上にぶらさがる。それは彼の上で押し合いへし合いし、つぎつぎと入れ替わる顔の環《わ》となり、彼をひたすら見おろして、生死を分かつ時刻を彼の顔に読みとろうとし、彼の顔を月時計に変えていた。彼の鼻から頬《ほほ》にかけて月が影を落とし、彼が呼吸をするか、もう呼吸しないかの分かれ目となる時刻を告げようとしていたのだ。

群集はなんとすばやく集まってくることか、と彼は思った。眼球の虹彩《こうさい》が、どこからともなく収縮するようだ。
サイレン。警官の声。体が動かされる。血が唇《くちびる》からしたたり落ち、彼は救急車へ乗せられようとしていた。だれかが、「死んでるのか？」といい、ほかのだれかが「いいや、死んでない」と答えた。すると第三の人物が、「死なないよ。死にそうにない」といった。そして夜の闇のなかに群集の顔が見え、彼らの表情からして自分は死なないのだとわかった。それは奇妙な光景だった。男の顔が見えた。痩《や》せていて、聡明そうで、青白い。その男は唾《つば》を飲みこんで、唇を噛《か》んだ。ひどく気分が悪そうだ。赤毛で、頬と唇に紅《べに》を塗りたくった小柄《こがら》な女もいた。そばかすだらけの顔をした幼い少年もいた。ほかの者たちの顔また顔。上唇にしわの寄った老人、顎《あご》にほくろのある老婆。みんな集まってきたのだ――いったいどこから？　家、車、路地、事故にショックを受けた隣近所から。路地から、ホテルから、路面電車からやってきた。そして虚空《こくう》から降って湧いた者もいるらしい。

群集が彼を見つめ、彼は群集を見返した。その群集はまったく気に入らなかった。ひどくまちがったところがあるのだ。はっきりと指摘できないが。いまこの身に起きた、この機械が起こした事故よりも、彼らのほうがはるかにおぞましい。

救急車のドアがバタンと閉まった。窓ごしに、つぎつぎとのぞきこんでくる群集が見えた。その群集はつねにあっというまに、異様なほど早く集まってきて環を作り、見おろし、詮索《せんさく》し、ぽかんと見とれ、質問し、現場を混乱させ、そのむき出しの好奇心で、苦しんでいる男のプライヴァシーを侵害するのだ。

救急車が走りだした。彼は全身の力をぬいた。目を閉じても、依然として群集の顔がこちらを見つめていた。

彼の心のなかでは、何日間も車輪がまわっていた。ひとつの車輪、四つの車輪がぐるぐるまわり、ヒューンとうなり、ひたすらまわりつづけた、ぐるぐると。

なにかがおかしいのがわかった。車輪、事故全体、走ってくる足音、好奇心――そのどこかにおかしな点がある。群集の顔が混ざりあい、くるくるまわって、とめどない車輪の回転に変わった。

目がさめた。

陽射《ひざ》し、病室、脈をとる手。

「ご気分は？」と医師が尋ねた。

車輪が遠のいていった。ミスター・スポールナーはあたりを見まわした。

「かなりいい――と思います」

彼は言葉を見つけようとした。事故について。

「先生？」

「なんでしょう」

「あの群集――あれは昨晩のことだったんですか？」

「二日前です。あなたは木曜日から入院しています。とはいえ、もうだいじょうぶ。心配はいりません。おっと、起きあがらないようにしてください」

「あの群集。それに車輪に関するなにか。事故にあうと人は、その――すこし正気を失うものでしょうか？」

「一時的にそうなることもあります」

彼は横たわったまま医師を見あげた。

「時間感覚に障害が起きることは？」

「パニックのせいでそうなるときもあります」

「一分が一時間に思えたり、一時間が一分に思えたりすることは？」

「あります」

「じゃあ、聞いてください」体の下にベッドを、顔に陽射しを感じる。「頭がイカレていると思われても仕方がない。たしかに、スピードを出しすぎていました。いまとなっては後悔しています。縁石《えんせき》を飛び越えて、あの塀にぶつかりました。たしかに、ぼくは怪我をして痺《しび》れていました。でも、まだ憶《おぼ》えていることがあります。その大部分は――野次馬《やじうま》に関することです」一瞬間《ま》を置いてから、先をつづけようと決意する。というのも、なにが気になるのか、突如としてわかったからだ。「野次馬が集まるのが早すぎたんです。塀に激突した三十秒後には、大勢がぼくを見おろして、じっと見つめていました……あんな夜遅くに、あんなに早く走ってこれるわけがない……」

「三十秒に思えただけです」と医師。「おそらく三、四分だったのでしょう。あなたの感覚が——」

「ええ、わかってます——ぼくの感覚や事故のことは。でも、意識はあったんです！　ひとつ憶えていることがあって、いろいろ考えると、おかしなことだとわかるんです。ええ、とんでもなくおかしなことだと。つまり、裏返った車の車輪です。野次馬が集まってきたとき、車輪がまだぐるぐるまわっていたんですよ！」

医師が口もとをほころばせた。

ベッドの男は言葉をつづけた。

「まちがいありません！　車輪はぐるぐるまわっていました——両方の前輪が！　車輪の回転はそれほど長くつづきません、摩擦《まさつ》のせいで止まるからです。それなのに本当にまわっていたんです！」

「まだ混乱しているんですよ」と医師。

「混乱なんかしていません。あの通りは空《から》っぽでした。人っ子ひとり見当たりませんでした。で、つぎの瞬間に事故が起きて、車輪がまだまわっているうちに、たくさんの顔が、ぼくを見おろしていたんです。そんな時間はなかったのに。彼らがぼくを見おろす目つきで、死なずにすむとわかりました……」

「ただのショックです」と医師はいうと、陽射しのなかへ歩み去った。

二週間後に退院した。家へはタクシーで帰った。病床にあった二週間のあいだに見舞客があり、その全員に彼は例の話——事故と、くるくるまわる車輪と、群集の話——をした。だれもが考えすぎだと笑い飛ばし、その話を聞き流したのだった。

彼は身を乗りだし、運転席と客席を仕切る窓をトントンと叩いた。

「どうかしたの？」

運転手がふり返り、

「すいません、旦那。渋滞《じゅうたい》がひどくて、車がはいれないんですよ。この先で事故があったらしい。迂回《うかい》しましょうか？」

「ああ、そうしてくれ。いや、そうじゃない！　ちょっと待って。進んでくれ。事故を――ひと目見せてくれ」

タクシーが警笛《けいてき》を鳴らしながら前進した。

「おっかしいなあ」と運転手。「おい、そこのあんた！　突っ立ってないで、どいてくれ！」

元の口調にもどして、「おかしいな――野次馬が多すぎる。お節介《せっかい》どもめ」

ミスター・スポールナーは目を伏せて、膝《ひざ》の上で震えている指を見つめた。

「きみも気づいたのか？」

「あったぼうでさ」と運転手。「いつでもです。いつも野次馬が集まるんです。あいつらのおっかさんが事故で死んだのかと思っちまいますよ」

「連中は恐ろしく早く集まってくる」とタクシーの後部座席の男はいった。

「火事や爆発事故のときと同じですね。あたりにはだれもいない。ドッカーン。あたりには人がひしめている。どういうことやら」

「事故を目撃したことは――夜中に？」

運転手はうなずいた。

「ありまさあ。ちがいはありやせん。いつも野次馬が集まるんです」

事故現場が視界にはいってきた。死体が舗道に横たわっていた。見えなくても、死体だとわかった。群集がいたからだ。スポールナーは運転手の後部にすわっていて、群集は彼に背中を向けていた。背中を彼に向けていたのだ。彼は窓をあけ、もうすこしで叫びそうになった。しかし、そうする度胸がなかった。もし叫んだら、群集がふり返るかもしれない。

彼らの顔を見るのが怖かった。


「事故と縁ができたらしい」とオフィスで彼はいった。午後も遅い時間だった。友人がデスクの向こう側にすわって、耳をかたむけていた。「今朝退院したんだけど、帰る途中にまず出会ったのが事故で、まわり道するはめになった」

「ものごとには周期ってもんがある」とモーガン。

「事故の話をしてもいいか」

「もう聞いたよ。全部聞いた」

「でも、おかしな話なんだ、それは認めてもらわないと」

「認めるよ。どうだい、一杯やらないか？」

ふたりはさらに三十分あまり話しつづけた。しゃべっているあいだずっと、スポールナーの頭脳の奥で小さな時計がカチコチ時を刻んでいた。ネジを巻かなくてもいい時計が。それは二、三の些細《ささい》なことの記憶だった。車輪と、いくつもの顔。

五時半ごろ、通りで激しい金属音が鳴りひびいた。モーガンがうなずき、外を見おろした。

「さっきなんていったっけ？　周期か。トラックとクリーム色のキャデラック。いやはや、まったく」

スポールナーは窓辺へ歩みよった。体がひどく冷たかった。そこへ立つと同時に、腕時計に、その秒針に目をやった。一秒、二秒、三秒、四秒、五秒——人々が走ってくる——八秒、九秒、十秒、十一秒、十二秒——そこらじゅうから、人々が走ってくる——十五秒、十六秒、十七秒、十八秒——続々と人と車が集まってきて、さらに警笛が鳴らされる。奇妙なほど超然とした気分で、スポールナーはその光景を逆回転する爆発として見ていた。爆発で飛び散った破片が、衝撃の生《しょう》じた一点に吸いこまれていくのだ。十九秒、二十秒、二十一秒。群集が集まっていた。スポールナーは無言で彼らを指さした。

群集の集まるのが早すぎた。

群集に呑《の》みこまれる寸前に女性の死体が見えた。

モーガンがいった。

「顔色が悪いぞ。ほら、そいつを飲んじまえよ」

「だいじょうぶ、だいじょうぶだ。ほっといてくれ。ぼくはだいじょうぶ。あの連中が見えるか？　ひとりでもはっきり見えるか？　もっと近くで見られたらいいのに」

　モーガンが叫んだ。

「おい、どこへ行くつもりだ？」

　スポールナーは外へ出た。モーガンができるだけ速く階段を降りて、あとを追ってきた。

「行くぞ、急いでくれ」

「落ち着けよ。きみは本調子じゃないんだ！」

　ふたりは歩いて通りへ出た。スポールナーは強引に前へ進んだ。頬と唇に紅を塗りたくった赤毛の女が見えると思ったのだ。

「あそこだ！」彼は勢いよくモーガンのほうを向き、「あの女を見たか？」

「だれを見たかって？」

「ちくしょう。姿が消えちまった。人ごみに呑まれたんだ！」

　あたりには群集がひしめいていた。息をして、見て、小刻みに歩き、交じりあい、ぶつぶついい、押しのけようとすると邪魔をした。赤毛の女は彼が来るのを目にして、逃げだしたにちがいない。

　またひとつ見憶えのある顔があった！　そばかすだらけの幼い少年だ。しかし、そばかすだらけの少年は、世間に掃《は》いて捨てるほどいる。どのみち、無駄足を踏むことになった。スポールナーがたどり着く前に、この幼い少年も逃げ去って、人ごみにまぎれこんだのだから。

「死んでるのか？」と尋ねる声。「あの女は死んだのか？」

「死にかけてる」と別のだれかが答えた。「救急車が来るまで保《も》ちそうにない。動かしちゃいけなかったんだ。動かしちゃいけなかったんだよ」

群集の顔――見憶えがあるような、ないような顔――がすべて前方をのぞきこみ、ひたすら見おろしている。

「おい、あんた、押さないでくれ」

「だれが押してるって？」

スポールナーは人垣から出た。倒れる前にモーガンが支えてくれた。

「このばか。まだ体調が悪いんだぞ。いったいなんでこんなとこまで来なけりゃならなかったんだ？」とモーガンが語気を強めていった。

「わからない、本当にわからないんだ。連中が彼女を動かしたんだ、モーガン、だれかが彼女を動かした。交通事故の被害者は動かしちゃいけないのに。命とりになる。命とりになるんだ」

「ああ。でも、人はそうするものなんだよ。ばかな連中だ」

スポールナーは新聞の切り抜きを注意深く並べた。

モーガンがそれに目をやり、

「なにを考えてるんだ？　事故にあってからこっち、きみは交通事故という交通事故が自分と関係があると思ってる。そいつはなんだ？」

「自動車事故の切り抜きと写真だ。よく見てくれ。車じゃなくて」とスポールナー。「車をとり囲む群集を」指さして、「ほら。ウィルシャー地区で起きた事故を撮《と》ったこの写真と、ウェストウッドで撮った写真を見くらべてくれ。似たところはない。でも、このウェストウッドの写真と、十年前にウェストウッド地区で撮られた写真をこうして並べてみると」ふたたび指さして、「この女は両方に写ってる」

「偶然の一致だよ。その女はたまたま一九三六年にいちど、一九四六年にもういちどそこにいたんだ」

「いちどなら偶然の一致かもしれない。でも、十年間に十二回だぞ、それも三マイルの範囲で事故が起きたときに。そんなことはありえない。ほら」と十二枚の写真を示し、「全部に写ってるんだ！」

「変質者なのかもしれん」

「ただの変質者じゃない。どうしたら事故が起きるたびに、これほど早くたまたま現場に居合わせられるんだ？　それに十年にわたって撮られた写真のなかで、どうして同じ服を着てるんだ？」

「驚いたな、本当だ」

「最後にもうひとつ、どうしてこの女は二週間前、ぼくの事故が起きた夜に、ぼくを見おろしていたんだ！」

ふたりは一杯やった。モーガンがファイルにざっと目を通し、

「入院しているあいだに切り抜きサーヴィスに依頼して、新聞のバックナンバーを調べさせたのか?」

スポールナーはうなずいた。モーガンは飲み物に口をつけた。日が暮れようとしていた。オフィスの下の通りで街灯がつきはじめていた。

「これを全部足し合わせると?」

「わからない」とスポールナー。「事故には普遍的な法則があるということしか。野次馬が、集まる。つねに集まる。そしてきみやぼくのように、人々は来る年も来る年も首をひねってきたんだ、どうして彼らはあれほど早く集まるのか、そしてどうやって集まるのか、と。ぼくには答えがわかる。これだよ!」

彼は切り抜きを投げだした。

「背すじが寒くなる」

「この連中――スリルを求めてるんじゃないか。倒錯《とうさく》したゲテモノ好きで、血と病的なものに肉欲をおぼえるんじゃないかな」

スポールナーは肩をすくめ、「すべての事故に居合わせてるのが、それで説明できるだろうか? いいかい、連中は特定の地区だけに現れる。ブレントウッドの事故は、ひとつのグループを呼びよせる。ハンティントン・パークは別のグループだ。でも、顔ぶれには決まりがあって、事故のたびに特定の割合で現れるんだ」

モーガンが、「全部が同じ顔ぶれってわけじゃないんだな」といった。

「当然ながらちがう。事故が起きれば、そのうちふつうの人も集まってくるから。でも、気づいたんだ、一番乗りはいつもこの連中だって」

「いったい何者なんだ？　なにがしたいんだ？　きみはほのめかしてばかりで、はっきりしたことをいわない。ちくしょう、なにか考えがあるんだろう。自分で怖がるだけじゃなくて、ぼくまでビクつかせようっていうのか」

「連中に近づこうとしてみたんだ。でも、かならず邪魔がはいるし、かならず遅れてしまう。連中は人ごみにまぎれて姿を消す。群集は、その構成員に保護の手をさし伸べるらしい。ぼくが来るのを見てるんだ」

「徒党みたいなものを組んでるらしいな」

「連中には共通点があって、いつもいっしょに姿を現すんだ。火事や爆発の現場、戦争の周辺地域をはじめとして、死と呼ばれるものが公然と見られる場所ならどこへでも。禿鷹《はげたか》なのか、ハイエナなのか、聖人なのか――どれなのかはわからない、見当もつかん。でも、今晩、これを持って警察へ行くよ。これ以上のさばらせておくわけにはいかない。今日、連中のひとりが女性の体を動かした。触れちゃいけなかったのに。それが命とりになった」

彼は切り抜きをブリーフケースにしまった。モーガンが立ちあがり、上着に腕を通した。スポールナーはブリーフケースをカチリと閉めた。

「それとも、いま思いついたんだが……」

「なにを？」

「連中は彼女を死なせたかったのかもしれない」

「なぜ？」

「神のみぞ知るさ。いっしょに来るか？」

「悪いな。もう遅い。また明日だ。幸運を祈る」ふたりはそろって外へ出た。「おまわりさんによろしく。信じてもらえると思うか？」

「ああ、きっと信じてくれる。お休み」

スポールナーは車をゆっくりと繁華街へ進めた。

「あそこへ行きたいんだ」と彼はひとりごちた。「生きたままで」

トラックが路地から飛びだし、こちらへまっしぐらに向かってきたとき、彼はかなりショックを受けたが、驚きはしなかった。トラックが彼の車に衝突したときも、自分の観察力の鋭さを自画自賛して、警察に話すつもりだったことを心のなかでしゃべっているだけだった。じつをいうと彼の車ではなかった。その点は心残りだった。体がまず右へ、ついで左へ投げだされた。そのあいだ頭にあったのは、モーガンが出張して、スポールナーの車の修理ができるまで、予備の車を二、三日貸してくれたのに、またこうなったのはじつに残念だ、という思いだった。フロントガラスが顔に激突した。体が何度も激しく前後に揺さぶられた。と、つぎの瞬間、すべての動きが止まり、すべての騒音がやみ、苦痛だけがこみあげてきた。

走ってくる足音が聞こえた。走ってくる、走ってくる。彼は車のドアを手探りした。ドアがカチリと鳴った。彼は酔っ払いのように舗道に落ちて、耳をアスファルトに押しつけた恰好で横たわり、やってくる足音に耳をすましていた。土砂《どしゃ》降りの雨のようだった。重いしずく、軽いしずく、中くらいのしずく——おびただしい数の雨滴《うてき》が地面を叩いている。彼は何秒か待って、彼らが近づいてきて到着する音に耳をかたむけた。それから、弱々しく、期待の表情で、首をもたげて、見た。

群集がいた。

彼らの息のにおいがした。大勢の人間の息が入り混じり、ひとりの男が生きるのに必要な空気をどんどん吸いこんでいる。彼らは押し合いへし合いし、あえいでいる彼の顔のまわりからすべての空気を吸いこみ、吸いとっていた。たまりかねた彼は、さがってくれ、あなたがたはぼくを真空のなかで生きさせようとしている、と彼らにいおうとした。頭の出血がひどかった。彼は動こうとして、背骨がおかしいのに気づいた。衝突したときはあまり感じなかったが、背骨が傷ついたのだろう。彼は動かないようにした。

口がきけなかった。口を開いても、空《から》えずきをするばかりだった。

だれかがいった。

「手を貸してくれ。この男をひっくり返して、もっと楽な姿勢をとらせてやろう」

スポールナーの頭脳が破裂した。

やめろ！　動かすな！

「この男を動かそう」と声がさりげなくいった。

阿呆《あほう》ども、ぼくを殺す気か、やめてくれ！

しかし、声に出してはひとこともいえなかった。

いくつもの手が体にかかった。体があがりはじめる。考えることしかできなかった。吐き気がこみあげ、喉が詰まった。体がまっすぐになり、すさまじい痛みに襲われた。彼は悲鳴をあげた。ふたりの男がそうしたのだ。ひとりは痩せて、聡明そうで、青白く、機敏な若者。もうひとりは年寄りもいいところで、上唇にしわが寄っている。

この顔は前に見たことがある。

聞き憶えのある声がいった。

「その男は——死んでるのか？」

別の声、やはり記憶にある声が答えた。

「いや。まだだ。でも、救急車が到着する前に死ぬだろう」

なにもかも愚かで狂った陰謀なのだ。事故は例外なくそうなのだ。彼は隙間《すきま》なく並んだ顔の壁に向かってヒステリックにわめきたてた。彼はとり囲まれていた、前に見たことのある顔を持つ判事と陪審員たちに。苦痛にさいなまれながらも、彼らの顔をひとつひとつ見ていく。

そばかすのある少年。上唇にしわが寄っている老人。

赤毛で赤い頰をした女。顎にほくろのある老婆。

おまえたちがなにをしに来たのか知っているぞ、と彼は思った。すべての事故現場に駆けつけるのとまったく同じだ。生かしたい者が確実に生き、死なせたい者が確実に死ぬようにするためだ。だからぼくの体を持ちあげた。そうすれば死ぬのを知っていた。放っておけば、ぼくが生きるのを知っていたからだ。

野次馬が集まるときは、時のはじめからずっとそうだったのだ。この方法なら、人殺しはずっと簡単になる。いいわけは単純だ。怪我人を動かすのが危険だとは知らなかった。傷つけるつもりなどなかった。

彼は頭上の群集を見た。そして水中深くにいる男が、橋の上にいる人々を見あげるときのように好奇心をおぼえた。おまえたちは何者だ？　どこから来た、どうやってこんなに早くここへ来られたんだ？　おまえたちはいつも救助の邪魔をする群集だ。死にかけた男の肺に必要な空気を使い果たし、ひとりで横たわるのに使うべき空間を埋めつくす。確実に死ぬように人を踏みつける、それがおまえたちだ。おまえたちをひとり残らず知ってるぞ。

それは礼儀正しい独白のようだった。彼らはなにもいわなかった。顔また顔。老人。赤毛の女。

だれかが彼のブリーフケースを拾いあげた。

「これはだれのだ？」

ぼくのだ！　おまえたち全員の罪を明かす証拠だ！

逆さまになって彼を見おろす目また目。くしゃくしゃの髪や帽子の下でぎらつく目また目。

顔また顔。

どこかで――サイレン。救急車がやって来る。

だが、居並ぶ顔を、その構造、色、形を見ると、救急車は間に合わないとわかった。彼らの顔にそれが読みとれた。彼らは知っているのだ。

彼は口をきこうとした。出たのは言葉の断片だった――

「まるで――ぼくが――おまえたちの仲間入りをするみたいだ。たぶん――ぼくはおまえたちの一員になるんだろう――おまえたちのグループの――もうじき」

それから目を閉じ、検視官の到着を待った。

びっくり箱

彼は冷たい朝の窓を透《す》かし見ながら、びっくり箱をかかえ、錆《さ》びついた蓋《ふた》をこじあけようとしていた。しかし、どれほどがんばっても、ジャックは叫び声をあげて光のもとへ飛びだしてこようとしなかった。あるいはビロードのミトンをはめた手で空気を叩いたり、ペンキ塗りの顔に野卑《やひ》な笑みを浮かべて、前後左右にお辞儀《じぎ》したりしようともしなかった。蓋の下に押しこめられて、牢獄《ろうごく》のなかで、きっちりとバネを巻いたままだった。箱に耳を当てると、その下の圧力が、閉じこめられたおもちゃの不安とパニックが感じとれた。まるでだれかの心臓を握っているかのようだ。箱が脈打っているのか、それとも自分自身の血が蓋にぶつかって鼓動しているのか、エドウィンにはわからなかった。

箱を放りだし、窓に目を向ける。窓の外では、エドウィンをとり囲む家を木々がとり囲んでいた。木々の向こう側は見えなかった。もしその向こう側にある別の世界を見つけようとすれば、木々は風を使って枝を密にからみ合わせ、視線をさえぎり、彼の好奇心を静めようとするだろう。

「エドウィン！」背後で母さんが待っていた。朝食のコーヒーを飲みながら、神経質に息をしている。「ぼんやり眺めてないで。こっちへ来て、食べなさい」

「いやだ」彼は小声でいった。

「なんですって？」ガサガサと衣擦《きぬず》れの音。母さんが向きを変えたにちがいない。「どっちが大事なの、朝食、それともその窓？」

「窓……」彼は小声でいい、十三年にわたり行き先を見定めようとしてきた小径《こみち》や踏み分け道に視線を走らせた。木々が一万マイルもつづいていて、その先になにもないというのは本当なんだろうか？　彼にはわからなかった。彼の視線は打ち負かされ、芝生へ、階段へ、窓ガラスに当てられて震えている自分の手へもどってきた。

彼はふり返って、味のしないアンズを食べた。こだまがするほど広大な朝食をとる部屋のなか、母親とふたりきりで。このテーブルに、この窓辺についた五千回の朝。木々の向こうに動くものはなかった。

ふたりは黙々と食べた。

母親は顔の青白い女性で、古いカントリーハウスの四階、キューポラの窓辺に姿を見せるが、それを見るものは鳥しかいない。毎日朝の六時、午後の四時、夜の九時、さらには深夜零時一分過ぎに鳥が通りかかっても、彼女は自分の塔にいるだろう。無言で、白く、孤高を保《たも》って、もの静かに。ちょうど打ち捨てられた温室を通りかかったら、最後の白い野の花が、月光に向かって首をもたげていたかのように。

いっぽう、その子供のエドウィンは、アザミの季節に風のひと吹きで莢《さや》から飛びだすアザミだった。髪の毛は絹《きぬ》のように細くしなやかで、その目はつねに青く、熱を帯びて潤《うる》んでいる。睡眠が足りてないかのような浮かない表情。ドアがバタンと閉まったら、爆竹《ばくちく》のようにはじけ飛ぶかもしれない。

母親がゆっくりと、慎重に言葉を選んで話しはじめたが、やがて早口になり、ついで怒ったような口調になり、ついには唾《つば》を飛ばしそうになった。

「どうして毎朝逆《さか》らわなくちゃいけないの？　窓から外を眺めてるところなんか見たくないのよ、ちゃんと聞いてる？　あなたはなにがしたいの？　あれを見たいの？」指をピクピクさせながら、彼女は叫んだ。いきり立つ姿も美しかった。まるで怒れる白い花だ。「〈けだもの〉を見たいの、道を走って、人々をイチゴみたいに押しつぶす怪物を？」

見たい、と彼は思った。その恐ろしい〈けだもの〉とやらを見てみたい、と。

「外へ行きたいの？」彼女は叫んだ。「あなたが生まれる前に、あなたのお父さまがそうしたように。そしてお父さまが殺されたように、道路で〈恐ろしいもの〉に轢《ひ》き殺されたいの？」

「それはいやだ……」

「お父さまが殺されただけじゃ足りないの？　あんな〈けだもの〉のことなんか考えるのはやめなさい！」身ぶりで森を示し、「さあ、そんなに死にたいのなら、さっさと行きなさい！」

母親は黙りこんだが、その指はテーブルクロスの上で開いたり閉じたりしつづけた。

「エドウィン、エドウィン、あなたのお父さまがこの世界を隅々《すみずみ》までお造りになったの。お父さまにとって美しいものだったから、あなたにとってもそうであるはず。木々の向こうにはなにも、なにひとつないの。あるとしたら死だけ。あなたをその近くへ行かせるわけにはいかないの！　ここだけが世界よ。ほかのものはどうでもいいの」

彼はみじめな気分でうなずいた。

「さあ、笑って、トーストを食べてしまいなさい」

彼はゆっくりと食べた。銀のスプーンに窓をひそかに映しながら。

「ママ……？」うまく言葉にできなかった。「死ぬって……どういうこと？　ママの話によく出てくるけど。それは感じるもの？」

「他人にしたがって生きつづけなければならない者にとっては、そう、悪い感じがするものよ」彼女はいきなり立ちあがり、「学校に遅れるわよ！　走って！」

彼は教科書をつかむと、彼女にキスをした。

「行ってきます！」

「先生によろしくね！」


彼は銃から飛びだす弾丸のように彼女のもとから走りだした。果てしなくつづく階段を昇り、廊下を、ホールを抜け、黒ずんだ歩廊《ほろう》の羽目板《はめいた》に白い滝のようにあいている窓の前を通り過ぎる。上へ、上へ、層を重ねたケーキのような世界の各階を昇っていく。層と層とのあいだには東洋の絨毯《じゆうたん》という分厚い砂糖衣《フロスティング》（作者の勘ちがい。フィリングが正しい）がはさまり、てっぺんには明るい蠟燭《ろうそく》が並んでいる。

階段を昇りきったところで、彼は宇宙を構成する四つの層を見晴らした。

キッチン、食堂、居間から成る低地。音楽室、遊戯室、絵画《かいが》室、そして鍵《かぎ》のかかった開《あ》かずの間《ま》から成る中つ国がふたつ。そしてここ――彼はくるっとふり向いた――ピクニックと冒険と学習の場である高地。彼はここをさまよったり、遊んで過ごしたり、曲がりくねった学校への道すがら、すわって寂しい子供の歌を歌ったりするのだ。

そう、これが宇宙だ。お父さま（あるいは神さま。母さんはしばしばそう呼ぶ）が遠いむかしに、壁紙を貼った漆喰《しっくい》の山をいくつも築かれた。これはお父さま＝神さまのお造りになったもので、そのなかではスイッチを入れると星々が輝きだす。そして太陽は母さんであり、母さんは太陽であって、そのまわりをすべての世界が公転している。そしてエドウィンは小さな暗い流星で、黒っぽい絨毯とチラチラ光る綴《つづ》れ織《お》りから成る宇宙空間をぐるぐるまわっている。ハイキングか探検をしているときには、巨大な彗星《すいせい》の階段を昇って姿を消すところが見えるだろう。

ときどき彼と母さんは高地でピクニックをした。赤い房《ふさ》べりのあるペルシャ芝生《しばふ》の上に、ひんやりした雪のリネンを広げて。深紅《しんく》の草地は世界の頂《いただき》の空気が希薄な高原にあり、そこでは血色の悪い見知らぬ者たちの肖像画が、食べたり、はしゃいだりするふたりをものほしげに見おろしていた。ふたりはタイル張りの隠し壁龕《へきがん》で銀色の蛇口から水を汲《く》み、金切《かなき》り声をあげながら、暖炉の灰受け石にタンブラーを投げつけて割った。魔法にかかった上層の国で、未知の、荒涼とした隠れた土地で隠れんぼをした。そこで彼女は、ビロードの窓カーテンにミイラのようにくるまった彼、あるいはシーツのかかった家具の下に、風から守られた稀少植物のように隠れている彼を見つけた。いちど、彼は迷子になって、塵《ちり》とこだまから成る狂った山麓《さんろく》、クローゼットのフックとハンガーにぶらさがるものが夜しかない場所を何時間もさまよった。しかし、母親が彼を見つけ、泣きじゃくる彼をかかえて、層を成す宇宙を居間まで降りていった。そこではほこりが見慣れたとおりに、火花の驟雨《しゅうう》となって陽《ひ》に照らされた空気に降り注いでいた。

彼は階段を駆けあがった。

ここで千の千倍もあるドアをノックした。すべて鍵のかかった禁断の扉だ。ここではピカソの淑女たちとダリの紳士たちが、画布《キャンヴァス》の精神科病棟から音もなく絶叫している。彼がぐずぐずしていると、彼らの金色の目が爛々《らんらん》と光った。

「こういう化け物は、外に棲《す》んでいるのよ」とダリ＝ピカソ一族を指さしながら、母親がいったことがある。

いま、そのわきをすばやく駆けぬけながら、彼はそいつらに舌を突きだした。

足が止まった。

禁断の扉のひとつが開いていたのだ。

温かい陽光がそこから斜めに射しこんでいて、彼は興奮した。

ドアの向こう側では、螺旋《らせん》階段が陽射《ひざ》しと静寂のなかで上へ延びていた。

彼はあえぎながら立っていた。もう何年もドアをあけようとしてきたが、つねに鍵がかかっていた。もしこのドアを完全に押しあけて、階段を昇ったらどうなるだろう？ てっぺんに怪物が隠れているのだろうか？

「だれかいますか！」

その声は、螺旋を描く陽光のまわりに跳《は》ねあがった。「だれかいますか……」と、かすかでものうげなこだまが、はるか遠くの高い高いところから返ってきて、消えた。

彼はドアを通りぬけた。

「お願いです、お願いです、ひどいことをしないで」と、陽に照らされた高い場所へ向かって小声でいう。

彼は悔悛者《かいしゅんしゃ》のように目をつむり、一段ごとに立ち止まって、罰がくだるのを待ちながら昇っていった。やがて足どりが速くなり、飛ぶようにぐるぐるまわっていき、ついには膝《ひざ》が痛くなり、息が噴水のように出入りし、頭が鐘《かね》のようにガンガン鳴った。そしてとうとう階段を昇りきって、恐ろしい頂にたどり着き、陽光に浸《ひた》された、広々とした塔のなかに立った。

太陽が彼の目に一撃を食らわせた。まさか、太陽がこれほどまぶしいとは！　彼はよろよろと鉄の手すりにもたれた。

「あそこだ！」彼の口が右から左へ開いた。「あそこだ！」ぐるぐる走りまわり、「あれなんだ！」

眼下に陰鬱《いんうつ》な樹木の障壁があった。生まれてはじめて、風に吹かれるクルミやニレの木よりも高いところに立ったのだ。目路《めじ》のかぎり、緑の草、緑の木々がつづいていて、白いリボンがあり、その上をカブト虫が走っている。そして世界のもう半分は青色で果てしなく、信じられないほど濃い青色の部屋のなかで、太陽が迷って落ちていく。その部屋はあまりにも広大で、自分も落ちていく気がして、彼は悲鳴をあげると、塔の張り出しにつかまった。そして木々の彼方《かなた》、カブト虫が走っている白いリボンの彼方に、指のように突きだしているものが見えた。だが、恐ろしいダリ＝ピカソ一族は見えず、大きな白いポールの高いところではためいてる紅白と青の小さなハンカチが見えるだけだった。

不意に気分が悪くなった。また病気になったのだ。

きびすを返し、倒れそうになりながら階段をくだる。

禁断の扉を叩きしめ、倒れるように寄りかかった。

「目がつぶれるぞ」彼は両手を目に押しつけた。「見ちゃいけなかったんだ、いけなかった、いけなかったんだぞ！」

がっくりと両膝をつき、体をひねると、頭を覆って床に横たわった。待つのは一瞬ですむだろう――すぐに目がつぶれるはずだ。

五分後、彼はいつもと変わらない高地の窓辺に立ち、見慣れた庭園世界を見渡した。そしていまいちどニレとヒッコリーの木々と石塀《いしべい》が見えた。そして、それ自体が果てしない塀であり、その向こうには悪夢のような虚無と、霧と、雨と、永遠の夜しかないとばかり思ってきたあの森が。だが、宇宙はその森で終わってはいない――それはたしかだ。高地や低地をおさめる世界のほかにも世界があるのだ。

彼は禁断の扉をもういちどあけてみようとした。鍵がかかっていた。

自分は本当に上へ行ったんだろうか？　あの緑と青が半分ずつの広々としたものを本当に

発見したのだろうか？　神さまはぼくを目にされたのだろうか？　エドウィンは身震いした。神さま。謎めいた黒いパイプをふかし、魔法のステッキをふるう神さま。いまでさえ見そなわされているかもしれない神さま！

エドウィンは、冷たい顔にさわりながら、つぶやいた。

「まだ目が見えます。ありがとうございます、ありがとうございます。まだ目が見えます！」


九時半に、三十分の遅刻で彼は学校のドアをノックした。

「お早うございます、先生！」

ドアがさっと開いた。丈長《たけなが》で灰色、厚い布地でできた修道士のローブをまとい、頭巾《ずきん》で顔を隠した教師が待っていた。いつもどおり銀縁の眼鏡《めがね》をかけている。灰色の手袋をはめた手がさし招いた。

「遅刻ですよ」

その向こう側で、暖炉からの明るい光を浴びて本の国が燃えていた。百科事典が煉瓦《れんが》のように並ぶ壁があり、頭をぶつけなくてもなかに立てる暖炉があった。丸太が激しく炎をあげていた。

ドアが閉まると、温かな静寂が降りた。ここには、かつて神さまがついた机があった。彼は香りの強い煙草《たばこ》をパイプに詰めて、この絨毯を歩き、あの広大なステンドグラスの窓の外をしかめ面《づら》で眺めたのだ。部屋は神さまと、摩滅《まめつ》した木と、煙草と、革と、銀貨のにおいがした。ここでは、教師の声が荘重《そうちょう》なハープのように歌い、神さまについて、ありし日について語った。そして神さまの決断で揺れ、彼の機知で震えた世界について、世界が神さまの手の下で造られていたときについて、青写真、叫び声、徐々に高くなる木材について語った。神さまの指紋は、鍵をかけたガラスの陳列棚におさめられた十二本の先をとがらせた鉛筆に、溶けかけの雪片《せっぺん》のように残っていた。けっして触れてはならない。さもないと永久に溶け去ってしまうだろう。

ここ、教師のやわらかな声が走りつづける高地で、エドウィンは自分と自分の肉体に期待されていることを学んだ。彼は成長して〈存在〉となる。神さまの香りと喨々《りょうりょう》とひびく声にふさわしくならなければならない。いつか、この高い窓辺にそびえ立ち、青白い火で燃えあがり、叫び声で世界の梁《はり》からほこりを払わなければならない。神さま自身にならなければいけないのだ！ なにものもそれを妨《さまた》げてはならない。空も、木々も、木々の彼方の怪物たちも。

教師が部屋のなかを蒸気のように動いた。

「なぜ遅刻したの、エドウィン？」

「わかりません」

「もういちど訊《き》きますよ。エドウィン、なぜ遅刻したの？」

「その――禁断の扉がひとつ開いていて……」

教師の息がシュッと漏れるのが聞こえた。彼女がゆっくりとあとずさりして、大きな手彫りの椅子にすわりこみ、闇に呑《の》まれるのが見えた。姿が消える前に彼女の眼鏡がキラッと光った。教師が暗がりからこちらを見ているのが感じられた。その声は抑揚《よくよう》がなく、夜中に聞こえる声、悪夢からさめる直前に泣いている自分自身の声とそっくりだった。

「どの扉？　どこにあったの？」彼女はいった。「ああ、鍵をかけ忘れてはいけないのに！」

「ダリ＝ピカソ一族のわきにある扉です」と狼狽《ろうばい》して彼はいった。彼と教師はつねに親しい仲だった。いまそれが終わったのだろうか？　自分がその関係をぶち壊してしまったのだろうか？「階段を昇りました。昇らずには、昇らずにはいられなかったんです！　ごめんなさい、ごめんなさい。どうか、母さんにはいわないで！」

教師は空虚な椅子、空虚な頭巾のなかに迷いこんでいた。彼女ひとりが動いている井戸のなかで、眼鏡がホタルのような微光を放った。

「それで、上でなにを見たの？」彼女がつぶやいた。

「大きな青い部屋です！」

「見たの？」

「それに緑の部屋と、リボンとその上を走っている虫を。でも、長くは、長くはいませんでした、本当です、誓って本当です！」

「緑の部屋、リボン、そう、リボン、そしてその上を走っている小さな虫、なるほど」と彼女はいった。その声は、彼を悲しくさせた。

彼は教師の手に自分の手を伸ばしたが、教師の手は彼女の膝に落ち、暗がりのなかで胸をまさぐった。

「すぐに降りてきて、扉を閉めました。二度と見に行きません、絶対に！」彼は叫んだ。

彼女の声はか細くて、いっていることがほとんど聞きとれなかった。

「でも、見てしまったのだから、もっと見たくなるし、これからはいつも好奇心に駆られるでしょう」頭巾がゆっくりと前後に動いた。その深みが彼のほうを向いて、問いを発した。

「あなたは——目にしたものが気に入った？」

「怖くなりました。大きかったから」

「大きかった、そう、大きすぎるのよ。広くて、広くて、広すぎるのよ、エドウィン。わたしたちの世界とは似ていない。大きくて、広くて、不確実。ああ、なぜそんなことをしたの！　いけないとわかっていたのでしょう！」

彼女が返事を待っているあいだに、暖炉の火が花開き、萎《しお》れた。彼が答えられないでいると、とうとう彼女が口を開いた。まるで 唇《くちびる》をほとんど動かさないでしゃべろうとするかのように。

「お母さまのせい？」

「わかりません！」

「お母さまは神経質で、意地悪で、ガミガミいったり、束縛《そくばく》しすぎたりするから、あなたはひとりきりの時間がほしくなった——そういうことなのね、そういうことじゃないの？」

「そう、そうです！」彼は泣きじゃくった。

「だから逃げたのね。お母さまがあなたの時間を、あなたの考えをみんな奪ってしまうからなのね?」その声にはとまどいと悲しみがこもっていた。「そういうことなのね……」

彼の手は涙でべとべとになった。

「そうです!」彼は指と手の甲を嚙《か》んだ。「そうなんです!」そういうことを認めてはいけなかったが、いまは自分でいわなくてもよかった。教師がいってくれた、そういってくれたので、同意し、うなずき、指の付け根の関節を嚙み、泣きじゃくる合間《あいま》に叫ぶだけでよかった。

教師は百万歳だった。

「わたしたちは学ぶの」彼女が疲れた声でいった。椅子から立ちあがり、灰色のローブをゆらゆらと揺らしながら机まで行き、手袋をはめた手で長いこと探って、ペンと紙を見つけだした。「わたしたちは学ぶの、ああ、神さま。でも、ゆっくりと、痛みをともなって学ぶのよ。自分では正しいことをしているつもりでも、いつも、いつも、計画を破綻《はたん》させてしまい……」彼女はシュッと息を漏らし、いきなり頭をふりあげた。小刻みに震える頭巾は完全に空《から》っぽに見えた。

彼女は紙に言葉を書きつけた。

「これをお母さまに渡して。毎日、午後は丸々二時間、あなたがひとりきりになって、好きな場所をさまようことを認めてくださいと書いてあるわ。どこへ行ってもいい。ただし、外は別。聞いてますか、エドウィン?」

「はい」彼は顔を拭《ふ》いた。「でも——」

「つづけて」

「外のことで、それと〈けだもの〉のことで、母さんはぼくに嘘をついたんでしょうか?」

「わたしを見て」彼女がいった。「わたしはあなたの友だちだった。あなたをぶったことはない。あなたのお母さまは、ときどきそうしなければならないけれど。わたしたちふたりは、あなたが物事を理解して、成長するのを助けるためにいるの。神さまのように身を滅ぼさなくてもすむように」

彼女は身を起こした。立ちあがったひょうしに、頭巾がまわって、暖炉からの光がその顔を洗った。たちまち、火明かりが数多くのしわを消し去った。

エドウィンは息を呑んだ。心臓がドキンと打った。

「火が!」

教師がぴたりと動きを止めた。

「火が!」

エドウィンは火を見て、教師の顔を見なおした。その視線を避けようと、頭巾がさっと引きもどされ、顔は深い井戸のなかに消えてしまった。

「先生の顔」とエドウィンが呆然《ぼうぜん》としていった。「お母さんそっくりだ!」

彼女はすばやく本のところまで移動し、その一冊をつかんだ。単調ながら歌うような高い声で本棚に向かって話しかける。

「女の人は似て見えるものなのよ！　忘れなさい！　ほら、これ！」そして本を彼のところへ持ってきて、「第一章を読みなさい！　この日記を読むのよ！」

エドウィンは本を受けとったが、手に重みを感じなかった。火が轟々《ごうごう》と音をたてて、きらめきながら煙道《えんどう》に吸いこまれていく。いっぽう彼は読みはじめ、彼が読むうちに、教師は身を沈め、落ち着いて静かになっていき、彼が読めば読むほど灰色の頭巾が深く垂れ、おだやかになり、隠れた顔は、鐘のなかの舌《ぜつ》のように厳粛《げんしゅく》なものとなった。本棚に並ぶ書物の金文字が火明かりに映えるなか、彼は読み、言葉を口にしたが、じっさいはページが剃刀《かみそり》や鋏《はさみ》で切りとられていたり、特定の行が削除されていたり、特定の絵が破りとられていたりする本のことを考えていた。彼には読めないよう、革の顎《あご》がしっかり糊《のり》づけされている本もあれば、狂犬のように硬い青銅の輪をはめられている本もあった。こうしたことを考えているあいだも、彼の唇は火の燃える静けさのなかで動きつづけた——

「はじめに神があった。神は宇宙と、宇宙のなかの世界と、世界のなかの大陸と、大陸のなかの土地をお造りになり、みずからの心と手から愛する妻と、いずれ神となる定めの子供を形作られた……」

教師はゆっくりとうなずいた。火がすこしずつ衰《おとろ》えて、まどろむ燃えさしとなった。エドウィンは読みつづけた。

手すりをすべり降り、息を切らした彼は居間に飛びこんだ。

「ママ、ママ！」

彼女も息を切らして、ふっくらした栗《くり》色の椅子に身を横たえていた。まるで彼女も長い距離を走ってきたかのように。

「ママ、ママ、汗びっしょりになってるよ！」

「わたしが？」まるで彼のせいで走りまわるはめになったとでもいうかのように、彼女がいった。「そうね、汗びっしょりだわ」ひとつ深呼吸して、ため息をつく。それから彼の両手をとり、それぞれにキスをした。目をいっぱいに見開いて、ひたと彼を見据え、「さあ、よく聞きなさい、びっくりさせることがあるの！　明日がなんの日か知ってる？　見当もつかないでしょうね。あなたの誕生日よ！」

「でも、まだ十カ月しかたってないよ！」

「明日なのよ！　奇跡が起きるの。わたしがそうだといえば、本当にそうなるのよ」

彼女は笑い声をあげた。

「じゃあ、開かずの間をまたひとつあけるの？」彼は頭がくらくらした。

「そう、十四番目の部屋よ！　来年は十五番目、それから十六番目、十七番目、そういう風につづけて二十歳の誕生日を迎えるのよ、エドウィン！　そのときは、ああ、そのときはいちばん大事な部屋の、三重に鍵をかけたドアをあけて、あなたは屋敷の主人、お父さま、神さま、宇宙の支配者になるの！」

「すごい」彼はいった。そして「すごいや！」

教科書を真上に放りあげる。それらはヒューヒュー音をたてながら、鳩の群れがパッと散るように散らばった。彼は笑い声をあげた。彼女も笑い声をあげた。ふたりの笑い声は、本といっしょに飛んで落ちた。彼は手すりに駆けよって、また絶叫しながらすべり降りた。階段を降りきったところで、彼女が両腕を大きく広げて待っていた。彼をつかまえるために。

エドウィンは月光の射すベッドに横たわり、びっくり箱をこじあけようとしたが、蓋は閉まったままだった。手のなかでむやみにひっくり返したが、箱を見ようとはしなかった。明日はぼくの誕生日だ――でも、どうして？　それほどいい子だったのだろうか？　まさか。それなら、どうしてこんなに早く誕生日が来るのだろう？　きっと空気がピリピリしてきたからだろう。なんといえばいいのか？　神経質になってきた、だろうか？　そう、あたりは夜だけでなく昼もチラチラ光りはじめている。母親の顔に白い震えの走るのが見えた。月光が目に見えない雪のように移動していくのが。彼女が気を落ち着かせるには、彼がまたひとつ誕生日を迎えねばならないのだろう。

「ぼくの誕生日は」と彼は天井に向かっていった。「これからどんどん早く来るようになる。わかってる、わかってるんだ。ママは大きな声で笑いころげる。目も面白がっていて……」

先生はパーティーに招かれるだろうか？　いや、招かれないだろう。母さんと先生はいちども会ったことがない。「会ってみたら？」「そうねえ」とママはいった。「ママに会いたくないんですか、先生？」「いつか」と消え入りそうな声で先生はいった。ホールのクモの巣を吹きはらうように。「いつか……そのうち……」

　そういえば、先生は夜になるとどこへ行くんだろう？　あの秘密の山の国々を残らず登っていって、月の近くの高いところ、シャンデリアがほこりをかぶって盲目になっているところまで行くんだろうか？　それとも、木々の向こうの、そのまた木々の向こうの、そのまた木々の向こう側へさまよい出るんだろうか？　まさか、そんなわけがない！

　彼は汗ばんだ手のなかでおもちゃをひねくりまわした。去年、空気がピリピリしはじめたとき、母さんはぼくの誕生日を何カ月か早めなかっただろうか？　早めた、そう、早めた、早めたんだ。

　ほかのことを考えろ。神さま。神さまは冷たい真夜中の地下室を、陽に焦《こ》がされた屋根裏部屋を、そしてそのあいだの奇跡すべてをお造りになった。神さまが亡くなられたときのことを考えろ。塀の向こうで怪物じみたカブト虫に押しつぶされたのだ。ああ、神さまが身罷《みまか》られて、世界は激しく揺れたにちがいない！

　エドウィンはびっくり箱を顔の前まで持ってきて、小声で蓋に話しかけた。

「おーい！　おーい！　おーい、おーい……」

　返事はなかった。きつく巻かれたバネが緊張して待っているだけだった。出してやるぞ、とエドウィンは思った。ちょっと待ってろ、ちょっと待っててくれ。傷がつくかもしれない。でも、こうするしかないんだ。さあ、行くぞ……。

そして彼はベッドから窓辺へ移動し、大きく身を乗りだすと、月明かりを浴びて大理石模様になった遊歩道を見おろした。箱を高々とかかげると、腋《わき》の下から汗がしたたるのを感じた。指が箱をしっかりとつかみ、片腕がぐいっと動くのを感じた。彼は大声をあげながら箱を放った。箱は冷たい空気のなかをくるくるまわりながら落ちていった。大理石《だいりせき》模様の遊歩道にぶつかるまで、長い時間がかかった。

エドウィンは、息をあえがせながら、さらに身を乗りだした。

「どうだい?」彼は叫んだ。「どうだい?」と、もういちど。そして「あいただろう!」そして「あいたはずだ!」

こだまが尾を引くように消えていった。箱は森の暗がりに横たわっていた。墜落の衝撃で、ぱっくり開いたのかどうかはわからなかった。ジャックが満面の笑みで、おぞましい牢獄から飛びだしたのか、いまは風にあおられて、右へ左へひょこひょことお辞儀していて、銀色の鈴がシャンシャンと鳴っているのかどうかもわからなかった。彼は耳をすました。一時間ほど窓辺に立ち、目をこらして、耳をすましていたが、とうとうベッドへもどった。

朝。明るい声が近づいては遠のき、キッチン世界を出入りするので、エドウィンは目をあけた。だれの声だろう、いま聞こえるのならだれの声なのか? 神さまの職人のだれかだろうか? ――ダリ一族の者だろうか? でも、母さんは連中を嫌っている。だから、そうじゃない。その声はブーンというなりになって消えていった。沈黙。そしてはるか遠くから、走る足音が大きくなり、ますます大きくなって、とうとうドアが勢いよく開いた。

「お誕生日おめでとう！」

ふたりは踊った。砂糖衣《さとうごろも》をかけたクッキーを食べ、レモン・アイスをかじった。ピンクのワインを飲んだ。そして粉雪《こなゆき》をまぶしたようなケーキには彼の名前が立っていた。やがて母さんがピアノで和音を弾《ひ》いて音の雪崩《なだれ》を作りだし、口をあけて歌い、それから身をひるがえして彼をつかまえ、もっと多くのイチゴ、もっと多くのワインを勧《すす》め、もっと多くの笑い声でシャンデリアを揺らして雨のように震わせた。それから、銀色の鍵がふりかざされ、ふたりは錠《じょう》を解くために十四番目の禁断の扉へと急いだ。

「用意はいい！　ちょっと待ってね！」

ドアがかすかな音をたてて壁に吸いこまれた。

「あれっ」とエドウィン。

というのも、なんともがっかりしたことに、この十四番目の部屋は、くすんだ茶色のほこりっぽいクローゼットでしかなかったからだ。これまでの誕生日にこれまでの部屋があたえてくれたようなものは、なにひとつ約束してくれなかったのだ！　六歳の誕生日プレゼントは、たしか高地の教室だった。七歳の誕生日には低地の遊戯室を開いた。八歳、音楽室。九歳、地獄の業火を燃やし、奇跡をもたらすキッチン！　十歳のときは、そよ風に乗った幽霊が絶えず息を吐いているかのように、シューシューと音をたてる蓄音機のある部屋。十一歳のときは、庭園という広大な緑のダイヤモンド形の部屋で、そこのカーペットは箒《ほうき》で掃《は》くのではなく、刈《か》りとらなければならなかった！

「あらあら、そんなにがっかりしないで。はいってごらん！」母さんが笑いながら彼をクローゼットのなかへ押しこんだ。「どれほど不思議か、いまにわかるわ！　ドアを閉めなさい！」

彼女はパッと灯《とも》った壁の赤いボタンを押した。

エドウィンが金切り声をあげた。

「やめて！」

というのも、部屋がガタガタと震えていたからだ。まるで彼らを鉄の顎門《あぎと》でくわえこもうとする口のように。部屋が動き、壁が下へすべっていった。

「心配ないわ、静かにしなさい」と母さんがいった。

ドアが床の下へ流れていき、途方もなく長い空白の壁が、果てしなく延びるヘビのように、カサカサと音をたてながらすべっていき、つぎからつぎへとドアを運んできた。それは止まらずに移動をつづけ、いっぽうエドウィンは悲鳴をあげて、母親の腰にしがみついた。部屋のどこかでかん高い音と咳払いのような音がした。震動がやんで、部屋は静止した。エドウィンは見慣れない新しいドアをまじまじと見て、進みなさい、さあ、ドアをあけて、ほらほら、という母親の声を聞いた。すると新しいドアが、さらなる神秘に向かってあんぐりと口をあけた。エドウィンは目をしばたたいた。

「高地だ！　ここは高地だ！　どうやってここへ来たの？　居間はどこ、ママ、居間はどこなの！」

母親はエドウィンを連れてドアを抜けた。

「真上に飛びあがったのよ、飛んだの。これからは週にいちど、長いまわり道を走っていく代わりに、あなたは学校まで飛んでいくの！」

彼はまだ動けなかった。土地と土地が入れ替わるという神秘、国がさらに高く、さらに遠い国と置き換わるという神秘に目をみはるだけだった。

「ああ、ママ、ママ……」と彼はいった。

楽しい時間は長くつづいた。庭園の深い草むらのなかで、のんびりと過ごしたのだ。深紅の絹のクッションに肘《ひじ》をついて、アップル・サイダーを何杯もお代わりした。靴は脱ぎ捨て、すっぱいタンポポや甘いクローヴァーに爪先《つまさき》を埋めていた。母さんが二度飛びあがった。森の向こう側で怪物が咆哮《ほうこう》したときだ。エドウィンは彼女の頰《ほほ》にキスをして、

「だいじょうぶ。ぼくが守るから」

「わかってるわ」

母親はそういったが、木々の描きだす模様に視線を向けた。まるでいまにも外の混沌《こんとん》が、一撃で森を打ち砕き、その巨人の足で踏みにじって、塵に変えても不思議はないかのように。

長く青い午後が遅くなったころ、木々の明るい切れ目を通して、銀色に光る鳥のようなものが、高いところを轟音《ごうおん》をあげて飛んでいるのが見えた。稲妻《いなずま》と雨から成る緑の嵐が来る前

のように首をすくめて、ふたりは居間へ駆けこんだ。その音が目をくらます驟雨となって降り注ぎ、自分たちをびしょ濡れにするような気がしたからだ。

パチパチ――誕生日が焼け落ちて、セロハンの無となった。陽が沈み、ほの暗い居間の国で、母さんが小さな種《たね》のような鼻の穴と、青白い夏のバラのような口でシャンパンを吸いこみ、やがて眠くてたまらないといった顔になり、エドウィンを自分の部屋へ追いたてて、閉じこめた。

彼はパントマイムのようにゆっくりと服を脱ぎながら、考えをめぐらせた。今年、来年、今日から二年後、三年後はどの部屋があくのだろう？〈けだもの〉は、怪物はどうなるのだろう？　つぶされて、神さまは殺されるのだろうか？　殺されるってなんだろう？　死ぬってなんだろう？　死ぬって感じるものだろうか？　神さまはそれが楽しくて仕方がなくて、帰ってこないのだろうか？　とすると、死ぬというのは旅をすることだろうか？

母さんが階下へ降りる途中、ホールでシャンパンの壜《びん》を落とした。エドウィンはその音を聞いて、背すじが冷たくなった。というのも、母さんが倒れた音だったらどうしよう、という考えが脳裡《のうり》をかすめたからだ。母さんが倒れて、壊れたとしたら、朝には百万の破片が見つかるだろう。寄せ木細工《ざいく》の床に散ったキラキラ光るガラスと透き通ったワイン。夜明けに目にするのはそれだけだろう。

朝になると、彼の部屋にはブドウの蔓《つる》と苔《こけ》のにおい、日陰の涼しさのにおいが立ちこめていた。階下では、いまこの瞬間にも朝食が用意されていて、指をパチンと鳴らせば、わびしいテーブルにひとりでに現れるはずだ。

エドウィンは爽快《そうかい》な気分で起きて、顔を洗い、待機した。これですくなくとも一カ月は、日々の暮らしが新鮮で目新しいものになるだろう。今日は、いつもの日と変わらず、朝食をとり、学校へ行き、昼食をとり、音楽室で歌い、電気ゲームに一、二時間興《きょう》じて、それから——外地の輝く草の上でお茶を飲むだろう。それからまた学校へあがって、一時間ほど午後の授業。彼と教師は検閲《けんえつ》ずみの図書室をいっしょに歩きまわり、彼の目に触れないようにされてきた外の世界にまつわる言葉や思想にとまどうことになるかもしれない。

教師のメモのことを忘れていた。いまからでも、母さんに渡さなければならない。

ドアをあけた。ホールはがらんとしていた。世界の深みから、やわらかい霧が、足音では破れない静けさをついてただよってきていた。丘は静まりかえっていた。銀色の泉は、射しそめた曙光《しょこう》のもとで律動していなかった。そして霧のなかから巻きあがってくる手すりは、彼の部屋をのぞきこむ先史時代の怪物だった。彼はこの怪物から身を引き、下にいる母さんを見つけようとした。白い小舟《こぶね》のように、夜明けの潮《しお》と蒸気にただよっているはずだ。

母親はいなかった。彼は「母さん！」と呼びかけながら、静寂に包まれた土地を急いで降りていった。

彼女は居間で見つかった。光沢のある緑金色のパーティードレス姿で床に倒れていたのだ。

シャンパンの酒杯《しゅはい》を手にしており、割れたガラスがカーペットに散らばっていた。

眠っているのは一目瞭然《いちもくりょうぜん》だったので、エドウィンは魔法の朝食のテーブルについた。白い布にはチラチラ光る皿しか載っておらず、彼は目をしばたたいた。食べものはなかった。生まれてからずっと、すばらしい食べものがここで待っていたのに。でも、今日はそうじゃない。

「母さん、起きて！」彼は母親のもとへ走った。「学校へ行かないといけないんでしょう？食べものはどこ？　起きてよ！」

階段を駆けあがった。

高地は冷え冷えとしていて影に包まれていた。そして陰鬱な霧の出ている今日、いくつかある白いガラスの太陽は、もはや天井で輝いていなかった。暗い廊下を、ほの暗い静寂の大陸を抜けてエドウィンはひた走った。学校のドアを叩きに叩いた。それは犬が哀《あわ》れっぽく鳴くような音をたてて、ひとりでに内側へ開いた。

学校は人けがなく、暗かった。暖炉で轟々と燃えて、梁の渡された天井に影を投げる火はなかった。パチパチいう音も、ささやくような音もなかった。

「先生？」

彼は冷え冷えとした部屋のまんなかで立ち止まった。

「先生！」と絶叫する。

カーテンを乱暴にあけた。かすかな陽射しがステンドグラスを通って降ってきた。

エドウィンは身ぶりで、ポップコーンのようにはじけろ、と暖炉の火に命じた。生命の花を咲かせろ！　目をつむって、先生に登場する時間をあたえた。目をあけると、彼女の机の上に見えたものに愕然《がくぜん》とした。

灰色の頭巾とローブがきちんとたたんであり、その上に銀色に光る眼鏡と、灰色の手袋の片方が載っていたのだ。彼はそれに触れてみた。もう片方の灰色の手袋はなくなっていた。ドーラン用の化粧チョークがローブの上に載っていた。試しに、両手に黒っぽい線を引いてみる。

彼は教師の空っぽのローブ、眼鏡、ドーラン用のチョークをまじまじと見ながら、あとずさりした。片方の手が、つねに鍵のかかっているドアのノブに触れた。ドアがゆっくりと大きく開いた。なかをのぞくと、そこは小さな茶色いクローゼットだった。

「先生！」

駆けこむと、ドアがガシャンと閉まった。彼は赤いボタンを押した。部屋が沈みこみ、それとともにゆっくりした死の冷気も沈んだ。世界は静まりかえり、冷え冷えとしていた。先生はいなくなり、母さんは――眠っている。部屋が鉄の顎門《あぎと》に彼をくわえて、どんどん降りていった。

機械仕掛けがガチャンと音をたてた。ドアがすーっと横に開いた。エドウィンは走り出た。

居間だ！

背後にあるのはドアではなく、背の高いオークの羽目板で、彼はそこから出てきたのだった。

母さんは眠ったまま放っておかれていた。その体をひっくり返すと、体の下に敷かれていたものがちらりと見えた。教師のやわらかい灰色の手袋の片方だった。

彼は信じられない思いで手袋を握り、長いこと母親のそばに立っていた。しまいに、めそめそ泣きはじめた。

逃げるように高地へとって返す。暖炉は冷たく、部屋はがらんとしていた。彼は待った。教師は来なかった。彼は陰鬱な低地へ駆けもどり、湯気をあげている皿を並べろ！ とテーブルに命じた。なにも起きなかった。母親のかたわらにすわりこみ、彼女に触れながら話しかけたり、泣き落としにかかったりした。彼女の手は冷たかった。

時計がカチコチと時を刻み、空の光は変化したが、彼女は動かないままだった。彼は腹を空《す》かせていた。すべての世界を通じて、ほこりが音もなく宙を舞いおりていった。彼は教師のことを考えた。もし彼女が上にある丘陵《きゅうりょう》や山のどこにもいないのなら、いられる場所はひとつしかない。過《あやま》って外地へさまよい出てしまい、だれかに見つけてもらうまで迷子になっているのだ。とすれば、自分も外へ出ていき、彼女に呼びかけ、連れもどして母さんを起こしてもらわなければならない。さもないと、母さんは永久にここに横たわって、大きな暗い空間でほこりをかぶるままになるだろう。

キッチンを通りぬけ、家の裏へ出ると、太陽は遅い午後の色をしており、世界のへりの向こう側で〈けだもの〉たちのうなる声がかすかに聞こえた。彼は庭の塀にしがみつき、その手を離そうとしなかった。やがて遠い暗がりのなかに、彼が窓から投げ捨てて壊れた箱が見えた。まだらになった陽光が壊れた蓋の上で小刻みに揺れていて、箱から飛びだし、両腕を頭上で大きく広げて、永遠に自由になったことを身ぶりで表《あらわ》しているジャックの顔にしきりに触れていた。陽光が人形の口でウインクするたびに、人形は笑みを浮かべては引っこめ、笑みを浮かべては引っこめた。そしてエドウィンは催眠術にかかったように、それを見おろしていた。人形は秘密の木々のあいだに通じる小径に、〈けだもの〉の油じみた糞《ふん》で染みのできた禁断の小径に向かって両腕を広げていた。しかし、小径は静まりかえっていた。太陽がエドウィンを温め、木々をそっと吹きぬける風の音が聞こえた。とうとう、彼は庭の塀から離れた。

「先生？」

小径にそって数フィートじりじりと進む。

「先生！」

靴が動物の糞ですべり、彼はじっとして動かないトンネルのはるか先のほうを闇雲《やみくも》に見つめた。小径が体の下で動き、木々がのしかかってきた。

「先生！」

彼はのろのろと、だが着実に歩いた。ふり返る。背後には彼の世界と、その真新しい静寂が横たわっていた。それは縮んでいた、小さくなっていた！　以前よりも小さい世界を目にするのは、なんと奇妙なことだろう。それはつねに変わらずとても大きいと思っていたのだ。

心臓が止まるのを感じた。彼はあとずさった。しかし、そのとき、元の世界のあの静けさが怖くなって、前方に延びる森の小径に向きなおった。

目の前のなにもかもが新しかった。においが鼻の穴を満たし、色や、奇妙な形や、信じられないほどの大きさが目を満たした。

もし森の向こう側へ走っていけば、ぼくは死ぬだろう、と彼は思った。母さんがそういったのだから。あなたは死ぬ、死んでしまう、と。

でも、死ぬとはどういうことだろう？　別の部屋へ移ることだろうか？　青い部屋、緑の部屋は、かつてあった部屋のどれよりもはるかに大きかった！　しかし、その鍵はどこにある？　はるか前方に、半開きになった大きな鉄の扉、錬鉄《れんてつ》の門がある。その向こう側には空と同じくらい大きな部屋、木々と草で緑一色の部屋があるのだ！　ああ、母さん、先生……。

彼は猛然と走り、つまずいて倒れ、起きあがり、また走った。体の下の萎《な》えた脚は、丘の中腹を駆けおりるあいだに置き去りにされた。小径はなくなり、彼はむせび泣き、叫び、やがてもうむせび泣きも叫びもしなくなり、代わりに新たな音をたてていた。錆びついてキーキーいう大きな鉄門にたどり着き、飛ぶように通りぬけた。宇宙が背後で縮んでいき、彼は自分の古い世界をふり返らずに、それらが萎《しぼ》んで消えるまで走りつづけた。

警察官は縁石《えんせき》に立ち、通りを見渡していた。

「近ごろの子供ときたら。さっぱりわからん」

「どうしました?」と通行人が訊いた。

警察官は考えをめぐらせ、眉間《みけん》にしわを寄せた。

「ついさっき、男の子が走っていったんですよ。笑ったり泣いたり、泣いたり笑ったりをいっぺんにやりながらね。飛び跳ねて、いろんなものにさわっていた。街灯の柱とか、電信柱とか、消火栓《せん》とか、犬とか、人間といったもの。歩道や、柵や、門や、車や、ガラス窓や、床屋のポールといったものを。なんと、本官に抱きついて、こっちを見て、空を見たりもしたんですぞ。あの涙を見せてやりたかった。そのあいだ、ひっきりなしにおかしなことをわめいていたんです」

「なにをわめいていたんです?」と通行人が尋ねた。

「こうわめきつづけていたんです。『ぼくは死んだ、ぼくは死んだ。死んだのがうれしい、ぼくは死んだ、ぼくは死んだ、死んだのがうれしい、ぼくは死んだ、ぼくは死んだ、死ぬってなんてすてきなんだ!』ってね」警察官はゆっくりと顎をかいた。「あれも新しい子供の遊びなんでしょうね」

大《おお》鎌《がま》

いきなり道がなくなった。それはなんの変哲もない谷間の道路で、石ころだらけの不毛な地面にライヴオーク（北米南東部産のカシ属の樹木）の木が生《は》えている斜面のあいだを走っていた。そのうち荒野にぽつんとある幅広い小麦畑のわきを通り過ぎた。その小麦畑に付随する小さな白い家のそばまで来ると、道は薄れて消えてしまった。まるで用済みになったかのように。

別にかまわなかった。ちょうどそこでガソリンが底をついたからだ。ドルー・エリクスンはブレーキを踏んで古ぼけた車を止め、ものもいわずにすわったまま、自分の大きな手、ザラザラした農夫の手をじっと見つめた。

隣の席で横になっていたモリーが、身動きせずに口を開いた。

「さっきの二叉《ふたまた》のところで道をまちがえたんだわ」

ドルーはうなずいた。

モリーの唇《くちびる》は、顔と同じくらい白かった。ちがうのは、肌が汗で湿《しめ》っているのに対して、唇は乾いているところだけだ。その声は平板で、感情がこもっていなかった。

「ドルー」彼女はいった。「ドルー、これからどうするの?」

ドルーは自分の手をしげしげと見た。農夫の手。ただし、農場は風に——肥《こ》えた土をどれだけ食べても満足しない、カラカラに乾いた飢《う》えた風に——吹き飛ばされて、その手の下から消えてしまったのだが。

後部座席の子供たちが目をさまし、藁《わら》を敷いたほこりっぽい寝床《ねどこ》から身を引きはがした。座席の背もたれの上に首を突きだし――

「なんで止まったの、父ちゃん？　食べるものがあるの、父ちゃん？　父ちゃん、お腹《なか》がペコペコだよ。なにか食べられるの、父ちゃん？」

ドルーは目を閉じた。自分の手を見たくなかった。

モリーの指が手首に触れた。やんわりと、触れるか触れないくらいに。

「ドルー、あの家で食べものを分けてもらえるかもしれないわ」

彼の口のまわりに白い線が現れた。

「物乞《ものご》いをしろっていうのか」彼はザラザラした声でいった。「いままで物乞いなんかしたことなかった。これからもするもんか」

モリーが彼の手首をぎゅっと握った。ふり返ると、彼女と目が合った。こちらを見ているスージーと幼いドルーの目も見えた。彼の首と背中から、すべてのこわばりがゆっくりと抜けていった。顔がたるんで、うつろになり、締まりがなくなった。あまりにも強く、あまりにも長く打たれてきたもののように。彼は車を降りて、家へつづく小径《こみち》を歩いていった。足もとがふらついた。病気か、盲目に近い男のように。

家のドアは開いていた。ドルーは三度ノックした。屋内はひっそりと静まりかえり、窓の白いカーテンが淀《よど》んだ熱気のなかで揺れているだけだった。

はいる前にわかった。家のなかに死んでいるものがあるとわかった。そういう種類の静けさだった。

小ぎれいな狭い居間を抜け、小さな廊下を進んだ。なにも考えていなかった。考える段階は過ぎていた。動物のように、疑問をいだかずキッチンへ向かっていた。

やがて開いているドアの奥に目をやると、死んでいる男が見えた。

男は老人で、清潔な白いベッドに横たわっていた。息を引きとったのは、それほど前ではないのだろう。最後の安らかな表情を失うほど前では。老人は自分の死期を知っていたにちがいない。なぜなら死に装束《しょうぞく》をまとっていたからだ――丁寧にブラシをかけた古い黒のスーツに、清潔な白シャツと黒いネクタイ。

ベッドわきの壁に大鎌《おおがま》が立てかけてあった。老人の両手のあいだには、まだ新鮮な麦の穂があった。熟《う》れて実をつけた穂だ。金色で重たげな房《ふさ》になっている。

ドルーは抜き足差し足で寝室へはいった。冷気が忍びよってきた。彼はよれよれになった、ほこりまみれの帽子を脱ぎ、ベッドのわきに立つと、老人を見おろした。

枕の上、老人の頭の隣に紙が載っていた。読んでくれということだろう。ひょっとしたら埋葬《まいそう》か、親類への連絡を依頼する内容かもしれない。ドルーは顔をしかめ、カラカラに乾いた青白い唇を動かして文字をたどった。

わが死の床で、わが身のかたわらに立つ男へ――健全なる精神の持ち主にして、定めにしたがい天涯《てんがい》孤独の身の上であるわれ、ジョン・ブーアは、この家へ来《きた》る者にこの農場と、それに付随する一式を遺贈《いぞう》する。彼《か》の者の名前や出自はいっさい問わない。農場および小麦は彼のものである。大鎌と、それにともなう務めもまた同じ。臆《おく》さずに、そして疑問をいだかずに受けとるがよい――そして忘れるなかれ、われ、ジョン・ブーアはあたえる者にすぎず、定める者ではないことを。本日、一九三八年四月三日にこの証書を作成する。

(署名)ジョン・ブーア。主よ、憐《キリエ・エレイソン》れみたまえ!

ドルーは家を抜けて引き返し、網戸《あみど》をあけた。

「モリー、きみははいってくれ。子供たちは車に残っているんだ」

モリーがはいってきた。ドルーは彼女を寝室へ連れていった。彼女は遺言状に目を通し、大鎌と、窓の外で熱風に揺れている小麦畑を見た。白い顔を引きつらせ、唇を嚙《か》んで、彼に抱きついた。

「話がうますぎて本当とは思えない。なにか裏があるにちがいないわ」

ドルーがいった。

「ツキが変わった、それだけのことだ。仕事ができて、食べるものがあって、雨をしのいでくれるものができたんだ」

彼は大鎌にさわった。それは半月のようにきらめいた。刃《は》に言葉が刻まれていた――**われ**

をふるう者は――世界を統《す》べる！ いまこの瞬間、それは彼にとってたいした意味を持たなかった。

「ドルー」老人の握りしめた手を見つめながらモリーが尋ねた。「なぜ――なぜその人は麦の穂をそんなにきつく握っているの？」

ちょうどそのとき、正面ポーチを駆けあがる子供たちの音で重苦しい静寂が破れた。モリーが息をあえがせた。


彼らはその家に住むことになった。老人を丘に埋葬し、祈りの言葉を唱《とな》えて、引き返すと、家を掃除し、車から荷物を降ろして、食事をした。というのも、キッチンには食料が山ほどあったからだ。そして三日にわたり、家を修理し、土地を見て、上等のベッドに横たわり、ことの成り行きに驚いて顔を見合わせることしかしなかった。腹は満たされており、ドルーが夕べにくゆらせる葉巻《はまき》まであったのだ。

家の裏に小さな納屋《なや》があり、なかには一頭の雄牛と三頭の雌牛がいた。井戸小屋と乳製品貯蔵小屋もあり、大木の陰になっていて、いつも涼しかった。そして井戸小屋のなかには大きな牛のわき腹肉と、ベーコンと、豚肉と、羊肉が保存してあった。彼らの五倍の人数の家族が一年か二年、ひょっとしたら三年は食べているだけの量だ。そこには攪拌《かくはん》機とチーズを入れる箱、牛乳用の大きな金属缶もあった。

四日目の朝、ドルー・エリクスンはベッドで横になったまま大鎌に目をやった。すると仕事をはじめるころ合いだとわかった。なぜなら、長大な畑で麦が実っていたからだ。それを自分の目で見てきたし、軟弱になりたくなかった。三日もじっとしていれば、どんな男にも充分だ。夜明けのさわやかな香りが消えないうちに起きだして、大鎌を手にすると、捧げ持つようにして畑へ出ていった。大鎌を両手でふりかぶって、ふり下ろす。大きな麦畑だった。ひとりの男が世話をするには大きすぎる。それでも、ひとりの男が世話をしてきたのだ。

仕事はじめの一日の終わりに、彼は大鎌を肩にかついで静かに歩いてきた。その顔にはとまどいの表情が浮かんでいた。これまで見たことのないような麦畑だったのだ。麦が実るのは飛び飛びになった一定の区画だけ。小麦がそんな風に実るわけがない。彼はそのことをモリーに話さなかった。畑にまつわるほかのことも話さなかった。たとえば、刈《か》りとってから二、三時間もすると、小麦が腐ることだ。小麦がそんな風に腐るわけもない。とはいえ、たいして心配しなかった。なにしろ、食べるものが手近にあるのだから。

翌朝のことだ。刈りとって腐るにまかせた小麦が、小さな緑の新芽《しんめ》となってよみがえっていた。小さな根を張って、生まれ変わっていたのだ。

ドルー・エリクスンは顎《あご》をかきむしり、なにが、どうして、どうすればこんな風になるのか、自分にとってどんな得があるのかと考えた――これでは売ろうにも売れないではないか。その日のうち二度、彼は老人の墓がある上のほうまで丘を登っていった。老人がそこにいることをたしかめるためだけに。ひょっとしたら、畑に関してなにか考えが浮かぶかもしれないと思ったのだ。丘から見おろすと、自分がどれだけの土地を所有しているかがわかった。小麦畑は山地に向かって三マイルも延びており、幅はおよそ二エーカー。幼植物の区画、緑の区画、彼の手で切りとられたばかりの区画。しかし、老人はこの件についてなにもいってくれなかった。いまその顔はたくさんの石と土に覆われていた。墓は陽射《ひざ》しと風にさらされ、静寂に包まれていた。ドルー・エリクスンは歩いてもどり、好奇心に駆られて大鎌をふるった。重要なことに思えるので、楽しい気分になった。理由はさっぱりわからないが、重要なことなのだ。とても、とても重要なことなのだ。

小麦を放っておくわけにはいかない。新たに実った区画がつねにあるのだ。彼は考えを口に出して、だれにともなくいった。

「この先十年、実る端《はし》から小麦を刈りとっても、同じ場所を二度通るとは思えない。それくらいだだっ広い畑なんだ」かぶりをふり、「あの小麦はああいう風に実るだけの話だ。一日で刈りとれないほど多く実ったためしはない。だから、青い麦だけが残る。でもってつぎの朝には、また新しく実った穂の区画が現れて……」

落ちる端から腐ってしまう穀物《こくもつ》を刈りとるのは愚《ぐ》の骨頂《こっちょう》だ。その週末、彼は二、三日畑を放っておくことにした。

遅くまでベッドに横たわり、家のなかの静けさにただ耳をすましていた。それは死の静けさとは似ても似つかない、健《すこ》やかでしあわせな暮らしの静けさだった。

起きて服を着ると、時間をかけて朝食をとった。仕事をするつもりはなかった。牛の乳搾《ちちしぼ》りのために外へ出て、ポーチにたたずんで煙草《たばこ》を吸い、裏庭をすこし歩きまわってから、家へもどって、自分はなにをしに外へ出たのだろう、とモリーに訊《き》いた。

「牛の乳を搾りに」と彼女が答えた。

「ああ、そうか」彼はそういうと、また外へ出た。雌牛が乳を張らして待っていたので、搾《さく》乳《にゆう》し、牛乳缶を乳製品貯蔵小屋にしまったが、頭にあるのはほかのことだった。小麦。大鎌。

午前中はずっと裏のポーチにすわって煙草を巻いていた。幼いドルーのためにおもちゃの船をこしらえ、スージーの分も造ってから、牛乳を攪拌してバターに変え、バターミルク(牛乳からバターをとり去ったあと残った液体)をとり去ったが、太陽が頭のなかにあって、ズキズキと痛んだ。それは頭のなかで燃えていた。腹が減らず、昼食をとる気にならなかった。風にたわみ、頭を垂《こう》れ、波立つ小麦を見つづけた。ふたたびポーチにすわり、両腕を曲げ、膝《ひざ》の上に指を置くと、むずむずしてきて、空《くう》をつかむような仕草をした。掌《てのひら》がむずがゆく、焼けるようだ。立ちあがって、ズボンで両手をぬぐうと、腰を降ろして、煙草をもう一本巻こうとしたが、葉を混ぜあわすのが面倒になって、ぶつぶついいながら放りだした。まるで三本目の腕が切り落とされたか、自分の一部を失ってしまったような気がした。それは手と腕のどこかにちがいなかった。

風が畑でささやくのが聞こえた。

午後の一時には、もつれる足で家を出たりはいったりしていた。灌漑《かんがい》水路を掘ろうかと考えていたが、じつはそのあいだずっと頭にあったのは、小麦と、それがなんと美しく実り、刈りとられたくてうずうずしているかということだった。

「ちくしょうめ！」

大股に歩いて寝室にはいり、壁の架け釘《くぎ》から大鎌を降ろした。握りしめる。あたりが涼しくなった。両手のむずむずが止まった。頭もズキズキしなくなった。三本目の腕がもどっていた。体が元通りになったのだ。

それは本能だった。理屈に合わないという点では、雷《かみなり》に打たれても怪我しないのと変りない。だが、小麦は毎日刈りとらなければならない。刈りとらなければならないのだ。なぜ？　とにかく、そういうものだから、そうとしかいいようがない。彼は大きな手に握った大鎌に笑い声を浴びせた。それから、口笛を吹きながら、それを持って外へ出て、実った穂が待っている畑へ行き、仕事にかかった。自分でもすこしイカレていると思った。まあ、じっさいはありふれた小麦畑じゃないか。変わっているとしても、ほんのちょっとだ。

日々はおだやかな馬の歩みのように、軽やかに過ぎていった。

ドルー・エリクスンは、渇きと飢えを癒《い》やし、欲求を満たすものとして自分の仕事を理解しはじめた。いろいろなことが、頭のなかにできていった。

ある日の正午、父親がキッチンで昼食をとっているあいだ、スージーと幼いドルーがクスクス笑いながら、大鎌をおもちゃにしていた。ドルーの耳にその声が届いた。彼はキッチンから出て、大鎌をふたりからとりあげた。怒鳴りはしなかった。心配でたまらないという顔をしただけで、そのあと大鎌を使わないときは、鍵《かぎ》のかかる場所にしまうようになった。

彼は一日も欠かさず大鎌をふるった。

ふりあげる。ふり下ろす。ふりあげ、ふり下ろし、横になぐ。一歩さがって、ふりあげ、ふり下ろし、横になぐ。刈りとる。ふりあげる。ふり下ろす。

ふりあげる。

頭にあるのは、老人と、亡くなったとき彼が握っていた小麦のこと。

ふり下ろす。

頭にあるのは、この死んだ土地と、そこで生きている小麦のこと。

ふりあげる。

頭にあるのは、実った小麦と青い小麦の織《お》りなす狂った模様と、その育ち方！

ふり下ろす。

頭にあるのは……。

小麦が黄色い満ち潮《しお》となり、足首のところで渦巻いた。空が黒くなった。ドルー・エリクスンは大鎌をとり落とし、身をかがめて下腹部をつかんだ。目がまわった。世界がぐらぐら揺れた。

「おれはだれかを殺してしまったんだ！」彼は息を詰まらせ、胸をつかんであえぎながら、大鎌の刃のかたわらにがっくりと膝をついた。「大勢殺してきたんだ――」

空がカンザスの共進会で見た青いメリーゴーラウンドさながら、ぐるぐるまわった。だが、音楽はなかった。耳のなかで鐘《かね》が鳴っているだけだった。

大鎌を背後に引きずりながら、よろよろとキッチンにはいっていくと、モリーは青いキッチン・テーブルについてジャガイモの皮を剝《む》いていた。

「モリー！」

彼の潤《うる》んだ目のなかでモリーが泳ぎまわった。

彼女は両手を開いて落とし、彼がとうとう悩みを打ち明けるのを待っていた。

「荷物をまとめろ！」床を見ながら、彼はいった。

「どうして？」

「出ていくんだ」彼は力なくいった。

「出ていくの？」と彼女。

「あの老人。ここでなにをしてたかわかるか？ 小麦なんだよ、モリー、それにこの大鎌。大鎌で小麦を刈るたびに、千人が死ぬんだ。人間を刈りとって――」

モリーが立ちあがり、ナイフを下に、ジャガイモをわきに置いて、諭《さと》すようにいった。「先月ここへ来るまで、長い旅をしてきて、食べるものにも不自由した。あなたは毎日働きづめで、疲れてるのよ――」

「あっちで声が聞こえるんだ、悲しい声が。小麦のなかに」彼はいった。「やめてくれといってる。殺さないでくれといってるんだ！」

「ドルー！」

その声は彼の耳に届かなかった。

「畑はどんどんおかしくなっていく。まるでイカレた生きものみたいに。おまえにはいわなかった。でも、あの畑はまともじゃない」

彼女はまじまじと夫を見た。ドルーの目は青いガラスそのものだった。

「おれの頭がおかしくなったと思ってるな」と彼はいった。「でも、話が終わるまで待ってくれ。ああ、神さま、モリー、助けてくれ。おれはたったいまお袋を殺したんだ!」

「やめて!」彼女はきっぱりといった。

「小麦の茎《くき》を一本切りたおして、お袋を殺しちまった。お袋が死ぬのを感じた。それでようやくわかったんだ――」

「ドルー!」彼女の声は顔に走るひび割れのようだった。いまは怒りと恐れに満ちていた。「やめてちょうだい!」

彼は口ごもった。

「ああ――モリー――」

大鎌が彼の手から落ちて、ガチャンと床にぶつかった。彼女は怒気《どき》も露《あら》わにそれを拾い、片隅に立てかけた。

「あなたといっしょになって十年」彼女はいった。「口のなかには土ぼこりとお祈りしかないときもあった。いま、こんな幸運が降って湧いたんで、あなたはそれに耐えられないのよ!」

彼女は居間から聖書を持ってきた。ガサガサとページをめくる。その音はそよ風に吹かれてざわめく小麦のようだった。

「すわって、聞いてちょうだい」と彼女はいった。

陽射しのなかから音が聞こえてきた。子供たちが、家のかたわらに生えた大きなライヴォークの木陰《こかげ》で笑っているのだ。

彼女は聖書を朗読した。ときおり顔をあげて、ドルーの顔に起きていることをたしかめながら。

そのあと彼女は毎日聖書を朗読した。一週間後のつぎの水曜日、局留《ど》め郵便が来ていないかと、ドルーが遠い町まで歩いていくと、一通の手紙が届いていた。

帰宅したとき、彼は二百歳に見えた。

その手紙をモリーにさし出し、冷えびえとした、そっけない声で内容を告げた。

「お袋が死んだよ——火曜日の午後一時に——心臓が——」

ドルー・エリクスンとしては、「子供たちを車に乗せて、食料を積みこむんだ。カリフォルニアまで行こう」というしかなかった。

「ドルー——」妻が手紙を握りしめた。

「自分でもわかってるだろう」と彼はいった。「ここは痩《や》せた土地で、穀物には向いてない。それなのに、あんなにたわわに実ってる。おまえにいわなかったことがある。あれは毎日すこしずつ、かたまりごとに実るんだ。おかしいだろう。それに刈りとると腐るんだ！　で、朝になると、なにもしないのに生えてきて、また育つんだ！　この前の火曜日、つまり一週間前だ、小麦を刈ったら、自分の肉を切り裂いたみたいだった。だれかが悲鳴をあげるのが聞こえた。その音はまるで――で、今日、この手紙だ」

「出ていかないわ」と彼女はいった。

「モリー」

「出ていかないわ。ここなら、ちゃんと食べて眠れるし、ほどほどの暮らしができて、長生きだってできるのよ。子供たちにひもじい思いはさせないわ、金輪際《こんりんざい》！」

窓の向こうで空は青かった。陽射しが斜めにはいってきて、モリーのおだやかな顔の半分に触れて、片目を明るい青に輝かせた。キッチンの蛇口から水滴が五つか六つ、キラキラ光りながら垂れさがり、落ちた。そのあとドルーはため息をついた。そのため息はしゃがれていて、あきらめと疲れがにじんでいた。彼はそっぽを向きながらうなずいた。

「わかった。出ていかない」

彼は弱々しく大鎌をとりあげた。金属に刻まれた文句が、キラリと光って目に飛びこんできた。

われをふるう者は――世界を統べる！

「出ていかないよ……」

あくる朝、彼は老人の墓まで歩いていった。そのまんなかに小麦の新芽が一本だけ生えていた。数週間前、老人の手に握られていたのと同じ麦が再生したのだ。

彼は老人に話しかけたが、返事はもらえなかった。

「あんたは死ぬまでこの畑で働いた。そうするしかなかったからだ。で、ある日、自分の命が育っている場所に行き当たった。あんたは、それが自分の命だとわかった。それを刈った。で、家へ帰り、死に装束をまとった。で、心臓が止まって息絶えた。そういうことだったんだろう？　で、この土地をおれに譲《ゆず》った。おれが死んだら、ほかのだれかに譲ることになるんだろうな」

ドルーの声には畏怖《いふ》がこもっていた。

「どれくらい前から、こんなことがつづいてるんだ？　この畑と、その使い道のことはだれも知らない。大鎌を持つ男をのぞいて……」

不意に、ひどく老《ふ》けこんだ気がした。この谷間は古く、干《ひ》からびていて、秘密めいていて、よこしまで、強力だ。インディアンが大草原で踊ったときにはここにあったのだ、この畑は。同じ空、同じ風、同じ小麦。ならば、インディアンの前は？　陽焼けしてごつごつした体、もじゃもじゃの髪のクロマニョン人が、粗雑な木製の鎌をふるいながら、命を宿す麦のあいだをうろついたのかもしれない……。

ドルーは仕事にもどった。ふりあげる、ふり下ろす。ふりあげる、ふり下ろす。自分こそが大鎌をふるう者だ——その思いが頭にこびりついて離れない。おれ、このおれがそうなのだ！　その思いは、力と恐怖から成る怒濤《どとう》となって襲いかかってきた。

ふりあげる！　**われをふるう者は！**　ふり下ろす！　**世界を統べる！**

彼はその仕事を受け入れるしかなく、そのためにはある種の哲学が必要だった。これは食べるものと住むところを家族にあたえるための手段でしかない。これだけ長いあいだ苦労してきたのだから、自分たちだって人並みのものを食べて、人並みの家に住んでもいいはずだ——彼はそう考えた。

ふりあげて、ふり下ろす。命の麦粒をひとつずつ真っ二つにする。もしこれを注意深く植《う》えたなら——小麦畑に目をやる——おい、おれとモリーと子供たちは永久に生きられるぞ！モリーとスージーと幼いドルーの小麦が育っている場所を見つけても、刈りとらないでおこう。

とそのとき、それが信号のようにひっそりと現れた。

すぐそこ、ちょうど目の前に。

大鎌をもうひとふりすれば、刈りとっていただろう。

モリー、ドルー、スージー。まちがいない。ぶるぶる震えながら、彼はひざまずき、数粒の麦を見た。触れると、それらは輝いた。

彼は安堵のあまりうめき声を漏らした。なにも考えずに、刈りとっていたらどうなっただろう？　息を吐きだし、立ちあがり、大鎌を手にして、小麦からあとずさり、長いことそれを見おろしていた。

早めに帰宅して、これといった理由もないのにモリーの頰《ほほ》にキスをした。そのとき彼女の頭に浮かんだのは、なんておかしな真似をするのだろうという思いだった。


夕食の席で、モリーがいった。

「今日は早めに仕事を切りあげたの？　小麦が――小麦が落ちると、あいかわらず腐ってしまうの？」

彼はうなずき、肉をお代わりした。

彼女がいった。

「農林局に手紙を書いて、見に来てもらったほうがいいわ」

「だめだ」

「ただの思いつきよ」

彼は目をみはった。

「おれは一生ここにいるしかない。ほかのだれかにあの小麦をいじらせるわけにはいかん。どこを刈りとっていいのか、どこを刈りとっちゃいけないのか、そいつらにわかるはずがない。まちがった区画を刈りとるかもしれん」

「まちがった区画って？」

「なんでもない」彼はゆっくりと肉を嚙み、「なんでもないんだ」

フォークを叩きつけるように置いて、

「連中のやりたいことなんてだれにわかる！　政府の役人ども！　ことによると――畑全体を鋤《す》きかえそうってことになりかねん！」

モリーはうなずいて、

「むしろ、そうしなくちゃいけないのよ。そうしたら新しい種《たね》で一からやり直すの」

彼は肉を口に入れたまま、

「役人に手紙は書かないし、この畑を赤の他人に渡して、麦を刈らせるつもりもない。話はこれで終わりだ！」

網戸が彼の背後でバタンと閉まった。

彼は自分の子供たちと妻の命が陽射しを浴びて育っているあの場所を避けて通り、過《あやま》ちを犯さないですむとわかっている畑の突き当たりで大鎌をふるった。

しかし、もはや仕事を好きになれなかった。一時間が過ぎたとき、ミズーリに住む旧友たちの三人に死をもたらしたことがわかった。刈りとった麦粒のなかに彼らの名前を読みとると、仕事をつづけられなくなった。

大鎌を地下室に封じこめ、鍵をしまいこんだ。刈りとりはやめだ。未来永劫《えいごう》。

夕べになると、正面ポーチでパイプをふかし、お話をして子供たちを笑わせようとした。しかし、子供たちはあまり笑わなかった。疲れて、具合が悪そうで、自分の殻《から》に引きこもっているようだった。もう彼の子供ではないかのように。

モリーは頭が痛いとこぼし、足を引きずって家のまわりをすこしだけ歩いたが、早めにベッドにはいって、深い眠りに落ちた。それもまた奇妙だった。モリーは宵《よい》っ張りで、元気溌《はつ》剌《らつ》としているのがいつものことなのだ。

小麦畑は月光を浴びてさざ波立ち、海となっていた。

それは刈りとられたがっていた。いますぐ刈らねばならない区画がいくつもあった。ドルー・エリクスンはすわったまま静かに唾《つば》を飲みこみ、そちらに目をやらないようにした。もし二度と畑に出ていかなかったら、世界はどうなるのだろう？　熟して死ぬばかりの人人、大鎌がふるわれるのを待つ人々の身になにが起きるのだろう？

しばらくようすを見よう。

灯油ランプを吹き消して、ベッドにはいったとき、モリーは静かに寝息をたてていた。彼は眠れなかった。小麦畑を吹きわたる風の音が聞こえ、両腕と十本の指のなかに仕事をしたいという飢えを感じた。

真夜中に、ふと気がつくと大鎌を手にして畑を歩いていた。頭のイカレた男のように歩いていた。半覚醒の状態で、恐れながら歩いていた。地下室のドアの鍵をあけ、大鎌を手にとった記憶はなかった。だが、ここで月明かりを浴びて、小麦のあいだを歩いている。

この麦粒のなかには、年老いて、疲れきり、眠りたくてたまらない者が大勢いた。長く、静かで、月のない眠りだ。

大鎌が彼を捕らえて放さず、掌に食いこみ、無理やり歩かせた。

必死にもがくと、どういうわけか自由になった。彼はそれを投げ捨て、小麦畑へ駆けこみ、足を止めると、両膝をついた。

「もう殺したくない。大鎌をふるったら、モリーと子供たちを殺さなけりゃならない。そんな真似はさせないでくれ！」

星々は空で輝いているだけだった。

背後で、ドシンと鈍《にぶ》い音がした。

なにかが丘の向こうで空を駆けのぼった。それは生きもののようだった。赤色の腕をそなえ、星々を舐《な》めている。火花が彼の顔に落ちてきた。むっとする、熱い火のにおいがいっしょにやってきた。

家だ！

わめき声をあげて、彼はのろのろと、絶望しながら立ちあがり、大きな火に目をやった。ライヴオークの大木と並んだ小さな白い家が、轟音《ごうおん》をあげて、ひとつの凶暴な火の花と化していた。熱気が丘を越えてきて、彼はそのなかで泳ぎ、よろけながら降りていった。熱気が頭上をふさいでいく。

丘をくだりきったときには、屋根板も、ボルトも、敷居も、ひとつ残らず猛火に包まれていた。それはあたりを焼き焦《こ》がし、パチパチと騒々しい音をたてていた。

屋内で悲鳴をあげる者はいなかった。走りまわったり、叫んだりしている者もいなかった。

彼は庭で大声をはりあげた。

「モリー！　スージー！　ドルー！」

返事はなかった。彼は家へ駆けよった。眉毛が縮れ、皮膚が焼けている熱い紙のようにめくれて、パリパリになり、くるくると丸まった。

「モリー！　スージー！」

火が食べ飽きたかのように落ち着いてきた。ドルーは家のまわりを十周以上走った。ひとりきりで、なかへはいる道を見つけようとしながら。それから、火に体をあぶられながらもすわりこみ、すべての壁が震えて崩《くず》れ落ちるまで待った。最後の天井がたわみ、溶けた漆喰《しっくい》と焦げた木摺《きずり》で床を黒ずませるまで。炎が消え、煙が咳きこみ、新たな日がゆっくりとやって来るまで。くすぶる灰と、刺激臭を放つ煙しかなくなるまで。

燃え落ちた家の骨組みから扇《おうぎ》状に広がる熱をものともせず、ドルーは廃墟のなかへはいった。まだ暗すぎて、たいしたものは見えなかった。赤い光が、彼の汗まみれの喉で輝いた。彼は目新しいよその土地にいるよそ者のように立ちつくした。ここは——キッチンだ。黒焦げになったテーブル、椅子、鉄の焜炉《こんろ》、食器棚。ここは——廊下だ。ここは居間で、その先に寝室があり、そこでは——

モリーがまだ生きていた。

彼女は落ちた梁《はり》材と、怒りの色をしたバネと金属のただなかで眠っていた。なにごともなかったかのように眠っていた。その小さな白い手は、火の粉《こ》をかぶった状態で体のわきに置かれていた。そのおだやかな顔は、片方の頬を燃える木摺につけて眠っていた。

　ドルーは足を止めた。どうにも信じられなかった。焼け落ちて煙を吐いている寝室のなかで、彼女は火の粉のきらめくベッドに横たわっていた。その肌は傷ひとつなく、胸は上下し、空気を吸いこんでいた。

「モリー！」

　火事のあとも、壁が轟音をあげて崩れたあとも、天井が落ちてきて、炎が周囲で燃え盛ったあとも生きていて、眠っているのだ。

いぶりつづける残骸《ざんがい》の山を突っ切っていくと、靴から煙があがった。足首のところで足が焼け落ちたとしても、わからずじまいだろう。

「モリー……」

　ドルーは彼女のほうにかがみこんだ。彼女は身動きもせず、彼の声が聞こえたようすもなく、しゃべりもしなかった。彼女は死んでいなかった。生きてもいなかった。火に囲まれて横たわっているだけで、その火は彼女に触れることもなく、どんな形であれ彼女に危害を加えることもなかった。木綿《もめん》の寝間着《ねまき》は灰で縞《しま》になっていたが、焼けてはいなかった。茶色い髪は、赤熱《せきねつ》した燃えさしの山を枕にしていた。

　ドルーは彼女の頬に触れた。冷たかった。地獄のまっただなかで冷たかった。小さな息が、ほころびかけた口もとを震わせた。

子供たちもそこにいた。煙のヴェールを透かして、もっと小さな人影がふたつ、灰のなかで寄りそって眠っているのが見分けられた。

彼は三人とも小麦畑のへりまで運んでいった。

「モリー。モリー、目をさませ！　子供たち！　子供たち、目をさましてくれ！」

彼らは息をしていたが、身動きせずに眠りつづけた。

「子供たち、目をさませ！　おまえたちのお母さんが――」

死んだのか？　いいや、死んでいない。だが――

まるで責めるかのように、彼は子供たちを揺さぶった。ふたりは注意を払わなかった。夢を見るのに忙しかった。彼はふたりをまた横たわらせ、見おろす形で立った。その顔にはしわが刻まれていた。

ふたりが火事のあいだも眠りとおし、いまも眠りつづけている理由がわかった。モリーがただそこに横たわり、二度と笑おうとしない理由もわかった。

小麦と大鎌の力だ。

彼らの命は昨日、一九三八年五月三十日に終わることになっていた。それが引きのばされているのは、ひとえに彼が麦粒を刈りとるのを拒《こば》んだからだ。三人は火事にあって死ぬはずだった。それが定めだった。しかし、彼が大鎌を使わなかったから、なにものも彼らを傷つけられないのだ。家が炎上し、焼け落ちたのに、それでも彼らは生きている。死んではおらず、生きてもいない宙ぶらりんの状態で。ひたすら――待っているのだ。そして世界じゅうで彼らの同類、つまり事故や、火災や、疾病《しっぺい》や、自殺の犠牲者があと数千人も待っているのだ、眠っているのだ、モリーと子供たちが眠っているのとまったく同じように。死ぬことも、生きることもできずに。すべては、ひとりの男が実った麦粒の収穫を恐れたせいだ。すべては、ひとりの男が大鎌をふるうのをやめられると考え、あの大鎌をふるって働くことは二度とないと考えたせいだ。

彼は子供たちをじっと見おろした。その仕事は、毎日毎日やらねばならず、けっしてやめてはならず、つづけねばならない。ひと休みすることもなく、つねに収穫しなければならない。永久に、永遠に、とこしえに。

わかった、と彼は思った。いいだろう。大鎌を使ってやる。

家族にさよならはいわなかった。徐々に怒りをつのらせながらきびすを返し、大鎌を探しだすと、足早に歩きだした。やがて小走りになり、ついにはうわごとをいいながら、飛ぶような歩幅で畑に駆けこんだ。両腕に飢えを感じる。いっぽう小麦は鞭《むち》のようにしなって、彼の脚を打った。彼は大声をあげながら、足どりも荒く進み、立ち止まった。

「モリー！」彼は叫んだ。そして刃をふりあげ、ふり下ろした。

「スージー！」彼は叫んだ。「ドルー！」そしてもういちど刃をふり下ろした。

だれかが絶叫した。彼はふり返って、火事で焼け落ちた家を見ようともしなかった。

それから、とめどなくすすり泣きながら、何度も何度も麦を見おろし、右左、右左、右左と切り飛ばした。何度も何度も何度も！　青い小麦も実った小麦も見境《みさかい》なく切り倒し、畑に大きな傷を負わせていく。くり返し罵声《ばせい》を発し、呪いの言葉を吐いたり、笑い声をあげたりしながら。陽射しを浴びた刃がふりかぶられ、陽射しを浴びた刃が、口笛のような音をたてながら落ちてくる！　ふり下ろされる！

爆弾がロンドン、モスクワ、東京を瓦礫《がれき》に変えた。

刃が狂ったように弧を描いた。

そしてベルゼンとブーヘンヴァルトの炉に火がくべられた。

刃が歌い、深紅《しんく》に濡れた。

そしてホワイト・サンズ、ヒロシマ、ビキニでキノコがにょきにょきと伸びて太陽の目をくらませ、シベリアの空へ立ち昇った。

麦粒が緑の雨となって降り注ぎ、涙を流した。

朝鮮半島、インドシナ、エジプト、インドが打ち震えた。アジアがわななき、アフリカが夜中に目をさました……。

そして刃はふりかぶられ、ふり下ろされ、切り飛ばしつづけた。あまりにも多くのものを失い、失い、失いつづけたせいで、もはや世界がどうなろうとかまわなくなった男の憤怒《ふんぬ》をこめた手で。

主要幹線道路からそれてわずか数マイルのところ、どこへも通じていない、でこぼこの未舗装道路を進んだ先、カリフォルニア行きの車で混みあった幹線道路からほんの数マイルのところ。

長い年月のうちには、ときおりおんぼろ車が主要幹線道路からそれて、水蒸気をあげながら、未舗装道路の端にある小さな白い家の焼け焦げた廃墟の前に乗りつけ、すぐ向こうに見える農夫に道を尋ねることがある。昼も夜も、けっして休まずに、果てしない小麦畑で狂ったように働いている農夫に。

だが、助けてもらえるわけでもなく、答えも返ってこない。これだけの年月がたったというのに、畑の農夫は忙しすぎるのだ。実った麦ではなく、まだ青い麦を切り飛ばすのに忙しすぎるのだ。

そしてドルー・エリクスンは大鎌を手に、目をくらます太陽の光のもと、けっして眠らない目のなかに白い火を宿して働きつづける。いつまでも、いつまでも……。

アイナーおじさん

「たったの一分ですむことじゃないの」とアイナーおじさんのやさしい妻がいった。

「お断りだ」とアイナーおじさん。「ついでにいうと、一秒ですむけどね」

「朝からずっと働きづめだったのよ」すらりとした背中に手を当てて妻がいった。「それなのに手伝ってくれないの？　空がゴロゴロ鳴っていて、いまにも雨が降りそうなのに」

「降ればいいさ」と彼は臍《へそ》を曲げて叫んだ。「雷《かみなり》に打たれてまで、きみの洗濯物を干《ほ》すつもりはないからな」

「でも、あなたならあっという間じゃない」

「もういっぺんいう、お断りだ」彼の大きな防水布のような翼が、憤慨《ふんがい》した背中でいらだたしげにブーンとうなった。

彼女は、洗い立ての衣服が四ダースも結ばれた細いロープを彼に渡した。彼はさもいやそうに指でそれをいじりまわした。

「けっきょくこうなるんだ」と苦々《にがにが》しげにつぶやき、「こうなる、こうなる、こうなる」いまにも怒りのあまり泣きだして、ヒリヒリする涙をこぼしそうだ。

「泣かないで。服がまた濡れてしまうわ」と彼女。「さあ、飛びあがって、そいつを持って飛びまわってちょうだい」

「飛びまわってちょうだいか」彼はうつろであると同時に、ひどく傷ついた声で自嘲《じちょう》気味にいった。「ちぇっ――雷よ鳴れ、土砂《どしゃ》降りになれ！」

「お天気だったら、頼まないわ」と彼女が諭《さと》すようにいった。「あなたが飛んでくれないと、せっかく洗濯したのが無駄になるの。家じゅうに吊《つる》してもいいけど――」

これが効《き》いた。彼がなによりも嫌いなのは、ずらりと並んで旗のようにひらひらする洗濯物だった。部屋を横切るのに、その下を這《は》いつくばって進まなければならないからだ。彼は飛びあがった。大きな緑色の翼がブンブンうなる。

「でも、牧場の柵《さく》のところまでだぞ！」

旋回《せんかい》し――ぐんぐん舞いあがった。翼が冷たい空気を切り、愛撫《あいぶ》する。「アイナーおじさんには緑の翼がある」といい終わらないうちに、彼は低空飛行で農場を横切り、一列になった洗濯物を大きなはためく輪にしてなびかせた。バサバサとはばたく翼の動きと、それが生みだす後流で洗濯物を乾かしているのだ！

「ほら、受けとれ！」

もどってきた彼は、妻が並べて広げた清潔な毛布の上に、ポップコーンなみにカラカラに乾いた洗濯物を投げおろした。

「恩に着るわ！」と彼女は叫んだ。

「ガアーッ！」彼は叫ぶと、リンゴの木の下でもの思いにふけろうと、飛び去った。

アイナーおじさんの絹《きぬ》のような美しい翼は、海緑色《かいりよくしよく》の帆のように背中から垂れている。彼がくしゃみをしたり、さっとふり返ったりすれば、ヒューッと風を切る音が肩から流れすののだ。彼は〈一族〉のなかでは珍《めずら》しく、能力が目に見える形で顕《あらわ》れている者のひとりだっただ。闇の住人である従兄弟《いとこ》や甥《おい》や兄弟たちは、ひとり残らず世界の反対側にある小さな町に隠れ住んでいて、目に見えない精神的なことや、魔女の指や白い歯でやることをしたり、火の葉さながら、風に乗って空から降りたり、月光で銀色に染まったオオカミのように森のなかで飛び跳《は》ねたりしていた。彼らはふつうの人間に交じっても割合安全に暮らしていけた。大きな緑の翼の生《は》えた男はそうはいかない。

といって、彼が自分の翼を嫌っていたわけではない。まさか、その正反対だ！ 若いころはいつも夜中に飛んでいた。夜は翼の生えた男にとって稀少な時間だからだ！ 昼間は危険をはらんでいる。むかしからそうだったし、これからもそうだろう。しかし、夜中は、ああ、夜中は、雲の島と夏空の海を越えて翔《か》けていったものだった。なんの危険もなかった。思う存分飛びまわり、爽快《そうかい》な気分に浸《ひた》ったものだ。

ところが、いま彼は夜中に飛べないのだ。

イリノイ州メリン・タウンで（数年前に）〈一族〉が再会を果たした〈集会〉のあと、彼はヨーロッパのとある高山の峠《とうげ》に帰る道すがら、豊潤《ほうじゆん》な深紅《しんく》のワインを飲みすぎてしまった。「だいじょうぶさ」と呂律《ろれつ》のまわらぬ舌で自分に言い聞かせながら、夜明けの星々のもとで長い旅路につき、メリン・タウンの向こうで月光を浴びて夢見ている田園地帯の丘陵《きゆうりよう》を越えた。とそのとき――空からバリバリッという音が――

高圧線の鉄塔だ。

さながら網《あみ》にかかったカモ！　バチバチッとすさまじい音！　電線から飛ぶ青い火花で顔を真っ黒にあぶられながらも、彼は猛然《もうぜん》と翼を逆にはばたいて電気を避け、墜落した。

塔の下の月光に照らされた牧草地に激突し、大きな電話帳が空から落ちてきたような音をたてた。

翌朝早く、露に濡れた翼を激しく揺すって、彼は立ちあがった。あたりはまだ暗かった。夜明けの前触れである細い帯が、東の空に伸びていた。まもなくその帯が色づき、空を飛ぶわけにはいかなくなるだろう。また夜が訪れ、翼をひそかに空ではばたかせられるようになるまで、森へ逃げこんで、いちばん深い茂みのなかで日が暮れるのを待つしかない。

こうして彼は妻に出会ったのだ。

イリノイ州の片田舎《かたいなか》、十一月一日にしてはぽかぽかと暖かい昼間だった。若くて可憐《かれん》なブルニラ・ウェクスリーは、迷子になった雌牛《めうし》の乳《ちち》を搾《しぼ》ろうと外へ出た。片手に銀色のバケツをさげた彼女は、茂みをかき分け、見当たらない雌牛に向かって、どうか家へ帰ってちょうだい、さもないと搾られないミルクで乳房《ちぶさ》がはち切れるわよ、と抜け目なく呼びかけた。乳房が本当にはち切れそうになれば、雌牛はまずまちがいなく家にもどってくるはずだが、ブルニラ・ウェクスリーにとっては些細《ささい》なことだった。森を散策《さんさく》し、アザミを吹きとばし、花を嚙《か》むための口実にすぎなかったのだ。その三つを実行していたときに、ブルニラはアイナーおじさんに出くわした。

茂みのそばで眠っていた彼は、緑の風よけをかぶっているように見えた。

「まあ」とブルニラはひどく興奮した声を出した。「男の人だわ。キャンプ・テントのなかにいる」

アイナーおじさんは目をさました。キャンプ・テントが、その背中で大きな緑色の扇《おうぎ》のように広がった。

「まあ」と雌牛を探しにきたブルニラがいった。「翼の生えた男の人だわ」

彼女は事態をそういう風に受けとめた。たしかに、ひどく驚きはした。しかし、人生において傷ついたことがなかったので、だれも恐れはしなかった。そして翼の生えた男を目にするのは滅多《めった》にない経験だったし、彼と出会ったことが誇らしかった。ふたりは言葉を交わしはじめた。一時間がたつころにはすっかり打ち解けて、二時間がたつころには、彼に翼が生えているのを彼女はすっかり忘れてしまった。いっぽう彼は、この森へ来た経緯《いきさつ》をどういうわけか洗いざらい話していた。

「なるほど、こっぴどく叩かれたみたいに見えるのはそのせいなのね」と彼女はいった。「その右の翼はひどい怪我をしてるみたい。家へ連れていって、手当をしてあげるわ。とにかく、ヨーロッパまで飛んでいこうったって無理よ。それに近ごろじゃ、だれがヨーロッパに住みたがるの？」

彼は礼をいったが、その申し出を受け入れていいものかどうか、よくわからなかった。

「でも、わたしはひとり暮らしだし」と彼女がいった。「だって、ご覧のとおり、こんなに不器量だから」

そんなことはない、と彼は語気《ごき》を強めていった。

「すごくやさしいのね」と彼女。「でも、不器量なのよ、自分をだましても仕方がないわ。家族や親戚はみんな死んでしまった。農場があるのよ、大きいのが。ひとりきりで住んでいて、メリン・タウンからはかなり離れているから、話し相手がほしいの」

でも、ぼくのことが怖くないの、と彼は尋ねた。

「誇らしいのと羨《うらや》ましいのが混じった気持ちのほうに近いわね」とブルニラ。「さわってもいいかしら?」

そういうと、大きな緑色の皮膜を羨ましそうに注意深く撫《な》でた。彼はその感触にぞくりと身を震わせて、歯の隙間《すきま》に舌を突っこんだ。

そういうわけで、彼女の家へ行き、その傷に軟膏《なんこう》を塗ってもらうほかなかった。それにしても! 目の下の顔を横切る火傷《やけど》のひどいこと!

「目がつぶれなくて運がよかったのよ」と彼女。「どうしてこんなことに?」

「じつは……」と彼がいったときには、彼女の農場に着いていた。おたがいの顔ばかり見ていたので、一マイル歩いたことにもろくに気づかない始末だった。

さて、一日が過ぎ、また一日が過ぎた。彼は戸口でブルニラに礼を述べ、もう行かないといけない、軟膏を塗ってもらい、手当をしてもらったうえに泊めてもらって感謝の言葉もない、といった。夕暮れ時の六時だった。いまから翌朝の五時までに、大洋と大陸をひとつずつ越えなければならない。

「ありがとう。じゃあ、さようなら」彼はそういうと、夕闇のなかで飛び立とうとし、カエデの木にまともにぶつかった。

「まあ！」彼女は叫ぶと、気絶した男のもとへ駆けていった。

一時間後に意識をとりもどしたとき、二度と夜中に飛べないことがわかった。繊細な夜間の知覚力が消えうせていたのだ。これまでは翼にそなわった遠隔知覚力《テレパシー》が、行く手をふさぐ鉄塔や樹木や家々や丘のある場所を教えてくれた。一点の曇りもない視力と感受性が、森や崖《がけ》や雲から成る迷路を導いてくれた。それがあの一撃を顔に浴びたせいで、あのパチパチ飛ぶ青い電気の火花を浴びたせいで、跡形《あとかた》もなく燃えつきていたのだ、永久に。

「どうしたらいい？」彼は小さくうめき声をあげた。「どうしたらヨーロッパへ行けるんだ？　昼間に飛んだら、姿を見られて――とんだお笑いぐさだけど――撃ち落とされるかもしれない！　でなければ、動物園で飼われるかも。いやはや、そんな人生はご免だ！　ブルニラ、教えてくれ、どうしたらいい？」

「そうね」彼女は自分の両手を見ながらささやいた。「なにか考えましょう……」

ふたりは結婚した。

〈一族〉が結婚式にやってきた。カエデ、スズカケ、オーク、ニレの秋の葉が大雪崩《おおなだれ》のように落ちるなか、シューシュー、カサカサと音をたて、トチノキの実の驟雨《しゅうう》となって降り注ぎ、冬のリンゴのようにドサッと地面に落ちて、突進の勢いで生まれる風に乗せて、夏に別れを告げるにおいをあたりに撒《ま》き散らした。どんな式だったのかって？　黒い蠟燭《ろうそく》に火を灯《とも》し、吹き消すと、煙がまだ空中に残っている――それくらい短い式だった。ブルニラは儀式が終わるまで、大きな潮《しお》のように頭上でかすかにざわめているアイナーおじさんの翼の音にただただ耳をかたむけていたが、その短さも、暗さも、人間の結婚式をあべこべにしたような式次第も気にしなかった。いっぽうアイナーおじさんは、鼻を横切る傷もほぼ癒《い》えて、ブルニラの腕をとりながら、ヨーロッパが薄れていき、遠くへ溶けていくのを感じていた。視界がくっきりしていなくても、まっすぐ飛びあがって降りてくるには支障がない。結婚式の夜に彼がブルニラを抱きかかえ、雲間《くもま》へまっすぐ跳びあがったのは、しごく当然の成り行きだった。

五マイル先に住む農夫が、真夜中の低い雲にちらっと目をやると、かすかな光がパッパッとひらめき、パチパチいう音が聞こえてきた。

「夏の夜の稲光だ」と彼はひとりごちて、ベッドにはいった。

明け方になって露《つゆ》が降りるまで、ふたりは降りてこなかった。

結婚生活がはじまった。彼女は夫を見るだけで気分が高揚した。翼の生えた男と結婚した女は世界でただひとり――それが自分だと思えるからだ。「そんなことをいえる人がほかにいる?」と彼女は鏡に問いかけた。すると答えは――「だれもいない!」

いっぽう、彼はブルニラの顔の背後に大いなる美しさを、大いなるやさしさと理解とを見いだした。彼女の好みに合わせて食べるものをすこし変えた。そして翼が陶器《とうき》を倒したり、ランプをたたき落としたりしないよう、家のなかでは気を配り、それらに近寄らないようにした。睡眠の習慣も変えた。いまはもう夜中に飛べないからだ。彼女は椅子を順番に修理して、ここでは詰め物を追加し、あちらではとりのぞいてと、翼を楽に休められるようにした。

そして夫が彼女を愛さずにはいられなくなるようなことをいった。

「わたしたちはみんな繭《まゆ》に包まれているのよ。わたしがどれほど不器量かわかる?」と彼女はいった。「でも、いつか繭から飛びだして、あなたの翼に負けないくらい立派できれいな翼を広げるのよ」

「きみはとっくのむかしに繭から飛びだしてるよ」

彼女はそのことをじっくり考えた。

「そうね」と認めるしかなかった。「その日がいつだったかも知ってるわ。森のなかで雌牛を探していて、テントを見つけた日よ!」

ふたりは笑い声をあげた。彼に抱かれていると、気分が晴れやかになり、結婚したおかげで、自分が不器量という殻《から》からぬけ出したことがわかった。ちょうど輝く剣が鞘《さや》からすべり出るように。

子供ができた。最初のうち彼のほうは、子供に翼が生えているのではないか、と心配でたまらなかった。

「ばかばかしい、そのほうがいいわ！」と彼女はいった。「足もとをうろちょろされると困るけど」

「それなら」と彼は叫んだ。「きみの髪の毛のなかに入れよう！」

「まあ！」と彼女は叫んだ。

子供は四人生まれた。男の子三人と女の子ひとり。活発で、翼が生えているみたいだった。数年のうちに毒キノコのようにポンポンと生まれてきた。そして暑い夏の日には父親にこう頼んだ——リンゴの木の下にすわって、涼しくする翼であおいでよ。そうしたら星明かりに照らされた島のような雲と大海原《おおうなばら》みたいな空の話をしてよ。霧と風の肌触《はだざわ》りを教えてよ。星が口のなかで溶けるとどんな味がするか、冷たい山の空気をどうやって飲むか、エヴェレスト山から落ちる小石になるのはどんな気分か、緑の花になって、地上にぶつかる寸前に翼を花開かせるのはどんな気分か教えてよ！

これが彼の結婚だった。

そして六年後の今日、ここにアイナーおじさんはすわっていた。ここ、リンゴの木の下でいらいらをつのらせ、意地悪になっていく自分を持てあましていた。こうなりたいと思ったからではなく、長いこと待っても、あいかわらず夜空を飛べないからだった。彼の第六感はいっこうに回復しなかった。ここに意気消沈《しょうちん》してすわっている姿は、夏の日よけパラソルと変わらない。かつてその半透明の影の下に避難した観光客たちが、季節が過ぎて無情にも捨てていった緑のパラソルと。昼間に飛んで人目《ひとめ》につくのを恐れて、永久にここにすわっているのだろうか？　翼をはばたかせるのは、妻に頼まれて洗濯物を乾かすためか、暑い八月の昼下がりに子供たちをあおぐためだけなのだろうか？　自分の仕事はつねに飛ぶことだった。嵐よりも迅速に〈一族〉の伝令を果たすことだった。ブーメランのように丘や谷を巡回し、アザミのようにふわりと着地することだった。その仕事でいつも金を稼《かせ》いでいた。〈一族〉は翼の生えた男を存分に役立てたのだ！　しかし、いまはどうだ？　苦々しい思いしかない！　翼がブルブル震え、空気をはたき、囚《とら》われの雷鳴のような音をたてた。

「パパ」と幼いメグがいった。

子供たちが目の前に立ち、もの思いに沈んだ父親の暗い顔を見ていた。

「パパ」とロナルド。「もっと雷を鳴らして！」

「まだ三月で、寒い日だ。そのうち雨が降って、雷がたくさん鳴るようになるよ」とアイナーおじさん。

「ぼくらを見に来る？」とマイクルが尋ねる。

「さあ行った、行った！　パパに考えごとをさせておくれ！」

彼は愛を締めだした。子供たちへの愛も、子供たちからの愛も。頭にあるのは天空と、地平線と、無限の彼方《かなた》だけ。昼だろうが夜だろうが、星に照らされていようが、月に照らされていようが、太陽に照らされていようが、曇っていようが、晴れていようがどうでもいい。とにかく頭にあるのはつねに天空と地平線であり、それは宙へ舞いあがると、かならず行く手にあったのだ。それなのに自分はここにいて、牧草地にへばりつき、人目《ひとめ》を恐れて頭を低くしている。

みじめにも、深い井戸のなかにいるのだ！

「パパ、あたしたちを見に来て。三月だよ！」とメグが叫んだ。「町の子供たちみんなといっしょに丘へ行くの！」

アイナーおじさんはうなり声をあげた。

「丘って、どの丘だい？」

「凧《たこ》の丘だよ、決まってるじゃないか！」と四人が声をそろえた。

ようやく彼は子供たちに目をやった。

めいめいが大きな紙製の凧をかかえていた。顔には期待の色が浮かび、汗ばんで動物のように輝いている。小さな手には白い撚《よ》り糸の玉。赤、青、黄、緑に塗られた凧からは、縞《しま》模様になった木綿《もめん》と絹の尻尾《しっぽ》が垂れている。

「凧をあげるんだ！」とロナルド。「いっしょに来ない？」

「だめだよ」と彼は悲しげにいった。「人に姿を見られてしまう。見られたら、困ったことになる」

「森に隠れて、見ていればいいのよ」とメグ。「自分たちで凧を作ったの。作り方を知っているから」

「どうして作り方を知っているんだい？」

「パパを見てるから！」と即座に答えが返ってきた。「だから知ってるの！」

彼は子供たちを長いこと見つめていた。やがて、ため息をつき、

「凧あげ大会なんだね？」

「そうでーす！」

「あたしが一等賞をとるの」とメグ。

「ちがう、ぼくだよ！」とマイクルが異を唱《とな》える。

「ぼくだよ、ぼくだよ！」とスティーヴンが声高にいう。

「そうか、こうすればいいんだ！」とアイナーおじさんが大声をあげた。けたたましい太鼓《たいこ》のような音をたてて翼をはばたかせ、高々と舞いあがった。「おまえたち、おまえたち、心から愛してるよ！」

「パパ、どうかしたの？」とマイクルがあとずさりながらいった。

「いいや、どうもしないさ！」とアイナーはくり返し叫ぶと、翼をしならせて最大の推進力を生みだして急降下した。バシーン！　それはシンバルのように打ちあわさり、そのあおりを食らって子供たちがばったりと倒れた。「この手があった、この手があったぞ！　これでまた自由だ！　煙道《えんどう》を抜ける火のように！　風に舞う羽毛《うもう》みたいに！　ブルニラ！」アイナーは家に向かって呼びかけた。妻が姿を現した。「ぼくは自由だ！」顔を真っ赤にし、背伸びをして彼は叫んだ。「聞いてくれ、ブルニラ、もう夜でなくてもいいんだ！　昼間だって飛べるんだ！　夜は必要ない！　これからは毎日、一年のどの日でも飛ぶぞ！――でも、し

ゃべっていては時間の無駄だ。見てくれ！」

そして心配そうな家族の見まもるなか、小さな凧のひとつから垂れた木綿の尾をつかむと、それを背中のベルトに結びつけ、撚り糸の玉をわしづかみにし、片方の端《はし》を口にくわえ、反対の端を子供たちに持たせ、ぐんぐん空へ舞いあがっていき、三月の風に乗った！

すると草地を横切り、農場を越えて、彼の子供たちも走った。白昼の空へ糸をくり出し、金切《かなき》り声をあげ、つまずきながら。いっぽうブルニラは農場に立ち、手をふって、笑い声をあげた。なにが起きているのか、わかったからだ。そして彼女の四人の子供たちは遠い凧の丘まで走りとおし、そこに立つと、誇らしげな指で撚り糸の玉を熱心に握り、それぞれが糸をたぐり、向きを変え、引っぱった。やがてメリン・タウンから来た子供たちが、自分たちの小さな凧を風に乗せようと走ってきた。そして大きな緑の凧が空で急上昇したり、ぴたりと停止したりするのを見て歓声をあげた。

「わあ、すごい凧だなあ！　わあ、すごいや！　ああ、あんな凧があったらなあ！　どこで、どこで買ったんだい！」

「パパが作ってくれたんだよ！」とメグとマイクルとスティーヴンとロナルドが叫び、撚り糸を得意げに引っぱった。すると空でブーンとうなっている凧がいったん下がってから舞いあがり、大きな魔法の感嘆符を雲の前に描いてみせた！

風

夕方の五時半に電話が鳴った。十二月のことで、日が暮れてからかなり長い時間がたっていた。トムスンは電話をとった。

「もしもし」

「もしもし、ハーブか?」

「やあ、きみか、アリン」

「奥さんはいるのか、ハーブ?」

「いるよ。なんでだ?」

「ちくしょう、まずいな」

ハーブ・トムスンは静かに受話器を握ったまま、

「どうした?　声がおかしいぞ」

「今夜こっちへ来てほしかったんだ」

「お客が来るんだ」

「泊まってほしかったんだよ。奥さんが留守《るす》にするのはいつだ?」

「来週だ」とトムスン。「九日くらいオハイオへ行くんだ。母親が病気でね。そのとき泊まりにいくよ」

「今夜泊まりにきてもらえないかな」

「行けるんだったら行くよ。でも、お客が来るんだ、女房《にょうぼう》に殺される」

「なんとか来てもらえないかな」

「どうした？　また凪か？」

「いや、ちがうよ。そうじゃない」

「凪なんだな？」とトムスンは訊《き》いた。

電話の声がためらいがちに、

「ああ。そうだ、凪だよ」

「今夜は晴れてる、たいした風は吹いてない」

「ちょっとの凪でいいんだ。窓からはいってきて、カーテンをすこしだけ揺らす。それだけで、おれにはわかる」

「なあ、こっちへ来て、ひと晩泊まったらどうだ？」とハーブ・トムスンは明かりの灯《とも》ったホールを見まわしながらいった。

「いや、だめだ。そうするには遅すぎる。途中でつかまるかもしれん。えらく遠い道のりだからな。やめとくよ。でも、とにかくありがとう。三十マイルだからな。でも、ありがとう」

「睡眠薬でも呑《の》むんだな」

「この一時間戸口に立ってたんだ、ハーブ。おれにはわかる、西で凪が起きそうだって。雲がいくつか浮かんでて、そのうちのひとつが引き裂けた。凪が起きるんだよ、まちがいない」

「まあ、よく効《き》く睡眠薬でも呑むことだ。電話したくなったら、いつでもかけてくれ。かけたくなったら、今夜じゅうでもいい」

「いつでもいいのか？」と電話の声。

「もちろんだ」

「そうさせてもらうよ。きみが泊まりに来られればよかったんだが。そうはいっても、きみを困らせたいわけじゃない。きみはおれの親友だ。別に困らせたいわけじゃない。もしかしたら、ひとりでこいつに立ち向かうのがいちばんいいのかもしれん。邪魔して悪かった」

「おいおい、なんのための友だちだ？　こうするといい。今夜は腰を落ち着けて、すこし書きものをするんだ」とホールで足を踏みかえながら、ハーブ・トムスン。「ヒマラヤや、風の谷や、嵐やハリケーンで頭がいっぱいだなんてことは忘れるんだ。つぎの旅行記をもう一章書きあげるといい」

「それがいいかもな。たぶんそうするよ、断言はできんが。たぶんそうする。そうしたほうがよさそうだ。迷惑かけて悪かった。恩に着るよ」

「礼なんかいいさ。さあ、電話を切ってくれ。女房が呼んでるんだ、夕食だとさ」

ハーブ・トムスンは電話を切った。

食堂へ行って、夕食の席につくと、妻が向かいの席にすわり、「アリンさんだったの？」と訊いた。彼はうなずいた。

「あの人ったら、風が吹きあがっただの、風が吹きおろしただの、熱い風が吹いただの、寒い風だの、そればっかり」彼女はそういって、食べものが山盛りになった皿を彼に渡した。

「あいつは戦時中、ヒマラヤ山地で過ごしたんだ」とハーブ・トムスン。

「まさか、例の谷の話を信じてるんじゃないでしょうね」

「なかなか面白い話だ」

「やれ、山歩きだ、やれ、山登りだ。どうして男の人は山に登って、わざわざ怖い目にあうの？」

「雪が降っていたそうだ」とハーブ・トムスン。

「雪が？」

「雨も雹《ひょう》も風もいっせいに襲ってくるんだそうだ、その谷では。さんざんアリンに聞かされたよ。うまく話すんだ、あいつは。かなり高いところにいたんで、雲が下に見えたそうだ。で、その谷はけたたましい音をたてた」

「そりゃあそうでしょうよ」

「ひとつだけじゃなくて、たくさんの風が吹いてるみたいだった。世界じゅうから風が集まってるんだ」ひと口嚙《か》んで、「と、アリンはいうわけだ」

「そもそも、あの人はそんなところへ行ったり、見たりしちゃいけなかったのよ。あちこちをつついてまわれば、いろんな妄想が湧いてくるものよ。聖地に侵入したから風が腹をたてて、追いかけてくるとか」

「笑いごとじゃないんだ。あいつはぼくの親友だ」とハーブ・トムスンが鋭い口調でいった。

「ばかばかしいにもほどがあるわ！」

「そうはいっても、あいつはひどい目にあってきたんだ。そのあとボンベイで例の嵐に出くわし、その二カ月後、ニューギニアで台風にぶつかった。そのつぎがコーンウォールだ」

「暴風やハリケーンにたてつづけに飛びこんで、そのせいで被害妄想になった人に同情なんかできないわ」

ちょうどそのとき電話が鳴った。

「出ないで」

「大事な用かもしれない」

「どうせまたアリンさんよ」

ふたりはすわったままだった。電話は九回鳴ったが、ふたりは出なかった。とうとう、電話が鳴りやんだ。ふたりは夕食を終えた。キッチンでは、窓のカーテンが静かに揺れていた。窓がわずかに開いているので、そよ風がはいってくるのだ。

電話がまた鳴った。

「鳴らせておくわけにはいかない」と彼はいって、電話に出た。「やあ、どうした、アリン」

「ハーブ！　あれはここにいる！　ここまで来たんだ！」

「電話口に近すぎる、ちょっと離れてくれ」

「おれは開いた戸口に立って、あれを待ってたんだ。幹線道路からやって来るのが見えた。木を一本ずつ揺らしながら来るんだ。やがて家のすぐ外の木を揺らして、ドアへ向かって突進してきたから、その鼻先でぴしゃりとドアを閉めてやったよ！」

トムスンはなにもいわなかった。いうべきことを思いつかなかったのだ。妻がホールのドアに立って、こちらを見つめていた。

「じつに面白い」とうとう彼はいった。

「家を包囲してるんだよ、ハーブ。いまは外へ出られないし、なにもできない。でも、あれに一杯食わせてやった。おれを追いつめたと思わせて、つかまえに来たちょうどそのとき、ドアをたたき閉めて、鍵《かぎ》をかけてやったんだ！　準備してたんだよ、何週間も準備してきたんだ」

「そうか、準備してたのか。その話してくれよ、アリンの旦那」

ハーブ・トムスンはおどけた口調で電話に向かっていった。いっぽう妻はひたすら見つめていた。トムスンの首に汗がにじんできた。

「はじまりは六週間前だ……」

「へえ、六週間前か。なるほど、なるほど」

「……あれに勝ったと思った。おれを追いかけて、つかまえようとするのをあきらめたんだと思った。でも、あれは時機をうかがってただけだった。六週間前、まさにここ、おれの家の隅々《すみずみ》で風が笑ったり、ささやいたりする声が聞こえた。一時間くらいのことで、たいして長い時間じゃなかったし、たいして大きい声でもなかった。そのうちいなくなった」

トムスンは電話口でうなずいて、

「そいつはよかった、よかったじゃないか」

妻がまじまじとこちらを見た。

「つぎの夜、あれはもどってきた。鎧戸《よろいど》をバンバン叩いて、煙突から火の粉《こ》を蹴散《けち》らした。五夜連続でもどってきて、来るたびにすこしだけ強くなっていた。玄関ドアをあけたら、おれのところまではいってきて、おれを引きずりだそうとした。でも、そこまでの力はなかった。でも、今夜はあるんだ」

「うれしいよ、きみの気分がよくなって」

「よくなってないぞ。いったいどうした？　奥さんが聞いてるのか？」

「そうだ」

「なるほど、そういうことか。たわごとに聞こえるのはわかってるんだ」

「そんなことはない。話をつづけてくれ」

トムスンの妻はキッチンへもどって行った。彼はほっとした。電話のそばの小さな椅子に腰を降ろし、

「つづけてくれ、アリン、話したいだけ話したら、ぐっすり眠れるはずだ」

「あれはいま家を包囲してる。特大の掃除機を切妻《きりづま》という切妻に押しつけてるみたいだ。立木《たちき》を叩いてまわってる」

「そいつは変だな、こっちは風なんか吹いてないぞ。アリン」

「そりゃあそうさ。あれはきみには用がない。用があるのは、おれひとりだ」

「まあ、それもひとつの解釈だ」

「あれは殺し屋なんだ、ハーブ、史上最大で最強の殺し屋で、先史時代から獲物を狩ってきた。鼻の利《き》く大きな猟犬で、おれを嗅《か》ぎだそうとしてるんだ。大きな冷たい鼻を家に押しつけて、空気を吸いとってる。で、居間でおれを見つけたら、そこへ圧力をかけるし、キッチンにいれば、そこへやって来る。いまは窓からはいりこもうとしてるが、ちゃんと補強してあるし、ドアには新しい蝶番《ちょうつがい》と差し錠《じょう》をつけた。この家は頑丈《がんじょう》だ。むかしは家を頑丈に造ったもんだ。いまは家じゅうの明かりがつけてある。家は煌々《こうこう》と輝いてるよ。スイッチを入れたとき、風が部屋から部屋へついてきて、全部の窓ごしにのぞきこんでいたよ。あっ！」

「どうした？」

「たったいま、あれが玄関の網戸《あみど》をむしりとった！」

「泊まりにきてもらえるといいんだが、アリン」

「無理だよ！　ちくしょう、家から出られない。どうしようもないんだ。おれはこの風を知ってる。ちくしょう、でっかくて、知恵がまわるんだ。ついさっき煙草《たばこ》に火をつけようとしたら、小さな隙間《すきま》風にマッチの火を吸いとられた。風はゲームをするのが好きなんだ。おれをからかうのが好きで、おれを使って暇つぶしをしてるんだ。これがひと晩じゅうつづくんだよ。おや、こんどは！　ちくしょう、こんどはおれの古い旅行記の一冊だ。書斎のテーブルに載ってるんだ。きみにも見えたらいいのに。家のどこかに小さな穴があいていて、そこからそよ風がはいってくる。ほんのかすかな風が――一ページずつめくってるんだ。きみに見せたいくらいだ。いまは序文。おれがチベットの本に寄せた序文を憶《おぼ》えてるか、ハーブ?」

「ああ」

「四大元素のゲームに敗れた者たちに本書を捧げる。著者はその力を目の当たりにしながら、つねに逃げおおせた者である」

「ああ、憶えてるよ」

「明かりが消えちまった!」

電話に雑音がはいった。

「たったいま電線が切れた。聞こえてるか、ハーブ?」

「まだ聞こえてるよ」

「風は家の明かりが気に入らないんだ。電線を切っちまった。おつぎは電話だな、まずまちがいない。まあ、腐れ縁ってやつだよ、おれと風は! ちょっと待ってくれ」

「アリン?」

沈黙。ハーブは送話器にのしかかるようにした。妻がキッチンからちらっと視線をよこした。ハーブ・トムスンは待った。

「アリン?」

「お待たせ」電話口で声がいった。「ドアから隙間風がはいってくるんで、下に詰めものをしてきた。これで足をすくわれないですむ。けっきょく、来てもらわなくてよかったよ、ハーブ、こんな騒ぎに巻きこみたくないからな。おっと! 居間の窓がひとつ割れて、例の強風がはいってきた。壁から絵をたたき落としてるぞ！　聞こえるか？」

ハーブ・トムスンは耳をすました。けたたましいサイレンのような音と、ヒューヒュー、バンバンいう音が電話から聞こえてくる。アリンがそれに負けじと声をはりあげた。

「聞こえるか？」

ハーブ・トムスンはごくりと唾《つば》を飲みこみ、

「聞こえる」

「あれはおれを生かしておきたいんだ、ハーブ。一撃で家を打ち壊したりはしない。そんなことをしたら、おれが死んでしまうからな。あれはおれを生かしておきたいんだ。指を一本ずつ引きちぎって、おれをバラバラにできるように。あれはおれの内側にあるものがほしいんだ。おれの精神、おれの頭脳。おれの生命力、精神力、自我がほしいんだ。知力がほしいんだよ」

「女房が呼んでるんだ、アリン。皿を拭《ふ》きに行かないと」

「あれは水蒸気でできた大きな雲だ。世界じゅうから集まった風だ。一年前にセレベスを引き裂いたのと同じ風、アルゼンチンで死者を出したのと同じパンペーロ（アンデス山脈から大西洋に吹き下ろす冷たく乾いた強風）、ハワイを餌食《えじき》にする台風、今年のはじめにアフリカ沿岸を襲ったハリケーンだ。おれが逃げてきた嵐の一部なんだよ。あれはヒマラヤからおれを追ってきた。風の谷でおれが知ったことを知られたくなかったからだ。あれはその谷に集まり、破壊計画を練《ね》ってる。遠いむかし、なにかの弾《はず》みで、生きる方向へ進みはじめたんだ。おれはあれの餌場《えさば》を知ってる。

あれが生まれる場所と、あれの一部が消失する場所を知ってる。だから、あれはおれを憎むんだ。そしておれの本には、あれを打ち負かす方法が書いてある。これ以上、おれに布教してほしくないのさ。あれは自分の巨体におれを組みこみ、知識をあたえてもらいたがってる。おれを味方につけたいんだよ！」

「もう切らないと、アリン、女房が――」

「なんだって？」間《ま》があり、遠くで風の吹きすさぶ音が電話から聞こえてきた。「なんといったんだ？」

「一時間くらいしたら、かけ直してくれ、アリン」

彼は電話を切った。

皿を拭きに行った。妻が彼を見て、彼は皿を見つめて、タオルでこすった。

「今夜、外のようすは？」と彼はいった。

「よく晴れてるわ。あまり寒くないし。満天の星よ」と彼女。「なぜ？」

「なんでもない」

つぎの一時間に電話が三度鳴った。八時に客のストッダード夫妻が到着した。四人は八時半まで車座《くるまざ》になって話しこみ、それから河岸《かし》を変え、カードテーブルを設置すると、ジンラミーをはじめた。

ハーブ・トムスンはシャッシャッと音をたてながら、何度もカードを切り混ぜて、いちどに一枚ずつ、ほかの三人の前に配《くば》っていった。言葉のやりとりがあった。彼は葉巻《はまき》に火をつけ、先端を細かな灰にすると、手持ちのカードをそろえ直し、ときおり首をもたげて、耳をすました。家の外に音はなかった。そうする彼を妻が見ていた。彼はすぐにやめて、クラブのジャックを捨てた。

彼は葉巻をゆっくりとふかした。全員が静かな声で話し、ときおり小さく笑い声がはじけた。ホールの時計が九時の鐘《かね》をきれいに鳴らした。

「お集まりのみなさん」とハーブ・トムスンが、葉巻を口からはずして、考えこむように見つめて、「人生とはなんとおかしなものでしょう」

「へえ、そうかい?」とミスター・ストッダード。

「とにかくぼくらはここにいて、自分の人生を生きている。いっぽう地球のほかの場所では、十億人の他人がそれぞれの人生を生きている」

「わざわざ口にするようなことかね」

「人生とは」彼は葉巻をくわえ直し、「孤独なものだ。結婚している人々にとってさえそうだ。人の腕に抱かれていながら、百万マイルも離れている気がするときもある」

「わたしはそれが好き」と彼の妻。

「そういう意味でいったんじゃない」と彼はあわてることなく説明した。うしろめたいところはなかったので、たっぷりと時間をとり、「つまり、ぼくらがみな自分の信じることを信じて、自分のささやかな人生を生きるいっぽうで、他人はまったく別の人生を生きてるってことだ。つまり、ぼくらがこの部屋にすわっているあいだに、何千人もが死にかけてる。癌《がん》で死ぬ者、肺炎で死ぬ者、結核で死ぬ者。いまこの瞬間も、アメリカでは、だれかが交通事故で死にかけてるんだ」

「あまり気乗りしない会話ね」と彼の妻。

「ぼくがいいたいのはこういうことだ――ぼくらはみな生きるだけで、他人がどう考えるかとか、その人生をどう生きて、どう死んでいくのかを考えない。死が自分の身に降りかかるまで待つだけだ。なにがいいたいかというと、ぼくらが自己満足に浸《ひた》ってここにすわっているあいだに、三十マイル離れた大きな古い家のなかで、夜と神のみぞ知るものに完全に包囲されて、史上最高の男のひとりが――」

「ハーブ!」

彼は煙を吹きだし、葉巻を嚙んで、自分の手札をぼんやりと見つめた。

「すまない」すばやくまばたきして、葉巻を嚙み、「ぼくの番かな?」

「あなたの番よ」

カードを切る音、つぶやき、会話をともなって、親を変えながらゲームはつづいた。ハーブ・トムスンは椅子にどんどん深く沈みこんだ。見るからに気分が悪そうだ。

電話が鳴った。トムスンが跳《は》ね起き、そこまで走ると、ひったくるようにフックからはずした。

「ハーブ! 何度もかけたんだ。きみの家はどうなってる、ハーブ?」

「どういう意味だ、どうなってるって?」

「お客はもう来てるのか?」

「ああ、来てるよ――」

「おしゃべりして、笑って、トランプをしてるのか?」

「まあ、そのとおりだが、きみの話といったいなんの関係が――」

「十セントの葉巻をふかしてるのか?」

「ふかしてるよ、大きなお世話だ、でも……」

「それならよかった」と電話の声がいった。「本当によかった。おれもそこにいられたらよかった。知らなくていいことまで知らずにすめばよかった。望みをいい出せば切りがないか」

「だいじょうぶか?」

「いまのところは、だいじょうぶだ。いまはキッチンに閉じこもってる。家の正面の壁は一部が吹き飛ばされた。でも、避難計画を練った。キッチンのドアが破られたら、地下室へ降りる。運がよければ、朝まで持ちこたえられるかもしれん。おれをつかまえるには、家全体を引き裂くしかないし、地下室の床は相当に頑丈だ。シャベルがあるから、穴を掘って――もっと深いところへ……」

ほかにもたくさんの声が電話口から聞こえるようだった。

「あれはなんだ?」ハーブ・トムスンは背すじが寒くなって、ぶるっと身震いしながら訊いた。

「あれか?」と電話の声がいった。「あれは台風の犠牲になった一万二千人、ハリケーンの犠牲になった七千人、サイクロンで生き埋めになった三千人の声だ。こんな話、退屈か？それが風の正体なんだ。大勢の死人。風が彼らを殺し、心を奪って、知力を獲得した。彼らの声を奪って、ひとつの声にした。過去一万年に殺された数百万人が、苦しめられ、モンスーンや旋風《つむじかぜ》の背中に乗ったり、腹におさまったりして、大陸から大陸へ走ったんだ。ああ、ちくしょう、きみならそれを題材に、どんな詩が書けるだろうな！」

人の声と叫喚《きょうかん》が電話にこだまし、鳴りひびいた。

「もどってきて、ハーブ」とカードテーブルから妻が呼んだ。

「風はそうやって毎年知力を増してるんだ、死体ひとつずつ、命ひとつずつ、死ひとつずつ加えていくんだよ」

「みんな待ってるのよ、ハーブ」と妻の呼ぶ声。

「うるさいぞ！」彼はふり返った。いまにも怒鳴りだしそうだ。「すこしくらい待てないのか！」電話口に顔をもどし、「アリン、いまそっちへ来てほしいんなら、行ってやるぞ！もっと早く行くべきだった……」

「そんなこと考えるな。こいつは因縁《いんねん》の対決ってやつだ。きみを巻きこむつもりはない。そろそろ切ったほうがよさそうだ。キッチンのドアが持ちそうにない。地下室へ行かないと」

「あとで電話をくれるな？」

「たぶん、運がよければ。無事ですむとは思えんが。何度も間一髪《かんいっぱつ》のところで逃げてきたが、こんどばかりはつかまりそうだ。ずいぶんと迷惑かけてすまなかった、ハーブ」

「迷惑なんかじゃなかったよ。あとで電話してくれ」

「かけられるものなら……」

ハーブ・トムスンはトランプのゲームにもどった。妻が彼をにらんで、

「アリンさんはだいじょうぶなの、あなたの友だちは?」と尋ねた。「酔ってるんじゃないでしょうね」

「あいつは生まれてから一滴の酒も飲んじゃいない」とトムスンが不機嫌そうな声でいって、腰を降ろした。「三時間前に行ってやるべきだった」

「でも、あの人はこの六週間、毎晩電話してきて、あなたはすくなくとも十回は泊まりに行ったけど、なにもおかしなことはなかったじゃない」

「あいつには助けがいるんだ。自分を傷つけるかもしれん」

「ふた晩前に行ったばかりじゃない。いつもあの人を追いかけてるわけにはいかないわ」

「朝一番で療養所へ連れていくよ。そんなこと、したくなかった。あの話を別にすれば、いたってまともに思えるから」

十時半にコーヒーが出された。ハーブ・トムスンは、それをゆっくりと飲みながら、電話を見つめていた。あいつはいま地下室にいるのだろうか、と彼は思った。

ハーブ・トムスンは電話のところまで歩き、長距離通話を申しこんで番号を伝えた。

「申しわけありません」と交換手。「その地区の回線が切れています。復旧しましたら、おつなぎします」

「じゃあ、電話線も切れたのか！」とトムスンは叫んだ。その手から受話器が落ちた。彼はふり向き、クローゼットのドアを勢いよくあけると、上着を引っぱりだした。

「まずいことになった」彼はいった。「ああ、まずいぞ、まずいことになった」驚いている客ふたりと、コーヒー沸《わ》かしを手にしている妻に向かっていう。

「ハーブ！」妻が叫んだ。

「行ってやらないと！」彼はそういって、上着の袖《そで》に腕を通した。

ドアのところで、なにかが動く音がかすかにあがった。

部屋のなかのだれもが緊張し、背すじを伸ばした。

「だれかしら？」と彼の妻が訊いた。

なにかが動く音は、ひどく静かにくり返された。

トムスンは急いでホールへ出て、はっと足を止めた。

外で、かすかに、笑い声がしたのだ。

「まいったな」とトムスン。心地よい驚きに打たれ、ほっと胸をなでおろして、片手をドアノブにかけ、「あの笑い声ならどこにいたってわかる。アリンだ。けっきょく、車に乗ってやってきたんだ。例の途方もない話をしたくて、朝まで待てなかったんだろう」トムスンは弱々しく笑みを浮かべた。「どうやら友だちを何人か連れてきたと見える。声からすると、大勢いるみたいだ……」

彼は玄関ドアをあけた。

ポーチは空《から》っぽだった。

トムスンは驚きを見せなかった、その顔に面白がるような表情と、その手は食わないという表情が浮かんだ。笑い声をあげ、

「アリン？　悪ふざけはよせ！　出てこい」ポーチの明かりをつけて、外を見まわし、「どこにいるんだ、アリン？　さあ、出てこいよ」

そよ風が顔に吹きつけた。

トムスンは一瞬待った。と、不意に骨の髄《ずい》まで冷たくなった。ポーチに踏みだして、不安げに、だが慎重にあたりを見まわす。

突風が彼の上着の裾《すそ》を捉《とら》えて鞭《むち》打ち、髪をくしゃくしゃにした。また笑い声が聞こえたように思った。風は家じゅうをめぐり、いたるところに同時に圧力をかけると、丸々一分ほど猛烈に吹きまくって、出ていった。

風がやんだ。悲しみに暮れ、木々の梢でひとしきり嘆《なげ》いてから、去っていった。海へ、セレベス諸島へ、象牙《ぞうげ》海岸へ、スマトラへ、ホーン岬《みさき》へ、コーンウォールへ、フィリピンへもどっていくのだ。消えていく、消えていく、消えていく。

トムスンは悪寒《おかん》に襲われて立ちつくした。家のなかへはいり、ドアを閉じると、それにもたれかかった。そして目を閉じたまま動かなかった。

「どうかしたの……？」と妻が訊いた。

二階の下宿人

彼は憶《おぼ》えていた――お祖母《ばあ》さんがどれほど注意深く、どれほど慣れた手つきでニワトリの冷たいはらわたをいじりまわし、そこから驚異を引きだしたかを。とぐろを巻き、濡れて光っている肉のにおいのする腸、筋肉のかたまりである心臓、種子がごちゃごちゃと詰まっている砂嚢《さのう》。お祖母ちゃんがニワトリの腹を裂き、肉厚《にくあつ》の小さな手を突っこんで、メダルを抜きとる手際《てぎわ》のなんとみごとだったことか。これらの内臓は分けられて、水を張った鍋《なべ》に放りこまれるものもあれば、あとで犬に投げてやるのだろう、紙にくるまれるものもあった。そのあとは剝製《はくせい》の儀式だ。水に浸《ひた》して味つけしたパンを鳥に詰めこみ、ピカピカ光る針で手術をとり行う。すばやく縫《ぬ》って、きゅっきゅっと締めていくのだ。

ダグラスの十一年におよぶ人生において、これほどゾクゾクするものは滅多《めった》になかった。魔法のキッチン・テーブルにはキーキー音をたてる引き出しがたくさんあり、全部で二十本の包丁がはいっていた。お祖母ちゃん、つまり、やさしくて、おだやかな顔をした白髪《はくはつ》の老魔女が奇跡を生みだすのに使う道具がそれだった。

ダグラスは静かにしていないといけなかった。テーブルの向かいに立って、そばかすの散った鼻を縁《ふち》ごしに突きだし、お祖母ちゃんのやることを見ていてもかまわない。だが、男の子のとりとめもないおしゃべりは、魔法の妨《さまた》げになるらしい。お祖母ちゃんが鳥の上で銀のシェイカーをふるときは、驚きに目をみはるしかなかった。ミイラの塵《ちり》と、粉々《こなごな》にしたインディアンの骨をふりまきながら、歯のない口で神秘の呪文を唱《とな》えているように思えたからだ。

「お祖母ちゃん」とうとう沈黙を破ってダグラスがいった。「ぼくの中身もそんな風なの？」とニワトリを指さす。

「そうだよ」とお祖母ちゃん。「もうちょっときちんとしていて、見苦しくないけど、だいたい同じじね……」

「もっとたくさん詰まってるよ！」とダグラスが、自分の内臓を誇らしく思ってつけ加えた。

「そうね」とお祖母ちゃん。「もっとたくさん詰まってるね」

「お祖父《じい》ちゃんのほうがぼくより多いよ。お腹《なか》が突き出てるから、その上に肘《ひじ》だって載せられる」

お祖母ちゃんは笑い声をあげ、かぶりをふった。

「それに、この先に住んでるルーシー・ウィリアムズ、あの人は……」とダグラス。

「お黙りなさい！」と、お祖母ちゃんは叫んだ。

「でも、あの人は……」

「あの人のお腹がどうだろうと気にしないの！　あれはちがうんだから」

「でも、なんであの人はちがうの？」

「いつか、かがり針《ばり》の精《せい》イトトンボ（英語の darning-needle には「かがり針」と「イトトンボ」のふたつの意味がある）がやってきて、あんたの口を縫っちゃうよ」とお祖母ちゃんがきっぱりといった。

ダグラスはしばらく待ってから、尋ねた。

「ぼくの中身がそんな風だって、どうしてわかるの、お祖母ちゃん？」

「ああ、もう、あっちへ行って！」

玄関のドアベルが鳴った。

ダグラスが廊下を走っていくと、玄関ドアのガラスごしに、麦わら帽子が見えた。ベルが二度、三度と鳴った。ダグラスはドアをあけた。

「お早う、坊や、大家《おおや》さんはご在宅かな？」

長くてすべすべしたクルミ色の顔についている冷たい灰色の目が、ダグラスをじっと見つめた。その男は背が高く、瘦《や》せていて、スーツケースとブリーフケースをさげ、曲げた片腕にコウモリ傘《がさ》を引っかけていた。贅沢《ぜいたく》な分厚い灰色の手袋を細い指にはめていて、真新しい麦わら帽子をかぶっていた。

ダグラスはあとじさった。

「いま忙しいんです」

「二階の部屋を貸してもらいたい、広告を見てきたんだ」

「下宿人は十人いて、もうふさがっているんです。帰ってください！」

「ダグラス！」お祖母ちゃんが彼の背後にいきなり現れ、「はじめまして」と見知らぬ男にいった。「この子のいうことは気になさらないで」

男は笑顔を見せずに、すばやく踏みこんできた。ダグラスが見ていると、ふたりは階段を昇って視界から消え、二階の部屋がいかに便利かを説明する、お祖母ちゃんの声が聞こえてきた。まもなくお祖母ちゃんは急いで降りてきて、敷布《しきふ》類の戸棚からシーツをとり出すと、ダグラスに持たせて二階へ送りだした。

ダグラスは部屋の入口で立ち止まった。部屋がおかしな具合に変化していた。見知らぬ男がちょっとのあいだそこにいただけで。ベッドに置かれた麦わら帽子は、壊れやすそうで、なんとなく恐ろしいし、壁に立てかけてある傘は、黒い湿《しめ》った翼をたたんだ、死んだコウモリそっくりだ。

ダグラスはその傘を見て目をぱちくりさせた。

見知らぬ男は変化した部屋のまんなかに立っていた。見あげるほどの長身だ。

「ほら、これ！」とダグラスはシーツ類をベッドに投げ散らかした。「お昼ご飯は正午きっかりだよ。降りてくるのが遅れたら、スープは冷めちゃうからね。お祖母ちゃんはいつもそうなるように作るんだ！」

背の高い見知らぬ男は、新品の一セント銅貨を十枚数え、チャラチャラ鳴らしながら、ダグラスのブラウスのポケットに入れて、

「友だちになろう」と、いかめしい声でいった。

おかしなことに、男は一セント銅貨しか持っていなかった。銅貨はどっさりあった。それなのに銀貨は一枚もない。十セント硬貨も、二十五セント硬貨も。新品の一セント銅貨だけ。

ダグラスは不機嫌な顔で礼をいった。

「十セント硬貨に換《か》えたら、貯金箱に入れるよ。十セント硬貨でもう六ドル五十セント貯《た》めてあるんだ。八月にキャンプ旅行に行くから」

「さて、洗濯しないとな」と背の高い見知らぬ男がいった。

いちど、真夜中にダグラスは目をさましたことがある。戸外《こがい》で嵐が轟々《ごうごう》と音をたてていたからだ――冷たい強風が家を揺すり、雨が窓に叩きつけていた。と、つぎの瞬間、無音のすさまじい衝撃とともに、窓の外に稲妻《いなずま》が走った。怖くて自分の部屋を見まわせなかったのを憶えている。一瞬の光を浴びたそれが、奇妙で恐ろしく見えたからだ。

いま、この部屋がそうだった。彼は見知らぬ男を見あげていた。この部屋はもはや同じではなく、いわくいいがたい形で変化していた。この男が、稲妻と同じくらいすばやく、周囲に光を放ったからだ。見知らぬ男が進み出ると、ダグラスはゆっくりとあとじさった。

ドアが彼の鼻先で閉じた。


木製フォークがマッシュト・ポテトを載せて上昇し、空《から》になって下降した。お祖母ちゃんが昼食に呼んだとき、ミスターー・コバーマン――というのが男の名前だった――は木製のフォークと木製のナイフとスプーンをたずさえてきた。

「ミセス・スポールディング」と彼は声をひそめていった。「わたし専用の食器です。これを使ってください。今日は昼食をとりますが、明日からは朝食と夕食だけでけっこうです」

お祖母ちゃんはせわしく行ったり来たりして、湯気の立つスープのはいった壺《つぼ》や、豆や、マッシュト・ポテトを運んだ。新しい下宿人にいい印象をあたえようというのだろう。いっぽうダグラスは、銀食器を皿に当てて鳴らしていた。そうするとミスター・コバーマンがいらいらするとわかったからだ。

「手品を知ってるんだ」とダグラスはいった。「見てて」

彼はフォークの歯を爪でつまんだ。奇術師よろしく、テーブルのあちこちを指さす。どこを指さしても、フォークの歯が震動して音が鳴りだした。さながら金属の小妖精の声。もちろん、タネは単純だ。フォークの柄《え》をひそかにテーブルの天面《てんめん》に押しつける。そうすると、木が反響板のように震えるのだ。見た目はまさしく奇術だ。

「そこだ、そっちだ、こんどはそこだ!」ダグラスが大声をあげ、うれしそうにフォークをまたつまんだ。ミスター・コバーマンのスープを指さすと、そこから音が聞こえてきた。

ミスター・コバーマンの栗《くり》色の顔がきつくこわばり、恐ろしい表情になった。彼はスープ皿を乱暴に押しやり、唇《くちびる》をゆがめた。椅子に深々《ふかぶか》ともたれこむ。

お祖母ちゃんが姿を現した。

「あら、どうかしましたか、ミスター・コバーマン?」

「このスープは飲めません」

「あら、どうして?」

「お腹がいっぱいで、これ以上は食べられないからです。ごちそうさま」

ミスター・コバーマンは、目を怒《いか》らせながら部屋を出ていった。

「さっきなにをしたの？」と、お祖母ちゃんがダグラスに鋭い声で訊《き》いた。
「なにもしてないよ。お祖母ちゃん、あの人はなんで木のスプーンで食べるの？」
「訊かなくてもいいことだよ！　とにかく、あんたはいつ学校へもどるの？」
「七週間後」
「ああ、いやになるわね！」と、お祖母ちゃんはいった。

ミスター・コバーマンは夜中の仕事に就《つ》いていた。毎朝八時にどこからか帰ってきて、わずかな朝食を腹におさめてから、暑い昼間は夢を見ながら、自室でぐっすり眠りとおし、夜になるとほかの下宿人たちといっしょに夕食をたっぷりと平らげた。

ミスター・コバーマンの睡眠習慣のせいで、ダグラスは静かにしていなければならなかった。これは我慢ならなかった。したがって、お祖母ちゃんが近所の家々を訪ねるたびに、ダグラスは太鼓《たいこ》を叩きながら、足音も荒く階段を昇り降りしたり、ゴルフボールをはずませたり、ミスター・コバーマンの部屋の前で三分間、ただただ大声をあげたり、トイレの水を連続で七回流したりした。

ミスター・コバーマンは引っ越さなかった。彼の部屋はひっそりとしていて、暗かった。彼は不平をいわなかった。物音ひとつたてなかった。延々と眠りつづけた。なんとも奇妙だった。

ダグラスは、憎悪の真っ白い炎が胸の内で燃えあがるのを感じた。それは、ちらつきもしないで美しく燃えつづけた。いまやその部屋はコバーマンの国になっていた。かつて、ミス・サドロウが住んでいたころは、華《はな》やかに輝いていたのに。いまはがらんとしていて寒々《さむざむ》しく、清潔で、なにもかもが整頓《せいとん》してあるが、よそよそしく、もろい印象だった。

四日目の朝、ダグラスは二階へあがった。二階への途中に大きな窓があり、燦々《さんさん》と陽《ひ》が射しこんでいた。その窓は六インチ四方に仕切られていて、オレンジ、紫、青、赤、赤ワイン色のガラスがはまっていた。魔法にかかったような早朝には、そのガラスを通りぬけた陽射しが踊り場に当たり、階段の手すりをすべり降りる。そんなときダグラスは、この窓辺に立って、色とりどりの窓を通して世界をうっとりと眺めるのだ。

いまは青い世界、青い空、青い人々、青い路面電車、青い小走りの犬。

ガラスを変えた。こんどは——琥珀《こはく》色の世界だ！　レモン色の女性がふたり、すべるように通り過ぎていく。フー・マンチューの娘たちそっくりだ！　ダグラスはクスクス笑った。

この窓ガラスを通すと、陽光はますます純金に近づく。

朝の八時だった。ミスター・コバーマンが、眼下の歩道をぶらぶらと歩いてきた。夜の仕事から帰ってきたのだ。コウモリ傘を肘にかけて、麦わら帽子をかぶっている。パテント油で頭に貼りつけたみたいだ。

ダグラスはまたしても窓ガラスを変えた。ミスター・コバーマンが赤い男となって、赤い世界を歩いていた。そこには赤い並木と赤い花があり——ほかのなにかがあった。

そのなにかとは――ミスター・コバーマンにまつわるものだ。

ダグラスは目をすがめた。

赤いガラスがミスター・コバーマンに作用していた。その顔、そのスーツ、その手。衣服は溶け去ったようだった。なんとも恐ろしいことに、ミスター・コバーマンの内側が見える、とダグラスは一瞬、本気で思った。そして目に映るものが気になって、まばたきしながら、小さな赤い窓ガラスに大きく身を寄せた。

ちょうどそのとき、ミスター・コバーマンがちらっと顔をあげ、ダグラスを見て、怒りの表情で杖《つえ》代わりの傘をふりあげた。まるで打ちかかるかのように。彼は赤い芝生《しばふ》を駆けぬけて玄関ドアへ向かった。

「そこのきみ！」彼は階段を駆けあがりながら叫んだ。「なにをしていたんだね？」

「見てただけです」と麻痺《まひ》したようにダグラス。

「それだけか？」とミスター・コバーマンが叫ぶ。

「そうです。ここのガラスを通して見るんです。いろんな種類の世界を。青いの、赤いの、黄色いの。全部ちがってるんです」

「いろいろな種類の世界か！」青白い顔をしたミスター・コバーマンが、小さな窓ガラスに視線を走らせた。彼は落ち着きをとりもどした。ハンカチで顔をぬぐい、無理に笑い声をあげ、「そうだね。いろいろな種類の世界。全部ちがってる」自分の部屋のドアまで歩き、「心おきなく遊ぶといい」といった。

ドアが閉まった。廊下は人けがなくなった。ミスター・コバーマンは、なかへはいってしまった。

ダグラスは肩をすくめ、つぎの窓ガラスを選んだ。

「うわっ、なにもかもスミレ色だ！」

三十分後、ダグラスが家の裏手の砂場で遊んでいると、ガシャン、チャリンとなにかが砕《くだ》ける音がした。彼はパッと立ちあがった。

一瞬遅れて、お祖母ちゃんが裏のポーチに姿を現した。剃刀《かみそり》用の古い革砥《かわと》を握り、小刻みに震わせている。

「ダグラス！　いったい何度いわせるの、バスケットボールを家に投げつけちゃいけないって！　もう、泣くしかないじゃない！」

「ずっとここにいたよ」と彼は抗議した。

「自分がなにをしたか見においで、ホントに悪い子だ！」

大きな窓の色つきガラスが、粉々に砕けて階段の踊り場に散らばっていた。ごちゃごちゃと交ざりあって虹《にじ》色になっている。彼のバスケットボールが、その残骸《ざんがい》のなかにころがっていた。

無実を訴《うった》える暇もなく、ダグラスは十回以上も尻をピシャリと叩かれた。悲鳴をあげて這《は》いつくばるたびに、革砥が飛んできた。

そのあとダグラスは、ダチョウのように砂山に心を隠して、ひどい痛みを和《やわ》らげようとした。あのバスケットボールを投げた犯人はわかっていた。麦わら帽子をかぶって、コウモリ傘をさげ、冷え冷えとした灰色の部屋に住む男だ。そうだ、そうに決まってる。彼は涙をこぼした。いまは我慢だ。ちょっとの我慢だ。

お祖母ちゃんが割れたガラスを掃《は》いている音がした。それを運びだして、ゴミ箱に投げ入れる。青、ピンク、黄色のガラスが、流星となってキラキラ輝きながら落ちていく。

お祖母ちゃんが行ってしまうと、ダグラスはめそめそ泣きながら足を引きずっていき、不思議なガラスのかけらを三つ救いだした。ミスター・コバーマンは色つきの窓が嫌いなのだ。このかけらは――彼は指にはさんでチャリンと鳴らした――とっておく値打ちがあるはずだ。

お祖父さんは毎日夕方五時になると、ほかの下宿人よりひと足早く、新聞社のオフィスから帰ってきた。悠然《ゆうぜん》とした重々しい足音が玄関ホールを満たし、太いマホガニーのステッキがステッキ立てにドサッとおさまると、ダグラスは走っていって、大きなお腹を抱きしめ、お祖父ちゃんが夕刊を読むあいだ、その膝《ひざ》にすわるのだった。

「ねえ、お祖父ちゃん！」

「なんだーい、下にいる人！」

「お祖母ちゃんが今日またニワトリをさばいたよ、見てると面白い」とダグラス。

お祖父ちゃんは新聞を読みつづけた。

「今週は二回目だな、ニワトリは。お祖母ちゃんはニワトリ至上主義者だ。お祖母ちゃんがニワトリを切り刻むところを見るのが好きなのかい？　子供のくせに残酷なんだな！　いやはや！」

「なにが出てくるか、見たかっただけだよ」

「そうだろうな」と顔をしかめながら、お祖父ちゃんが低い声でいった。「憶えてるよ、あの若い女性が鉄道の駅で亡くなった日のことは。おまえはすたすたと歩いていって、その女性を見た。あたりは血の海だったのに」笑い声をあげ、「変わった子だ。でも、それでいいんだ。生まれてから、いちども怖がったことがない。思うに、軍人だったお父さんに似たんだな。去年、ここへ来て住むようになる前から、おまえはお父さんそっくりだった」お祖父ちゃんは新聞に注意をもどした。

長い間《ま》があり、

「お祖父ちゃん？」

「なんだい？」

「心臓や肺や胃のない人がいて、それでも生きて歩きまわってるとしたら、どういうこと？」

「それは」と、お祖父ちゃんがうなるようにいった。「奇跡だろうな」

「そういうことじゃないんだ――奇跡じゃない。ぼくがいいたいのは、体のなかがまるっきりちがってたらどういうことかってこと。ぼくとは似てないってこと」

「それなら、人間とはちょっとちがうってことだろうな」

「ちがうってことだよね、お祖父ちゃん。お祖父ちゃんには心臓と肺がある？」

お祖父ちゃんはクスクス笑って、

「いや、じつをいうと、知らないんだ。見たことがないからね。レントゲンを撮《と》ったこともないし、医者にかかったこともない。お祖父ちゃんの知るかぎり、ジャガイモが詰まっていても不思議はない」

「ぼくに胃袋はあるのかな？」

「あるに決まってるよ！」お祖母ちゃんが居間の入口から叫んだ。「わたしが食べさせてるんだから！　それに肺もある。年寄りの目をさますほど大きな声でわめくから。それに汚い手もある。洗っておいで！　晩ご飯ができましたよ。お祖父ちゃん、いらっしゃい。ダグラス、ぐずぐずしない！」

下宿人たちが続々と降りてくるので、その奇怪な会話について、お祖父ちゃんがダグラスにもっと訊く気があったとしても、機会は失われた。夕食があとすこしだけ遅かったら、お祖母ちゃんとジャガイモがいっしょになって、新しい展開が生まれていただろう。

下宿人たちはテーブルについて、笑ったり話したりしていたが——ミスター・コバーマンはそのなかでむっつりと押し黙っていた——お祖父さんが咳払いすると、いっせいに黙りこんだ。お祖父さんはしばらく政治を語ってから、最近町で起きている特異な死亡事件という興味をそそる話題に移った。

「こういろいろあっては、老いぼれ新聞編集者も耳をそばだてんわけにはいかん」と全員に目をやりながらお祖父さんがいった。「こんどは、谷の向こう側に住んでいた若いミス・ラースンだ。三日前、死体で見つかったんだが、死因は不明。ただ体じゅうにけったいな刺青《いれずみ》がほどこされていて、顔の表情といったら、ダンテもすくみあがるようなものだった。それに、もうひとり若い女性、名前はなんだったけな？　ホワイトリーか？　行方不明になって、帰ってこない」

「珍《めずら》しいこっちゃありません」と自動車修理工場で機械工を務めているミスター・ブリッツが、口をもぐもぐさせながらいった。「失踪人《しっそうにん》名簿、のぞいたことありますか？　こんなに長いんですぜ」と身ぶりで示し、「その連中の身になにが起きたのか、たいていわからずじまいです」

「詰《ドレッシング》めものをもっとご所望《しょもう》の人は？」

お祖母ちゃんがニワトリの腹からたっぷりと中身をすくった。ダグラスはそれを見ながら、ニワトリにはどうして二種類のはらわた——神さまの造ったのと人の造ったのと——があるのだろう、と考えていた。

じゃあ、三種類のはらわたがあるとしたら？

えっ？

あるかもしれないぞ。

会話はだれそれの謎めいた死をめぐってつづいた。ああ、そういえば、一週間前にマリオン・バースミアンが心臓発作で亡くなったけど、もしかして関係があるんじゃないだろうか、それともないいんだろうか？　おいおい、頭がどうかしてるぞ！　よしてくれ、夕食の席でする話じゃないぞ。と、まあそんな具合に。

「ひょっとしてひょっとすると」とミスター・ブリッツ。「町に吸血鬼がいるのかも」

ミスター・コバーマンが食べるのをやめた。

「一九二七年に？」と、お祖母ちゃん。「吸血鬼が？　あら、ごめんなさい、話をつづけて」

「じゃあ、つづけさせてもらいます」とミスター・ブリッツ。「銀の弾丸《たま》で殺すんです。いや、銀のものならなんだっていい。吸血鬼は銀が大の苦手なんで。本で読みました、前に、どこかで。ホントです、読みました」

ダグラスはミスター・コバーマンに目をやった。木製のナイフとフォークで食べ、ポケットには新品の銅貨しか入れない男を。

「分別《ふんべつ》が足りんのだよ」と、お祖父ちゃんがいった。「なにかに名前をつけてわかったような気になるのは。ホブゴブリンやら、吸血鬼やら、トロールやらがなにか、われわれは知らない。なんであっても不思議はない。ラベルを貼って分類しても、そいつらがああする、こうするといえるわけじゃない。そいつは愚《ぐ》の骨頂《こっちょう》だ。彼らは人間なんだ。いろいろなことをする人間。そう、そうとしかいいようがない。いろいろなことをする人間だ」

「お先に失礼」とミスター・コバーマンが立ちあがり、夜の仕事に出かけていった。

星々、月、風、チクタクと時を刻む時計、夜明けを告げる時鐘《じしょう》、昇る朝陽、またつぎの朝、つぎの一日、歩道を歩いて夜の仕事から帰ってくるミスター・コバーマン。ウィーンとうなる小さな機械のように立ち、顕微鏡《けんびきょう》の目で注意深く観察するダグラス。

正午に、お祖母ちゃんが食料品を買いに行った。

お祖母ちゃんが留守《るす》のときは毎日の習慣にしているので、ダグラスはミスター・コバーマンの部屋の前でまるまる三分間わめきつづけた。いつもどおり反応はなかった。沈黙は身の毛のよだつものだった。

彼は階段を駆けおり、合鍵《あいかぎ》と、銀のフォークと、割れた窓から拾っておいた色つきガラスのかけら三つを持ってきた。鍵を錠《じょう》にさしこんで、ドアをゆっくりとあける。

日よけが降ろされているので、部屋は薄暗かった。ミスター・コバーマンは寝間着《ねまき》姿で、ベッドカヴァーの上に寝ていた。おだやかに息をするたびに、胸が上下している。彼は身動きしなかった。顔もじっとしたままだった。

「こんちは、ミスター・コバーマン！」

色のない壁が、男の規則正しい寝息《ねいき》をはね返す。

「ミスター・コバーマン、こんちは！」

ゴルフボールをはずませながら、ダグラスは前進した。わめき声をあげた。それでも返事はない。

「ミスター・コバーマン！」

ミスター・コバーマンの上にかがみこむと、ダグラスは眠れる男の顔を銀のフォークでつついた。

ミスター・コバーマンがたじろいだ。身をよじった。苦しげにうめき声をあげた。

反応があった。よし。いいぞ。

ダグラスはポケットから青いガラスのかけらを引っぱりだした。青いガラスの破片《はへん》を透《す》かして見ると、そこは青い部屋で、自分の知っている世界とはちがう青い世界となっていた。赤い世界と同じくらいちがっている。青い家具、青いベッド、青い天井と壁、青い木製の食器が青いビューローの上に載っている。そして青黒くくすんだミスター・コバーマンの顔と腕。青い胸が迫《せ》りあがり、下がる。それだけではない……

ミスター・コバーマンの目がかっと見開かれ、飢《う》えたような暗さで彼を見つめていた。

ダグラスはあとじさり、青いガラスを目からはずした。

ミスター・コバーマンの目は閉じていた。

青いガラスをまたあてがう——開いている。青いガラスをはずす——閉じている。また青いガラスを——開いている。はずす——閉じている。おかしいぞ。ダグラスは震えながら実験をつづけた。ガラスを通すと、ミスター・コバーマンの目は閉じたまぶたを透かして、飢えに耐えかねて貪《むさぼ》るように、こちらをじっと見ているように思える。青いガラスをはずすと、ぴったりと閉じているように思える。

しかし、問題はミスター・コバーマンの体のほかの部分だ……。

寝具《しんぐ》がミスター・コバーマンを溶かしていた。青いガラスが関係しているのだろう。それとも、布そのものがミスター・コバーマンとくっついているせいかもしれない。ダグラスは思わず叫んだ。

ミスター・コバーマンの胃壁《いへき》を通して見ていたのだ、まさに彼の体内を！

ミスター・コバーマンは中身が詰まっていた。

いや、とにかく、そういってよかった。

彼の体内には、いろいろな形と大きさの奇妙なものがあったのだ。

ダグラスは驚きのあまり五分ほど突っ立っていたにちがいない。頭にあるのは青い世界、赤い世界、黄色い世界のことで、それらは隣りあい、階段の大きな白い窓にはまったガラスのように共存しているのだった。隣りあった色ガラス、それぞれちがう世界——ミスター・コバーマンがそうひとりごとをいっていたことがある。

そうか、だから彼は色つきの窓を壊したんだ。

「ミスター・コバーマン、起きて！」

返事はない。

「ミスター・コバーマン、夜はどこで働いてるの？　ミスター・コバーマン、どこで働いてるの？」

そよ風が窓の青い日よけをかすかに揺らした。

「赤い世界、それとも緑の世界、それとも黄色い世界、ねえ、ミスター・コバーマン？」

あらゆるものの上に青いガラスの静寂が垂れこめていた。

「そこで待ってて」とダグラス。

彼はキッチンまで歩いていき、キーキー音をたてる大きな引き出しをあけて、いちばん鋭く、いちばん大きい包丁をとりだした。

落ち着きはらってホールに出て、階段をまた昇り、ミスター・コバーマンの部屋のドアをあけ、なかへはいると、ドアを閉じた。鋭い包丁を片手に握ったまま。


お祖母ちゃんがパイの皮を鍋に放りこむのに忙しくしていると、ダグラスがキッチンへはいってきて、テーブルの上になにかを置いた。

「お祖母ちゃん、これなに？」

お祖母ちゃんはちらっと顔をあげて、眼鏡《めがね》ごしに目をやり、

「さあね」

それは四角い箱のようなもので、ぶよぶよしていた。色は明るいオレンジ。青色の四角い管《くだ》が四本生《は》えている。おかしなにおいがした。

「こういうのを見たことある、お祖母ちゃん？」

「ないよ」

「そうだと思った」

ダグラスはそれを置きっぱなしにして、キッチンを出ていった。五分後、別のなにかを持

ってもどってきた。

「これはどう？」

彼はあざやかなピンクの鎖《くさり》を置いた。片方の端に紫の三角がついている。

「邪魔しないで」と、お祖母ちゃん。「ただの鎖じゃない」

つぎにもどってきたときには、両手いっぱいにかかえていた。輪、正方形、三角形、四角錐《すい》、長方形、そして——ほかのいろいろな形。そのすべてが柔軟《じゅうなん》で、弾力があり、ゼラチンでできているように見えた。

「これで全部じゃないんだ」とダグラスがそれらを降ろしながらいった。「元の場所にはもっとたくさんあるよ」

お祖母ちゃんが、「はいはい」と上《うわ》の空でいった。とても忙しいのだ。

「まちがいだったよ、お祖母ちゃん」

「なにがまちがいだったって？」

「人間の中身はみんな同じだってことが」

「なにばかなこといってるの」

「ぼくの貯金箱はどこ？」

「マントルピースの上、あんたが置いたところ」

「ありがとう」

彼は居間へはいると、小豚型の貯金箱に手をのばした。

五時にお祖父ちゃんがオフィスから帰ってきた。

「お祖父ちゃん、二階へ来て」

「行くのはいいけど、どうしてだい？」

「見せたいものがあるんだ。あんまり気持ちのいいもんじゃない。でも、面白いよ」

お祖父ちゃんはクスクス笑いながら、孫のあとについて、ミスター・コバーマンの部屋まで行った。

「お祖母ちゃんには知らせないで。きっといやがるから」とダグラス。彼はドアを大きく押しあけた。「あれだよ」

お祖父さんは息を呑《の》んだ。


ダグラスはつぎの数時間を死ぬまで忘れなかった。ミスター・コバーマンの全裸体を見おろしている検視官とその助手たち。階下でだれかに「上はどうなってるの？」と訊いているお祖母ちゃん。震える声で、「ダグラスを長い旅行に連れていくよ。そうすれば、このおぞましい事件を忘れられるだろう。おぞましい、なんともおぞましい事件だ！」といっているお祖父ちゃん。

「なんで気分が悪くならなきゃいけないの？　気分が悪いものなんて見えないし、気分は悪くない」とダグラス。

検視官はぶるっと身を震わせて、「コバーマンは死んでいる、まちがいない」といった。

助手が冷や汗をかきながら、

「水を張った鍋のなかや、包装紙《ほうそうし》にくるんであったものを見ましたか？」

「ああ、あれか、ちくしょう、見たよ、見たとも」

「見なきゃよかった」

検視官はもういちどミスター・コバーマンの体にかがみこんだ。

「この件は秘密にしたほうがいいな。殺人じゃなかった。少年のしたことは、慈悲のなせる業《わざ》だったんだ。あの子がこうしなかったら、なにが起きていたかは神のみぞ知るだ」

「コバーマンの正体はなんだったんです？　吸血鬼ですか？　怪物ですか？」

「かもしれん。わたしにはわからん。なにか——人間ではないものだ」検視官は縫合《ほうごう》線の上で両手を器用に動かした。

ダグラスは自分の仕事が誇らしかった。たいへんな手間をかけたのだ。お祖母さんを注意深く観察し、手順を憶えこんだ。針や、糸や、その他もろもろの使い方を。だいたいのところ、ミスター・コバーマンはきちんと縫われており、その出来映えは、お祖母ちゃんが地獄へ送りこんだ、どんなニワトリとくらべても遜色《そんしょく》なかった。

「あの子の話だと、このしろものを体からとり出したあとも、コバーマンは生きておったそうだ」と水を張った鍋に浮かぶ三角形や鎖や四角錐を見ながら検視官がいった。「生きつづけていたんだ。いやはや」

「あの子がそういったんですか？」

「そういった」

「じゃあ、コバーマンの死因はなんだったんです?」

検視官は死体から数本の縫い糸を抜きとって、

「これだよ……」といった。

なかばさらけ出された宝物《ほうもつ》に陽射しが当たって、キラリと冷たく輝いた。六ドル七十セント分の十セント銀貨が、ミスター・コバーマンの胸の内側におさまっていた。

「ダグラスは賢明な投資をしたようだ」と〝鳥料理の詰めもの《ドレッシング》〟にかぶせた肉を手早く縫いあわせながら、検視官がいった。

ある老女の話

「もう、つべこべいわないの。わたしの心は決まってるんだから。そのばかげた籐籠《とうかご》を持って帰ってちょうだい。まったく、どこでそんな考えを仕入れてきたの？　とっとと出ていって。邪魔しないでちょうだい。編みものをしなくちゃいけないんだから、おかしな考えにとり憑《つ》かれた、背の高い黒服の紳士たちを相手にしている暇はないの」

背の高い黒服の青年は、身動きせずに無言で立っていた。ティルディーおばさんは急いで言葉をつづけた。

「いったこと、聞こえたでしょう！　わたしと話したいんだったら、いいわ、話しなさい。でも、わたしが勝手にコーヒーを淹《い》れても、気にしないでほしいわね。さてと。もしあんたたちがもっと礼儀ってもんを知ってたら、コーヒーくらい出してあげたけど、ドアもノックせずに横柄《おうへい》に飛びこんできたとあってはね。どうせ自分の家だと思ってるんでしょう」

ティルディーおばさんは膝《ひざ》のところをいらいらといじって、

「ほら、数がわからなくなった！　いま襟巻《えりま》きを編んでるのよ。近ごろじゃ冬になると恐ろしく冷えこむものだから、藁紙《わらがみ》みたいな骨をしたお婆さんが、隙間《すきま》風のはいる古い家に暖房もなしでいるってのは、よろしくないのよ」

背の高い黒服の男が腰を降ろした。

「それは骨董品《こっとうひん》の椅子だから、そっとすわってちょうだい」とティルディーおばさんが警告した。「話をもどすと、いいたいことがあるんならいいなさい、ちゃんと聞いてあげるから。でも、大きな声は出さないで。それと妙にギラギラ光る目で見つめるのもやめて。まったく、お腹《なか》が痛くなるわ」

マントルピースの上で、花模様に飾られた骨灰磁器《こつかい》の置き時計が、鐘《かね》を三回打ちおえた。玄関ホールでは、籐籠を囲んだ四人の男が、まるで凍《こお》りついたかのように静かに待っていた。

「さて、その籐籠のことなんだけど」とティルディーおばさん。「長さが六フィートを超えてるし、見たところ、洗濯もの入れでもない。それに四人の男を連れてきてる。その籠を運ぶのに四人はいらない――だって、アザミみたいに軽いんでしょう。ね？」

黒服の青年は、骨董品の椅子の上で身を乗りだしていた。その顔はこういっているようだった――しばらくすれば、籠はそこまで軽いわけじゃなくなりますよ、と。

「さてさて」とティルディーおばさんが考えこみ、「ああいう籠を前にどこで見たんでしたっけ？　ほんの二年くらい前だったような気がするけど。たしか――ああ！　思いだしたわ。お隣のミセス・ドワイヤーが亡くなったときだ」

ティルディーおばさんはコーヒーカップをきっぱりと置いた。

「そうすると、あれをするつもりで来たのね。てっきり、なにかを売りつけようとしてるんだと思ってた。そこに置いてもいいけど、午後にかわいいエミリーがカレッジから帰ってくるまでよ！　先週、手紙を書いたの。もちろん、調子がよくないとは書かなかったけど、またあの子に会いたいと思ってることはにおわせておいたわ、もう何週間も会ってないんだから。あの子はニューヨークに住んでるの。実の娘も同然よ、エミリーは。帰ってきたら、あの子があんたたちの相手をするでしょうよ、お若い方。すぐにこの居間からあんたたちを叩きだして――」

黒服の青年は、さぞお疲れでしょうといいたげにティルディーおばさんを見た。

「いいえ、疲れてません！」と嚙《か》みつくようにおばさん。

青年は目を半閉じにして、体を休め、椅子にすわったまま上体《じょうたい》を前後に揺らした。どうです、あなたも休んだら、とつぶやいたようだった。休みなさい、休みなさい、安らかにお休みなさい……。

「縁起《えんぎ》でもない、よしてちょうだい！　わたしはこの指で百の襟巻き、二百のセーター、六百の鍋《なべ》つかみを編んだのよ、こんなに細い指だけど！　とにかく出ていって。仕事が終わったころもどってくれれば、話を聞いてあげるかもしれない」ティルディーおばさんは話題を変えた。「エミリーの話をさせてちょうだい、わたしのかわいい子の話を」

ティルディーおばさんは考え深げにうなずいた。黄色いトウモロコシの房《ふさ》に似ていて、それくらいやわらかく、美しい髪をしたエミリー。

「二十年前、あの子の母親がエミリーをこの家に残して亡くなった日のことはよく憶《おぼ》えてる。だから、あんたたちと、あんたたちの籠と、そういうふるまいに腹が立つの。人が死ぬのには立派な理由がある、そんなことだれが決めたの。お若い方、わたしはそれが気に入らないの。だって、忘れもしない――」

ティルディーおばさんは言葉を切った。苦い記憶がつかのま心をかすめたのだ。二十五年前、彼女の父親の声が遅い午後の空気を震わせた――

「ティルディー」父親は小声でいった。「どうやって生きていくつもりなんだ？　おまえのやり方じゃ、男は連れそってくれないぞ。キスをして、逃げだすようじゃな。そろそろ遊びまわるのをやめて、結婚し、子供を育てたらどうだ」

「パパ」ティルディーは大声でいい返した。「わたしは笑って、遊んで、歌うのが好き。結婚する女じゃないの。同じ哲学を持った男なんか見つかりっこないわ、パパ」

「その〝哲学〟とやらはどういうものなんだ？」

「死はばかげてるっていう哲学よ！　いちばん必要だったときに、ママを連れ去ったじゃない。そんなの利口《りこう》とはいえないわ」

パパの目が潤《うる》んで、灰色になり、落胆の色を浮かべた。

「いつもおまえは正しいよ、ティルディー。でも、わたしらになにができる？　死は万人《ばんにん》のもとへやって来るんだ」

「闘うのよ！」彼女は叫んだ。「汚い手を使ってでも！　死なんてものを信じないのよ！」

「無理だよ」とパパが悲しげにいった。「人はみな世界で孤立しているんだ」

「いつか変わるはずよ、パパ。わたしはいまここで自分の哲学をはじめてる！　だって、人が何年か生きて、湿《しめ》った種《たね》みたいに穴に埋められる。でも、芽《め》を出さないんてばかげてるじゃない。それがなんの役に立つの？　百万年埋まってたって、だれの助けにもならないわ。たいていはきちんとした立派な人々か、すくなくとも、そうあろうとしていた人々なのに」

だが、パパは聞いていなかった。その姿は白っぽくなり、薄れて消えた。ちょうど日向《ひなた》に置きっぱなしにされた写真のように。彼女は話を広げようとしたが、とにかく、彼は世を去ってしまった。彼女は身をひるがえして、走りだした。ひとたび父親が冷たくなると、その場にとどまっていられなかった。というのも、その冷たさは彼女の哲学を否定したからだ。彼女は父親の葬儀に参列しなかった。ある古い家の正面にこの骨董品店をかまえ、長年にわたりひとり暮らしをするだけだった。そう、エミリーが来るまでは。ティルディーはその少女を引きとりたくなかった。なぜ？　エミリーが死を信じていたからだ。しかし、エミリーの母親は古くからの友人であり、ティルディーは力を貸すと約束していたのだ。

「エミリーは」と黒ずくめの男に向かって、ティルディーおばさんは言葉をつづけた。「久しぶりにこの家でわたしと暮らした人間だった。わたしは結婚しなかった。男の人と二十年、三十年いっしょに暮らしてから、その人が先に逝《い》ってしまうと考えると怖かったの。そうなったら、わたしの信念はトランプのお家《うち》みたいに揺らいでしまう。わたしは世間から引きこもった。もし人が死の話でもはじめようものなら、わめきたててやったわ」

　青年は辛抱強く、礼儀正しく耳をかたむけていたが、そのとき片手をあげた。黒い目を冷たく光らせた彼は、彼女が口を開く前から、なにもかも知っているようだった。じっさい、第二次世界大戦当時の彼女について知っていた。そのころ彼女はラジオを永久に消して、新聞を読むのをやめ、ある男の頭を傘《かさ》でなぐって店から追いだしたのだった。その男が、浜辺への上陸作戦と、音もなく急《せ》きたてる月のもと、死者を乗せてゆるやかに満ちてくる潮《しお》について語るのをやめなかったからだ。

知っていますよ、と黒服の青年は骨董品の揺り椅子からほほえみかけた。ティルディーおばさんが旧式蓄音機《ちくおん》のすてきなレコードにどれほどご執心《しゅうしん》かも。ハリイ・ローダーの歌う「ローミン・イン・ザ・グローミン」、マダム・シューマン゠ハインクと子守歌。暮らしに中断はなく、外国の惨禍《さんか》も、殺人も、毒殺も、自動車事故も、自殺もなかった。音楽は年がら年じゅう同じだった。そうやって歳月《さいげつ》が過ぎていき、そのあいだティルディーおばさんは、エミリーに自分の哲学を教えようとした。けれども、エミリーの心は、定めある命という考えから離れられなかった。ティルディーおばさんの考え方を尊重したけれど、いちども口にしなかった——永遠不滅の命という言葉は。

このすべてを青年は知っていた。

ティルディーおばさんが鼻で息を吸い、

「どうしてそういろいろ知ってるの？　まあいいわ、もしわたしを説《と》き伏せて、そのばかげた籐籠にはいってもらえると思ってるなら、大まちがいよ。手を触れたりしたら、その顔に唾《つば》を吐きかけてやるから！」

青年は微笑した。ティルディーおばさんはまた鼻で息を吸い、

「病気の犬みたいに、にたにたしないで。わたしは年をとりすぎていて、その笑い方は好き

になれないの。干《ひ》からびて、ねじれてるわ。何年も置きっぱなしにしたペンキの古いチューブみたいに」

音がした。マントルピースの置き時計が三時の鐘を鳴らしたのだ。ティルディーおばさんはさっとそちらに目を向けた。おかしいわね。ほんの五分前にも三時の鐘が鳴らなかったかしら？　金色の裸の天使たちが文字盤を囲んでいるその骨灰磁器の時計と、やわらかで、はるか遠くから聞こえる大聖堂の鐘のような音色《ねいろ》は、彼女のお気に入りだった。

「ずっとそこにすわっているつもり、お若い方？」

そのつもりです。

「だったら、仮眠をとらせてもらうわね。その椅子から離れてはだめよ。わたしのそばにこっそり近寄ってもだめ。しばらく目を閉じるだけだから。そうそう。それでいいわ……」

おだやかで、静かで、安らぎに満ちた昼の時間。静けさ。林のなかのシロアリのようにせわしなく、置き時計がカチコチと時を刻むだけ。モリス式安楽椅子の磨《みが》かれたマホガニーと油を塗った革《かわ》や、本棚におさまっている書物のにおいのする古い部屋だけ。とても気持ちがいい。気持ちがいい……。

「椅子から立ちあがるんじゃないでしょうね、ミスター。やめたほうがいいわ。片目をあけてあんたを見張ってるんだから。ええ、本当よ。ええ、本当ですとも。ああ。ええ、むにゃむにゃ」

羽毛《うもう》のようにふわふわ。眠くて仕方がない。とても深いところ。水中と変わらない。ああ、なんて気持ちがいい。

わたしの目が閉じているとき、暗闇のなかで動きまわっているのはだれだろう?わたしの頰《ほほ》にキスをしたのはだれだろう? あなたなの、エミリー? いいえ。そうじゃない。たぶん考えただけ。たんに——夢を見ているだけ。そうか、そういうことよ。意識が遠のいていく、遠くへ、遠くへ……。

ねえ? どうしました? おーい!

「待ってちょうだい、いま眼鏡《めがね》をかけるから。さあ、いいわ!」

置き時計がまた三時の鐘を鳴らした。役立たずの古時計、まったく役立たずなんだから。

修理してもらわないと。

黒服の青年がドアの近くに立っていた。ティルディーおばさんはうなずいた。

「もう帰るの、お若い方? とうとうあきらめたのね。わたしを説き伏せられなかった。そ

りゃあそうよ。わたしはロバみたいに頑固《がんこ》だもの。この家から連れだそうったって無理。だ

から、わざわざもどってきて、試さなくてもけっこうよ!」

青年は威厳たっぷりにゆっくりとお辞儀《じぎ》した。

もどって来るつもりはありません、永久に。

「よかった」とティルディーおばさん。「いつもパパにいったわ、勝つのはわたしだって!

さあ、つぎの千年はこの窓辺で編みものをするわ。わたしを連れだすなら、まわりの板をか

じりとらないとだめよ」

黒服の青年は目をきらめかせた。

「鳥を食べた猫みたいな目つきで見ないでちょうだい」とティルディーおばさんが叫んだ。

「そのばかげた古い籠を持って、出ていって！」

四人の男は重々《おもおも》しい足どりで玄関ドアから出た。彼らが籠をあつかうようすがティルディーの気を惹《ひ》いた。空《から》っぽのはずなのに、その重みでよろめいていたからだ。

「ちょっと待ちなさい！」彼女は烈火《れっか》のごとく怒《いか》って立ちあがった。「わたしの骨董品を盗んだの？　本？　置き時計？　その籠のなかになにがはいってるの？」

黒服の青年は快活に口笛を吹き、背中を彼女に向けると、よろめく男たち四人のあとについて歩いていった。ドアのところで籠を指さし、その蓋《ふた》をティルディーおばさんに示す。蓋をあけて、なかを見たいかどうかを身ぶりで訊《き》いているのだ。

「なかを見たいかって？　わたしが？　まさか。出ていって！」とティルディーおばさんは叫んだ。

黒服の青年は帽子を頭にポンと載せると、きびきびした動作で彼女に敬礼した。

「さよなら！」ティルディーおばさんはドアをたたき閉めた。

やれやれ。これでいい。行ってしまった。くだらない考えにとり憑かれた、頭のおかしい男たちは。籠のことなんかどうでもいい。なにか盗まれたのだとしても、気にしない。放っておいてくれるなら。

「おや」ティルディーおばさんはにっこりした。「エミリーがカレッジから帰ってきたみたい。もうそんな時間ね。かわいい娘《こ》。歩きぶりもすてきだわ。でも、変ね、今日は顔色が真っ青《さお》だし、足どりものろのろしてる。どうしたのかしら。心配ごとがあるみたい。かわいそうに。コーヒーを淹れて、ケーキを出してあげましょう」

エミリーは靴を鳴らして玄関階段を昇った。せわしなく動きまわっていたティルディーおばさんは、のろのろした慎重な足音を聞きとれた。あの娘はなにを悩んでいるの？　煙突《えんとつ》にはいりこんだトカゲなみに元気がないじゃない。玄関ドアが大きく開いた。エミリーは真鍮《ちゅう》《しん》のドアノブを握ったまま、玄関ホールに立ちつくした。

「エミリー？」ティルディーおばさんが声をかけた。

エミリーはうなだれて、足を引きずりながら居間へはいってきた。

「エミリー！　待っていたのよ！　籐籠をさげた、頭のおかしい男たちが、さっきまでここにいたの。ほしくもないものを売りつけようとして。帰ってきてくれてよかった。楽にしてちょうだい——」

ティルディーおばさんは、まるまる一分もエミリーが目をこらしているのに気づいた。

「エミリー、どうかしたの？　そんなに見つめないで。ほら。コーヒーを持ってきてあげるから。ねえ、ちょっと！

エミリー、どうしてわたしからあとずさるの？

エミリー、叫ぶのをやめて。叫ばないで、エミリー！　やめて！　そんな風に叫んでいたら、気が変になっちゃうわ。エミリー、床にすわりこまないで、その壁から離れて！　エミリー！　すくみあがるのをやめてちょうだい。あなたを傷つけたりしないから！

まったく、気が安まる暇もありゃしない。

エミリー、どうかしたの、ねえ……」

エミリーは両手で顔を覆ったままうめいた。

「エミリー、エミリー、エミリー」ティルディーおばさんが声をひそめて、「ほら、この水を飲んで。飲んでよ、エミリー、飲んでちょうだい」

エミリーは目を大きく開き、なにか見て、すぐに閉じ、身をわななかせながら縮《ちぢ》こまった。

「ティルディーおばさん、ティルディーおばさん、おばさん、おばさん――」

「やめて！」ティルディーは彼女の頬を平手《ひらて》打ちした。「なにを悩んでいるの？」

エミリーは必死の思いでまた顔をあげた。

指を突きだす。その指は、ティルディーおばさんの体内に消えた。

「なんてばかなことするの！」とティルディーが叫ぶ。「その手をのけて！　のけてちょうだい！」

エミリーは片膝をつき、頭をぐいっと引いた。金髪が地震のように揺れて光り輝く。

「あなたはここにいないのよ、ティルディーおばさん。わたしは夢を見てるんだわ。あなたは死んだの！」

「お黙りなさい」

「ここにいるわけがないのよ」

「ばかばかしいにもほどがあるわ、エミリー——」

彼女はエミリーの手をとった。それは彼女の体を通りぬけた。ティルディーおばさんはすぐさま立ちあがり、地団駄《じだんだ》を踏んだ。

「なんで、なんでなの！」怒りも露《あら》わに叫ぶ。「あの——嘘つきのせいだ！　あのコソ泥のせいだわ！」痩《や》せた手を握りしめ、筋《すじ》ばっていて堅く青白いこぶしを作り、「あの黒ずくめの悪党！　あいつが盗んだんだ！　あいつが持っていった、あいつのせいだ、そう、あいつのせいなんだわ！　ああ、わたしは——」

怒りが身内で湯気をあげた。青白い目に火がついた。憤怒《ふんぬ》のあまり、無言で唾を飛ばした。それからエミリーに向きなおり、

「エミリー、立って！　力を貸してちょうだい！」

エミリーはうずくまり、ガタガタ震えていた。

「ここにあるのはわたしの一部！」ティルディーおばさんが断言した。「とにかく、残りの部分をどうにかしないと。わたしの帽子をとってきて！」

エミリーは正直にいった。

「怖いわ」

「まさか、このわたしが怖いんじゃないでしょうね？」

「怖いんです」

「なんと、わたしは幽霊じゃありませんよ！　あんたが赤ん坊だったころからのつき合いじゃない！　めそめそ泣いてる暇はないの。立ちあがりなさい。さもないと、その鼻をひっぱたきますよ！」

エミリーはすすり泣きながら身を起こし、追いつめられて、どちらの方角へ逃げようか迷っている動物のように立っていた。

「あんたの車はどこ、エミリー？」

「すぐ先の駐車場です――おばさん」

「よし！」ティルディーおばさんはエミリーを急きたてて玄関ドアを抜けた。「さて――」鋭い目を通りの左右に向け、「死体仮置き場はどっち？」

エミリーは階段の手すりにつかまり、手探りするように降りていった。

「どうするつもりなの、ティルディーおばさん？」

「どうするつもりかって？」エミリーのあとについてよちよち歩きながら、ティルディーおばさんが叫んだ。青白い憤《いきどお》りで頰肉が揺れている。「もちろん、体をとり返すのよ！　体をとり返すの！　行くわよ！」

車が轟音《ごうおん》をあげた。エミリーはステアリング・ホイールをしっかりと握り、まっすぐ前方を見つめた。雨に濡れた街路が、カーヴを描いている。ティルディーおばさんがパラソルをふりまわした。

「急いで、エミリー、急いでちょうだい。さもないと、あいつらがわたしの体に防腐剤を注射して、賽《さい》の目に刻んでしまう。小心者《しょうしんもの》の葬儀屋はそうするものなのよ。切ってから縫《ぬ》ったって、なんの役にも立たないわ！」

「ああ、おばさん、おばさん、わたしをほっといて、運転させないで！　うまくいきっこない、やるだけ無駄よ」と若い女性はため息をついた。

「着いたわ」

エミリーは縁石《えんせき》に車を寄せ、ホイールの上に突っ伏したが、ティルディーおばさんは早くも車から飛びだし、スカートをつまんで、死体仮置き場の私道を小走りに進んでいた。建物の裏手へまわりこむと、ピカピカ光る黒塗りの霊柩車《れいきゅうしゃ》が籐籠を降ろしているところだった。

「あんた！」彼女は攻撃の矛先《ほこさき》を、籠をさげている四人の男のうちひとりに向けた。「それを降ろしなさい！」

四人の男が顔をあげた。

ひとりがいった。

「どいてください、奥さん。仕事をしてるんで」

「なかにあるのはわたしの体ですよ！」彼女はパラソルをふりまわした。

「こっちの知ったこっちゃありません」と第二の男。「道をふさがないでください、奥さん。こいつは重いんです」

「失礼な！」彼女は気分を害して叫んだ。「いっときますけど、わたしの体重はたったの百十ポンドですからね」

男はそっけなく彼女を見て、

「奥さんの体重に興味はありませんよ。そろそろ晩飯を食べに帰る時間なんです。遅れたら女房《にょうぼう》に殺されちまう」

四人の男は廊下を進んで、準備室へはいった。ティルディーがそれを追いかける。

白い仕事着姿の男が籠の到着を待っていた。その細長い顔には待ちかねたという表情が浮かび、うれしそうに微笑していた。ティルディーは、その顔にあふれる熱意にも、その男の人柄《ひとがら》にも関心はなかった。籠が置かれ、四人の男は去っていった。

白い仕事着姿の男がおばさんにちらっと目をやり、

「奥さん、ここは立派なご婦人にふさわしい場所ではありません」

「あらあら」と満更《まんざら》でもなさそうにティルディーおばさん。「そういう風に思ってくれてうれしいわ。あの黒服の若い男に、まさにそういおうとしたのよ!」

葬儀屋はとまどった顔をした。

「黒服の若い男といいますと?」

「わたしの家にずかずかとあがりこんだ男よ!」

「そういう者はここで働いておりません」

「別にどうでもいいわ。さっきあなたが聡明にもおっしゃったとおり、ここは立派なご婦人向きの場所じゃありません。こんなところにいたくないの。復活祭《イースター》が近いから、家へ帰って、日曜のお客さまのためのハム料理を作りたいの。エミリーに食べさせないといけないし、セーターを編まないといけないし、時計を巻かないといけないし――」

「あなたはきわめて哲学的《フィロソフィカル》で、博愛主義的《フィランスロピカル》な方でいらっしゃる。それはたしかです、奥さん。しかし、こちらにも仕事がありまして。ご遺体が着いたところなんです」

この最後の言葉を口にしたとき、男は明らかにうれしそうだった。そしてナイフや管《くだ》や壜《びん》をはじめとする器具類を選《え》り分けた。

ティルディーはいきりたった。

「その体に指紋をべたべたつけたりしたら、わたしが――」

彼はティルディーを小さな蛾《が》のようにわきに押しやった。

「ジョージ」と、わざと丁寧な口調で声をかけ、「このご婦人を出口へご案内してくれたまえ」

ティルディーおばさんは、近づいてくるジョージをにらみつけた。

「引きかえしなさい、あっちへ行って！」

ジョージは彼女の手首をつかんだ。

「どうぞ、こちらへ」

ティルディーはその手から抜けだした。あっさりと。彼女の肉体らしきものが――すり抜けたのだ。ティルディー本人も驚いた。この年になって、予想もしなかった能力が発揮されるとは。

「おわかり？」自分の力に満足して彼女はいった。「わたしを動かそうたって無理よ。わたしは自分の体を返してほしいの！」

遺体処置係が無造作に龕の蓋をあけた。それから、何度も見返した末に悟った。このなかの遺体は……どうやら……まさかそんな……ひょっとして……そうだ……いや……ちがう……そんなわけがない。だが……。

「ああ」彼は唐突に息を吐いた。ふり返った。目を見開いたかと思うと、細くして、「奥さん」と慎重に言葉を選んでいった。「こちらのご婦人は――その――あなたの――ご親戚ですか？」

「すごく近い親戚よ。気をつけてあつかってちょうだい」

「妹さんでしょうか？」彼は藁《わら》にもすがる思いで、細くなる論理の糸にすがりついた。

「ちがうわよ、おばかさん。わたしなのよ、聞こえてる？　わたしなの！」

遺体処置係は考えこんだ。

「いや」と彼はいった。「そんなことあるわけがない」道具をいじり、「ジョージ、応援を呼んできてくれ。こんな変人がいては仕事にならん」

四人の男がもどってきた。ティルディーおばさんは、一歩も引かないかまえで腕組みし、「気を変えるつもりはありませんからね！」と叫んだが、チェス盤上のポーンのように動かされた。準備室から遺体安置室へ、ホールへ、待合室へ、斎場《さいじょう》へ。彼女は入口ホールのどまんなかにある椅子に身を投げだした。会衆席《かいしゅう》は灰色の静寂に包まれていて、花の香りがただよっていた。

「すみません、奥さん」と男たちのひとりがいった。「ここは、明日の葬儀にそなえて遺体を安置するところなんです」

「ほしいものが手にはいるまでは、梃子《てこ》でも動きませんからね」

顎《あご》を引き、喉もとのレースを青白い指でいじりまわし、ハイ・ボタン・シューズの片方でいらいらと床を叩きながら、彼女はすわっていた。もしパラソルで叩ける距離にはいってきた者がいたら、一発くらわせていただろう。そしていまや触れられても——と彼女は思いだした——するりと抜けだせばいいのだ。

葬儀場の支配人ミスター・キャリントンが、オフィスで騒ぎを聞きつけ、ようすを見に通路をよちよちとやってきた。

「おいおい」彼は指を口に当て、全員に向かって小声でいった。「もっと静粛《せいしゅく》に、静粛に頼むよ。いったいなにごとだね？　ああ、奥さん、なにかご用で？」

彼女は支配人を見あげて見おろし、

「大事な用です」

「どのようなご用件でしょう？」

「あの奥の部屋へ行ってちょうだい」とティルディーおばさんが指示した。

「かしこまりました」

「そうしたら、あの熱心な若い検視係に、わたしの体をいじりまわすのをやめるようにいってちょうだい。わたしは結婚しなかったの。ほくろや、痣《あざ》や、傷跡《きずあと》といった体の特徴は、足首の丸みを含めて、わたしだけの秘密。あの人があちこちのぞいたり、切ったり、どんな形にしろ傷をつけるようなことはしてほしくないの」

遺体との関連をまだ知らないミスター・キャリントンにとって、この言葉は漠然《ばくぜん》としていた。彼はぽかんとした表情で、なすすべもなく彼女を見つめた。

「あの人はわたしをテーブルに載せて、鳩《はと》みたいに臓物《ぞうもつ》を抜いて、詰めものをする準備をしてるんです！」

ミスター・キャリントンは急いで調べにいった。十五分後、閉じたドアの向こうで無言で待たされたり、遺体処置係と激しくいい争ったり、記録を照合したりしたのちに、キャリントンがもどってきた。顔色が三倍白くなっていた。

キャリントンは眼鏡を落とし、それを拾って、

「厄介《やっかい》なことに巻きこんでくれましたね」

「わたしのせいなの？」ティルディーは憤慨《ふんがい》した。「殉教《じゅんきょう》の聖者ウィトゥスにかけて！いいですか、ミスター・ブラッド・アンド・ボーンズだかなんだかさん、あなたがおっしゃるには――」

「すでに血を抜きとってしまい――」

「なんですって！」

「ええ、そうなんです、嘘じゃありません。ですから、いますぐお引きとりください。どう

しようもありません」神経質な笑い声をあげ、「遺体処置係は死因を特定するために、簡単な剖検《ぼうけん》も行っています」

おばさんはカンカンになって、パッと立ちあがった。

「そんなことさせないわ！　そうしてもいいのは検視官だけよ！」

「いえ、ときにはわれわれも多少の解剖なら――」

「まっすぐあそこへ行って、あの解剖屋にいってやって。きれいなニューイングランドの青い血を、あのきれいな肌《はだ》をした体にいますぐ注《そそ》ぎもどせ。なにかとり出していたら、元にもどして、ちゃんと働くようにしてから、ペンキなみに新しいその体をわたしに返しなさい、と。聞こえたの！」

「わたしにはなにもできません。なにも」

「いっておきますけどね。わたしはこの先、二百年だってここを動きませんから。聞いてるの？　あなたのお客さんが立ち寄るたびに、その人たちの鼻の穴にエクトプラズムを吹きこんでやるわ！」

キャリントンはそのことを考えて弱気になり、うめき声を漏らした。

「それじゃ商売あがったりだ。そんな真似はなさらないでください」

おばさんはにっこりした。

「しなくてすめばいいわね」

キャリントンは暗い通路を走っていった。遠くで彼が電話のダイアルを何度もまわしている音がした。三十分後、車が轟音をあげて死体仮置き場の正面に乗りつけた。葬儀場の三人の副支配人が、ヒステリーを起こした支配人とともに通路をやってきた。

「どういうことでお困りですか?」

おばさんは、選びぬいた罵詈《ばり》雑言《ぞうごん》をいくつか添えて彼らに告げた。

彼らは話しあいを持ち、そのあいだは下調べを——すくなくとも合意に達するまでは——中断するように、と遺体処置係に通知した。遺体処置係は部屋から出てきて、愛想よく笑みを浮かべると、大きな黒い葉巻《はまき》をふかした。

おばさんがその葉巻をまじまじと見て、

「その灰をどこへ捨てるの?」と恐怖に駆られて叫んだ。

遺体処置係は平然とにやりと笑い、煙をふかしただけだった。

話しあいが終わった。

「奥さん、腹を割って話しましょう。わたしどもが路上へ出ないかぎり、事業の継続は不可能となる事態をお望みですか?」

おばさんはハゲタカたちに視線を走らせ、

「まさか、望みませんわ」

キャリントンは頰から汗をぬぐい、

「体をお返しします」

「よかった!」と、おばさんが叫んだ。それから、用心深く、「手つかずのままで?」

「手つかずのままで」

「防腐剤を使ってませんね？」

「使ってません」

「血をもどしたのね？」

「血ですか、ええ、もちろん、血ですね、もどします。あなたが受け入れさえすれば、流れだしますよ！」

　おばさんがとりすました顔でうなずいた。

「わかりました。用意してちょうだい。一件落着よ」

　キャリントンは遺体処置係に向けてパチンと指を鳴らし、

「ぼさっと突っ立ってるんじゃない、このまぬけ。さっさと用意しろ！」

「その葉巻に気をつけてね！」と老女がいった。

「落ち着いて、落ち着いて」とティルディーおばさんがいった。「その籠を床に置いて、なかにはいれるようにしてちょうだい」

　彼女は死体にあまり目をやらなかった。口にした言葉は「自然に見えるわね」だけ。彼女は籠のなかへ倒れこんだ。

　骨まで染みる北極の寒気《かんき》が彼女を捕らえ、異様な吐き気と、ぐるぐる目のまわる感覚がつづいた。彼女はふたしずくの溶ける物質であり、コンクリートに染みこもうとする水だった。

すこしずつ染みこもうとする。懸命に。脱ぎ捨てられたサナギの堅い殻《から》にまた潜りこもうとするチョウのように！

副支配人たちは、不安の面持《おもも》ちでティルディーおばさんを見ていた。ミスター・キャリントンは指をくねくねさせ、助けになろうとして、自分の手と腕で押しこむ動作をした。遺体処置係は、疑っていることを隠さずに、面白がるような目でのんびりと見ていた。

冷たい細長い花崗岩《かこうがん》に染みこんでいく。凍《い》てついた古代の彫像に染みこんでいく。奥の奥まで潜りこんでいく。

「生きかえりなさい、このばか！」ティルディーおばさんは自分に向かって叫んだ。「すこしでもいいから起きあがれ」

乾いた籠のなかでサラサラと音をたてて、死体が起きあがりかけた。

「脚を組みなさい！」

死体は上に手をのばし、闇雲《やみくも》にあたりを探った。

「目をあけなさい！」ティルディーおばさんが叫んだ。

クモの巣の張った盲目の目に光が射しこんだ。

「感じなさい！」とティルディーおばさんが促《うなが》した。

死体は部屋の温《ぬく》もりを感じ、自分がもたれている防腐処置テーブルが現実だと不意に悟ってあえいだ。

「動きなさい！」

死体は籠をきしませて、ゆっくりと一歩を踏みだした。

「聞きなさい！」と嚙みつくように彼女。

その場所の物音が、鈍麻《どんま》した耳にはいってきた。震えている遺体処置係の期待に満ちた耳ざわりな息づかい。ミスター・キャリントンのめそめそ泣く声。彼女自身のしわがれ声。

「歩きなさい！」

死体が歩いた。

「考えなさい！」

年老いた頭脳が考えた。

「しゃべりなさい！」

葬儀屋たちにお辞儀しながら、死体がしゃべった。

「たいへんお世話になりました。ありがとう」

「さあ」最後に彼女はいった。「泣きなさい！」

すると彼女は、この上ないしあわせに浸《ひた》って、うれし涙にむせびはじめた。

そしていま、ティルディーおばさんを訪ねたいと思ったら、午後の四時ごろ、彼女の骨董品店まで歩いていって、ドアをノックするだけでいい。大きな黒い葬儀の花輪がドアにかかっている。そんなものは気にしない！　ティルディーおばさんがほったらかしにしているのだ。彼女なりのユーモアだろう。ドアをノックする。二重のかんぬきと三重の錠前《じょうまえ》。ノックすれば、彼女の声がわめきたてる。

「黒服の男じゃないでしょうね？」

するとと訪問客は笑い声をあげ、いいえ、ちがいます、ただのわたしですよ、ティルディーおばさん、という。

すると彼女も笑い声をあげて、「はいってちょうだい、早く！」といい、黒ずくめの男がいっしょにはいってこられないように、さっとドアをあけて、たたき閉める。それから訪問客をすわらせて、コーヒーを淹れ、いちばん新しく編んだセーターを見せてくれる。むかしのようには手は早く動かないし、目もよく見えないが、なんとかやっている。

「あなたが特別にいい人だったら」とコーヒーカップをわきに置きながら、ティルディーおばさんが高らかにいう。「とっておきのものを見せてあげるわ」

「なんですか、それは？」と訪問者は尋ねるだろう。

「これよ」と、ささやかだが自分にしかないもの、ささやかな冗談に満足して、おばさんがいう。

それからしとやかに指を動かして、首と胸の白いレースをほどき、その下にあるものをちらっとのぞかせるだろう。

長い青い傷跡。きれいに縫いあわされた剖検の跡だ。

「殿方《とのがた》が縫ったにしては悪くないわね」と彼女は認め、「あら、コーヒーのお代わりはいかが？　はい、どうぞ！」

下水道

雨の日の午後。灰色一色のなかで家々の明かりが灯《とも》っている。姉妹ふたりは、長いこと食堂にいた。そのうちのひとり、ジュリエットはテーブルクロスの刺繍《ししゅう》をしていた。妹のアンナは窓ぎわの席に静かにすわって、暗い通りと暗い空を眺めていた。

アンナは窓ガラスに額《ひたい》を押しつけていたが、唇《くちびる》は動いていた。しばらく考えをめぐらせたあと、「いままで考えたことなかった」といった。

「なにを考えたことなかったの?」とジュリエットが尋ねた。

「ふと思いついたの。街の下にじつは街があるって。死んだ街が、まさにここ、わたしたちの真下に」

ジュリエットは白い布に針をくぐらせた。

「窓から離れなさい。雨のせいで、おかしなことを考えたのね」

「いいえ、おかしくなんかないわ。下水道のこと、考えたことない? 街じゅうに張りめぐらされてる。通りにひとつずつあって、頭をぶつけずになかを歩けるし、いろんなところへ行って、最後には海まで行くのよ」とアンナ。外のアスファルト舗装に当たる雨と、空から降ってきて、遠い交差点の四隅《よすみ》にある鉄格子の奥へ消えていく雨をうっとりと見つめ、「下水道に住みたくない?」

「住みたくないわ！」

「でも、楽しそうじゃない——まったく人目《ひとめ》につかずに暮らすっていうのは。下水道に住んで、細い隙間《すきま》ごしに世間の人々をのぞいて、こっちには見えるけど、あっちには見えないっていうのは。子供のころ、隠れん坊をして、だれにも見つからなかったときみたいだわ。ずっとみんなのまんなかで、どこかに潜りこんで隠れていると、温かくて、ワクワクしたでしょう。わたしはあれが好きだった。下水道に住むのは、きっとあんな感じよ」

ジュリエットが刺繍からゆっくりと顔をあげた。

「あんたはわたしの妹だよね、アンナ。生まれてきたんだよね。あんたの話しぶりだと、ある日母さんが木の下であんたを見つけて、家に持ち帰り、植木鉢《うえきばち》に植えて、この大きさになるまで育てたみたいに思えるときがあるわ。あんたはこうだし、けっして変わらないのね」

アンナが返事をしないので、ジュリエットは針《はり》仕事にもどった。部屋に色はなかった。姉妹のどちらも色の足しにはならなかった。アンナは五分ほど頭を窓に向けていた。やがて遠くに目をやり、こういった。

「どうせ夢を見たっていわれるんだわ。この一時間、わたしがここでしていたことだけど。考えていたの。そうよ、ジュリエット、あれは夢だったのよ」

こんどはジュリエットのほうが返事をしなかった。

アンナがささやき声で、

「水を見ているうちに、うとうとしたみたい。それから雨について考えはじめたの。どこから来て、どこへ行き、縁石《えんせき》のあの小さな隙間をどういう風にくだっていくのかと。それから地下深いところでどうなるのかと考えたら、いきなり現れたの。男と……女が。道路の下、あの下水道のなかに」

「その人たちは、そこでなにをしているの？」とジュリエットが尋ねた。

「理由がなければいけないの？」とアンナ。

「いいえ、その人たちの頭がおかしいのなら、いらないわね」とジュリエット。「その場合は、理由なんかいらない。下水道のなかにいるんなら、いさせてやりましょう」

「でも、下水道にいるだけじゃないの」と小首をかしげて、アンナがわけ知り顔にいった。閉じかけたまぶたの下でその目が動いている。「ええ、恋をしてるの、このふたりは」

「驚いたわ」とジュリエット。「恋をしたせいで、そんなところへ降りていったの？」

「そうじゃないわ、ふたりはもう何年も前からそこにいるの」とアンナ。

「まさか、下水道のなかで何年もいっしょに生きてきたなんて、そんなことあるわけないわ」とジュリエットが異議を唱《とな》える。

「生きてきたなんていったかしら？」と驚き顔でアンナがいった。「いいえ、ちがうの。ふたりは死んでるのよ」

雨脚《あまあし》が強まり、雨粒《あまつぶ》を窓に叩きつけた。雨滴《うてき》は寄り集まり、筋《すじ》を作った。

「まあ」とジュリエット。

「そうよ」とアンナがうれしそうにいった。「死んでるの。彼は死んでるし、彼女も死んでるの」

この考えは、彼女を満足させたようだった。それはすばらしい発見であり、彼女はそれが誇らしかった。

「彼は天涯《てんがい》孤独の身で、生まれてからいちども旅をしたことがなさそうなの」

「どうしてわかるの？」

「旅をしたことはないけど、旅に出たがってる男のように見えるの。目を見ればわかるわ」

「じゃあ、その人の外見も知ってるのね」

「知ってるわ。病弱だけど、すごくハンサム。男の人って病気でハンサムになることがあるじゃない。病気のせいで顔の彫りが深くなるのよ」

「で、その人は死んでるの？」と姉が尋ねた。

「五年前から」

アンナはまぶたを上下させながら、おだやかな声で話した。まるで長い話を語ろうとしていて、そのことを承知しているかのように。まずはゆっくりと話にはいり、だんだん早くしていって、ついには物語の勢いに身をまかせ、目を見開き、唇を開いて語りたいと思っているかのように。しかし、いまのところはゆっくりで、わずかな情熱が語り口にこもっているだけだった。

「五年前、この男の人は通りを歩いていて、自分は来る夜も来る夜も同じ通りを歩いてきたし、これからも歩きつづけるだろうと悟ったの。それでマンホールの蓋《ふた》、通りのまんなかに鎮座《ちんざ》する、あの大きな鉄のワッフルのひとつに行き当たったら、足もとを勢いよく流れている川の音がするじゃない。金属の蓋の下を流れ、海へ向かって突進している川の音が」アンナは右手を突き出した。「それでゆっくりと腰をかがめて、下水道の蓋を持ちあげ、勢いよく流れる泡と水を見おろしたの。そして愛したいけれど愛せないだれかのことを考えてから、鉄の梯子《はしご》に足をかけ、降りていって、とうとう姿を消してしまった……」

「女の人のほうはどうなの?」と忙しく手を動かしながらジュリエットが尋ねた。「いつ死んだの?」

「よくわからない。死んで間もないのよ。ついさっき死んだばかり。でも、死んでるの。美しく、それはそれは美しく死んでるのよ」アンナは頭に浮かんだイメージにうっとりして、「女は死なないと、本当に美しくはならないの。そしていちばん美しくなるには、溺死《できし》しないといけない。そうすると、体じゅうのこわばりがとれて、髪の毛が煙のように水面《みなも》になびくのよ」彼女は面白がっているようにうなずいた。「学問や礼儀作法やお稽古《けいこ》ごとをどんなに習ったって、こんな夢見るようなのびのびした動き、しなやかで、さざ波立つような優美な動きは身につかないわ」

アンナはガサガサになった幅広い手で、それがどれほどすばらしく、どれほどしなやかで、どれほど優雅かを示そうとした。

「彼は五年も彼女を待っていた。でも、彼女はいままで彼の居所を知らなかった。そういうわけでふたりはそこにいて、これからはずっといっしょでしょう……。雨季《うき》が来れば生きるでしょう。でも、乾季《かんき》が来れば――ときには何カ月にもおよぶんだけど――長い休止期間にはいるでしょう。隠れた小さなくぼみに横たわっているでしょう。ちょうど日本の水中花《すいちゅうか》のように、乾燥して、こぢんまりしていて、古くて、おだやかなの」

ジュリエットは立ちあがり、食堂の隅《すみ》にある、また別の小さな電灯をつけた。

「そんな話、やめてほしいわ」

アンナが笑い声をあげ、

「でも、そもそものはじまりについて話をさせてよ。ふたりがどういう風に生きかえったのかを。なにもかも考えてあるの」身をかがめ、膝《ひざ》をかかえて、街路と雨と下水道の口をじっと見つめて、「ふたりはあそこにいるの、地下に、乾いて、静かにしているのよ。上では空が電気を帯びて、妙に粉《こな》っぽくなってる」灰色になりかけた艶《つや》のない髪を片手でかきあげ、「まず上の世界すべてに雨粒が落ちる。やがて稲妻《いなずま》が走り、雷《かみなり》が鳴って、乾季は終わりを告げ、小さな雨粒が側溝《そっこう》を流れ、大きくなって排水管へ落ちていく。ガムの包み紙や劇場の入場券、それにバスの乗り換え券を道連れに！」

「その窓から離れて、いますぐ」

アンナは両手で正方形を作り、いろいろなものを想像した。

「舗装の下がどんな風になってるのか、わたし、知ってるの。大きな四角い貯水槽《ちょすいそう》になってるのよ。とても広いわ。陽射《ひざ》しかはいってこないときは、がらんとしてるの。しゃべれば、谺《こだま》が返ってくる。そこに立っていると、聞こえるのは、頭上を行き交《か》う自動車の音だけ。はるか上のほうに聞こえるのよ。貯水槽全体は、砂漠にころがっている、うつろになったラクダの骨みたいに乾ききっていて、待っているの」

彼女は片手をあげ、指さした。まるで彼女自身が下水道のなかで待っているかのように。

「ほら、雨水がしたたってる。それが床を伝ってくる。外の世界でなにかが怪我をして、血を流してるみたい。雷が鳴ったわ！　それとも、トラックが通り過ぎたのかしら？」

彼女はいますこしだけ早口になっていたが、体のほうはゆったりと窓に寄りかかっていた。息を吐いて、つぎの言葉を口にする――

「水が染みこんでくる。やがてほかのくぼみへも、ほかの水が染みこんでいく。小さな撚《よ》り糸やヘビみたい。煙草《たばこ》のヤニで染まった水。それも流れてきて、合流する。何匹かのヘビになり、やがて一匹の大きなニシキヘビになると、紙やすりをかけて平らにした床を這《は》い進む。いたるところから来るの、北からも南からも、ほかの通りからも、ほかの流れがやってきて、合流し、シューシュー音をたてて、キラキラ光りながらとぐろを巻くの。そして水はくねりながら、さっき話した、あのふたつの小さな乾いたくぼみにはいりこむ。ふたりのまわりでゆっくりと迫《せ》りあがる。日本の水中花みたいに横たわっている男と女のまわりで」

彼女はゆっくりと手を組んで、指と指とをからませた。

「水がふたりに染み通っていく。まず、女の手を浮かせるの。小さな動きで。彼女の体のなかで、手だけが生きている。つぎに腕と足を浮かせる。つぎは髪の毛が……」と肩まで伸びた自分の髪にさわり、「……水中でほどけて、花のように開くのよ。閉じたまぶたは青くて……」

部屋は暗くなり、ジュリエットは縫《ぬ》いものをつづけ、アンナは心の内に見えるものをあまさず語った。水がどのように迫りあがり、女を浸《ひた》したかを、どのように彼女を開かせ、ほぐして、貯水槽のなかで直立させたかを語った。

「水はその女に興味があって、女は水のしたいようにさせておく。長いあいだじっと横たわっていたあとで、生きかえる準備はできているの。水がくれる命なら、どんなものでもいいわ」

どこか別の場所で、男も水中で立ちあがった。アンナはそれについても語った。水が男をプカプカと浮かせて運び、女を浮かせて運び、やがてふたりが出会う――そのさまを語った。

「水がふたりの目を開かせる。ふたりともいまは目が見えるけれど、おたがいの姿は見えていない。ふたりはぐるぐるまわる、まだ触れあわずに」アンナは頭を小さく動かして、目を閉じた。「ふたりはおたがいを観察する。ふたりは燐《りん》のように光っている。ふたりはにっこりする……。ふたりは――手を触れあわせる」

とうとうジュリエットが顔をこわばらせて縫いものを置き、妹を見つめた。雨のしじまに包まれた灰色の部屋の反対側から。

「アンナ！」

「水かさが――ふたりを触れあわせる。水かさが増えて、ふたりをくっつける。それは完璧な愛よ。自我の出る幕はなくて、水に動かされるふたつの体だけ。おかげでその愛は清潔で、健全なものになる。これなら、みだらなもののはいりこむ余地はないわ」

「そんなことをいってはだめ！」と姉が叫んだ。

「いいえ、いってもいいの」とアンナはゆずらず、一瞬ふり向いて、「ふたりはなにも考えてないのよ。地下の深いところにいて、静かにしているだけで、なにも気にしない」

彼女は右手をあげて、とてもゆっくりと、とても静かに左手に重ね、両手を震わせ、からみ合わせた。雨に濡れた窓から青白い春の光が射しこんでいて、光と流れる水の動きを彼女の指の上に映しだした。そのため指は灰色の水のなか、何尋《ひろ》もの深みに沈んでいるように思えた。彼女のささやかな夢が終わると同時に、たがいに溶けあうかのように——

「彼は背が高く物静かで、両手を開いているの」彼がどれほど長身で、水中でどれほどくつろいでいるかを身ぶりで示し、「彼女は小柄《こがら》で物静かで、肩の力が抜けているの」姉に目をやり、両手がそちらを向くままにして、「ふたりは死んでいるから、どこへも行かなくていいし、そうしろという者もいない。だからふたりはそこにいて、頼まれることもなく、悩みもなく、人目を避けて、地中の貯水槽の水のなかに隠れているの。ふたりは手と唇を触れあわせ、貯水槽の交差点出口にはいると、水の流れがふたりをくっつける。そのあと……」彼女は組んだ手をほどき、「いっしょに旅をするかもしれない。手をつないで、プカプカと浮き沈みしながら、通りを残らずくだっていき、急な渦巻につかまったら、直立して狂ったように踊るの」

彼女は両手をぐるぐるまわした。土砂《どしゃ》降りの雨が、音をたてて窓を打つ。

「そして街を横切り、排水管という排水管、通りという通りを通過して海まで行くの。ジェネシー大通り、クレンショー、エドモンド・プレース、ワシントン、モーター・シティ、オーシャン・サイド、それから大海原《おおうなばら》へ。水のおもむくまま、世界じゅうのどこへでも行き、そのあと下水道の入口へもどってきて、流れに乗って街の下へ帰ってくるの。十軒あまりの煙草《たばこ》屋と、五十軒近い酒屋と、七十軒あまりの食料雑貨店と、十軒の劇場と、ひとつの鉄道乗換駅と、幹線道路一〇一号線の下、下水道のことなど知らないし、考えもしない三万人の歩く足の下へ」

アンナの声はただよい、夢を見て、また静かになった。

「やがて――日が過ぎ、雷が通りの先へ去っていく。雨がやむ。雨季が終わるのよ。トンネルの水はチョロチョロ流れるようになり、止まってしまう。水かさが減る」彼女はがっかりした顔をした。雨季が終わって悲しいのだ。「川は大海原へ流れていく。男と女は、水に置き去りにされて、ゆっくりと床へ降りるのを感じる。ふたりは動かなくなる」彼女は両手を小さく上下に動かしながら膝へ降ろし、憧《あこが》れの目でそれを見据えて、「足から命が抜けていく。水が外からあたえてくれた命が。いま水はふたりを横並びに寝かせて、どんどん引いていき、トンネルは乾きつつある。そしてふたりはそこに横たわる。上の世界では、太陽が顔を出す。ふたりは闇のなかに横たわって眠る。つぎの機会まで。つぎの雨季まで」

いま彼女の両手は、開いた掌《てのひら》を上にして膝の上にあった。

「すてきな男、すてきな女」と彼女はつぶやいた。ふたりのほうに会釈《えしゃく》して、目をきつく閉じる。

と、アンナはいきなり上体《じょうたい》を起こし、姉をにらみつけて、

「その男がだれか知ってる？」と苦々《にがにが》しげに叫んだ。

ジュリエットは返事をしなかった。この独白のつづいていた五分間というもの、呆然《ぼうぜん》と目をみはっていたのだ。その口はゆがんでいて、青白かった。アンナがいまにも叫びだしそうになりながら――

「その男はフランクよ、あの人なのよ！　そしてわたしがその女！」

「アンナ！」

「そう、フランクよ、あの下にいるの！」

「でも、フランクは何年も前に亡くなってるし、あんなところにいるわけないわ、アンナ！」

いま、アンナはだれにも話しかけていなかった。そのいっぽうであらゆる人に、ジュリエットに、窓に、壁に、通りに話しかけていた。

「かわいそうなフランク」と彼女は叫んだ。「あの人があそこへ行ったのはわかってるの。あの人は、世界のどこにもとどまれなかった。あの人のお母さんが、あの人をすっかりだめにした！　だから、あの人は下水道を目にして、そこがどれほど秘密めいたすばらしい場所かわかったのよ。ああ、かわいそうなフランク。そしてかわいそうなアンナ。ひとりの姉といるだけのわたしだってかわいそうよ。ねえ、ジュリー、フランクがこの世にいたとき、どうしてわたしはあの人にすがりつかなかったのかしら？　どうして闘って、あの人のお母さ

んから勝ちとらなかったのかしら？」

「やめて、こんな時間に。聞こえたでしょう、こんな時間なのよ！」

アンナは窓ぎわの隅にしゃがみこむと、片手を窓に当てて、さめざめと泣いた。数分後、「もうすんだの？」という姉の声が聞こえた。

「なにがすんだの？」

「泣きやんだのなら、これを仕上げるのを手伝って。永遠に終わりそうにないから」

アンナは顔をあげて、すべるように姉のところまで行った。

「どうしてほしいの？」と、ため息をつく。

「これとこれ」ジュリエットは刺繡を示した。

「わかったわ」

アンナはそれを受けとると、窓辺にすわり、雨を見ながら、針と糸を持つ手を動かした。だが、見ているうちに、通りも部屋も真っ暗になり、下水道の丸い金属の蓋がかろうじて見えるだけとなった——黒に黒を重ねた夕暮れどき、外にあるのは真夜中の小さなきらめきだけ。稲妻が空にクモの巣のようなひび割れを走らせている。

三十分が過ぎた。ジュリエットは部屋の反対側で椅子にすわっていたが、眠気に襲われた。眼鏡《めがね》をはずし、刺繡といっしょに置くと、しばし頭を椅子の背に休め、うとうとした。三十秒後だったのかもしれない、玄関ドアが乱暴に開く音がして、風が吹きこむ音がして、歩道を走っていく足音がした。きびすを返し、真っ暗な通りを急いで進んで行く。

「どうしたの?」とジュリエット。上体を起こしながら、眼鏡を手探りし、「だれかいるの? アンナ、だれかが玄関へはいってきたの?」

彼女は目をみはった。アンナがすわっていた窓ぎわの椅子が空《から》っぽになっていたのだ。

「アンナ!」彼女は叫んだ。跳《は》ね起きて、玄関ホールへ走り出た。

玄関ドアは開いたままで、雨が細かな霧となって降りこんでいた。

「ちょっと出かけただけよ」とジュリエット。そこに立ち、濡れた漆黒《しっこく》を透《す》かし見ようとする。「すぐに帰ってくるわ。すぐに帰ってくるわよね、アンナ? アンナ、返事をして、すぐに帰ってくるんでしょう、ねえ、アンナ?」

外では、マンホールの蓋が開いて、バタンと閉まった。

雨は夜を徹《てっ》して街路にささやきかけ、閉じた蓋の上に降り注いでいた。

集会

いる。


「やって来るわ」とベッドで寝そべっているセシーがいった。

「どこにいるの？」と出入口にいたティモシーが声をはりあげた。

「ヨーロッパの空にいる者もいれば、アジアの空にいる者、イギリスの空にいる者、南アメリカの空にいる者もいるわ！」と目を閉じたままセシー。長い茶色の睫毛《まつげ》がぴくぴく震えている。


ティモシーは二階の部屋の、むきだしになった板材を踏んで進み出た。

「いったいだれが来るの？」

「アイナーおじさんとフライおじさん、いとこのウィリアム。それにフルルダとヘルガーとモーギアナおばさんが見えるわ。それにいとこのヴィヴィアン。ヨハンおじさんが見える！みんな、急いでやって来るところよ！」

「空を飛んでるの？」

と小さな灰色の目をきらきらさせてティモシーが叫んだ。ベッドのわきに立った姿は、せいぜい十四歳にしか見えない。表《おもて》では風が吹き、屋敷は暗く、明かりは星明かりだけだった。

「空を飛んで来るし、地面を進んで来るわ、いろんな姿でね」と眠りながらセシー。ベッドの上で身動きひとつせず、思いを自分の内側に向けて、目に映るものを話して聞かせた。

「オオカミのようなものが暗い川を――浅瀬のところで――渡ってるわ、すぐ先には滝があるの。星明かりで毛皮が光ってる。茶色いオークの葉が、はるかな上空を風に乗って舞ってるわ。小さなコウモリが飛んでる。たくさんのけものがいて、森の木々のあいだを走りぬけたり、てっぺんの枝をすり抜けたりしてるわ。それがみんな、こっちへやって来るのよ！」

「明日の夜には着いてるかな？」

ティモシーはベッドカヴァーをつかんだ。襟《えり》にとまっているクモが、黒い振子《ふりこ》のように体を揺らした。興奮して踊っているのだ。ティモシーは姉の上に身を乗りだし、

「みんな集会に間に合うかな？」

「ええ、間に合うわ、ティモシー、間に合うわよ」とセシーがため息をついた。身をこわばらせ、「もううるさく訊《き》かないで。あっちへ行ってよ。これからいちばん好きな場所を旅するんだから」

「邪魔して悪かったね、セシー」

彼は廊下へ出ると、自分の部屋へ駆けもどった。急いでベッドをととのえる。彼はほんの数分前、日没に目をさましたばかりだった。そして一番星が昇ると同時に、パーティーにまつわる興奮を、セシーを相手に解き放ったのだった。いま彼女はとても静かに眠っているので、こそりとも音がしない。ティモシーが顔を洗うあいだ、そのほっそりした首に銀色の輪《わ》縄《なわ》をかけて、クモがぶらさがっていた。

「考えてごらん、クモ、明日の晩は万聖節前夜《オールハロウズ・イヴ》なんだ！」

彼は顔をあげて、鏡をのぞきこんだ。屋敷のなかでただ一枚、置くのを許されている鏡だった。彼が病気だから、母親が特別に配慮してくれたのだ。ああ、せめてぼくがこれほどひ弱でなかったら！　彼は口をあけて、自然に授《さず》かった貧弱《ひんじゃく》で不適切な歯を調べた。トウモロコシの粒《つぶ》が並んでるのと変わらない――顎《あご》のなかで丸くて、やわらかくて、青白い。浮かれ気分がいくらか冷めた。

いまやあたりは真っ暗闇で、彼は蠟燭《ろうそく》に火をつけた。そうしないと見えないからだ。疲れきっている気がした。この一週間、家族全員が母国の流儀で暮らしてきた。昼間は眠り、日没に起きだして活動するのだ。彼の目の下には青い隈《くま》があった。

「クモ、調子がよくないんだ」と彼は声をひそめて小さな生きものにいった。「ほかのみんなみたいに、昼間眠るのにどうしても慣れないんだよ」

彼は蠟燭立てを持ちあげた。ああ、強い歯が、鋼鉄の棘《とげ》みたいな門歯《もんし》があれば。さもなければ強い手が、いっそのこと強い心があれば。セシーみたいに心を自由自在に送りだせる力でもいい。でも、だめだ、ぼくは不完全な者、病人なんだ。暗闇が――ぶるっと身を震わせて、蠟燭の炎を引きよせる――怖いんだから話にならない。兄弟たちは鼻を鳴らしてぼくを笑う。バイオンとレナードとサム。彼らはぼくを嘲《あざけ》って笑う。ぼくがベッドで眠るから。セシーの場合は話がちがう。彼女のベッドは楽にしているための工夫の一環《いっかん》で、狩りのために心を送りだすには、その平穏が必要不可欠なのだ。でも、ぼくは、ほかの者たちと同じように、ピカピカに磨《みが》かれた箱のなかで眠るだろうか？　眠らないのだ！　母さんがぼくに自分

つも。
き出しにして、目をこらした。そして、ふたたびため息をついた。見こみはない。万にひと
家族の者がぼくを避けるのも無理はない。せめて翼が肩から生《は》えてくれたら。彼は背中をむ
のベッドと、自分の部屋と、自分の鏡を持たせてくれた。聖人の磔刑像《たっけい》であるかのように、

階下では刺激的で謎めいた音がしていた。黒い紗《しゃ》がズルズルと音をたてて、あらゆる廊下に、天井に、ドアに張られていく。手すりのある階段吹き抜けでは、黒い小蠟燭《こだま》がパチパチと燃えている。高く、きっぱりした母さんの声。じめじめした地下室から谺する父さんの声。バイオンが巨大な二ガロン入りの液体容器を引きずりながら、古い田舎《いなか》屋敷の外から歩いてくる。

「パーティーに行かないといけないんだ、クモ」とティモシー。

クモは絹糸《きぬいと》の端でくるくるまわり、ティモシーは孤独感に襲われた。彼はケースを磨き、毒キノコとクモをとりに行き、紗を吊《つる》すだろう。だが、パーティーがはじまれば、無視されるだろう。不完全な息子は姿を見られなければ見られないほど、なにかいわれなければいわれないほどいいのだ。

階下ではローラが家じゅうを走りぬけた。

「集会よ！」と陽気に叫び、「集会よ！」その足音が同時にいたるところから聞こえてくる。

ティモシーはまたセシーの部屋を通りかかった。彼女は静かに眠っていた。彼女が階下へ

降りるのは月にいちどだけ。いつもベッドにいる。愛らしいセシーは。彼は訊きたかった。「いまどこにいるの、セシー？　だれのなかにいるの？　なにが起きてるの？　丘の向こう側にいるの？　そこでなにが起きてるの？」と。しかし、彼はそうせずにエレンの部屋へ行った。

エレンは机について、金、赤、黒など多様な色の髪の毛と、小さな半月のような爪を選《え》り分けていた。十五マイル離れたメリン村の美容室でマニキュア師として働きながら集めたものだ。彼女の名前が記された頑丈《がんじょう》なマホガニーの箱が、隅《すみ》に置いてあった。

「あっちへ行って」ティモシーに目もやらずに彼女がいった。「あんたみたいなぐずがいちゃ、仕事にならないわ」

「万聖節前夜《ばんせいせつ》だよ、エレン。考えてごらん！」と声がとがらないようにしながら、彼はいった。

「ふん！」彼女は爪の切れ端《はし》を小さな白い袋に入れて、ラベルを貼った。「だからどうだっていうの？　あんたがなにを知ってるの？　死ぬほど怖がっても知らないわよ。ベッドにもどりなさい」

彼の頰《ほほ》が熱くなった。

「ぼくだって磨いたり、働いたり、給仕の手伝いをしたりしなきゃいけないんだ」

「出ていかないと、明日ベッドで一ダースの生《なま》ガキを見つけるはめになるわよ」とエレンがそっけなくいった。「さよなら、ティモシー」

彼は憤然《ふんぜん》と階段を駆けおり、ローラとぶつかった。

「どこに目をつけてるの、気をつけなさいよ！」彼女が歯を食いしばってから、金切《かなき》り声を浴びせた。

彼女はさっさと行ってしまった。ティモシーがあけ放しになった地下室のドアまで走ると、下から昇ってくる湿《しめ》った土臭《つちくさ》い空気のにおいが鼻をついた。

「父さん？」

「そろそろだ」父さんが階段の下から叫んだ。「急いで降りておいで。さもないと、準備ができる前にみんなが着いてしまう！」

ティモシーはほんの一瞬ためらっただけだったが、それでも屋敷のなかの百万にものぼるほかの音が耳に届いた。兄弟たちがしゃべったり、いい争ったりしながら、駅の列車のように行ったり来たりしている。もし一カ所に長く立っていれば、屋敷の者全員が青白い手に品物をかかえて通り過ぎただろう。小さな黒い薬箱を持ったレナード、ほこりまみれの大きな書物——黒檀《こくたん》装幀の本——を小脇にかかえ、追加の黒い紗を運んでいるサミュエル、そして外に駐《と》めてある車まで足を伸ばし、何ガロンもの液体をさらに運んでくるバイオン。

父さんが磨くのをやめて、ボロ切れをティモシーに渡し、顔をしかめた。大きなマホガニーの箱をコツンと叩き、

「さあ、こいつをピカピカにしてくれ。そうすれば、つぎのやつにとりかかれる。一生眠って過ごせるぞ」

表面にワックスがけをしているあいだ、ティモシーはなかをのぞいた。

「アイナーおじさんは大男なんだね、パパ」

「そうさ」

「どれくらい大きいの？」

「箱の大きさでわかるだろう」

「訊いてみただけだよ。身長七フィート？」

「おしゃべりがすぎるぞ」


九時ごろティモシーは、十月の天気のなかへ飛びだしていった。いま温かかったと思うと、つぎの瞬間には冷たくなっている風のなかで、二時間ほど毒キノコとクモを集めながら草地《くさち》を歩いた。彼の心臓は期待でまたドキドキ打ちはじめた。いったい何人の親戚が来ると母さんはいっただろうか？　七十人？　百人？　彼はとある農家の前を通りかかった。せめてぼくらの屋敷で起きてることを知ってもらえたらなあ、と煌々《こうこう》と輝く窓に向かって彼はいった。丘を登り、何マイルも離れた町を見おろした。町は眠りについており、遠くに町役場の時計が、高く、丸く、白く浮かびあがっていた。町の人もやっぱり知らないのだ。彼は毒キノコとクモを入れた壜《びん》をたくさん持ち帰った。

地階の小さな礼拝堂で短い儀式が執《と》り行われた。長年つづくほかの儀式と同様に、父さんが不吉な呪文を唱《とな》え、母さんの美しい白い象牙《ぞうげ》のような手が祝福を裏返しにした形で動いた。

子供たち全員が集まっており、顔を見せていないのは、階上《うえ》でベッドに横になっているセシーだけ。しかし、セシーも出席していた。彼女がのぞいているのが見えた。いまバイオンの目からのぞいていたかと思うと、こんどはサミュエルの目、こんどは母さんの目からのぞいている。そして動きを感じると、こんどはきみのなかにいて、あっという間に去っていくのだ。

ティモシーは腹を引き締めて、〈暗黒の者〉に祈った。

「どうか、どうか、お願いです、大きくなるのを助けてください、兄弟や姉妹みたいになるのを助けてください。ぼくはちがっていたくないんです。せめてエレンのようにビニール人形に髪を植《う》えつけることができれば。さもなければ、ローラのように人をあやつって、ぼくに恋させるようにできれば。さもなければ、サムのように風変わりな本を読めれば。さもなければ、レナードやバイオンのように立派な仕事につければ。さもなければ、いっそのこと母さんと父さんがしたように、いつか家族を養《やしな》うことができれば……」

真夜中に嵐が屋敷を襲った。外では稲妻《いなずま》が、雪のように真っ白い筋《すじ》となって荒れ狂った。手探りしながら、大竜巻《トルネード》を吸いこみながら、湿った夜の大地を鼻で掘りぬきながら近づいてくる音がした。やがて玄関ドアが蝶番《ちょうつがい》から半分吹っ飛ばされ、見捨てられたようにぶらさがった。お祖父《じい》ちゃんとお祖母《ばあ》ちゃんがそろってお出ましだ。はるばる母国からやってきたのだ！

それからは一時間ごとに人々が到着した。側面の窓をバタバタと叩き、正面ポーチをコツンと鳴らし、裏口をノックする。地下室から異様な音が聞こえてきた。秋風が詠唱《えいしょう》しながら煙突《えんとつ》の喉をくだった。バイオンが家に持ち帰った容器から、母さんが真紅《しんく》の液体を大きなクリスタルのパンチ・ボウルになみなみと注《そそ》いだ。父さんは部屋から部屋へ足早に移動し、つぎつぎと小蠟燭に火を灯《とも》していった。ローラとエレンは追加のトリカブトをハンマーで叩いた。そしてティモシーは、この荒々しい興奮のただなかに立ち、無表情な顔を保《たも》ったまま、両手をわきで小刻みに震わせ、いまここを見つめていたかと思うと、つぎの瞬間にはあそこを見つめていた。ドアを叩く音、笑い声、液体を注ぐ音、暗闇、風の音、翼の生みだす雷鳴、パタパタいう足音、入口で炸裂《さくれつ》する歓迎のおしゃべり、開き窓のガタガタ鳴る音、通り過ぎ、行き交《か》い、揺れる影。

「やあ、やあ、この子がティモシーにちがいない！」

「えっ？」

冷えきった手が彼の手をとった。毛むくじゃらの長い顔が彼にのしかかった。

「いい子だ、すばらしい子だ」と見知らぬ者がいった。

「ティモシー」と母親がいった。「こちらはジェイスンおじさんよ」

「こんにちは、ジェイスンおじさん」

「こちらへどうぞ――」

母さんがジェイスンおじさんを連れていった。ジェイスンおじさんはマントを羽織《はお》った肩ごしにティモシーをふり返って、ウインクした。

ティモシーはひとりになった。

蠟燭の灯った暗闇のなか、千マイルも離れたところから、フルートのようにかん高い声が聞こえてきた。エレンの声だ。

「あたしの兄弟、みんな賢いのよ。どんな仕事についてるか、当ててみてよ、モーギアナおばさん」

「見当もつかないわ」

「町で葬儀屋を営《いとな》んでるのよ」

「なんとまあ！」と息を吞《の》む音。

「そうよ！」かん高い笑い声。「笑っちゃうでしょう！」

ティモシーはぴくりともせずに立っていた。

笑い声が途切《とぎ》れた。

「おかげでママもパパも、あたしたちも、みんな食べるものに不自由しないの」とローラ。

「もちろんティモシーは別だけど……」

居たたまれなくなるような沈黙。ジェイスンおじさんの声が問いかけた。

「それで？　ティモシーはどうなんだね？」

「おお、ローラ、言葉に気をつけて」と母親。

ローラは言葉をつづけた。ティモシーは目を閉じた。

「ティモシーは――その――好きじゃないのよ、血が。繊細だから」

「これからおぼえるわ」と母親。「これからおぼえるのよ」と、きっぱりした口調で、「あの子はわたしの息子だから、これからおぼえるの。たったの十四歳なのよ」

「でも、わたしはそれを糧《かて》にして育ったんだ」

とジェイスンおじさん。その声は部屋から部屋へと渡っていった。外では風がハープのように木々を奏《かな》でていた。小雨《こさめ》が窓にパタパタと当たり――「それを糧にして育ったんだ」という言葉が遠ざかり、薄れていく。

ティモシーは唇《くちびる》を噛《か》み、目をあけた。

「ああ、みんなわたしのせいなのよ」母さんはいま一同をキッチンに案内していた。「あの子に無理やり飲ませようとしたの。子供に無理強《じ》いは禁物《きんもつ》ね。病気にするだけだし、そのあともけっして好きになってくれない。ほら、バイオンを見て、あの子は十三歳にならないうちから……」

「わかったよ」とジェイスンおじさんがつぶやいた。「ティモシーもそのうち元気になるだろう」

「まちがいなくそうなるわ」と母親が挑戦的にいった。

蠟燭の炎が揺れるなか、影が十あまりのカビ臭い部屋を行ったり来たりした。ティモシーは寒かった。熱い獣脂《じゅうし》のにおいが鼻をつき、本能的に蠟燭をつかむと、紗の乱れを直すふりをしながら、それを持って屋敷じゅうを歩きまわった。

「ティ、ティ、ティモシーはね」と型紙《かたがみ》模様の壁の裏でだれかがささやいた。声をひそめ、ため息のように言葉を吐きだす。「ティモシーは暗闇が怖いんだってさ」

レナードの声だ。憎らしいレナード！

「蠟燭が好きなだけだよ」とティモシーが口をとがらせてつぶやいた。

さらに稲妻、さらに雷鳴。咆哮《ほうこう》する笑い声の滝。バタン、カチリ、叫び声、衣擦《きぬず》れの音。じっとりした霧が玄関ドアからはいりこんできた。その霧のなかから、背の高い男が翼をたたみながら大股に歩いてきた。

「アイナーおじさん！」

ティモシーが細い脚で駆けだした。霧をまっすぐ抜けて、緑の網目《あみめ》模様になった影の下へ。彼はアイナーの腕のなかに飛びこんだ。アイナーが彼を抱きあげた。

「おまえにも翼があるんだ、ティモシー！」彼は少年をアザミのように軽々と放りあげた。

「翼だ、ティモシー――飛べ！」

いくつもの顔が下でぐるぐるまわった。暗闇が回転した。屋敷が吹き飛んだ。ティモシーはそよ風になった気がした。両腕をバタバタと動かす。アイナーの指が彼を捕らえ、またしても天井まで放りあげた。天井が焦《こ》げた壁のようにぐんぐん迫ってくる。

「飛べ、ティモシー！」アイナーが野太《のぶと》い大声で叫んだ。「翼を使って飛べ！　翼だ！」

ティモシーは肩甲骨《けんこうこつ》のあたりがゾクゾクするのを感じた。まるで根が伸びて、パッと花が開き、湿った皮膜が新たに生じたかのように。彼は支離滅裂《しりめつれつ》なことを口走った。ふたたびアイナーが彼を高く投げあげた。

秋風が潮《しお》となって屋敷に打ちよせ、雨が降り注ぎ、梁《はり》を揺すり、シャンデリアをかたむかせたので、腹を立てた蠟燭が光をこぼした。そして魔法にかかった黒い部屋、内向きの円を描いて並ぶ、ありとあらゆる形と大きさの部屋から、百人の親戚がのぞき見た——轟音《ごうおん》をあげる空間で子供をバトンのようにあやつっているアイナーを。

「もういいだろう！」と、ようやくアイナーが叫んだ。

床に降ろされたティモシーは、意気揚々《ようよう》としながらも疲れ果てて、うれし涙にむせびながら、アイナーおじさんにもたれかかった。

「おじさん、おじさん、おじさん！」

「よかったかい、飛ぶのは？　ええ、ティモシー？」とアイナーおじさんが身をかがめ、ティモシーの頭をポンと叩いた。「よかったな、よかったよな」

夜明けが近づいていた。大部分の者が到着しており、昼間にそなえてベッドにはいる準備をしていた。身じろぎひとつせず、音もたてずに眠って、つぎの日没が来たら、飲めや歌えやの騒ぎを求めて、マホガニーの箱から叫ぶのだ。

アイナーおじさんが、何十人も引きつれて地下室へ向かった。母さんの指示で、彼らはピカピカに磨きあげられた箱がずらりと並んだところへ降りていった。アイナーは、海緑色《かいりよくしよく》の防水布のような翼をたたんで背負っているので、ヒューヒューと奇妙な音をたてながら通路を移動した。彼の翼が触れたところでは、太鼓《たいこ》の皮がそっと打たれる音がした。ティモシーは二階で横になり、疲れた頭で考えをめぐらし、暗闇を好きになろうとしていた。暗闇のなかなら、なにをしても非難されない。姿が見えないのだから。彼は夜が好きだった。しかし、好きになる夜はかぎられていた。ときには反抗の叫びをあげずにはいられない夜もある。

地下室では、マホガニーの扉が青白い手に引かれて、下向きに封印された。四隅《よすみ》では、ある特定の親戚が三重の輪になり、前肢に頭を載せ、まぶたを閉じて寝そべった。陽《ひ》が昇った。眠りが訪れた。

日没。コウモリの巣が棒でめった打ちにされたかのように、お祭り騒ぎがはじけた。金切り声があがり、翼がはばたき、広げられる。箱の扉が音をたてて大きく開く。じめじめした地下室から勢いよく昇ってくる足音。表や裏の入口を叩いている遅れた客たちが、続々と迎え入れられた。

雨模様《あま》で、ずぶ濡れの訪問客たちはマントや、雨粒のついた帽子や、水しぶきを浴びたヴェールをティモシーに渡し、彼がそれをクローゼットまで運んだ。どの部屋も満杯だった。あるいとこの笑い声が部屋から飛びだし、つぎの部屋の壁にぶつかって折れ曲がり、はね返ってバンク（かたむいて飛行すること）し、四番目の部屋からティモシーの耳に帰ってきた。正確なくり返しだが、皮肉っぽい響きを帯びている。

一匹のネズミが床を走った。

「やあ、きみを知ってるぞ、姪《めい》のライバースラウターだ！」と父親が大声をあげた。ネズミが三人の女性の足もとをぐるぐるまわって、部屋の隅に姿を消した。ややあって、ひとりの美しい女性がどこからともなく現れて、その隅に立ち、白い笑顔をみんなに向けてほほえんだ。

水没したようなキッチンの窓ガラスになにかが寄ってきた。それは絶えずため息をつき、むせび泣き、ガラスをコツコツ叩いて、体を押しつけた。しかし、ティモシーにはなにも理解できず、なにも見えなかった。想像のなかで彼は外にいて、家のなかを見つめていた。雨が降り注ぎ、風が吹きつけた。そして蠟燭の点在する屋内の闇が招いていた。ワルツが踊られていた。長身痩軀《そうく》の人影が、異国風の音楽に合わせて爪先旋回《ピルエット》した。かかげられた酒壜《さかびん》から、ちらちら光る星がこぼれた。小さな土くれが、兜《かぶと》からぼろぼろと落ちた。そして一匹のクモが落ちてきて、音もなく床を歩いていった。

ティモシーはぶるっと身を震わせた。彼はまた家のなかにいた。母さんが呼んでいる。ここを走って、あそこを走って、手伝って、給仕して、こんどはキッチンへ行って、これをとってきて、あれをとってきて、お皿を運んで、食べものを盛って――つぎからつぎへと用事をいいつけられる――彼のまわりは宴《えん》たけなわだが、彼とは無縁だ。そびえ立つ人々が何十人も彼にのしかかり、肘《ひじ》で押しのけ、いないかのようにふるまう。

とうとう彼はきびすを返して、逃れるように階段を昇った。

声をひそめて呼びかける。

「セシー、いまどこにいるの、セシー？」

彼女は長い間《ま》を置いてから答えた。

「インペリアル峡谷《きょうこく》よ」と蚊《か》の鳴くような声でつぶやき、「ソルトン海のそばで、近くに泥沼《どろぬま》があって、蒸気が噴きあげてる。あたりは静かね。あたしは農夫の奥さんのなかにいて、正面ポーチにすわってるの。彼女を思いどおりに動かせるし、なんでもさせられるし、なんでも考えさせられる。太陽が沈みかけてるわ」

「そこはどんな風なの、セシー？」

「泥沼がシューシュー蒸気を吐きだしてるわ」と彼女はゆっくりといった。あたかも教会で説教しているかのように。「蒸気の小さな灰色の頭が、泥から湧きだしてくるの。ちょうど禿《は》げ頭の男たちが、ねっとりしたシロップのなかを迫《せ》りあがってくるように。頭から先に、焼けた水路を通ってくるのね。灰色の頭がゴムみたいに裂けて、濡れた唇が動くような耳ざわりな音をたてて崩《くず》れるのよ。そうすると羽毛《うもう》みたいな蒸気が、その裂けたところから噴きだしてくるの。で、地中深くで燃える、大むかしの硫黄《いおう》のにおいがただようの。恐竜はここで一千万年前も焙られてきたんだわ」

「恐竜はもう焼きあがったの、セシー？」

「ええ、焼きあがってるわ。こんがりと」おだやかに眠っているセシーの唇がめくれあがった。ものうげな言葉が、形のいい口からゆっくりとこぼれ落ちる。「あたしはこの女《ひと》の頭のなかにいて、外をのぞいて、動かない海を見てるの。静かすぎて怖くなるほど。あたしはポーチにすわって、亭主が帰ってくるのを待ってる。ときどき魚が跳《は》ねて、落下すると、星明かりがじりじりとそこに近づいていく。谷、海、わずかな車、木造のポーチ、あたしの揺り椅子、あたし自身、静けさ」

「これからどうするの、セシー？」

「揺り椅子から立ちあがるところよ」

「それで？」

「ポーチを降りて、泥沼のほうへ歩いていくところ。始祖鳥《しそちょう》みたいな飛行機が、頭の上を飛んでいくわ。そのあとは静かになる、とても静かに」

「いつまでその女《ひと》のなかにいるの、セシー？」

「たっぷりと聞いて、見て、感じて、気のすむまで。この人の人生をなんらかの形で変えてしまうまでよ。いまはポーチを離れて、木の板伝いに歩いてる。足が板材をコツコツ叩いて、大儀《たいぎ》そうに、のろのろと進んでるの」

「で、つぎはどうするの？」

「いまは硫黄の蒸気にとり巻かれてる。はじけて萎《しぼ》む泡を見つめてるの。一羽の鳥が、金切り声をあげながら、こめかみをかすめる。と思うと、あたしはその鳥のなかにいて、飛んでいくの！　飛びながら、新しい小さなガラス玉の目の内側で、あの女を見おろすと、板の道を伝って、泥沼のなかへ一歩、二歩、三歩と踏みこむじゃない。大きな石が溶岩《ようがん》の深みに飛びこむような音がしたわ。あたしは飛びつづけ、旋回《せんかい》して引き返す。白い手が見えるわ。クモみたいにくねって、灰色の溶岩溜《だ》まりのなかへ消えていく。溶岩がその上で閉じる。いまは飛んで帰るところ、速く、速く、速く！」

なにかが窓を激しく叩いた。ティモシーはぎょっとした。

セシーがパッと目をあけた。明るく、うれしそうに、意気揚々として。

「ただいま！」と彼女はいった。

ひと呼吸置いて、ティモシーは思いきっていった。

「集会がつづいてるよ。みんな、ここにいる」

「じゃあ、どうしてあんたは二階にいるの？」彼女はティモシーの手をとった。「さあ、あたしに頼みなさい」こすからい笑みを浮かべて、「頼みにきたことを頼みなさい」

「別に頼みにきたわけじゃないよ」とティモシー。「まあ、だいたいのところは。その――ああ、セシー！」出てきたのは、長い言葉の奔流《ほんりゅう》だった。「パーティーで注目を集めるようなことをしたいんだ、みんなのようにすてきになれること、仲間に入れてもらえるようなことを。でも、ぼくにできることはないし、おかしな気分だし。でも、思ったんだ、ひょっとしてセシーだったら……」

「ひょっとするかもしれないわよ」彼女は目を閉じ、内心で笑みを浮かべた。「まっすぐ立って。ぴくりとも動かないで」

彼は素直にしたがった。

「さあ、目を閉じて、頭を空《から》っぽにして」

彼は背すじをピンとのばして立ち、頭を空っぽにした。あるいは、とにかく頭を空っぽにすることを考えた。

彼女はため息をつき、

「さあ、降りていきましょう、ティモシー」手袋に手を入れるみたいに、セシーが彼のなかにはいりこんだ。

「みんな、見て!」

ティモシーは温かい赤い液体のはいったグラスをかかげた。彼がグラスをかかげたので、屋敷の全員がふり返って彼を見た。おばも、おじも、いとこも、兄弟も、姉妹も!

彼は一気に飲みほした。

姉のローラに向かって片手をぐいっと動かす。彼女の視線を捉え、抑えた声で彼女にささやくと、彼女は沈黙し、動きを止めた。彼女に向かって歩いていくとき、自分が木のように背が高くなった気がした。いまやパーティーは下火《したび》になっていた。彼のまわりでだれもがようすをうかがい、注目していた。すべての部屋のドアから顔がのぞいていた。笑っている者はいなかった。母さんの顔は驚きに打たれていた。パパは見るからにとまどっていたが、満足げな表情が浮かび、一瞬ごとに誇らしげになっていった。

彼はローラを嚙んだ。そっと、首筋の血管を。蠟燭の炎が酔っ払ったように揺れた。外では風が屋根へ吹きあげていた。親戚たちが、あらゆるドアから目をこらしている。彼は毒キノコを口に放りこみ、呑みくだしてから、両腕をわき腹に打ちつけて、ぐるぐるまわった。

「見て、アイナーおじさん！　とうとうぼくも飛べるんだ！」

両手がバタバタと動いた。両足が上下した。いくつもの顔が、目の前をかすめ過ぎていく。階段のてっぺんで、腕をばたばたさせているティモシーの耳に、母親の「やめて、ティモシー！」という叫び声が、はるか下から届いた。

「行くぞ！」ティモシーは絶叫し、はばたきながら、階段吹き抜けのてっぺんから飛びだした。

落ちる途中で、あると思っていた翼が消失した。彼は悲鳴をあげた。アイナーおじさんが彼をつかまえた。

ティモシーは真っ青になり、抱きとめてくれた腕のなかで腕をふりまわした。声がひとりでに唇からほとばしった。

「こちらセシーよ！　こちらセシー！　みんな、あたしに会いにきて、二階の左側、最初の部屋よ！」

つづいて高い笑い声が長々と空気を震わせた。ティモシーは舌でそれを断ち切ろうとした。だれもが笑っていた。アイナーが彼を降ろした。親戚たちがセシーに挨拶しようと二階の部屋へ流れていく。いっぽうティモシーは、殺到する黒い者たちをかき分けて走り、玄関ドアをバタンとあけた。

「セシー、嫌いだ、だいっ嫌いだ！」

スズカケの木のわき、深い影のなかで、ティモシーは晩餐《ばんさん》を吐きだし、悔《くや》し涙に暮《く》れながら、積みあげられた秋の葉のなかでころげまわった。それからじっと横たわった。ブラウスのポケットから、隠れ家《が》にしている安全なマッチ箱から、クモが這《は》いだしてきた。クモはティモシーの腕を伝って歩いた。クモは彼の首を探りながら耳まで行き、耳のなかに潜りこむと、それをくすぐった。ティモシーはかぶりをふって、

「やめろよ、クモ。やめてくれ」

触毛が恐る恐る鼓膜を撫《な》でる――その感触にティモシーは、ぶるっと身を震わせた。

「やめろよ、クモ！」彼のすすり泣きはいくぶん弱まった。

クモは彼の首を降りていき、少年の鼻の下に居すわって、まるで脳味噌を探すかのように鼻の穴のなかを見あげてから、鼻のふちをそっとよじ登った。そこにうずくまって、宝石のような緑の目でティモシーを見つめる。それがおかしくて、とうとうティモシーは吹きだした。

「あっちへ行け、クモ！」

ティモシーは葉をガサガサいわせながら上体《じょうたい》を起こした。あたりは月明かりで煌々と輝いていた。屋敷のなかで野卑《やひ》な声があがり、それがかすかに聞こえてきた。〈鏡よ、鏡〉の遊びがはじまったのだろう。一同の叫びがくぐもって聞こえる。鏡に姿が映らない、いちども映ったことのない者たちが、だれが映っているか当てようとしているのだ。

「ティモシー」

アイナーおじさんの翼が広がり、ピクッと動くと、太鼓のような音をたててやってきた。ティモシーは自分が指ぬきのように引きぬかれて、アイナーに肩車《かたぐるま》されるのを感じた。

「くよくよするな、甥《おい》っ子のティモシー。人にはそれぞれ、自分なりの生き方がある。おまえにはたくさんとりえがあるんだ。いくらでもある。おれたちにとって世界は死んでいる。それをいやというほど見てきたんだ、嘘じゃない。人生はいちばんすくなく生きる者にとって最高なんだ。すくないほど価値が出るんだ、ティモシー、それを忘れるな」


真夜中から暗い夜が明けるまで、アイナーおじさんはティモシーを連れて屋敷じゅうをまわった。部屋から部屋へと、人ごみを縫《ぬ》って、歌いながら。遅れて到着した者たちがわんさといて、また新たに浮かれ騒ぎが持ちあがった。千回どころか、その何倍も〝ひい〟がつくお祖母ちゃんが、エジプトの屍衣《しい》にくるまれて、そこにいた。彼女はひとことも口をきかず、焼けたアイロン台のように、こわばった体を壁にもたせかけていた。落ちくぼんだ目は、音もなくきらめく遠くの叡智《えいち》をおさめていた。午前四時の朝食の席では、ひいが千の何倍もつくお祖母ちゃんは、最長のテーブルの上座に背すじを伸ばして着席した。

大勢の若いいとこたちが、クリスタルのパンチ・ボウルのところで乾杯した。彼らのピカピカ光るオリーヴ形の目、円錐《えんすい》形の悪魔じみた顔、ブロンズ色の巻き毛が飲酒用テーブルのあたりをうろつき、堅くてやわらかい、少女とも少年ともつかぬ体がとっくみ合うなか、彼らは不愉快になり、不機嫌そうに酔っ払った。風が強くなり、星々が燃え盛り、騒音は倍加し、ダンスのテンポが速まり、飲酒はもっと積極的になった。ティモシーには、聞くもの見るものが山ほどあった。多くの闇が乱れ、泡立ち、多くの顔が通り過ぎて、また通り過ぎる……。

「耳をすませ！」

一同が固唾《かたず》を飲んだ。はるか彼方《かなた》で、町の時計が鐘《かね》を鳴らして、午前六時を告げた。パーティーは終わりかけていた。時計が鐘を打つリズムに合わせて、百の声が四百年前の歌を歌いはじめた、ティモシーの知るはずのない歌を。彼らは腕をからませ、ゆっくりと輪になって歌った。そして冷え冷えとした遠い朝のどこかで、町の時計が鐘を打ちおわり、しじまが訪れた。

ティモシーは歌った。歌詞も調べも知らないのに、歌詞も調べも朗々《ろうろう》と、高らかに、美しく流れ出た。そして彼は、階段を昇り切ったところにある閉ざされたドアをじっと見つめた。

「ありがとう、セシー」と小声でいう。「許してあげるよ。ありがとう」

それから肩の力を抜き、言葉がセシーの声で、彼の唇から流れ出るのにまかせた。

大きなざわめきのなかで別れの言葉が交わされた。母さんと父さんがドアの前に立ち、出発する親戚ひとりひとりと順番に握手し、キスをした。開いたドアの向こうでは、東の空が色づいていた。冷たい風が吹きこんできた。そしてティモシーはつかまれて、つぎからつぎへと体を乗り移るのを感じた。セシーの力でフライおじさんの頭に押しこまれたので、しわだらけのなめし革めいた顔から目をこらすことになった。と思うと、風に舞う木《こ》の葉となって、屋敷や、めざめかけている丘を越えていく……と思うと、赤い目を爛々《らんらん》と輝かせ、毛皮に朝露《あさつゆ》を光らせながら、舗装されていない道を跳ねるように駆けていった。いとこのウィリアムの内側で、彼は荒い息をつきながら、窪地《くぼち》を抜け、遠い彼方へ消えていく……。

アイナーおじさんの口のなかにおさまった小石のように、ティモシーは飛んだ。翼のたてる雷鳴のような音で空を満たしながら。と思うと、一瞬にして自分の体にもどっていた。

夜が明けてくると、最後まで残っていた客たちが抱きあい、泣きながら、世界がどれほど住みにくくなったかを考えていた。毎年会っていたころもあったが、いまでは何十年かにいちど集まるだけなのだ。

「忘れるな」とだれかが叫んだ。「一九七〇年にセイラムで会おう！」

セイラム。ティモシーは萎《な》えた心でその言葉を裏返した。セイラム、一九七〇年。フライおじさんも、萎《しな》びた屍衣をまとった、ひいが千の何倍もつくお祖母ちゃんも、母さんも、父さんも、エレンも、ローラも、セシーも、ほかのみんなも出席するだろう。でも、ぼくはその場にいるだろうか？　そのときまで確実に生きていられるだろうか？

最後に身を切るような風が吹き、ひとり残らず去っていった。おびただしい数のスカーフ、おびただしい数の翼をはばたかせる哺乳類《ほにゅうるい》、おびただしい数の枯《か》れ葉、おびただしい数の哀《あわ》れっぽい鳴き声と群がりあう騒音、おびただしい数の真夜中と狂気と夢が。

母さんがドアを閉じた。ローラは箒《ほうき》をとりあげた。

「あとでいいわ」と母さんがいった。「掃除《そうじ》は今夜すればいい。いまは眠らないと」

そして家族は地下室や上階に姿を消した。ティモシーはうなだれて、紗の散らばるホールを横切った。パーティーの鏡の前を通りかかると、自分の姿が見えた。冷たく震えているその顔に青白い死の影がさしていた。

「ティモシー」と母さんがいった。

母さんが彼のもとへやってきて、彼の顔に手を当てた。

「坊や」と彼女はいった。「わたしたちは、あなたを愛しているわ。それを忘れないで。みんなあなたを愛している。あなたがどれほどちがっていようと、あなたがいつかわたしたちのもとを去るのだとしても」彼の頰にキスをして、「もしあなたが死んだら、あなたの骨には指一本さわらせない、きっとそうしてあげる。あなたは永遠に安らかな眠りにつくの。そして万聖節前夜が来るたびに、わたしが会いに来て、あなたをもっと安らがせてあげるわ」

屋敷は静まりかえっていた。はるか彼方で風が丘を越えていった。しんがりを務める黒いコウモリたちが、谺を返したり、鳴き交わしたりしていた。

ティモシーは声をたてずに泣きながら、一段また一段と階段を昇っていった。

ダドリー・ストーンのすてきな死

「生きてるさ！」

「死んでるよ！」

「ニューイングランドでピンピンしてるんだよ」

「二十年前に死んだんだ！」

「帽子をまわせよ（寄付を募るという意味）。このぼくが行って、やつの首を持ち帰ってやる！」

その夜、話はこんな風につづいた。きっかけは、ある見知らぬ男が、ダドリー・ストーンは死んでいるといい出したことだった。生きてるぞ！　とぼくらは叫んだ。知らないはずがないじゃないか。二〇年代に香《こう》を焚《た》きしめ、燃え盛る知性という奉納蠟燭《ほうのうろうそく》の明かりで彼の本を読んだ者たちがいた。ぼくらはひ弱ながらも、その最後の生き残りなのだ。

ほかならぬダドリー・ストーン。あの稀代《きたい》の文章家《スタイリスト》、文学の獅子のなかでもっとも誇り高き者。きっとあなたはご記憶だろう、彼が出版社にこんな覚え書きを送ったあとに起こった、頭を壁にぶつけたり、崖《がけ》から飛び降りたり、凶運が警笛を鳴らしたりといった騒ぎを――

謹啓《きんけい》。本日、齢《よわい》三十にして、小生はこの分野を引退し、断筆し、すべての作品を焼却し、最新の原稿を屑籠《くずかご》に叩きこみ、万歳を叫んで、みなさま方に別れを告げる所存。敬具。

地震と雪崩《なだれ》が、この順番で。

「なぜ？」と、ぼくらは長年にわたり、顔を合わせるたびに問いかけた。

メロドラマ流の意見を交わした。彼が文学的未来をなげうったのは、女のせいだったのか。酒で身を持ち崩《くず》したのか。はたまた後続の馬に追いぬかれて、全盛期のすばらしい側対歩《そくたいほ》（同じ側の前後の脚が、それぞれ一組ずつ地面に着いたり、離れたりする歩法）を止《や》めたのか？

だれもが進んで認めた——ストーンがいま書いていたら、フォークナーも、ヘミングウェイも、スタインベックも彼の煮《に》えたぎる溶岩《ようがん》に埋もれていただろう、と。なにより悲劇的なのは、ストーンが最高傑作をものす直前に、ある日きびすを返して、〈過去〉という名でよく知られる海のそばにある、〈無名〉と呼ぶべき町に住むために去ってしまったことだ。

「なぜ？」

その疑問は、出来にむらのある彼の作品に現れた天才のきらめきを目にしたぼくらとともに永遠に生きるのだ。

数週間前のある夜、歳月《さいげつ》の浸食《しんしょく》作用について思いをめぐらし、おたがいの顔がすこしばかりたるんできて、髪の毛が目に見えて薄くなったのに気づいて、ぼくらは世間がダドリー・ストーンを無視していることに憤慨《ふんがい》した。

すくなくとも、と、ぼくらはつぶやいた。トマス・ウルフは最大級の成功をおさめてから、鼻をつまんで、永劫《えいごう》のへりから飛び降りたのだ。すくなくとも批評家たちが集まって、壮大な炎を引いて飛ぶ流星を追いかけるように、暗闇の奥へ突き進む彼を見送ったのだ、と。しかし、いまだれがダドリー・ストーンを、二〇年代の彼の仲間を、熱狂的な追随者たちを憶《おぼ》えているだろう？

「帽子をまわせよ」と、ぼくはいった。「三百マイル旅して、ダドリー・ストーンのズボンをつかんで、こういってやる――『おい、ミスター・ストーン、なんであれほどぼくらを失望させたんだ？　なんで二十五年も本を書かなかったんだ？』ってな」

帽子に現金の裏地《うらじ》がついた。ぼくは電報を打って、列車に乗った。

なにを期待していたのかはわからない。ひょっとして、よぼよぼのカマキリが、駅のまわりで海風《うみかぜ》に吹かれて体を揺らす場面だろうか。白亜《はくあ》のように白い幽霊が、夜風《よかぜ》にざわめく草や葦《あし》の声でぼくに話しかける場面だろうか。列車がシュッシュッと音をたてて駅にすべりこんだとき、ぼくは苦悶《くもん》のあまり両膝《ひざ》をつかんだ。降りたところは、海から一マイルの距離にある寂しい田舎《いなか》の駅。どうしてこんな遠くまで来たんだろう、これじゃ頭のネジのはずれた男みたいじゃないか、と思いながら。

板張りの切符売り場の正面に掲示板があり、山ほどの告示が数インチの厚さになっていた。数えきれない年月《ねんげつ》にわたり、つぎつぎと糊《のり》で貼られ、鋲《びょう》で留《と》められたものだ。印刷された人類学的資料を一枚ずつめくって剝《は》がしていくと、目当てのものが見つかった。ダドリー・ストーンを市会議員に、ダドリー・ストーンを保安官に、ダドリー・ストーンを市長に！　陽《ひ》射《ざ》しと雨に漂白されて、かろうじて本人とわかる彼の写真は、この海辺の世界の暮らしにおいて、歳月を経るにつれ、より責任ある地位を要求していた。ぼくはそれを読みながら立っていた。

「やあ！」

と、ぼくの背後でいきなりダドリー・ストーンが、駅のプラットフォームを突進してきた。

「ミスター・ダグラスとお見受けする！」

ぼくはくるっとふり向いた。すると目の前に巨大建築のような男がいた。大柄《おおがら》だが、すこしも太っていない。巨大なピストンのように彼を推進させる脚、襟《えり》にさした色あざやかな花、色あざやかなネクタイ。彼はぼくの手を握りつぶし、力強い筆致で描かれた、アダムを創造するミケランジェロの神のようにぼくを見おろした。その顔は、往古《おうこ》の海図を彩《いろど》った、寒風《かんぷう》と熱風を吹きだす北風と南風の顔だった。古代エジプトの彫刻で、命を赤々と燃やす太陽を象徴する顔だったのだ！

なんとまあ！　と、ぼくは思った。すると、これが二十何年も作品を書かなかった男なのだ。あり得ない。あまりにも生き生きしていて、罪深いほどだ。心臓の鼓動まで聞こえるぞ！

ぼくは目をひんむいたまま突っ立って、驚愕《きょうがく》した感覚に彼の外見を焼きつけようとしていたにちがいない。

「マーレイの幽霊（ディケンズ作『クリスマス・キャロル』に登場する幽霊）でも見つかると思ったのかね」と彼が笑い声をあげ、「そうなんだろう」

「ぼくは――」

「妻がニューイングランド・ボイルド・ディナー（肉とジャガイモ、タマネギ、キャベツその他の野菜のごった煮）を用意して待っている。エールとスタウトもたっぷりある。そのふたつの言葉の響きが好きなんだ。エールを飲めば患《わずら》わず（ale はビール、ail は長患いを意味する）、衰《おとろ》えた精神がよみがえるなり。含蓄《がんちく》のある言葉じゃないか。ならばスタウトは？　溌剌とした響きがあるじゃないか！　スタウト！」

ピカピカ光る鎖《くさり》に吊《つる》された大きな金時計が、彼のヴェストの胸もとではずんだ。彼はぼくの肘《ひじ》を握りしめると、強引に引きずっていった。不運なウサギを捕まえて、自分の洞穴《ほらあな》へ帰還する魔法使いだ。

「会えてうれしいよ！　どうせほかの連中と同じように、同じ質問をしに来たんだろうが！　まあ、今回は洗いざらい話すとしよう！」

ぼくの心臓が飛び跳《は》ねた。

「願ってもないことです！」

人けのない駅の裏手に、オープン・トップの一九二七年式T型フォードが駐《と》めてあった。

「新鮮な空気。こういう夕暮れにドライヴしたまえ。畑も、草も、花も、みんな風に乗ってやって来る。きみがこそこそと窓を閉めてまわる輩《やから》のひとりでないといいんだが！　わが家《や》はメサ（周囲が崖で上が平らな岩石丘）のてっぺんにあるようなものでね。掃除《そうじ》は天気にまかせているんだ。

さあ、乗りたまえ！」

十分後、車は幹線道路からそれて、何年も均《なら》したりしていない私道に乗り入れた。ストーンは笑みを絶やさずに、くぼみや出っ張りをまっしぐらに乗り越えていった。ガツン！　ガタガタ揺れながら最後の数ヤードを走ると、未開地によくあるようなペンキを塗っていない二階建ての家に着いた。車はあえぎ声を漏らして、死の沈黙におちいった。

「真実を知りたいかね？」ストーンは首をめぐらし、ぼくと向かいあうと、熱のこもった手でぼくの肩を握った。「わたしは二十五年近く前、銃を持った男に殺されて、今日この日まで死んでいたんだよ」

彼が車から飛び降りたとき、ぼくはそのうしろ姿を見つめていた。彼は一トンの岩と同じくらい中身が詰まっていて、およそ幽霊らしくなかったが、それでも大砲のように自分を家に撃ちこむ前、ぼくに告げたことには真実が宿っている――なぜかそれがわかったのだ。

「こちらがわが細君《さいくん》。そしてこれがわが家《や》。そしてあれが、われわれを待っている夕食だ！　この景色を見てくれたまえ。居間の三面に窓があり、海の景色と、岸辺の景色と、草地《くさち》の景色が楽しめるんだ。四季のうち、冬以外は窓を開け放しにしておくんだよ。誓っていうが、夏至《げし》のころにはライムのにおいがただよい、十二月には南極からなにかがやって来る。アンモニアとアイスクリームのにおいだよ。すわってくれたまえ！　リーナ、すてきなお客さまが来てくれたよ」

「ニューイングランド・ボイルド・ディナーがお気に召すといいのだけれど」

とリーナがいった。ここと思えば、またあちら。背の高い、引き締まった体つきの女性で、東洋の太陽、サンタクロースの娘。輝くランプのような顔でテーブルを照らしながら、巨人のこぶしで叩かれても耐えられそうな、重くて使いやすそうな皿を並べた。食器類は、ライオンの歯でも受け止められるほどがっしりしていた。湯気が濛々《もうもう》と湧きあがり、ぼくらは地獄へ堕《お》ちる罪人《つみびと》さながら、嬉々《きき》としてその奥へ降りていった。気がつくと三回目のお代わりをしていて、腹の中身が胸に、喉に、しまいには耳のなかに集まるような気がした。ダドリー・ストーンは、野生のコンコード葡萄《ぶどう》から醸《かも》した酒を注《つ》いでくれた。彼によれば、その葡萄は慈悲を乞《こ》うて泣き叫んだのだという。ワインの壜《びん》が空《から》っぽになると、ストーンは緑ガラスの口をそっと吹き、即興《そっきょう》でリズミカルな単音の調べを呼びだした。

「さて、ずいぶん長く待たせてしまったね」と、遠くから見つめるようにして彼はいった。酒がはいると、人と人のあいだには距離が生まれるものだが、夕べには、その距離自体が近さに思えるときもある。「わたしの殺害について話そう。これまでだれにも語ったことはない。本当だとも。きみはジョン・オーティス・ケンドールを知っているかね？」

「二〇年代のマイナー作家ですよね」と、ぼく。「数冊の著書。三一年には燃えつきた。先週亡くなりました」

「安らかに眠りたまえ」ミスター・ストーンは、すこしのあいだふさぎこんで、特別な物思いにふけっていたが、われに返ると、また話しだした。

「そう。ジョン・オーティス・ケンドール、一九三一年には燃えつきた。大きな可能性を秘めた作家だった」

「あなたほど大きくはありませんでした」と、すかさずぼくはいった。

「まあ、ちょっと待ちたまえ。われわれは幼なじみだったんだ、ジョン・オーティスとわたしは。一本のオークの木の影が、朝にはわたしの家に触れ、夕方には彼の家に触れる場所で生まれ、小川という小川でいっしょに泳ぎ、酸《す》っぱいリンゴや煙草《たばこ》でいっしょに具合が悪くなり、同じ若い娘の同じ金髪に同じ光をいっしょに見て、十代後半にはいっしょに運命の腹を蹴りに世間へ出て、頭に一発食らったんだ。ふたりともまずまずの作品を書いたが、当時はわたしのほうが上手《うわて》だったし、歳月が過ぎても上手のままだった。彼の処女作がひとつ好評を得たとすれば、わたしのは六つだった。わたしがひとつ悪評を得たとすれば、彼は一ダースだった。われわれは、世間が切り離した列車に乗る友人同士のようなものだった。ジョン・オーティスは車掌《しやしよう》車に乗っていて、置き去りにされ、『助けてくれ！　ぼくをオハイオ州タンク・タウンに置いていくのか。同じ線路に乗っているのに！』と叫ぶ。すると車掌が、『たしかにそうですが、同じ列車じゃありません！』という。そしてわたし自身が、『きみを信じてるよ、ジョン、元気を出せ、迎えにもどって来る！』と大声でいうんだ。そして車掌車が背後に小さくなっていく、サクランボとライムの炭酸飲料のような赤と緑の警告灯を暗闇のなかで光らせながら。そしてわれわれは友情を大声で誓いあう――『ジョン、相棒！』

『ダドリー、竹馬《ちくば》の友！』と。そのあいだジョン・オーティスは、真夜中にブリキの物置小屋の裏で暗い待避線にそれて行き、旗ふりとブラス・バンドを乗せたわたしの機関車は、夜明けに向かってひた走った」

ダドリー・ストーンはいったん言葉を切り、困惑しきったぼくの表情に気づいた。

「いまの話が、みんなわたしの殺害につながるんだ」と彼はいった。「というのも、一九三〇年にわたしを殺したのがジョン・オーティス・ケンドールだったからだ。二、三着の古着《ふるぎ》と、売れ残った自分の著書数冊を銃に換《か》えて、この家のこの部屋へやってきた」

「本気であなたを殺す気だったんですか？」

「本気だったとも！　じっさいに殺したんだ！　バーン！　ワインのお代わりは？　そうこなくっちゃ」

ミセス・ストーンがイチゴのショートケーキをテーブルに置き、いっぽう彼は、わけがわからず不安に襲われたぼくの表情を楽しんでいた。ストーンはケーキを大きく三つに切り分けて、それを配りながら、結婚式の招待客の目に宿るやさしさに似たものをぼくに向けていた。

「そこにすわったんだ、ジョン・オーティスは、いまきみがすわっているその椅子に。そのうしろ、家の外の燻製《くんせい》小屋のなかには十七個のハムがあった。ワイン貯蔵室には最上級のものが五百本。窓の向こうには広々とした田園と、一面がレースになった優雅な海。頭上には冷たいクリームを盛った皿のような月。どこもかしこも春爛漫《はるらんまん》で、テーブルをはさんだリーナもそうだった。風に揺れるヤナギの木のように、わたしが口にすることや、口にするのをやめたことにいちいち笑ってくれる。いいかい、ふたりとも三十だったんだ、三十歳だったんだよ。人生は壮大な回転木馬で、われわれの指は全和音を奏《かな》でていて、わたしの著書は売れ行き好調、ファンレターは清々《すがすが》しい白い噴水となって注ぎこんでくる。厩舎《きゆうしや》には月明かりの乗馬にそなえた馬がいて、行き先の入り江では、われわれか海のどちらかが、夜中にわれわれの望みをささやくかもしれない。そしてジョン・オーティスは、いまきみがすわっているところに腰を降ろし、小さな青い銃を無言でポケットからとり出したんだ」

「わたしは笑い声をあげたの。葉巻《はまき》ライターかなにかだと思って」と彼の細君《さいくん》。

「しかし、ジョン・オーティスは大真面目にいったんだ――『おまえを殺す、ミスター・ストーン』と」

「あなたはどうされたんです？」

「どうしたかって？　呆然《ぼうぜん》としてすわっていたよ、心を引き裂かれてね。バタン！　と、すさまじい音が聞こえた。柩《ひつぎ》の蓋《ふた》が顔の前で閉じたんだ！　石炭が黒い落とし樋《シュート》を落ちる音が聞こえた。埋葬《まいそう》された柩の蓋に土がかぶさったんだ。そういうときには、過去が走馬灯《そうまとう》のように心をめぐるという。ばかばかしい。めぐるのは未来なんだ。血みどろの粥《かゆ》になった自分の顔が見えるんだよ。すわっていると、やがてしどろもどろにこういえるようになる。『でも、なぜなんだ、ジョン、わたしがきみになにかしたのか？』

『したんだよ！』と彼は叫んだ。

そして彼の視線は、大きな本棚と、ひときわ目を惹《ひ》く一団の端正《たんせい》な本をなぞっていった。それぞれの本の背では、モロッコの闇夜に光るヒョウの目のように、わたしの名前が爛々《らんらん》と輝いていた。『したんだよ！』彼は殺意のこもった声で叫んだ。そして汗まみれになった彼の手が、いらだたしげにリヴォルヴァーをいじった。『なあ、ジョン』わたしは警告した。『きみはなにがほしいんだ？』

『この世でほかのなによりもほしいものがひとつある』と彼はいった。『おまえを殺して有名になることだ。おれの名前を新聞の見出しにすること。おまえと同じくらい有名になること。ダドリー・ストーンを殺した男として、死ぬまでも、死んでからも知られることだ！』

『まさか、本気なわけないよな！』

『本気だとも。おれはすごく有名になる。おまえの影のなかにいる、いまよりもはるかに有名に。いいか、よく聞くんだ、作家はだれも知らないやり方で人を憎むんだ。ちくしょう、おれがどれほどおまえの作品を愛していることか。ちくしょう、おまえがじつに巧《たく》みに書くから、どれほど憎く思えることか。愛憎相半《あいなか》ばするってやつだ。しかし、もう耐えられない。おまえのようには書けないから、もっと楽な方法で名声を得るんだ。おまえが全盛期を迎える前にキャリアを断ち切ってやる。おまえのつぎの本は最高傑作になるという評判だからな！』

『大げさにいってるんだよ』

『たぶん評判どおりだろうよ！』と彼はいった。

わたしは彼の向こう側で椅子にすわっているリーナに目をやった。怯《おび》えていたが、悲鳴をあげたり、逃げだしたり、その場面をぶち壊して、不本意な結末を招いたりするほど怯えてはいなかった。

『落ち着け』と、わたしはいった。『落ち着いてくれ。すわれよ、ジョン。一分だけ質問させてくれ。そのあと引き金を引けばいい』

『だめよ！』とリーナが小声でいった。

『落ち着いて』わたしは彼女と、自分自身と、ジョン・オーティスにいった。

開いた窓の外を見つめ、風を感じて、貯蔵室のワインを、海辺の入り江を、海を、夏の夜空を冷やすメントールの円盤のような月を、空にたなびく、燃えあがる塩でできたような雲を、そのあとから車輪となって朝に向かう星々に思いをはせた。自分はまだ三十歳で、リーナも三十歳で、人生がまるまる行く手にあるのだと思った。空高くにかかり、饗宴《きょうえん》が本当にはじまるのを待っている人生のことを思ったんだよ！ わたしは山に登ったこともなく、海を船で渡ったこともなく、市長に立候補したこともなく、真珠採《と》りに潜ったこともなく、望遠鏡を所有したこともなく、舞台で演じたことも、家を建てたことも、読みたくてたまらない古典の数々を読んだこともなかった。しなくてはいけないことは、いくらでもあるんだ！

そうこうするうちに、六十秒はまたたく間に過ぎて、わたしはとうとう自分のキャリアに思いをはせた。書いた本、いま書いている本、書くつもりでいる本。書評、売れ行き、巨額の預金残高。そして、信じるにしろ信じないにしろ、生まれてはじめて、わたしはそのすべてから自由になった。一瞬にして批評家になったんだ。天秤《てんびん》の皿を空《から》にした。乗らなかった船、植《う》えなかった花、育てなかった子供、見なかった山、そういったものすべてを収穫の女神リーナといっしょに片方の皿に置いた。まんなかには銃を持ったジョン・オーティス・ケンドールを置いた――平衡《へいこう》をとるための支柱だ。そして反対側の空っぽの皿にはペンと、インクと、真っ白な紙と、十数冊の本を置いた。微調整をほどこした。六十秒が刻々と過ぎていった。甘い夜風がテーブルごしに吹いてきた。それはリーナのうなじの産毛《うぶげ》に触れた。ああ、なんとそっと静かに触れたことか……。

銃がわたしを狙っていた。月のクレーターを写真で見たことがある。それに石炭袋星雲《コールサック》と呼ばれる宇宙空間にあいた穴の写真も。だが、どちらも、部屋の反対側からわたしを狙っている銃口ほど大きくはなかった、嘘じゃない。

『ジョン』とうとうわたしはいった。『それほどぼくが憎いのか？　ぼくが幸運に恵まれて、きみがそうじゃなかったという理由で』

『そうだよ、ちくしょう！』と彼は叫んだ。

彼がわたしを妬《ねた》むとは、笑止千万《しょうしせんばん》だった。わたしは彼よりたいして優れた作家ではなかったんだ。なにかのはずみで、ちがいが生まれただけだ。

『ジョン』と、おだやかな声でわたしは彼にいった。『ぼくに死んでほしいのなら、死んでやるよ。二度と書かなければいいんだな』

『それに優《まさ》る願いはない！』と彼は叫んだ。『覚悟しろ！』彼はわたしの心臓に狙いをつけた！

『わかったよ』と、わたしはいった。『二度と書かない』

『なんだって？』

『ぼくらは古い古い友だちだ。おたがいに嘘をついたことはないだろう？　それなら、ぼくの言葉を鵜呑《うの》みにしてくれ。今夜から先、ぼくはものを書かない』

『おい、冗談はよせ』と彼はいい、軽蔑《けいべつ》と不信のこもった笑い声をあげた。

『そこに』と、わたしは顎《あご》をしゃくって、彼の近くにある机を示し、『この三年間とり組んできた二冊の本のオリジナル原稿がある。いまきみの目の前で片方を燃やそう。もう片方は、きみがその手で海へ投げこめばいい。家捜《やさが》しして、文学にすこしでも似ているものは残らず持っていき、出版されたぼくの本も燃やすといい。さあ』

わたしは立ちあがった。そのとき撃たれても不思議はなかったが、わたしは彼の注意を惹きつけていた。片方の原稿を暖炉《だんろ》に投げこみ、マッチで火をつけた。

『だめよ！』とリーナがいった。わたしはふり返り、『自分のしていることはわかっている』といった。彼女が泣きはじめた。ジョン・オーティス・ケンドールは、魅《み》せられたようにわたしを見つめるばかりだった。わたしは別の未発表原稿を彼のところへ持っていき、『ほら』といって、彼の右の靴の下に押しこみ、彼の足をペーパーウェイト代わりにした。それから引き返して、腰を降ろした。風が吹いていて、夜は暖かく、リーナはテーブルの向こう側でリンゴの花のように真っ白だった。

わたしはいった。

『今日から先、二度と書かない』

とうとうジョン・オーティスが言葉を絞《しぼ》りだした。

『どうしてこんな真似ができるんだ?』

『みんなをしあわせにするためだ』と、わたし。『きみをしあわせにするためだ。なぜなら、ぼくらは最後にはまた友だちになるからだ。リーナをしあわせにするためだ。なぜなら、ぼくはただの夫にもどり、エージェントとの契約に縛《しば》られなくなるからだ。そしてぼく自身もしあわせになる。なぜなら、死んだ作家ではなく生きている男になるからだ。死にかけている男はなんだってするんだよ、ジョン。さあ、ぼくの最後の小説を持って、出てってくれ』

ぼくらはすわっていた、ぼくら三人は、今夜すわっている三人とまったく同じように。レモンとライムとツバキのにおいがした。下の岩だらけの海岸で海が吼《ほ》え猛《たけ》っていた。ああ、月明かりに照らされた音が、なんと美しかったことか。しまいに、ジョン・オーティスが原稿をとりあげ、ぼくの死体をかかえるみたいにして、部屋から出ていった。ドアのところで立ち止まり、『おまえを信じるよ』といった。それから彼は行ってしまった。彼の車が去っていく音がした。わたしはリーナをベッドに寝かせた。わたしが夜中に岸辺を散歩することは滅多《めった》にないが、その夜はそうした。深呼吸し、両手で腕と脚と顔をさわり、子供のように泣きじゃくりながら、波をかき分けて歩いた。冷たい塩水が百万の石鹸泡《せっけんあわ》となって周囲で泡立つのを感じながら」

ダドリー・ストーンは言葉を切った。部屋のなかで時間が停止していた。時間は別の年にあり、ぼくら三人は、彼の語る殺人の話にすっかり魅せられてすわっていた。

「それで、彼はあなたの最後の小説を破棄《はき》したんですか?」と、ぼくは尋ねた。

ダドリー・ストーンはうなずいた。

「一週間後、原稿の一枚が岸に流れついた。彼が崖から投げ落としたにちがいない。千ページを。その場面が目に浮かぶよ。真っ暗な朝の四時に水面へ舞い降りて、潮《しお》に乗って沖へ出ていくところは、白いカモメの群れのように見えたかもしれない。リーナが一ページだけ手にして浜辺を駆けてきた。『見て、見て!』と叫びながら。そして彼女に渡されたものを目にしたとき、わたしは海へ投げもどした」

「約束を守ったなんていわないでください!」

ダドリー・ストーンはぼくをじっと見据えて、

「きみが似たような立場にあったら、どうしただろうね? こういう見方をしてくれないか――ジョン・オーティスはわたしに恩恵をほどこした。わたしを殺さなかった。わたしを撃たなかった。わたしの言葉を信じた。約束を守ってくれた。わたしを生かしてくれた。わたしが食べて、眠って、息をしつづけるようにしてくれた。青天《せいてん》の霹靂《へきれき》というべきか、わたしの地平線を広げてくれた。わたしはあまりにも感謝したので、あの夜は腰まで水に浸《つ》かって泣いた。わたしは感謝した。その言葉を本当に理解しているかね? わたしを永久に抹消《まっしょう》する機会がありながら、わたしを生かしてくれた彼に感謝したんだ」

ミセス・ストーンが立ちあがり、晩餐《ばんさん》は終わった。彼女は皿を片づけ、ぼくらは葉巻に火をつけた。そしてダドリー・ストーンがオフィス兼自宅を案内してくれた。ロールトップ・デスク（たたみこみ式の蓋がついている机）は、包みと紙とインク壜、タイプライター、書類、台帳、カード索引がつっかえていて、あんぐりと大口《おおぐち》をあけていた。

「すべては、わたしのなかで沸点《ふってん》に達するまで進んでいたんだ。ジョン・オーティスは表面からあぶくをとり除き、ビールが見えるようにしてくれただけだ。一目瞭然《いちもくりょうぜん》だったよ」とダドリー・ストーン。「書くことは、わたしにとってつねに辛子《からし》や苦汁《にがり》と変わらなかった。紙の上で言葉をこねくりまわし、心底から幻滅することだった。貪欲《どんよく》な批評家たちがわたしをグラフにして持ちあげ、図面にしてこき下ろし、ソーセージのように切り刻み、夜食に食べるのを見ていることだった。最悪の仕事だ。荷物を放りだす準備はできていた。引き金に指がかかっていた。バーン！　ジョン・オーティスの登場だ！　これを見てくれ」

　彼は机のなかを引っかきまわし、ビラとポスターをとり出した。

「わたしは生きることについて書いていた。こんどは生きたかった。なにかについて語るのではなく、なにかをしたかった。教育委員に立候補した。勝った。市会議員に立候補した。勝った。市長に立候補した。勝ったんだ！　保安官！　町の図書館司書！　下水処理局長。たくさん握手をして、たくさんの人生を見て、たくさんのことをした。この目と鼻と口で、この耳と手で、ありったけの生き方で生きた。山に登り、絵を描いた。その壁に何枚かかかってるよ！　世界一周もふたりで三回やった！　思いがけなく、息子を世に送りだしさえした。彼は成長して、結婚し――いまはニューヨークに住んでいる！　わたしたちはつぎつぎといろいろなことをした」ストーンはいったん言葉を切って、にっこり笑った。「中庭へ出よう。望遠鏡が設置してあるんだ。土星の環《わ》を見たくないかね？」

ぼくらは中庭に立った。風が沖合千マイルから吹いていて、ぼくらがそこに立って、望遠鏡ごしに星々を見ているあいだ、ミセス・ストーンは、稀少なスペイン産ワインをとりに真夜中の貯蔵室へ降りていった。

ぼくらが寂しい駅に着いたのは、翌日の正午だった。起伏の激しい草地を渡って、海からハリケーンさながらの旅をしてきたあとだった。ミスター・ダドリー・ストーンは車のやりたいようにさせ、そのあいだぼくに話しかけ、笑い声をあげ、ほほえみ、新石器時代の石の露頭《ろとう》のあれこれや、野の花のあれこれを指さし、車を駐めて、ぼくを連れ去る列車が来るのを待つときになって、ようやく黙りこんだ。

「どうやら」と空を見ながら彼がいった。「わたしの頭がすっかりイカレていると思っているようだね」

「いえ、そうはいってません」

「まあいい」とダドリー・ストーン。「ジョン・オーティス・ケンドールは、もうひとつ恩恵をほどこしてくれた」

「どんな恩恵を？」

ストーンは継ぎはぎだらけの革の座席にすわったまま体をひねり、話ができるようにした。

「彼のおかげで、物事が順調なときにやめられた。心の奥深くでは、薄々わかっていたにちがいないんだ、自分の文学的成功は、冷房装置が切られたら、溶けてなくなるようなものだということは。わたしの潜在意識は、自分の将来をかなり正しく描きだしていた。批評家のだれも知らないことをわたしは知っていた。自分が坂をころがり落ちるいっぽうだということを。ジョン・オーティスが破棄した二冊の本は、箸《はし》にも棒にもかからないしろものだった。オーティスの手にかかるより確実に、わたしの命とりになっただろう。だから彼は、図《はか》らずもわたしが決断をくだすのに手を貸してくれたんだ。勇気がなくて、自分ではくだせなかったかもしれない決断をくだし、コティヨン（相手を幾度も変えるステップの複雑なダンス）がつづいているうちに、中国の角灯《ランタン》が、ハーヴァード人士《じんし》風のわたしの顔に、ピンクの光を投げておだてているうちに、優雅に退出するようにしてくれたんだ。あまりにも多くの作家が、浮き沈みし、燃えつきて、傷つき、不幸になり、自殺に追いこまれるのを見てきた。状況、偶然の一致、潜在意識で知っていたこと、安堵、そしてただ生きているようにしてくれたジョン・オーティス・ケンドールへの感謝、それらの組み合わせは、控え目にいっても、万にひとつの幸運だった」

ぼくらはもうしばらく温かい陽射しを浴びていた。

「そのあと、文壇からの離脱を宣言したら、うれしいことに、偉大な作家たちと自分がくらべられるところを目にすることができた。近ごろ、これほど世間の注目を集めて退場した作家はいない。じつにすばらしい葬式だった。わたしの退場は自然に見えたそうだ。そして余韻は消えなかった。『彼の次作は！』と批評家たちは叫んだ。『なったはずだ！　傑作に！』と。わたしは彼らをじらし、待たせた。彼らは事情を知らなかった。四半世紀たったいまでさえ、当時は大学生だったわたしの読者が、隙間風《すきま》のはいるケロシン臭い汽車に乗り、煤《すす》にまみれてやって来て、わたしの〝傑作〟をこれほど長く待たされているのはなぜかという謎を解こうとする。ジョン・オーティス・ケンドールのおかげで、いまだに多少の名声を保《たも》っているんだ。その名声も徐々に薄れているが、痛くもかゆくもない。まだ書いていたら、来年あたりに自分で命を絶ったかもしれない。自分の車掌車を他人に切り離されるくらいなら、自分でやったほうが、どれだけましだろう。

ジョン・オーティス・ケンドールとの友情だって？　復活したよ。もちろん、時間はかかった。だが、一九四七年に会いに来てくれた。すてきな一日だった。あらゆる点で、むかしのようだった。そして彼が亡くなったいま、とうとう洗いざらい語ることができた。街へ帰ったら、友人たちになんというつもりだい？　ひとことも信じてもらえないだろうね。だが、誓っていうが、これが真実だ。わたしがここにすわり、神の善《ぜん》なる空気を吸って、手の胼胝《たこ》を眺め、郡の財務局長に立候補したときに使った、色あせたビラに似てきたのと同じように」

ぼくらは駅のプラットフォームに立った。

「さよなら。来てくれてありがとう。耳を開き、わたしの世界を受けとめてくれたことに感謝する。好奇心旺盛《おうせい》な友人たちによろしくいっといてくれ。さあ、汽車が来た！　わたしも急がないと。リーナとわたしは、今日の午後、赤十字の募金で海岸をくだるんだ！　さよなら！」

　死人が脚を踏み鳴らし、プラットフォームを跳ねていくのをぼくは見送った。板が震えるのを感じ、彼がT型フォードに飛び乗るのを目にし、その巨体の下で車が揺れる音を聞いた。彼は大きな足でアクセルを踏みこみ、エンジンをアイドリングさせ、咆哮《ほうこう》させ、首をめぐらし、ほほえんで、ぼくに手をふってから、〈過去〉と呼ばれる目がくらむほどまぶしい海岸のそばにある、〈無名〉と呼ばれる不意にきらびやかになった町をめざし、轟音《ごうおん》をあげて去っていった。

訳者あとがき　闇のカーニヴァルから十月の国へ

ここにお届けするのは、アメリカの作家レイ・ブラッドベリの第五作品集 *The October Country* (Ballantine, 1955) の全訳である。

『10月はたそがれの国』という邦題はまことに印象的だが、原題のニュアンスはちょっとちがっていて、「一年じゅうが十月である国」くらいの意味。じつはブラッドベリは、この題名の意味を説明する序文を用意していたのだが、けっきょく使わなかったという経緯《いきさつ》がある。

一九五五年一月一日に書かれ、一九九七年に出た本書の限定豪華版で公開されたその文章によると、〈十月の国〉は「丘を越えてすぐのところ、森の彼方《かなた》にある。月明かりのもとでしか行けず、暗闇のなかでは見過ごしてしまう。その国では、人はある年の秋に受胎《じゅたい》し、翌年の秋に生まれる。その国に季節はひとつしかなく、つねに秋なのである」。そして住民は〈十月の民《たみ》〉と呼ばれ、北向きの屋根裏部屋や、地下室や、食料貯蔵室や、クローゼットや石炭貯蔵所に住んでいるという。

幼いブラッドベリが祖父から聞いた話として語られ、そこへ行くのは「たいてい子供と作家で、数年とどまって、立ち去り、二度ともどらない」とされる。そして自分自身の訪問は、「五歳のとき、緑のチョークで最初の骸骨《がいこつ》を描いたときにはじまり、最初の著書『闇のカーニヴァル』に完と記したときに終わった」と述べ、自分はもうそこへはもどれないので、住民たちによろしく伝えてくれと読者に依頼し、「よい旅《ボン・ヴォヤージュ》を、たんとおあがり《ボナペティ》！」と結んでいる。

しかし、この序文はお蔵入りとなり、その一部が本書のプロローグとなったのだった。

さて、いま最初の著書として『闇のカーニヴァル』*Dark Carnival* という書名が出てきた。じつは本書にはこの第一作品集のリメイクという側面があるのだ。そのあたりの事情は複雑なので、順を追って解きほぐしていこう。

ブラッドベリは早いうちから作家を志《こころざ》し、十六歳のとき雑誌に投稿をはじめた。だが、なかなか芽《め》が出ず、曲がりなりにも商業誌に作品を発表したのは、ユーモア短編「暑いじゃなくて、蒸《む》し……」"It's Not the Heat, It's the Hu..." が西海岸の文芸誌〈スクリプト〉一九四〇年十一月二日号に載ったときだった。報酬は掲載誌三部だったが、ブラッドベリにとっては大きな一歩だった。

このとき先輩作家ロバート・A・ハインラインの口ききがあったことは、付記しておいたほうがいいだろう。修業時代のブラッドベリは多くの師に恵まれ、ほかにジャック・ウィリアムスン、ヘンリー・カットナー、リイ・ブラケットらの薫陶《くんとう》を受けた。はじめて原稿料をもらったのは、先輩作家ヘンリー・ハース（ハッセという表記もある）

との共作「振子《ふりこ》」が、〈スーパー・サイエンス・ストーリーズ〉一九四一年十一月号に掲載されたとき。これはブラッドベリが自分で出していたファンジンに載せた旧作をふたりで書き直したものだった。

当初はブラッドベリが第一稿を書き、ハースが徹底的に刈《か》りこむという形で共作をつづけるつもりだったのだが、チームは長続きせず、あと二編を発表したにとどまった。「共作者はおたがいを松葉杖《まつばづえ》として使い、相手に寄りかかる……人は自力で歩くことを学ばなければならない」と後年ブラッドベリは述懐《じゆつかい》している。

SF誌への投稿が実を結ばないので、ブラッドベリは目先を変えて怪奇小説に手を染めることにした。最初に売れた作品は、当時アメリカ最大の怪奇小説専門誌であった〈ウィアード・テールズ〉（以下WTと略す）一九四二年十一月号に掲載された短編「青い蠟燭《ろうそく》」だが、この作品に関しては面白い裏話がある。

ブラッドベリは前年の六月にこの短編を書きあげ、師匠であるカットナーに郵送して助言を求めた。すると、結末がしっくりこないので代案を同封するという返事が届いた。それを読んだブラッドベリは、これに優《まさ》る結末は書けないと悟り、カットナーの許可を得たうえで、そのままの形で発表したのだった（この件に関して、ブラッドベリは相互に矛盾《むじゆん》する証言をしているので、サム・ウェラーの伝記『ブラッドベリ年代記』［二〇〇五］の記述にしたがった）。

ちょうどこの時期、ブラッドベリの創作活動は重大な転機を迎えた。できあいの題材をこねくりまわすのではなく、子供時代の記憶を元に作品を書くようになったのだ。その嚆矢《こうし》が一九四二年の夏に書かれた「みずうみ」である（ただし、発表はWT一九四四年五月号まで待たねばならなかった）。つぎに手応《てごた》えを感じたのが「風」で、これはWT一九四三年三月号に掲載された。この作品を皮切りに、ブラッドベリの怪奇小説は、つぎつぎとWTの誌面を飾るようになった。四三年には四編、四四年には六編というハイペースだ。SF誌やミステリ誌にも頻繁に作品が載るようになり、〝パルプ〟と呼ばれる（質の悪い紙に印刷されるのでこの名がある）大衆娯楽小説誌の世界では、しだいに知られるようになっていった。

この若き新進作家の活躍を注視している人物がいた。本人もWTの人気作家で、出版社アーカム・ハウスの社主でもあったオーガスト・ダーレスだ。

アーカム・ハウスというのは、怪奇小説専門の小出版社。元々は師匠格に当たる不遇の作家H・P・ラヴクラフトの作品を世に出すため、ダーレスと畏友《いゆう》ドナルド・ワンドレイが設立したものだが、すぐにWTに依拠《いきょ》する作家たちの作品も刊行するようになった。

ダーレスは一九三九年から断続的にブラッドベリと文通しており、その名はよく知るところだった。彼はまず大手出版社ラインハートから出す予定の怪奇小説アンソロジー『ノックするのはだれ？』*Who Knocks?* にブラッドベリの作品を選ぶことに決めた。これが一九四四年のことで、同書は「みずうみ」を収録して四六年に刊行された。その編纂《へんさん》の過程でブラッドベリの才能を見抜いたダーレスは、アーカム・ハウスから作品集を出さないかと持ちかけた。

ブラッドベリは天にも昇る心地で快諾《かいだく》し、一九四五年一月二十九日付の手紙で『恐怖の子供庭園』*A Child's Garden of Terror* と題した十三編から成る作品集の刊行を提案した。一年ほど前から、子供をテーマにした怪奇幻想小説集の素案を練《ね》っていたからだ。しかし、この題名は限定的すぎると難色を示され、ブラッドベリは収録作の幅を広げると同時に、題名を『闇のカーニヴァル』に変更した。当初は邪悪なカーニヴァルの登場する同題の中編を書き下ろすつもりだったのだが、けっきょくこの作品は完成しなかった（最終的に長編『何かが道をやってくる』となり、一九六二年に刊行されるのだが、それはまた別の話）。

とはいえ、『闇のカーニヴァル』刊行までの道筋は平坦なものではなかった。ダーレスは、パルプ誌に発表されたブラッドベリの怪奇小説の傑作集を作るつもりだったのだが、ブラッドベリがそれでは満足しなかったのだ。じつはこの時期のブラッドベリは、作家としてつぎの段階に進んでおり、大部数を誇る一流雑誌（光沢のあるツルツルの上質紙に印刷されるので、パルプに対してスリックと呼ばれる）にSFでも怪奇幻想でもない小説で進出を果たしていた。ブラッドベリは、パルプ出身の怪奇小説作家というレッテルを貼られることを恐れており、新生面を如実《にょじつ》に示す本を作りたかったのである。

作品集の構成は二転三転した。一九四五年三月の第一案では収録作二十編。同年八月三日の第二案では二十二編。四六年六月二日の第三案では三十編。同年十一月から翌年三月までの初校段階では二十九編といった具合に、もはや不出来と思える短編を削除し、自分の新たな力を反映している新作を加えた。旧作には徹底的に手を入れ、新作にも手を入れた。延々とつづく改訂作業は、ダーレスが音《ね》をあげるほどだった。サム・ウェラーによれば、「レイは土《ど》壇場《たんば》であまりにも多くの訂正をほどこしたので、多くの変更によって生じた費用を自腹で払うと申し出たほどだった。ダーレスがレイに知らせたところによると、レイが『闇のカーニヴァル』の原稿にほどこすのを許された訂正は、それまでに刊行されたアーカム・ハウスの本をすべて合わせたよりも多いのだという」。

ともあれ、『闇のカーニヴァル』は難産の末に完成し、一九四七年四月二十九日、ブラッドベリにとって最初の著者見本が郵便で届いた（初版三千百十二部で、同年五月四日発行の記載があった）。

最終的に二十七編となった作品の収録順と初出はつぎのとおり――

「集会」“The Homecoming”〈マドモワゼル〉一九四六年十月号。初出時の題名は定冠詞なしの“Homecoming”。

「骨」“Skeleton”　WT一九四五年九月号。＊改稿版。

「壜《びん》」“The Jar”　WT一九四四年十一月号。＊改稿版。

「みずうみ」“The Lake”　WT一九四四年五月号。＊改稿版。

「乙女《おとめ》」“The Maiden”　書き下ろし。

「墓石」“The Tombstone”　WT一九四五年三月号。＊改稿版。

「ほほえむ人びと」“The Smiling People”　WT一九四六年五月号。＊改稿版。

「使者」“The Emissary”　書き下ろし。

「旅人」“The Traveler” WT一九四六年三月号。初出時の題名は綴りが一文字ちがう“The Traveller”。＊大幅な改稿版。

「小さな暗殺者」“The Small Assassin” 〈ダイム・ミステリー〉一九四六年十一月号。＊改稿版。

「群集」“The Crowd” WT一九四三年五月号。＊改稿版。

「再会」“Reunion” WT一九四四年三月号。＊改稿版。

「死人使《しびと》い」“The Handler” WT一九四七年一月号。

「棺《ひつぎ》」“The Coffin” 書き下ろし。

「音」“Interim” 書き下ろし。

「びっくり箱」“Jack-in-the-Box” 書き下ろし。

「大鎌《おおがま》」“The Scythe” WT一九四三年七月号。＊大幅な改稿版。

「死の遊び」“Let's Play 'Poison'” WT一九四六年十一月号。＊改稿版。

「アイナーおじさん」“Uncle Einar” 書き下ろし。

「風」“The Wind” WT一九四三年三月号。＊大幅な改稿版。

「夜」“The Night” WT一九四六年七月号。＊改稿版。

「ある老女の話」“There Was an Old Woman” WT一九四四年七月号。＊大幅な改稿版。

「死人」“The Dead Man” WT一九四五年七月号。＊改稿版。

「二階の下宿人」“The Man Upstairs” 〈ハーパーズ〉一九四七年三月号。

「夜のセット」"The Night Sets" 書き下ろし。
「下水道」"Cistern"〈マドモワゼル〉一九四七年五月号。初出時の題名は定冠詞つきの"The Cistern"。
「つぎの番」"The Next in Line" 書き下ろし。

面白いのは、『闇のカーニヴァル』に入れるため書き下ろされたのに、同書刊行前にスリック誌に載った作品がある点だ。「集会」、「二階の下宿人」、「下水道」がそれに当たるが、雑誌掲載時に改稿の機会をあたえられて、ブラッドベリはさらに推敲《すいこう》を重ねた。単行本は元のままなので、ふつうとは逆の事態が生じたわけだ（本書には雑誌掲載時に変更された題名が引き継がれている）。

とはいえ、怪奇幻想小説専門の小出版社から出たこともあって、『闇のカーニヴァル』が大きな注目を集めることはなかった。好意的な書評はふたつだけで、初版を売りつくしたのは七年後。アーカム・ハウスの方針で再版はされなかったので、同書は長らく幻の本のままだった。だが、二〇〇一年に新時代のアーカム・ハウスともいうべき小出版社ゴーントレットから新版が出た。これはWT掲載の初期作を四編増補し、ブラッドベリの序文とクライヴ・バーカーの跋文《ばつぶん》、ブラッドベリのあとがきを加えたもの。ただし、こちらも千部限定の豪華本で、たちまち稀覯書《きこうしょ》と化した。

ブラッドベリが作家的地位を確立するには、もうしばらくの時間が必要だった。

――ところで、わが国で『黒いカーニバル』という題名の短編集が出ている。一九七二年にハヤカワ・SF・シリーズから刊行され、一九七六年に一編を増補した版がハヤカワ文庫NVに収録され、二〇一三年に新版がハヤカワ文庫SFから出た。これをブラッドベリの第一作品集の抄訳《しょうやく》とする記述をときおり目にするが、同書は訳者の伊藤典夫氏が『闇のカーニヴァル』を参考にして独自に編んだもの。重複は旧版で二十三編中十編、増補版で二十四編中十一編にとどまる。したがって、両者のちがいを明確にするために、本書では『闇のカーニヴァル』という仮訳題を当てた。さて、話をもどして――

ブラッドベリは一九五〇年に『火星年代記』を上梓《じょうし》した。大手出版社ダブルデイが新たに立ち上げた《ダブルデイ・サイエンス・フィクション》叢書《そうしょ》の一環《いっかん》だった。同書はパルプ誌に発表したSFを再構成し、つなぎの文章を書き下ろして一冊の擬似長編に仕立てたもので、本質的に短編作家であるブラッドベリが、みずからの美質を最大限に活《い》かすために選びとった手法であった。この作品は、大物批評家クリストファー・イシャーウッドの絶賛を浴びて、ブラッドベリの文名《ぶんめい》を飛躍的に高めた。

ブラッドベリのつぎの著書は、同じダブルデイから上梓した第二作品集『刺青《いれずみ》の男』（一九五一）となった。『闇のカーニヴァル』を仕上げたあとに書いたSFを精選したものだ。ブラッドベリはここでもプロローグとエピローグ、さらに幕間《まくあい》の文章をいくつか書き足して、全体が有機的につながるようにした。

これに対し、やはりダブルデイから出た第三作品集『太陽の黄金《きん》の林檎《りんご》』（一九五三）は、ブラッドベリの念願かなって、ＳＦと怪奇幻想小説と純文学を分け隔《へだ》てなく収録した本になった。今回は全体を結びつける物語の枠《わく》を欠いていたが、別の面で統一感を保《たも》っていた。ブラッドベリの精神的な双子ともいうべき画家、ジョゼフ・ムニャイニのイラストが、表紙と各編の冒頭を飾っていたのである。

ブラッドベリとムニャイニの出会いは一九五二年の四月にさかのぼる。ある晩、ブラッドベリが妻とベヴァリー・ヒルズを散策していると、一枚の絵が目にとまった。ゴシック風の屋敷を描いたリトグラフである。サム・ウェラーの言葉を借りれば、「まるで双子の片割れを――アンダーウッドのタイプライターと紙の代わりに、ペンと絵筆を創作手段として選んだ分身《ドッペルゲンガー》を見つけたような気がした」という。この絵の作者がムニャイニだった。

ジョゼフ・ムニャイニはイタリア生まれで、乳飲《ちの》み子のころアメリカへ移住してきた。ブラッドベリよりは八歳年上だが、同じように大恐慌時代を生きぬいており、ブラッドベリとは「腰のところでつながっている」と述べている。ロサンジェルスのオーティス美術学校で油彩《ゆさい》と素描《そびょう》を学んだ。

ブラッドベリがムニャイニに連絡をとったことから、長くつづく友情と協力関係がはじまった。

ブラッドベリのつぎの著書は、新興の出版社バランタインから出た『華氏４５１度』（一九五三）だった。表題作となった短い長編に短編二作を合わせたものだ。元々は短編八作を併録《へいろく》する予定だったのだが、ブラッドベリの推敲が間に合わず、この形に落ち着いたのだった。表題作はディストピア小説の古典となり、すぐにこれ単独で出版されるようになったが、当初は作品集を構成する一編だった。この本もムニャイニの鮮烈な絵が表紙を飾った。

ブラッドベリは一九五五年に初の絵本『夜のスイッチ』を児童書の出版社パンテオンから上梓し（絵はマデリン・ゲキエアが担当）、つづいて第五作品集をバランタインから刊行した。これが本書である。

同社の社主イアン・バランタインと編集者のスタンリー・カウフマンはブラッドベリの才能に惚《ほ》れこんでおり、『華氏451度』につづく本をすぐに出したいと思った。そこで一九五四年三月に、すでに入手難になっている『闇のカーニヴァル』の再編集版を提案した。新しいコンセプトのもとに十二編、あるいは十六編を選ぶという案だ。さらに『闇のカーニヴァル』に未収録の作品もあったほうがいいと考え、『華氏451度』に間に合わなかった六編の追加を提案した。これに対しブラッドベリは、バランタイン側が『闇のカーニヴァル』から推薦した十六作のうちから十作を選び、バランタイン側のあげなかった五作を加えたリストを提出した。しかし、バランタイン側は『闇のカーニヴァル』には未収録の作品を加えたがり、とりあえず『闇のカーニヴァル』からブラッドベリが選んだ十五作に同書未収録の五作を加えたラインナップが固まった。ブラッドベリは例によって旧作の徹底的な手直しをはじめた。

そして十二月のなかば、編集者のカウフマンが運命的な提案をした。こんどの本は、およそ四分の一が『闇のカーニヴァル』未収録作だし、残りも改稿して面目《めんもく》を一新しているのだから、新しい題名をつけたらどうだろう、と。

ブラッドベリは、すぐさま新たなコンセプトを思いつき、「十月の国」に関する二ページの文章を書きあげた。冒頭で述べたとおり、これは放棄されたが、新たな題名が生まれたのだった。

そのあとも収録作は変更され、最終的に『闇のカーニヴァル』収録作十五編と新たに加えられた四編となった。

初収録の「こびと」と「ダドリー・ストーンのすてきな死」が巻頭と巻末に配されていることは注目に値《あたい》する。どちらも作家のあり方をモチーフにしており、しかも前者はパルプ作家、後者は純文学作家が登場するのだ。ブラッドベリ自身の経歴を考えれば、そこに寓意《ぐうい》を読みとってもいいだろう。

ともあれ、紆余曲折《うよきょくせつ》の末、本書は一九五五年十月に刊行された。今回も表紙絵と挿絵《さしえ》をムニャイニが担当した。ちなみに表紙絵（この新訳版にはカラー口絵として収録）はブラッドベリ自身のスケッチを元にムニャイニが描いたものである。

それでは収録作の解説に移ろう。『闇のカーニヴァル』収録作については、初出情報は前掲リストを参照してほしい。

「こびと」"The Dwarf"

ブラッドベリは若いころ、ロサンジェルス郊外のヴェニス・ビーチに住んでいた。かつては観光地として栄えた運河の街だが、当時は見る影もなくさびれており、海上に突きだした桟橋《さんばし》の上に造られた遊園地も閑古鳥《かんこどり》が鳴いていた。本編は、この遊園地にあった鏡の迷路を訪れた経験から生まれた。前述のとおり、新たに加えられた四編のうちの一編で、初出はSF誌〈ファンタスティック〉一九五四年一月・二月合併号。

「つぎの番」"The Next in Line"
一九四五年の秋、ブラッドベリは友人の運転する車でメキシコを旅行した。〈死者の日〉の祭りや、頻繁に出くわす葬列など、彼《か》の地に蔓延《まんえん》する死のイメージに悩まされたが、とりわけ強い印象を受けたのが、グアナフアトの地下墓地で見たミイラの群れだった。
元々は〈USA〉という新雑誌に載る予定だったが、この雑誌が創刊されずに終わったので、『闇のカーニヴァル』に初出となった。

「アンリ・マチスのポーカー・チップの目」"The Watchful Poker Chip of H. Matisse"
実在の画家アンリ・マチスに対するオマージュ。初出はファンタシー誌〈ビヨンド〉一九五四年三月号で、そのときの題名は"The Watchful Poker Chip"だった。新たに加えられた四編のうちの一編である。

「骨」"Skeleton"

すでに記したとおり、WTは初期ブラッドベリのホーム・グラウンドとなったが、蜜月時《みつげつ》代は短かった。ブラッドベリによれば、同誌はもっと伝統的な怪奇小説を望んだが、「わたしにはそういう作品がどうしても書けなかった。何度も書こうとしたが、その線にそったわたしの小説は、自分の内側に骸骨を発見し、その骸骨におびえる人間の物語になった」という。

「壜」"The Jar"

アメリカでカーニヴァルといえば、ふつうは多くの見世物《みせもの》をともなった巡回サーカスをさす。ブラッドベリ鍾愛《しょうあい》のテーマであり、数多《あまた》の名作が生まれたが、本編はその嚆矢となった。

「みずうみ」"The Lake"

序文にあるように、ブラッドベリ自身が「最初の傑作」と呼ぶ作品。その発想源についてブラッドベリは、たがいに矛盾する三つの証言をしている。ひとつ目は、七歳のときに金髪のいとこが溺《おぼ》れかけたこと。ふたつ目は八歳か九歳のころ、母親といっしょに湖畔《こはん》にいたとき、知り合いの少女（黄金色の長い髪の持ち主）が溺死《できし》したと聞いたこと。そして三つめが、本書の序文に語られた記憶である。どれが真実であるにしろ、「溺死した少女の長い金髪」というイメージが中心にある。

この作品は本書再録に当たって、さらに磨きあげられた。たとえば冒頭の文章は完全に書きあらためられているし、ミシガン湖という地名も削除された。

「使者」"The Emissary"

病気で臥《ふ》せっている少年は、ブラッドベリの作品にしばしば登場するが、その好例ともいえる作品。本書再録にさいして徹底的に書きあらためられた。

「熱気のうちで」"Touched with Fire"

新たに加えられた四編のうちの一編。初出はスリック誌〈マクリーンズ〉一九五四年六月一日号で、そのときの題名は"Shopping for Death"だった。

「小さな暗殺者」"The Small Assassin"

ブラッドベリは駆け出しのころミステリにも手を染め、一九四四年から四六年にかけて十四編を探偵パルプ誌に発表した。そのうちからただ一編、『闇のカーニヴァル』に収録されたのがこの作品。のちに自選傑作集『万華鏡』(一九六五)にも選ばれているので、よほどの自信作なのだろう。

独身時代のブラッドベリは子供を恐れる傾向を見せていたが、一九四七年に結婚し、四九年に長女が生まれると、態度が一変した。そのとき友人に出した手紙を引こう——「とても健康で、ピンクの女の子で、サイレンのような肺と不作法なマナーをそなえています。ああ、彼女はいかなる点でも似ていません、小さな暗殺者には」。

「群集」"The Crowd"

この作品の発想源については、本書の序文にくわしい。WT掲載の三作目で、初期を代表する一編。

「びっくり箱」"Jack-in-the-Box"

作中にサルヴァドール・ダリとパブロ・ピカソの名前が出てくることに留意したい。彼らの描く歪《いびつ》な人体は、ブラッドベリが自作で表現したいものと等価だった。本書再録にさいして大幅に改稿された。

「大鎌」"The Scythe"

本編の核となるアイデアを思いついたとき、ブラッドベリは物語をどうはじめたらいいのかわからなかった。そこで師匠であるリイ・ブラケットに相談すると、彼女が冒頭の五百語から六百語を書いてくれた。ブラッドベリはそのあとを書き継いでWT掲載版を完成させたが、『闇のカーニヴァル』収録時に大幅に改稿した。

「アイナーおじさん」"Uncle Einar"
ブラッドベリは、アメリカ中西部に隠れ住む魔物の一族にまつわる物語を長年にわたり書き継いだ。本編はその第二作で、主人公のモデルは、母親の兄に当たるアイナー・モバーグ。「アイナーおじさんは、破鐘《われがね》のような声を出す、大酒飲みのスウェーデン人で、大声をあげて家へ飛びこんできて、絶叫しながら去っていった。彼を愛するあまり、わたしは緑の翼を彼の肩に生《は》やし、彼を夜空へ飛ばして、雲間《くもま》でわたしをつかまえさせたり、放りださせたりした」とブラッドベリは述べている。ただし、名前の綴《つづ》りはInarからEinarに変更された。本書再録にさいして改稿され、のちに《一族》ものを集大成した連作長編『塵《ちり》よりよみがえり』（二〇〇一）に組みこまれた。

「風」"The Wind"
「みずうみ」と同様に語連想から生まれた作品。「風」という単語をタイプしたところ、子供時代にイリノイ州で聞いた、大草原《プレーリー》を吹きわたる強風の音が記憶によみがえったのだという。本編は『闇のカーニヴァル』収録時に徹底的に書き直された。視点人物が、風に追われる男から、三十マイル離れたところにいる友人に変えられたのである。

「二階の下宿人」"The Man Upstairs"
ブラッドベリの代表作として『たんぽぽのお酒』（一九五七）をあげる人も多い。幼少時の記憶を元にした半自伝的作品だが、本編はそれと背景を同じくしており、登場人物が共通している（主人公の名前ダグラスは、ブラッドベリのミドルネーム）。舞台となる下宿屋も、重要な小道具であるステンドグラス窓も実在した。

ブラッドベリは本編をまずWTに持ちこんだが、掲載を断られたので、スリック誌の〈ハーパーズ〉に送ったところ採用されたという。

「ある老女の話」"There Was an Old Woman"

前述のとおり、書籍の形ではじめて世に出たブラッドベリの作品は、ダーレス編のアンソロジーに収録された「みずうみ」だが、当初はこの作品が候補にあがっていた。

「下水道」"The Cistern"

ブラッドベリの作品には、水のイメージが頻出《ひんしゅつ》する。それは破壊をもたらすこともあるが、多くは救済、あるいは癒《いや》しの力を持っている。その典型といえる作品。

「集会」"Homecoming"

ブラッドベリのライフワークとなった《一族》ものの第一作。のちに連作長編『塵よりよみがえり』に組みこまれた。

ブラッドベリは、幼少時の記憶に基づくこの作品をまずWTに送ったが、同誌に掲載を断られたので、ダメ元で女性雑誌〈マドモワゼル〉に送ってみた。前年、風変わりなファンタシー「見えない少年」（一九四五）を掲載してくれたからだ。同誌の編集見習いだった若きトルーマン・カポーティがこの作品を投稿原稿の山から拾いだし、当時の編集長ジョージ・デイヴィスと助手のリタ・スミスに強く推薦した。デイヴィスとスミスはこの作品を気に入ったが、雑誌のカラーに合わないので、いったんは書き直しを依頼しようかと考えた。しかし、そうすると物語の魅力が消えてしまうので、逆に雑誌のカラーを変えることにした。こうして同誌一九四六年十月号はハロウィーン特集号となり、この「集会」を柱に据え、独創的な漫画『アダムス・ファミリー』で売り出し中のチャールズ・アダムズを起用して、ブラッドベリの十月屋敷と一族を題材にした見開きのイラストで誌面を飾った。ちなみに、この絵は後年『塵よりよみがえり』の表紙絵に採用された（現在は河出文庫新装版のカラー口絵となっている）。

ただし、〈マドモワゼル〉掲載版は、誌面の都合で縮約《しゅくやく》を余儀《よぎ》なくされた。本書の初版の段階では削除部分が復元されなかったばかりか、組版にミスが生じて、あるページの一部が他のページに迷いこむという事態が生じた。一九五六年に出たペーパーバック版でこの誤りは正され、ティモシーがセシーと和解するくだりが書き足された。

「ダドリー・ストーンのすてきな死」"The Wonderful Death of Dudley Stone"

新たに加えられた四編のうちの一編で、初出は〈チャーム〉一九五四年七月号。現存するタイプ原稿によれば、当初は“The Incredible Death of Dudley Stone”と題されていた。

最後に事務的なことを少々。

本書にはいうまでもなく先人の訳業がある。一九六五年に創元推理文庫から出た宇野利泰訳である。六十年近くにわたって読み継がれ、萩尾望都や恩田陸をはじめとする多くの創作者に絶大な影響をあたえた。その功績はどんなに称賛しても、し切れるものではない。しかし、現在の目で見ると不備もあるので、そこは正したうえで、ブラッドベリ独特の言葉遣《づか》いを伝えられるよう、なるべく直訳に近い形を心がけ、アメリカの読者と同じ気分で読んでもらえるようにした。

訳題はおおむね旧訳版を踏襲《とうしゅう》したが、訳者の判断で変えたものもある。具体的には「マチスのポーカー・チップの目」、「小さな殺人者」、「アンクル・エナー」、「ある老母の話」、「ダッドリー・ストーンのふしぎな死」である。

翻訳の底本には一九九六年にバランタインから出たトレードペーパーバック版を使用したが、不幸にして同書は、重大な組版ミスのあった初版ハードカヴァーに準拠しているので、「集会」にかぎっては、旧版のペーパーバックを使用した。

今回も編集の小浜徹也氏と校閲の河野佐知氏にはたいへんお世話になった。末筆ではあるが、深甚《しんじん》の感謝を捧《ささ》げる。

二〇二四年十月

訳者紹介 1960年生まれ。中央大学法学部卒、英米文学翻訳家。編著に「影が行く」「時の娘」「星、はるか遠く」、主な訳書にウェルズ「宇宙戦争」、ウィンダム「トリフィド時代」、ブラッドベリ「万華鏡」「何かが道をやってくる」ほか多数。

10月はたそがれの国

2024年11月29日　初版

著　者　レイ・ブラッドベリ

訳　者　中《なか》村《むら》　融《とおる》

発行所　（株）東京創元社
代表者　渋谷健太郎

162-0814 東京都新宿区新小川町1-5
電　話　03・3268・8231-営業部
03・3268・8201-代　表
URL　https://www.tsogen.co.jp
組　版　キャップス
暁印刷・本間製本

乱丁・落丁本は、ご面倒ですが小社までご送付ください。送料小社負担にてお取替えいたします。

ISBN978-4-488-61208-5　C0197